L'instant magique

Kristin Hannah

L'instant magique

Traduit de l'anglais (États-Unis) par Francine Siety

ÉDITIONS
**FRANCE
LOISIRS**

Titre original : *Magic Hour*
publié par Ballantine Books, an imprint of The Random House Publishing Group, a division of Random House, Inc., New York.

Une édition du Club France Loisirs,
avec l'autorisation des Presses de la Cité.

Éditions France Loisirs,
123 boulevard de Grenelle, Paris
www.franceloisirs.com

Le Code de la propriété intellectuelle n'autorisant, aux termes des paragraphes 2 et 3 de l'article L. 122-5, d'une part, que les « copies ou reproductions strictement réservées à l'usage privé du copiste et non destinées à une utilisation collective » et, d'autre part, sous réserve du nom de l'auteur et de la source, que les « analyses et les courtes citations justifiées par le caractère critique, polémique, pédagogique, scientifique ou d'information », toute représentation ou reproduction intégrale ou partielle, faite sans le consentement de l'auteur ou de ses ayants droit ou ayants cause, est illicite (article L. 122-4). Cette représentation ou reproduction, par quelque procédé que ce soit, constituerait donc une contrefaçon sanctionnée par les articles L. 335-2 et suivants du Code de la propriété intellectuelle.

© 2006 by Kristin Hannah. Tous droits réservés.
© Presses de la Cité, un département de Place des éditeurs, 2007, pour la traduction française.

ISBN : 978-2-298-00907-1

Ce livre est dédié à mon fils, Tucker. Il y a quelques années à peine, je pouvais encore te tenir dans mes bras. Nous explorons maintenant les universités et discutons de ton avenir.
Je suis si fière du jeune garçon que tu étais et de l'homme que tu deviens. Tu nous quitteras bientôt, ton père et moi, pour trouver ta voie dans le monde. Sache que, où que tu ailles, quoi que tu fasses, nous serons toujours fiers de toi.

«On n'est pas Vrai tout de suite, dit le Cheval qui n'avait que la peau sur les os. C'est une chose qui peut nous arriver un jour… Mais à condition qu'un enfant nous aime très, très longtemps. Quand il nous aime *vraiment*, et pas seulement pour jouer, alors on devient Vrai.
— Ça fait mal? demanda le Lapin.
— Parfois, répondit le Cheval qui n'avait que la peau sur les os, car il disait toujours la vérité.»

Le Lapin de velours
Margery Williams

1

Bientôt, tout sera terminé.

Cette pensée, qui avait traversé tant de fois l'esprit de Julia Cates, allait finir par se réaliser. Plus que quelques heures, et le monde entier apprendrait la vérité à son sujet.

Du moins, si elle atteignait le centre-ville. Malheureusement, le Pacific Coast Highway ressemblait plus à un parking qu'à une autoroute. Les collines, derrière Malibu, étaient à nouveau en flammes. Des volutes de fumée flottaient au-dessus des toits et transformaient l'air d'habitude lumineux de la côte en une épaisse bouillie marron. D'un bout à l'autre de la ville, des bébés terrifiés s'éveillaient en versant des larmes noirâtres et en suffoquant. Même le ressac semblait plus lent, comme si cette chaleur insolite l'avait affaibli.

Elle manœuvrait à travers la circulation chaotique, ignorant les queues de poisson continuelles des automobilistes. En cette saison, la plus dangereuse de l'année au sud de la Californie, les esprits prenaient feu aussi vite que les jardins derrière les maisons, et la chaleur mettait tout le monde à cran.

Elle sortit finalement de l'autoroute et roula jusqu'au tribunal.

Partout stationnaient des camions de télévision. Des dizaines de reporters, massés sur les marches du palais de justice, brandissaient micros et caméras, dans l'attente de l'événement. À Los Angeles, les procès étaient en train de devenir un divertissement quotidien. Michael Jackson. Courtney Love. Robert Blake.

Julia tourna au coin d'une rue et se dirigea vers une entrée latérale où l'attendaient ses avocats.

Une fois garée, elle sortit de sa voiture. Elle comptait marcher d'un pas assuré mais, l'espace d'une seconde, elle se sentit incapable de bouger.

Tu es innocente. Ils s'en rendront compte. Le système va fonctionner.

Elle s'obligea à faire un pas, puis un autre, en se répétant cela. Pourquoi avait-elle l'impression bizarre d'avancer entre des fils de fer invisibles, qui entravaient sa marche ? Quand elle atteignit le groupe, elle ébaucha à grand-peine un sourire, mais elle avait au moins une certitude : son sourire faisait illusion. Un psychiatre est toujours capable de donner à son sourire l'apparence de la sincérité.

— Bonjour, docteur Cates, fit Frank Williams, le principal avocat de la défense. Comment vous sentez-vous ?

— Allons-y ! répondit-elle avec un trémolo dans la voix.

L'idée de laisser transparaître son angoisse lui était insupportable. Plus que jamais, elle devait être forte, pour prouver à tous qu'elle était digne de confiance et n'avait rien à se reprocher.

Ses avocats l'entourèrent d'un cocon protecteur. Elle appréciait leur soutien ; son apparente assurance n'était qu'un vernis fragile qu'un rien pouvait égratigner.

Ils poussèrent les portes et pénétrèrent dans le palais de justice.

Les ampoules des flashs lancèrent des éclairs d'un blanc bleuâtre. Les caméras cliquetèrent, les bandes magnétiques se déroulèrent et les reporters firent un bond en avant, hurlant d'une seule voix :

— Docteur Cates ! Comment vous sentez-vous après ce qui s'est passé ?

— Pourquoi n'avez-vous pas sauvé ces enfants ?

— Saviez-vous qu'elle avait une arme ?

Frank passa un bras autour de Julia. Le visage plaqué contre son revers de veston, elle se laissa entraîner.

Dans la salle d'audience, elle prit place à la table de l'accusé. Un à un, ses avocats se rangèrent autour d'elle. Derrière, au premier rang des tribunes, vinrent s'installer plusieurs jeunes avocats et leurs assistants.

Elle s'efforça d'ignorer le vacarme : portes grinçantes se refermant bruyamment ; martèlement des pas sur le dallage de marbre ; voix étouffées. La salle s'emplissait rapidement. Elle aurait pu en jurer sans même tourner la tête. Cette salle d'audience était un must à Los Angeles ce jour-là. Et comme la juge avait interdit la présence de caméras, journalistes et artistes s'entassaient dans les tribunes, le stylo prêt à entrer en action.

L'année précédente, ils avaient écrit d'interminables articles à son sujet. Des photographes avaient pris des milliers de clichés d'elle sortant sa poubelle, debout sur sa terrasse, se rendant à son cabinet ou en revenant. Les moins flatteurs paraissaient, bien sûr, à la une.

La presse avait pratiquement élu domicile à proximité de son immeuble. Bien qu'aucun journaliste ne lui eût adressé la parole, les anecdotes foisonnaient. Il était question de ses origines provinciales, de ses brillantes études, de son appartement luxueux sur le front de mer et de sa rupture avec Philip. On supposait même qu'elle était récemment devenue anorexique, ou bien adepte de la liposuccion. Aucune allusion au seul point important à ses yeux : l'amour de son métier. Son enfance difficile et solitaire, dont les chagrins l'avaient marquée, avait fait d'elle un excellent psychiatre.

Cette vérité-là n'était jamais mentionnée nulle part. Pas plus que les nombreux enfants et adolescents qu'elle avait aidés.

Un silence se fit dans la salle quand la juge Carol Myerson, une femme à l'allure sévère, avec des cheveux teints en auburn et des lunettes démodées, prit place à son banc.

L'huissier fit son annonce.

Julia regretta brusquement de n'avoir demandé à personne de venir la soutenir : un ami ou un parent, debout à ses côtés, qui lui prendrait peut-être la main après la sentence. Elle donnait depuis toujours la priorité à son travail sur sa vie sociale, ce qui lui avait laissé peu de temps pour voir ses amis. À vrai dire, elle avait jusque-là présenté des objections lorsque son psy lui signalait cette lacune.

À côté d'elle se tenait Frank. Un homme imposant, grand et d'une élégante minceur, dont les cheveux passaient du gris au noir dans un dégradé parfait à partir des favoris. Elle l'avait choisi en raison de sa brillante intelligence, mais sa prestance aurait probablement plus d'influence que ses facultés intellectuelles. Très souvent, dans ce genre de procédure, la forme l'emportait sur le fond.

— Votre Honneur, lança-t-il d'une voix aussi suave que persuasive. L'inculpation de Julia Cates dans cette affaire est absurde. Bien que les limites précises de la confidentialité dans les problèmes psychiatriques soient souvent débattues, il existe des précédents : Tarasoff contre l'Université de Californie. Le Dr Cates n'avait connaissance ni des tendances violentes de sa patiente, ni des menaces spécifiques adressées à certains individus. En vérité, une telle connaissance n'est même pas alléguée dans la plainte. Nous demandons donc qu'elle ne soit pas mise en cause dans ce procès. Merci.

Il se rassit. À la table de la partie civile, un homme en costume noir se leva.

— Quatre enfants sont morts, Votre Honneur. Jamais ils ne deviendront adultes, jamais ils n'iront à l'Université, jamais ils n'auront d'enfants à leur tour. Le Dr Cates était le psychiatre d'Amber Zuniga. Depuis trois ans, elle passait deux heures par semaine avec elle ! Au courant de ses problèmes, elle lui prescrivait des médicaments pour sa grave dépression. Malgré cette intimité, on nous affirme qu'elle ne *savait pas* qu'Amber devenait de plus en plus violente et dépressive ! Qu'elle n'avait aucun moyen de prévoir que sa patiente allait acheter une arme automatique et tirer sur son groupe de jeunes à l'église !

L'homme en noir alla lentement se placer au milieu de la salle d'audience, puis se tourna pour faire face à Julia : c'était son morceau de bravoure, celui dont les croquis des artistes spécialisés seraient diffusés de par le monde.

— Elle est experte en la matière, Votre Honneur. Elle aurait dû anticiper cette tragédie et l'éviter, soit en avertissant les victimes potentielles, soit en plaçant Mlle Zuniga dans un établissement spécialisé. Et si elle n'avait pas connaissance des tendances violentes de Mlle Zuniga, c'est une faute professionnelle. Nous insistons donc pour que le Dr Cates figure en tant que prévenue dans cette affaire. Justice doit être faite ! Les familles des victimes méritent réparation de la part de la personne la mieux placée pour anticiper et éviter un tel massacre.

Sur ces mots, l'avocat alla se rasseoir à sa table.

— Ce n'est pas vrai, chuchota Julia bien que personne ne pût l'entendre.

Elle aurait dû clamer haut et fort qu'Amber n'avait jamais été encline à la violence. Tous les adolescents luttant contre la dépression déclarent haïr leurs camarades de classe. Rien à voir avec le fait d'acheter une arme et d'ouvrir le feu !

Pourquoi refusait-on de l'admettre ?

Après avoir parcouru les documents posés devant elle, la juge Myerson retira ses lunettes de lecture.

Un silence plana sur le tribunal. Les journalistes ne demandaient qu'à écrire. Nombreux à l'extérieur, ils avaient déjà préparé leurs titres et leurs textes selon l'issue de l'audience, et n'attendaient plus que le signal de leurs collègues à l'intérieur.

Les parents des victimes, tassés en un petit groupe sinistre au fond de la salle, voulaient avoir l'assurance qu'une telle tragédie aurait pu être évitée, et qu'une personne en position de force aurait pu sauver la vie de leurs enfants. Ils avaient poursuivi tout le monde en justice pour ces morts injustifiées – la police, les auxiliaires médicaux, les laboratoires pharmaceutiques, les médecins et la famille Zuniga. Le monde moderne ne croit plus à la fatalité. Lorsque le malheur frappe, quelqu'un doit payer. Les familles des victimes espéraient que ce procès leur apporterait une réponse ; Julia savait qu'il leur changerait un peu les idées pendant un certain temps, qu'il les distrairait peut-être de leur chagrin, sans l'apaiser toutefois. Leur tristesse ne lâcherait jamais prise.

La juge eut d'abord un regard pour les parents.

— Sans nul doute, une terrible tragédie est survenue le 19 février à l'église baptiste de Silverwood. En tant que mère, j'ose à peine imaginer ce que vous avez enduré ces derniers mois. Pourtant, l'heure n'est pas aux regrets et à la compassion et la question à laquelle doit répondre ce tribunal est la suivante : l'inculpation du Dr Cates doit-elle ou non être maintenue ?

Elle joignit ses mains sur son bureau.

— Je suis convaincue que, légalement, le Dr Cates n'était pas tenue d'avertir ou de protéger de quelque manière les victimes potentielles en de telles circonstances. Je tire cette conclusion pour les raisons suivantes. Premièrement, les faits ne prouvent pas et les plaignants ne peuvent affirmer que le Dr Cates avait une connaissance spécifique lui permettant d'identifier les victimes potentielles ; deuxièmement, la loi ne l'oblige à avertir que les victimes clairement identifiables ; enfin, notre devoir vis-à-vis de la société est de maintenir la confidentialité de la relation psychiatre-patient, à moins qu'une menace spécifique ne remette celle-ci en cause. Le Dr Cates, de par son témoignage et son dossier judiciaire, et au vu des affirmations des plaignants, n'était pas tenue, dans cette affaire, d'avertir les victimes potentielles afin de les protéger. Je rends donc, en ce qui la concerne, un arrêt de non-lieu.

Le public trépigna. Julia se leva aussitôt et reçut l'accolade de toute son équipe d'avocats. Elle entendit derrière elle les journalistes foncer vers les portes en direction du hall dallé de marbre.

— Non-lieu ! cria quelqu'un.

Une vague de soulagement déferla sur elle. Grâce au ciel…

Mais les parents des enfants pleuraient derrière son dos.

— Comment est-ce possible ? s'écria l'un d'eux. Elle aurait dû savoir !

Frank effleura son bras.

— Souriez ! Nous avons gagné.

Elle jeta un regard rapide aux parents, puis détourna les yeux. Ses pensées s'attardaient dans les sombres méandres des regrets. Avaient-ils raison ? Aurait-elle dû savoir ?

— Vous n'êtes pas coupable, chuchota Frank. C'est le moment ou jamais de vous exprimer.

Une nuée de journalistes les entoura.

— Docteur Cates ! Que répondez-vous aux parents qui vous tiennent pour responsable ?

Puis :

— D'autres parents pourront-ils se fier à vous au sujet de leurs enfants ?

Enfin, un troisième :

— Que dites-vous du fait que le bureau du procureur du district de Los Angeles vous a rayée de la liste de ses experts ?

Frank se jeta dans la mêlée après avoir saisi la main de Julia.

—Un non-lieu vient d'être prononcé au sujet de ma cliente...

—Pour un point de détail! hurla quelqu'un.

Frank étant l'objet de tous les regards, Julia en profita pour se perdre dans la foule et courir vers la porte. Il aurait souhaité qu'elle fasse une déclaration, mais elle n'en avait cure. Loin de triompher, elle désirait uniquement prendre ses distances et revenir à la vraie vie.

Debout devant la porte, les Zuniga – une version blafarde du couple qu'elle avait connu jadis – lui bloquaient le passage. Le chagrin les avait décolorés et vieillis.

Mme Zuniga la regarda à travers ses larmes.

—Elle vous aimait tous les deux et vous étiez de bons parents, chuchota Julia, tout en sachant que c'était insuffisant. Ne laissez personne vous persuader du contraire! Amber était malade. Je souhaite...

—Non, trancha M. Zuniga. Rien de pire que des souhaits.

Il enlaça sa femme et l'attira vers lui. Un silence plana. Que faire de plus à part leur exprimer ses regrets pour la énième fois et leur dire au revoir? Son sac serré contre elle, Julia les contourna et sortit.

Dehors, le monde était brun et terne. Une épaisse couche de brume, en harmonie avec son humeur, assombrissait le ciel et masquait le soleil.

Aussitôt dans sa voiture, elle démarra. En se mêlant à la circulation, elle se demanda si Frank avait au moins remarqué son absence. Pour lui, tout cela n'était qu'un jeu, certes excitant, et il devait exulter à la suite de son succès. Ce soir, après deux Dewar *on the rocks*, il aurait probablement une pensée pour les victimes et leur famille. Il songerait aussi à elle : qu'allait-il advenir d'un psychiatre dont la réputation était aussi gravement compromise ? De telles pensées ne l'habiteraient pas bien longtemps ; il avait d'autres soucis en tête.

Qu'attendait-elle pour tirer elle aussi un trait sur cette affaire ? La nuit venue, elle écouterait le ressac, seule dans son lit, en s'étonnant qu'il s'accorde presque au rythme de son cœur, et elle tenterait une fois de plus de surmonter son chagrin et son sentiment de culpabilité.

Quel indice avait-elle négligé ? Quel signe avait-elle laissé passer ? Le souvenir de cette souffrance ferait-il d'elle un meilleur thérapeute ? En tout cas, à 7 heures du matin, elle s'habillerait pour aller travailler.

Aider autrui...

C'était le seul moyen de s'en sortir.

Accroupie devant la caverne, la Fille regarde la pluie tomber du ciel. Elle voudrait attraper une des boîtes de conserve qui l'entourent pour la lécher, mais elle l'a déjà fait un trop grand nombre de fois. Il n'y a plus rien à manger. Plus rien depuis tant de lunes... Derrière elle, des loups impatients et affamés.

Le ciel gronde et rugit. Les arbres frémissent, l'eau continue à tomber.

Elle s'endort.

Brusquement, elle s'éveille, laisse planer son regard autour d'elle, renifle. Une étrange odeur flotte dans l'obscurité. Elle devrait avoir peur et se réfugier au fond de son trou, mais elle n'arrive pas à bouger. Son estomac vide se serre si fort qu'elle souffre.

L'eau tombe moins violemment, elle crachote maintenant. Si seulement le soleil se montrait ! La vie est meilleure quand il y a de la lumière, et sa caverne est si sombre…

Une brindille craque, puis une autre.

Immobile, elle aimerait que son corps disparaisse contre la paroi de la caverne. Elle n'est plus que l'ombre d'elle-même, plate et figée. L'immobilité est si importante.

Il va revenir ? Il est parti trop longtemps. Plus de nourriture. Plus de jours ensoleillés. Même si elle est contente qu'Il soit parti, elle a peur sans Lui. Autrefois – il y a bien longtemps – Elle l'aurait aidée, mais Elle est *morte*.

Quand le silence revient dans la forêt, elle penche son visage dans la lumière grisâtre. Bientôt l'heure de dormir ; bientôt il fera nuit partout. L'eau tombe doucement ; elle a bon goût.

Que faire ?

Elle regarde le petit animal à côté d'elle. Il est en état d'alerte, en train de flairer. Elle effleure son doux pelage et sent son corps trembler. Il se demande lui aussi s'Il va revenir.

Il est parti depuis une lune ou deux, au plus. Mais tout a changé quand Elle est morte. Quand Il est parti, lui, Il a parlé à la Fille : « Soissagependantmonabsencesinon. »

Elle ne comprend pas tout, mais elle sait ce que signifie « sinon ».

C'est tout de même trop long depuis qu'Il est parti. Il n'y a rien à manger. Elle s'est détachée et est allée cueillir des baies et des noisettes dans les bois, mais la saison sombre est arrivée. Bientôt elle sera trop

faible pour trouver de la nourriture, et il n'y en aura plus du tout quand le blanc se mettra à tomber et transformera son souffle en brouillard. Les Étrangers qui vivent Là-Bas la terrifient, mais elle meurt de faim et s'Il revient et voit qu'elle peut arriver à se détacher, ça ira mal.
Elle doit partir.

La ville de Rain Valley, tapie entre l'immense Olympic National Forest et le ressac mugissant de l'océan Pacifique, était le dernier bastion civilisé avant les profondes forêts.
Non loin de là, certains endroits n'avaient jamais été effleurés par les rayons dorés du soleil. Les ombres étaient si denses sur le sol noir, riche en terreau, que les rares marcheurs assez hardis pour pénétrer dans la forêt se croyaient tombés dans un repaire d'ours en hibernation. Malgré les bonds prodigieux de la science, cet espace était resté immuable depuis des siècles. Aucun homme n'y avait mis le pied.
À peine cent ans plus tôt, des colons étaient parvenus dans cette zone magnifique, entre Rain Valley et l'océan. Après avoir abattu juste assez d'arbres pour cultiver la terre, ils avaient compris ce que les indigènes savaient déjà : ce lieu ne se laisserait pas apprivoiser. Ils avaient donc abandonné leurs instruments aratoires pour se mettre à pêcher. Le saumon et le bois étaient devenus les deux industries locales.
La ville avait donc prospéré pendant quelques décennies, mais les écologistes avaient découvert Rain Valley dans les années quatre-vingt-dix. Leur objectif : sauver les oiseaux, les poissons et les arbres séculaires. Ils avaient oublié, dans leur combat, les hommes qui

vivaient là. Au fil des ans, la ville s'était lentement dégradée. Les grandioses projets des citoyens les plus dynamiques s'étaient évanouis. Les réverbères prévus n'avaient jamais été installés ; la route menant à Mystic Lake était restée une double voie mal goudronnée, parsemée de dangereux nids-de-poule. Quant aux lignes téléphoniques et électriques aériennes, elles pendaient paresseusement d'un poteau à un autre, permettant à la moindre branche d'interrompre l'alimentation de la ville en énergie à la première tempête venue.

Dans d'autres contrées où l'homme avait depuis longtemps imposé sa marque, une telle dégradation aurait porté un coup mortel au sens civique des habi‑ tants, mais ce n'était pas le cas dans cette bourgade. Les habitants de Rain Valley étaient des êtres valeu‑ reux, satisfaits de vivre en un lieu où il pleut plus de deux cents jours par an et où le soleil est traité comme un oncle fortuné dont on attend avec impatience les rares visites. Ils résistaient à la grisaille des jours, aux pelouses spongieuses, et demeuraient les fils et filles des pionniers qui étaient venus jadis s'établir parmi les arbres séculaires.

En ce 17 octobre, pourtant, leur moral était mis à l'épreuve. L'automne cédait depuis peu la place à l'hiver imminent. Certes, les arbres affichaient encore leurs couleurs spectaculaires et les pelouses avaient reverdi après avoir roussi durant l'été mais, indénia‑ blement, l'hiver approchait. Pendant toute la semaine, le ciel gris et bas avait été couvert de nuages sinistres, et il avait plu sans cesse.

À l'angle de Wheaton Way et de Cates Avenue s'élevait le commissariat de police, une massive bâtisse de pierres grises surmontée d'une coupole et entourée d'une pelouse verdoyante plantée d'un mât. À l'intérieur, le vétuste éclairage au néon peinait à vaincre l'obscurité. Il était 16 heures mais on se serait cru beaucoup plus tard, en raison du mauvais temps.

Les gens qui travaillaient là essayaient de ne pas y faire attention. Si on les avait interrogés, ils auraient prétendu que quatre ou cinq jours de pluie consécutifs étaient acceptables, et même plus s'il s'agissait seulement d'un crachin. Mais cette longue période de mauvais temps avait quelque chose d'inhabituel. Après tout, on n'était pas encore en janvier. Les premiers jours, assis à leurs bureaux respectifs, ils s'étaient contentés de se plaindre avec bonhomie de la distance à franchir entre leur voiture et la porte d'entrée. Leurs conversations étaient maintenant ponctuées par le martèlement continuel de la pluie sur le toit.

Debout à la fenêtre, Ellen Barton – Ellie pour ses amis, innombrables en ville – observait la rue. La pluie donnait au monde une apparence irréelle. Elle s'aperçut dans la vitre striée d'eau – non pas son reflet proprement dit, mais un jeu de lumières fugaces. Comme toujours, elle se revoyait sous les traits de la jeune fille qu'elle était naguère : longs cheveux noirs, yeux bleu vif, sourire étincelant. La reine du bal de fin d'année du collège, la chef des *cheerleaders*. Toute de blanc vêtue, bien sûr. La couleur des mariées, de l'espoir, et des familles en train de se fonder.

— Il faut que j'en grille une, Ellie. Oui, absolument ! J'ai fait de mon mieux, mais je n'en peux plus... Si je ne fume pas, je fonce sur le frigo, annonça Peanut.

— Retiens-la, marmonna Cal depuis sa place au standard.

Penché sur le téléphone, une mèche sombre lui tombait dans les yeux. Au collège, Ellie et ses copines l'appelaient le Corbeau, à cause de sa tignasse noire. Anguleux et gauche, il donnait l'impression de ne pas se sentir tout à fait bien dans sa peau mais, à l'approche de la quarantaine, il avait gardé une apparence juvénile. Seuls ses yeux au regard intense révélaient le chemin parcouru.

— Sois dure avec elle, reprit-il. Il n'y a pas d'autre solution.

— Mords-moi! suggéra Peanut.

Ellie soupira : cette discussion revenait sur le tapis tous les quarts d'heure. Les mains sur les hanches et les doigts en appui sur le lourd ceinturon qui enserrait sa taille, elle se tourna vers sa meilleure amie.

— Écoute, Peanut, nous sommes dans un établissement public et je suis le chef de la police. Comment pourrais-je te laisser enfreindre la loi?

— Très juste! lança Cal.

Il allait en dire plus quand un appel lui parvint.

— Commissariat de Rain Valley, répondit-il aussitôt.

— C'est ça! maugréa Peanut. La loi et l'ordre avant tout… Mais que dis-tu de Sven Morgenstern, qui se gare chaque jour devant son magasin, juste au niveau de la bouche d'incendie? Quand as-tu fait enlever sa voiture pour la dernière fois? Quant à Large Marge, elle vole à l'étalage du drugstore deux boîtes d'esquimaux et un flacon de vernis à ongles tous les dimanches après la messe. Je n'ai pas rempli son dossier d'arrestation depuis un bout de temps! Pourvu que son mari paye la note, je suppose que ça ne pose pas de problème…

Sa phrase resta en suspens. Ellie savait qu'elle pouvait citer une bonne dizaine d'autres exemples. Mais enfin, Rain Valley n'était pas le centre-ville de Seattle ! Elle était chef de police depuis quatre ans, après huit années de patrouille. Bien qu'elle fût prête à tout, elle n'avait rien eu à traiter de plus grave qu'un délit d'effraction.

— Tu m'autorises à en griller une ? Sinon, je prends un beignet et un Red Bull ! proféra Peanut.

— Tu veux te tuer ?

— Au moins, ça ne mettra pas notre vie en danger, ironisa Cal. Tiens bon, El ! En tant qu'agent de police, elle n'a pas le droit de fumer dans un établissement public.

— Tu fumes trop, déclara finalement Ellie.

— Oui, mais je mange moins.

— Si tu te reprenais ton régime à base de saumon ? Ou de pamplemousses ? C'était plus sain.

— Arrête de discuter ! J'ai besoin de fumer.

— Tu t'es mise à fumer depuis quatre jours, Peanut, objecta Cal. Tu peux te passer d'une cigarette !

Ellie secoua la tête. Si elle n'intervenait pas, ces deux-là passeraient la journée à se chamailler.

— Retourne aux réunions des Weight Watchers, Peanut, soupira-t-elle. Ça marchait bien !

— Pas si bien que ça... Six mois de soupe aux choux pour perdre quatre kilos ! Je t'annonce que je vais prendre un beignet.

Bataille perdue, se dit Ellie. Peanut – Penelope Nutter – et elle travaillaient côte à côte dans ce bureau depuis plus d'une décennie et avaient été les meilleures amies du monde dès le collège. Au fil des années, leur amitié avait résisté à toutes les tempêtes – depuis l'échec des deux fragiles mariages d'Ellie jusqu'à la récente décision, prise par Peanut, de fumer pour perdre du poids. Elle avait baptisé cette méthode le «régime hollywoodien», en insistant sur toutes les célébrités filiformes qui fumaient.

—Bon, mais une seule, Pea!

Devant cette capitulation, Peanut s'appuya des deux mains sur son bureau pour se relever. Les vingt kilos qu'elle avait gagnés en quelques années ralentissaient ses gestes. Elle se dirigea vers la porte et l'ouvrit, bien qu'aucune brise ne pût aspirer sa fumée par un jour aussi humide et maussade.

Ellie longea le corridor menant au bureau du fond, qui était en principe le sien, mais qu'elle utilisait rarement. Dans cette bourgade, les occasions officielles étaient rares; elle préférait donc s'installer dans la salle principale, en compagnie de Cal et Peanut. Elle fouilla dans le désordre et trouva un masque à gaz.

Après l'avoir mis, elle repartit en sens inverse dans le corridor.

Cal éclata de rire.

—Très drôle, ricana Peanut en s'interdisant de sourire.

Ellie souleva son masque.

—Si je souhaite avoir un jour des enfants, j'ai intérêt à me soucier de mon utérus.

—Au lieu d'être obsédée par les fumées toxiques, tu ferais mieux de rechercher activement un partenaire!

—Elle les a tous essayés, de Mystic à Aberdeen, claironna Cal. Le mois dernier, elle est même sortie avec le type des services postaux. Un beau mec, qui oublie toujours où il a garé son camion.

Peanut souffla une bouffée de fumée et toussa.
— Tu devrais être moins exigeante, Ellie !
Cal fit la grimace.
— En tout cas, tu as l'air de savourer cette fumée, Peanut.
Elle le rembarra aussitôt.
— On était en train de parler des amours d'Ellie !
— C'est votre unique sujet de conversation…

Il avait marqué un point, songea Ellie. C'était plus fort qu'elle, les hommes l'attiraient comme un aimant. Et elle tirait habituellement – toujours, à vrai dire – le mauvais numéro.

«La malédiction des reines de beauté provinciales», selon les termes de Peanut. Si seulement, comme sa sœur, elle avait appris à compter sur son intelligence plus que sur son physique ! Hélas, elle aimait s'amuser et avait un tempérament romantique.

Cela ne lui avait pas permis de rencontrer le grand amour. D'après Peanut, elle n'avait pas le sens du compromis, mais c'était inexact. Ses deux expériences conjugales avaient échoué parce qu'elle avait épousé de beaux garçons, instables et coureurs. Son premier mari, Al Torees, ancien capitaine de l'équipe de foot du lycée, aurait dû la dégoûter des hommes pour longtemps mais, quelques années après son divorce, elle s'était remariée avec un autre séduisant *loser*. Des choix pitoyables – pourtant, ses divorces n'avaient guère entamé son optimisme. Elle croyait toujours au grand amour qui la transporterait au septième ciel. Elle y croyait car cet amour-là avait existé entre ses parents.

— Je ne peux pas descendre plus bas sans déchoir, Pea ! Cal devrait peut-être me présenter à l'un de ces crétins du festival de bandes dessinées…

Cal, piqué au vif :

— Nous ne sommes pas des crétins !

Peanut, soufflant une nouvelle bouffée de fumée :

— Vous êtes des adultes qui trouvent que les hommes sont à leur avantage quand ils portent des collants.

— Tu nous prends pour des gays ?

— Absolument pas ! s'esclaffa Peanut. Les gays ont des relations sexuelles, alors que tes copains portent les costumes de *Matrix* en public. Je me demande comment tu as pu rencontrer Lisa…

Un silence embarrassant plana dans la pièce. Toute la ville savait que la femme de Cal avait la cuisse légère. Des rumeurs circulaient ; les hommes souriaient et les femmes fronçaient le sourcil quand on mentionnait son prénom. Mais, au commissariat de police, il n'en était jamais question.

Cal se replongea dans ses bandes dessinées et son carnet de croquis. Tout le monde comprit qu'il allait rester muet un bon moment.

Ellie s'assit à son bureau, les pieds en l'air. Adossée au mur, Peanut la fixait à travers un nuage de fumée.

— J'ai vu Julia aux informations, hier.

— Sans blague ? Je devrais regarder plus souvent la télé, marmonna Cal en levant les yeux.

Ellie retira le masque à gaz, qu'elle posa sur son bureau.

— Un arrêt de non-lieu a été rendu à son procès.

— Tu l'as appelée ?

— Bien sûr. Son répondeur avait une charmante intonation. Je crois qu'elle m'évite.

Peanut avança d'un pas. Les anciens planchers de chêne, mis en place au début du siècle, alors que

Bill Whipman était chef de police, vibrèrent ; mais comme tout le reste à Rain Valley, ils ne manquaient pas de solidité. Le West End était un quartier où les choses et les gens étaient destinés à durer.

— Tu devrais faire une nouvelle tentative.

— Sais-tu à quel point elle est jalouse de moi ? Ce n'est sûrement pas maintenant qu'elle aura envie de me parler.

— Tu t'imagines que tout le monde est jaloux de toi.

— C'est faux.

« Mon œil ! » sembla dire Peanut, en jetant à Ellie un regard qui était la pierre de touche de leur amitié.

— Voyons, Ellie ! Ta petite sœur avait l'air mal en point. Oses-tu prétendre que tu ne peux pas lui parler… sous prétexte que tu étais la reine du bal il y a vingt ans, alors qu'elle appartenait au club de maths ?

Effectivement, Ellie aussi avait remarqué cette lueur de panique dans le regard de Julia, et elle avait eu envie de tendre une main secourable à sa jeune sœur. Julia avait toujours été trop sensible – ce qui avait fait d'elle une grande psychiatre.

— Je t'assure qu'elle ne m'aurait pas écoutée, Peanut. Elle me prend pour une imbécile, et peut-être que…

Un bruit de pas l'interrompit. Quelqu'un arrivait en courant. Ellie se releva à l'instant où la porte allait cogner le mur avec un craquement.

Lori Forman entra : trempée de la tête aux pieds, elle semblait grelotter, et ses enfants – Bailey, Felicia et Jeremy – étaient agglutinés autour d'elle.

— Viens tout de suite ! lança-t-elle à Ellie.

— Reprends ton souffle, Lori, et explique-moi de quoi il s'agit.

— Tu ne me croiras pas ! J'ai tout vu de mes propres yeux et je ne peux pas y croire moi-même. Il se passe quelque chose sur Magnolia Street…

— Chouette ! s'écria Peanut. Un événement dans notre ville…

Elle prit son blouson sur le portemanteau, à côté de son bureau.

— Cal, dépêche-toi de transférer tes appels d'urgence sur ton portable. Pas question d'en perdre une seule miette !

Ellie fut la première à franchir la porte.

2

Ellie gara son véhicule sur une place de parking, à l'angle de Magnolia Street et de Woodland, puis arrêta son moteur, qui toussota plusieurs fois comme un vieillard avant de faire silence. La pluie cessa au même moment et le soleil se montra à travers les nuages.

Bien qu'elle eût toujours vécu là, ce soudain changement de temps la surprit. C'était l'instant magique, le moment où chaque feuille, chaque brin d'herbe apparaît distinctement, et où le soleil, luisant de pluie et adouci par l'approche de la nuit, donne au monde un halo d'une incroyable beauté.

Peanut, sur le siège du passager, se pencha en avant; le vinyle crissa.

— Rien en vue!

— J'vois rien non plus, lança Cal, assis bien droit à l'arrière, ses longues mains osseuses jointes devant lui.

Ellie scruta la grand-place. Des nuages grisâtres défilaient dans le ciel, sans parvenir à ternir la lumière du soleil. Les cinq pâtés de maisons de Rain Valley brillaient d'un éclat surnaturel ; les devantures de brique, construites à l'époque faste de la pêche au saumon et de l'exploitation du bois, brillaient comme du cuivre martelé.

Il y avait foule devant le drugstore Swain, et de l'autre côté de la rue, devant le salon de coiffure Lulu. Les clients de la Pour House ne tarderaient sûrement pas à affluer pour connaître la raison de cet attroupement.

— Vous êtes là, chef ? demanda une voix à la radio.
Ellie pressa le bouton et répondit :
— Je suis là, Earl.
— Venez jusqu'à l'arbre de Sealth Park.
Il y eut des parasites, et Earl ajouta :
— Avancez lentement ! Je ne plaisante pas...
— Reste ici, Peanut, et toi aussi, Cal, articula Ellie.

Elle sortit de la voiture, le cœur battant à se rompre. Jamais elle n'avait reçu un appel aussi étrange : l'essentiel de sa tâche consistait à ramener les ivrognes chez eux ou à sermonner les élèves de l'école sur les dangers de la drogue. Mais elle s'attendait à tout, car son oncle Joe, chef de police pendant trois décennies dans cette ville, lui avait maintes fois fait la leçon : « Ne t'endors pas ! Ta tranquillité peut voler en éclats comme du verre. »

Attentive à ses conseils, elle prenait son travail au sérieux malgré son apparente nonchalance. Toujours au courant des dernières nouvelles, elle s'entraînait consciencieusement au tir et veillait sur sa ville d'un œil attentif. Elle excellait en tout cela, avec autant d'acharnement que s'il s'agissait de mettre sa beauté en valeur.

Elle descendit la rue, frappée par le calme qui y régnait. On aurait entendu une mouche voler... Ce silence était insolite dans une ville où les ragots allaient bon train.

Après avoir dégrafé son holster, elle saisit son arme : c'était la première fois qu'elle effectuait ce geste sur le terrain.

Ses talons claquaient sur le trottoir. De chaque côté de la rue, le caniveau s'était mué en une rivière argentée et bouillonnante. En s'approchant des feux de croisement, elle entendit des murmures et vit des gens pointer un doigt en direction du Chief Sealth City Park.

— Elle est là-bas, dit quelqu'un.
— Le chef Barton saura ce qu'il faut faire.

Quand elle s'arrêta au croisement, Earl courut vers elle, pareil à un pantin actionné par des ficelles. Ses bottes de cow-boy résonnaient comme des coups de feu sur le trottoir glissant, la pluie avait strié son uniforme.

— Doucement ! souffla-t-elle, le visage rubicond.

À soixante-quatre ans, il manifestait toujours le plus grand respect à Ellie, bien qu'il fût entré dans la carrière avant sa naissance.

— Désolé, chef !
— Que se passe-t-il ? fit Ellie. Je ne vois rien.
— Elle est apparue il y a une dizaine de minutes, juste après cet énorme coup de tonnerre. Vous l'avez entendu ?
— Nous l'avons entendu, affirma Peanut, encore essoufflée par la marche.

Apercevant Cal à côté d'elle, Ellie fit volte-face.

— Je vous avais demandé, à tous les deux, de rester dans la voiture !

— C'était sérieux ? s'étonna Peanut. Je croyais qu'il s'agissait d'une de ces formalités. Dis donc, Ellie, nous n'allons pas manquer le premier appel intéressant depuis des années !

Cal approuva d'un signe de tête. Il aurait mérité une bonne claque... Le chef de la police de Los Angeles rencontrait-il les mêmes problèmes avec ses collègues et amis ?

— Racontez-moi, Earl, ordonna Ellie.

— Après le coup de tonnerre, la pluie s'est arrêtée subitement, et un soleil extraordinaire est apparu. C'est à ce moment-là que le vieux docteur Fischer a entendu un loup hurler.

Peanut frissonna.

— Comme dans *Buffy*...

Ellie pria sèchement Earl de poursuivre son récit.

— C'est Mme Grimm qui a aperçu la fillette. Je me faisais couper les cheveux... Ne me demandez pas : « Quels cheveux ? »

Earl se retourna lentement et désigna un arbre.

— C'est quand elle a grimpé que nous vous avons appelée.

Ellie contempla l'arbre, qu'elle avait vu chaque jour de sa vie. Enfant, elle avait joué dans ses branches ; adolescente, elle avait fumé de mauvaises cigarettes mentholées à son pied ; et elle avait reçu son premier baiser (de Cal !) sous ses ramures. Rien de particulier n'attira son attention.

— C'est une plaisanterie, Earl ? marmonna-t-elle.

— Sainte Mère de Dieu, mettez vos lunettes !

Ellie prit dans sa poche de poitrine les lunettes d'appoint dont elle croyait encore pouvoir se passer, et qui pesaient trop lourd sur son nez ; puis elle cligna des yeux derrière les verres ovales.

— Est-ce que… ?

— Oui, fit Peanut.

Un enfant se cachait en haut de l'érable au feuillage automnal. Comment pouvait-on grimper si haut sur ces branches glissantes de pluie ?

— Earl, comment savez-vous qu'il s'agit d'une fille ? souffla Cal.

— Une simple déduction, à cause de sa robe et de ses longs cheveux…

Ellie s'avança d'un pas pour mieux voir.

L'enfant devait avoir cinq ou six ans au plus. Même de loin, elle paraissait d'une étonnante maigreur. Ses longs cheveux noirs étaient horriblement emmêlés, parsemés de feuilles et de débris végétaux. Dans ses bras était blotti un chiot hargneux.

Ellie rengaina son arme.

— Ne bougez pas, vous deux !

Elle fit un pas, s'arrêta, puis se tourna vers Peanut et Cal.

— Vous m'avez bien entendue ? Je ne voudrais pas avoir à tirer sur vous…

— Collée sur place ! s'écria Peanut.

— À la Superglu, renchérit Cal.

Comme elle se remettait en marche, Ellie entendit de vagues chuchotements. Sur le point d'arriver à destination, elle retira ses lunettes : elle ne se fiait pas encore au monde tel qu'elle l'apercevait derrière leurs verres.

À environ un mètre cinquante de l'arbre, elle leva les yeux : l'enfant était toujours là, lovée sur une branche incroyablement haute. Une fille, sans aucun doute.

Malgré son regard terrifié, la pauvre gamine paraissait tout à fait à l'aise sur son perchoir, un chiot dans les bras.

Un chiot, ou un louveteau ?

— Hé, petite ! fit Ellie d'une voix apaisante.

Elle regretta une fois de plus de ne pas avoir eu d'enfants, car une intonation maternelle aurait été la bienvenue à cet instant.

— Que fais-tu là-haut ?

Le louveteau gronda et montra les dents.

— Je ne te ferai pas de mal, c'est juré ! ajouta-t-elle, les yeux rivés sur ceux de l'enfant. Bon, on recommence. Je m'appelle Ellen Barton, et toi ?

Silence.

— Je suppose que tu t'es sauvée... Ou que tu joues à quelque chose... Quand j'étais petite, ma sœur et moi, on jouait aux pirates dans les bois. Et à Cendrillon... C'était mon jeu préféré, parce que Julia devait faire le ménage, pendant que je mettais une jolie robe pour aller au bal. C'est toujours mieux d'être l'aînée.

Ellie avait l'impression de parler à un mur.

— Si tu descendais avant de tomber ? Je veillerai sur toi.

Ellie continua à argumenter une quinzaine de minutes, en disant tout ce qui lui passait par la tête, jusqu'à ce que son inspiration se tarisse. Pas un mot ni un geste de l'enfant qui restait si immobile qu'elle semblait à peine respirer.

Pour finir, elle alla rejoindre Peanut et Cal.

— Comment la faire descendre, chef ? demanda Earl, soucieux.

Son front pâle et moite se plissait, et il caressait nerveusement son crâne presque chauve, évoquant ainsi la tignasse rousse qui l'avait caractérisé pendant des années.

Comment procéder ? se demandait effectivement Ellie. Au commissariat, elle disposait de toutes sortes de manuels et d'ouvrages de référence, qu'elle avait mémorisés pour passer son examen de chef de la police. Elle se souvenait de chapitres sur le meurtre, la mutilation, le vol, le kidnapping – mais pas un seul paragraphe sur la manière de faire descendre une enfant silencieuse et un louveteau d'un arbre de Main Street !

— Quelqu'un l'a vue grimper ? lança-t-elle.

— Mme Grimm ! D'après elle, l'enfant semblait rôder, peut-être avec l'intention de voler des fruits dans les cageots du marché. Quand le Dr Fischer l'a appelée, elle a traversé la rue en courant et sauté dans l'arbre.

— Sauté ? s'étonna Ellie. Elle est à cinq ou six mètres au-dessus du sol !

— J'ai eu du mal à le croire, chef, mais plusieurs témoins l'ont confirmé... Ils disent aussi qu'elle courait plus vite que son ombre. Mme Grimm s'est signée en me racontant cela.

Ellie sentit sa migraine venir. Avant l'heure du dîner, toute la ville aurait entendu parler d'une fillette qui courait plus vite que son ombre et sautait au faîte d'un érable. Le bruit ne tarderait pas à se répandre qu'elle avait des flammes au bout des doigts et volait de branche en branche.

— Il faut s'organiser, marmonna-t-elle entre ses dents.

— La brigade des pompiers bénévoles est allée récupérer Scamper dans un sapin de Peninsula Road, suggéra Earl.

Peanut croisa les bras.

— Scamper est un chat!

— Je le sais, Penelope, mais nous n'avons pas de protocole pour les enfants cachés dans les arbres avec des loups…

— C'est une bonne idée, Earl, admit Ellie en effleurant son bras. Mais cette petite est terrifiée. À la vue de la grande échelle rouge, elle risque de tomber!

Signe évident d'une profonde concentration, Peanut tapota contre ses dents un ongle violet orné d'étoiles.

— Je parie qu'elle est affamée, dit-elle enfin.

— Tu t'imagines que tout le monde est affamé! ricana Cal.

— Pas du tout.

— Et si j'essayais de lui parler? Qu'en penses-tu, El? insista Cal. Ma Sarah a à peu près le même âge.

— Non, moi! Je suis une maman, après tout, riposta Pea.

Ellie les rabroua.

— Taisez-vous, tous les deux! Earl, va à la cantine et rapporte-moi un bon repas bien chaud. Du lait aussi, et peut-être une tranche de la tourte aux pommes de Barbara.

— Bonne idée! Mme Grimm avait l'impression que cette gamine essayait de voler de la nourriture, s'exclama Earl en souriant de toutes ses dents. D'ailleurs je crois avoir vu quelque chose de ce genre dans je ne sais quel feuilleton. Je crois que c'était…

— C'est moi qui ai eu l'idée, dit Peanut en se rengorgeant.

— Évidemment, tu ne penses qu'à bouffer, observa Cal.

— Et faites circuler les badauds ! s'impatienta Ellie. Je ne veux personne à deux blocs à la ronde.

Le sourire d'Earl s'évanouit.

— Ils refuseront de bouger.

— Nous sommes là pour faire respecter la loi, Earl. Dites-leur de rentrer chez eux !

Il jeta un regard en coin à Ellie : ils savaient l'un et l'autre que son expérience en la matière était limitée. Malgré plusieurs décennies passées à patrouiller dans les rues, il avait surtout avalé un nombre incalculable de tasses de café et distribué des PV pour stationnement illicite.

— Je devrais peut-être appeler Myra ; tout le monde obéit à ses ordres.

— Tu n'as pas besoin de ta femme pour dégager les rues, Earl, objecta Ellie. S'il le faut, tu n'as qu'à distribuer des PV. Ça te connaît !

Earl prit un air de chien battu et se dirigea vers le salon de coiffure. Au niveau du drugstore, un attroupement se forma autour de lui. Les gens ne tardèrent pas à bougonner.

— C'est le plus grand événement survenu dans notre ville depuis que Raymond Weller a embouti le camping-car de Thelma avec sa voiture ! gloussa Peanut. Comment oses-tu les priver d'un tel spectacle ?

— *Les ?* ricana Ellie en dévisageant sa meilleure amie.

Peanut, indignée, écarquilla les yeux.

— Pas *moi*, tout de même !

— Écoute, Pea, nous sommes en présence d'une fillette terrifiée ; en plus, j'ai l'impression qu'elle ne tourne pas rond... Distraire les habitants de Rain Valley n'est certainement pas ma priorité ! Cal et toi, vous allez me rapporter un filet du commissariat. Je pense que ça ne va pas être une mince affaire que d'attraper cette pauvre gamine. Appelle Nick à Mystic, et Ted sur le réseau. Vois si une fillette ne s'est pas perdue au parc aujourd'hui. Et toi, Cal, contacte Mel. Il doit être à l'entrée du parc, en train de filer des contraventions aux touristes. Dis-lui de ratisser la ville : cette petite n'est pas d'ici, mais elle habite peut-être chez quelqu'un du coin.

— À tes ordres ! fit-il en se dirigeant vers la voiture.

Peanut ne broncha pas.

— Vas-y ! ordonna Ellie.

— J'y vais, soupira son amie.

Une heure et demie plus tard, le calme régnait sur les rues du centre-ville. Les magasins avaient reçu l'ordre de fermer, les places de parking étaient vides. Un peu à l'écart, deux barrières de police avaient été installées. En tant que porte-parole d'Ellen Barton, chef de police, Peanut et Cal vivaient certainement le plus grand jour de leur vie.

— Ça doit t'étonner qu'une femme soit chef de police, disait Ellie.

Elle était assise depuis près d'une heure sur le banc de bois et de fer forgé placé sous l'érable, faisant son possible pour rester calme. Manifestement, elle ne parviendrait pas à convaincre la gamine de descendre de son perchoir – ce qui était loin de la surprendre. Elle pouvait conduire sans risque à cent cinquante kilomètres à l'heure, abattre un oiseau à cent cinquante mètres de distance, obliger un cambrioleur à passer aux aveux, mais ses connaissances en matière d'enfants tenaient dans un dé à coudre.

Peanut et Cal, qui étaient censés s'y connaître, estimaient l'un et l'autre qu'il fallait parler. C'était le plan A, consistant à faire descendre la fillette de son plein gré. Donc, Ellie parlait.

Elle jeta un coup d'œil au plateau posé au pied de l'arbre. Deux poulets parfaitement rôtis étaient entourés de quartiers de pomme et d'orange. Une appétissante tourte aux pommes reposait sur un autre plat. À cela s'ajoutaient une pile d'assiettes en carton et des fourchettes, ainsi qu'un verre de lait qui avait largement eu le temps de tiédir. De la nourriture pour gosses – cheeseburgers, frites, pizza – aurait été préférable. Ellie se reprocha de ne pas y avoir songé plus tôt.

Pourtant, les poulets embaumaient. Les borborygmes de son estomac lui rappelèrent que l'heure du dîner était passée. Sauter un repas n'était guère dans ses habitudes. Sans son aérobic quotidien dans un studio de danse local, elle aurait certainement pris du poids depuis le collège. Mais une femme de petite taille ne pouvait guère se le permettre, surtout si elle était célibataire et dans l'attente du grand amour.

Elle tourna imperceptiblement la tête vers la gauche et leva les yeux.

L'enfant lui rendit son regard avec une intensité troublante. Des yeux d'un bleu digne de la mer des Caraïbes, sous une frange de cils sombres. L'espace d'un instant, elle se souvint de sa seconde lune de miel, quand elle avait vu pour la première fois les tropiques et ces hordes de gosses à la peau brune jouant dans les vagues. Malgré leur maigreur, ils n'étaient que rires et sourires.

Elle aperçut, de l'autre côte de la rue, l'énorme rhododendron devant la quincaillerie. Derrière, un employé de l'Animal Control pointait vers le louveteau une flèche contenant un tranquillisant; un homme du parc animalier se tenait à proximité, avec une muselière et une cage.

Continue de parler! s'ordonna-t-elle en soupirant.

— Je n'avais pas rêvé de devenir flic. Les hasards de la vie... Ma sœur Julia était une battante; à dix ans, elle savait déjà qu'elle serait médecin. Moi, je voulais simplement qu'elle me donne sa collection de poupées Barbie.

Elle sourit avec amertume.

— J'avais vingt et un ans la deuxième fois que je me suis mariée... Quand ça a mal fini, je suis retournée vivre avec mon père. Pas génial pour une fille qui a l'âge légal de boire; et, bon Dieu, je buvais! Les margaritas et le karaoké étaient toute ma vie en ce temps-là. Je voulais chanter dans un groupe, mais j'ai renoncé. Voilà mon histoire... L'oncle Joe, qui était chef de police, a conclu un marché avec moi. Si j'allais à l'école de police, il me ferait grâce de mes PV de stationnement! En désespoir de cause, j'ai accepté. Après mes études, mon oncle m'a recrutée. Finalement, j'étais faite pour ce métier.

La fillette ne bronchait toujours pas.

L'estomac d'Ellie gargouilla bruyamment.

— Tant pis! grommela-t-elle en se penchant vers le poulet pour en arracher une cuisse.

En la croquant, elle ferma une seconde les yeux malgré elle, puis mâcha lentement et avala.

Un bruissement dans les feuilles… Un craquement dans les branches…

Ellie se figea. Une brise effleurait le parc, faisant crisser les feuilles jaunissantes.

La fillette se pencha en avant. Le bout rose de sa langue pointa entre ses lèvres. Il lui manquait une dent, devant.

— Viens, souffla Ellie.

Aucune réaction. Puisque les longues phrases ne marchaient pas, elle essaya de s'exprimer plus simplement.

— Descends ! Ici… Poulet. Gâteau. Dîner. Manger…

À ces mots, l'enfant se laissa tomber d'une branche et atterrit en douceur comme un chat, à quatre pattes, le louveteau toujours dans ses bras.

Incroyable ! Ses membres auraient dû se briser net au moment de l'impact.

Ellie sentit sa gorge se nouer. Elle n'était ni trop imaginative ni superstitieuse, mais, assise sur son banc, face à cette enfant décharnée et crasseuse serrant son louveteau blanc contre son cœur, elle éprouva une réelle terreur.

La fillette la transperçait du regard. Ses yeux d'un bleu-vert inquiétant semblaient tout voir.

Ellie ne bougeait pas, respirant à peine.

Le menton levé, la fillette huma l'air, puis lâcha lentement son louveteau, qui resta à côté d'elle. D'un pas précautionneux, elle s'approcha du poulet.

Un pas, puis un autre…

Ellie s'efforça de respirer plus posément. La fillette se déplaçait comme un animal sauvage, à l'affût ; le louveteau la suivait pas à pas. Elle finit par baisser les yeux, puis elle s'empara de la nourriture.

Jamais Ellie n'avait assisté à un tel spectacle. On aurait dit deux charognards dévorant leur proie. La fillette arrachait des lambeaux de poulet qu'elle fourrait dans sa bouche.

Ellie rassembla doucement son filet derrière elle. Plaise à Dieu que ça marche ! Elle n'avait pas le début d'un plan B. Pivotant à la manière d'une *cheerleader*, elle lança le filet qui s'abattit sur le louveteau et l'enfant en touchant le sol. Ce fut un déchaînement immédiat.

La fillette, affolée, se jeta à terre et roula sur elle-même pour se libérer, en agrippant le filet de nylon de ses doigts crasseux. Plus elle se débattait, plus elle était piégée. Le louveteau grondait. Quand la flèche se planta dans son flanc, il laissa échapper un glapissement de surprise et vacilla avant de s'écrouler. La petite hurlait d'une voix déchirante.

— Ne t'inquiète pas, ma chérie, dit Ellie en s'approchant. Il n'est pas en danger… On va prendre soin de lui.

La fillette posa l'animal endormi sur ses genoux et le caressa furieusement pour le réveiller. N'y parvenant pas, elle émit un gémissement désespéré qui déchira le silence et dispersa une nuée de corbeaux dans le ciel assombri.

En s'approchant par-derrière, Ellie remarqua une étrange odeur de feuilles en décomposition et de terreau, mêlée à des relents ammoniaqués d'urine.

Après avoir dégluti avec peine, elle sortit la seringue hypodermique de sa manche et l'enfonça dans les fesses de l'enfant.

— Désolée, murmura-t-elle. Une simple précaution… Tu vas t'endormir une minute ou deux, et je te promets de veiller sur toi.

En essayant de reculer pour échapper à Ellie, la fillette perdit l'équilibre. Un gémissement poignant s'échappa une fois encore de sa gorge, puis elle s'effondra. Lovée autour de son louveteau inconscient, elle semblait incroyablement frêle et plus vulnérable que tout autre être humain.

Aux derniers instants de l'ascension, le ciel pâle de la côte du Pacifique avait perdu ses reflets dorés et prenait petit à petit une teinte légèrement saumon.
Essoufflé, il s'interrompit dans sa descente, tourna sur lui-même, suspendu à sa corde et à son harnais, pour admirer la vue.
De son perchoir sur le versant granitique, à près de douze cents mètres au-dessus du bleu cristallin d'un lac sans nom, Max Cerrasin avait le monde sous les yeux. Autour de lui s'élevaient les pics déchiquetés et majestueux des Olympic Mountains. Ce paysage, d'une beauté à couper le souffle, était aussi éloigné que possible du monde civilisé. Autant qu'il sache, personne avant lui n'avait escaladé ce dangereux bloc rocheux en surplomb.
Ce sport le passionnait : quand on est accroché dans les airs par une pièce métallique ancrée dans une pierre, le monde extérieur n'existe plus. On peut dire adieu aux soucis, au stress et aux souvenirs douloureux. Seuls comptent la beauté, la solitude et le risque. Surtout le risque ! Rien de tel qu'un danger imminent pour donner à un homme le sentiment qu'il est en vie.
Toujours haletant et trempé de sueur, il descendit lentement, centimètre par centimètre, et caressa le granit avec une conscience claire de ses faiblesses et de son instabilité.

Il manqua un pas et se mit à dévisser. Le roc s'effrita sous sa main ; une grêle de pierres fouetta son visage. En chute libre, l'espace d'une seconde, il sentit son estomac se serrer et son cœur battre la chamade ; puis il tendit la main et trouva un point d'appui. Il rit de soulagement et laissa son front reposer sur la fraîcheur du roc, tandis que le rythme de son cœur revenait à la normale.

Après avoir épongé son front, il continua à descendre. Plus sûr de lui à mesure qu'il approchait du sol, il prenait de la vitesse. Il était presque arrivé – à moins de neuf cents mètres de son but – quand son téléphone portable sonna.

Il sauta à terre, récupéra l'appareil dans son sac à dos et décrocha. Avant même de voir le numéro, il comprit qu'il s'agissait d'une urgence.

La nouvelle de l'apparition d'une fillette s'était répandue à Rain Valley comme une ondée printanière. Avant 21 heures ce soir-là, la foule s'était rassemblée devant l'hôpital du comté. Cal répondait aux innombrables coups de téléphone. Il avait surpris Ellie en proposant de travailler plus tard que d'habitude, lui qui filait habituellement à la maison comme une flèche pour préparer le dîner de sa femme et de ses gosses. Mais on parlait maintenant d'un « enfant-loup volant », doué de pouvoirs magiques, et tout le monde voulait participer à l'événement. Il y aurait affluence, le lendemain matin, au parc animalier pour voir le louveteau capturé par la police.

À l'hôpital, la fillette était allongée sur un lit étroit. On avait fixé plusieurs électrodes à son crâne et à son thorax. Une sangle en cuir, enroulée autour de son poignet gauche, l'attachait au rebord du lit, bien que dans cet état de torpeur elle n'eût rien d'inquiétant. Plus personne n'utilisant ces sangles depuis dix ans, les infirmières avaient dû passer des heures à les chercher dans la pièce de stockage.

Ellie s'éloigna du lit, bras croisés. Peanut, à ses côtés, était muette, pour une fois. Elles s'en voulaient, toutes les deux, de laisser Earl endiguer la foule à l'extérieur, et Cal gérer les coups de téléphone, mais il fallait absolument déléguer. Ellie avait besoin de parler au médecin, et Peanut… Eh bien, Peanut ne voulait pas perdre un iota du drame. Elle ne s'était absentée du commissariat qu'une demi-heure depuis l'apparition de la fillette pour passer dîner chez elle. Sa fille, Tara, gardait les enfants de Cal.

Le docteur Cerrasin examinait maintenant l'enfant. À intervalles réguliers, il marmonnait entre ses dents ; tout le monde gardait le silence autour de lui.

Ellie ne l'avait jamais vu aussi sérieux. Depuis six ans qu'il vivait à Rain Valley, il s'était fait une réputation – pas seulement pour ses capacités médicales. Il avait repris la clientèle du vieux docteur Fischer et s'était installé dans une villa avec vue sur le lac, en bordure de la ville. Toutes les femmes célibataires de vingt à soixante ans avaient été en émoi, elle-même incluse. Une véritable procession avait défilé devant sa porte pour lui apporter des plats mijotés.

Ensuite, elles avaient attendu qu'il fasse son choix. Elles attendaient encore. Au fil des ans, il était sorti avec un grand nombre d'entre elles, et s'était lié d'amitié avec presque toutes sans jamais jeter son dévolu sur aucune. Bien qu'il flirtât outrageusement, ses attentions étaient réparties avec la plus grande équité.

Même Ellie n'était pas parvenue à allumer durablement sa flamme. Comme la plupart, leur idylle avait été d'une incroyable brièveté. Depuis quelque temps, il semblait sortir de moins en moins et vivre en solitaire. Un si beau garçon, quel gaspillage dans une petite bourgade !

— Bon, dit-il enfin en passant une main dans ses cheveux gris acier.

Ellie s'éloigna du mur pour le rejoindre. Une grande fatigue se lisait dans les yeux bleus de Max. Rien d'étonnant à cela, car on l'avait joint sur une paroi rocheuse, quelques heures plus tôt. Il était venu directement sans prendre le temps de se changer et de passer sa blouse blanche. Il portait un vieux jean et un tee-shirt noir ; ses boucles grisonnantes étaient légèrement humides et ébouriffées, mais ses yeux d'un bleu électrique retenaient comme toujours l'attention. Quand son regard se posait sur vous, il n'y avait plus que lui dans la pièce. Même avec cet air las et indécis, il était le plus bel homme qu'elle ait jamais vu.

— Qu'en penses-tu, Max ?

— Elle est gravement sous-alimentée et déshydratée. On peut la réhydrater assez vite, mais son problème de malnutrition est grave.

Il souleva le poignet libre de l'enfant, qu'il encercla facilement de deux doigts. À côté de sa peau bronzée, celle de la petite paraissait grise et tachetée.

Ellie ouvrit son bloc-notes.

— Une petite Indienne ?

— Je ne pense pas ; sous sa crasse, il me semble qu'elle est blanche.

Le médecin lâcha le frêle poignet et souleva doucement la jambe droite, au niveau du genou.

— Tu vois ces cicatrices autour de la cheville?

Ellie se pencha et aperçut une épaisse couche de tissu cicatriciel décoloré.

— Des marques de liens?

— Très probablement.

— Cette pauvre petite était attachée?

— Depuis longtemps, à mon avis. Le tissu cicatriciel n'est pas récent, bien que les coupures, autour, le soient. J'ai constaté également, sur les radios, une fracture de l'avant-bras gauche qui s'est mal ressoudée.

— Donc il ne s'agit pas d'une fillette ayant échappé à la surveillance de ses parents au cours d'une promenade au parc.

— Ce n'est pas mon impression.

— A-t-elle subi des violences sexuelles?

— Non, aucune.

— Grâce au ciel!

— J'ai vu beaucoup de sales trucs dans les quartiers défavorisés, soupira le médecin. Mais jamais rien de semblable!

— Que peux-tu faire pour elle?

— Ce n'est pas mon domaine.

— Voyons, Max!

Ellie surprit dans ses yeux une ombre de tristesse, ou peut-être d'angoisse. Avec lui, rien n'était évident…

— Je peux procéder à des examens: électro-encéphalogramme, analyses sanguines, etc. Et si elle était consciente, je pourrais observer son comportement, mais…

— L'ancien hôpital de jour est vide. Tu pourrais l'observer à travers la vitre, avança Peanut.

— Bonne idée. Installe-la là-bas, Max. Il faudra verrouiller la porte, au cas où elle chercherait à s'enfuir. Demain matin, nous en saurons plus. Mel et Earl ratissent la ville ; ils vont trouver qui elle est. ou peut-être qu'elle nous le dira à son réveil.

— Ellie, nous sommes dans le pétrin, déclara Max en se tournant. Et tu le sais. Il faudrait peut-être s'adresser aux autorités supérieures.

Elle le toisa.

— Pour qui me prends-tu, Max ? Je suis capable de m'occuper moi-même d'une enfant perdue !

3

Debout dans sa chambre, devant son miroir, Julia scrutait son image d'un œil critique. Vêtue d'un tailleur-pantalon anthracite et d'un chemisier de soie rose pâle, elle avait enroulé ses cheveux blonds en torsade, comme toujours quand elle recevait ses patients – d'ailleurs peu nombreux maintenant. La tragédie de Silverwood lui avait coûté au moins soixante-dix pour cent de sa clientèle. Heureusement, certains d'entre eux lui restaient fidèles, et elle ne les aurait abandonnés pour rien au monde.

Elle prit son porte-documents et descendit au garage où l'attendait sa Toyota Prius Hybrid bleu acier. Quand la porte du garage s'ouvrit, la route était déserte : par cette chaude matinée d'octobre, les paparazzi ne l'attendaient plus à l'extérieur, fumant ou bavardant par petits groupes.

Enfin, elle n'était plus sur la sellette. Après une année de cauchemar, elle avait le droit de revivre. Il lui fallut plus d'une heure pour atteindre le cabinet, petit mais élégant, qu'elle louait sur Beverly Hills depuis plus de sept ans.

Après s'être garée sur sa place de parking, elle entra et referma doucement la porte derrière elle. Au premier étage, elle s'arrêta devant la plaque de cuivre fixée sur sa porte : « Dr Julia Cates ».

Elle pressa le bouton de l'interphone.

— Cabinet du Dr Cates, fit une voix. Que puis-je pour vous ?

— Salut, Gwen, c'est moi.

— Oh !

Il y eut un bourdonnement, et la porte s'ouvrit. Elle entra après voir pris une profonde inspiration. Le bureau sentait les fleurs fraîches, livrées tous les lundis matin. Bien que ses patients se fissent plus rares, elle n'avait jamais réduit la commande de fleurs – elle aurait eu l'impression de capituler.

— Bonjour, docteur, fit Gwen Connelly, sa réceptionniste. Félicitations pour hier !

Elle lui sourit.

— Merci, Gwen. Melissa est déjà arrivée ?

— Vous n'avez pas de rendez-vous cette semaine.

Une étrange compassion se lisait dans les yeux bruns de la jeune femme.

— Ils sont tous annulés, reprit-elle doucement.

— Tous ? Même Marcus ?

— Avez-vous lu le *L.A. Times* d'hier soir ?

— Non, pourquoi ?

Gwen sortit de la corbeille un journal qu'elle posa sur le bureau. « Tous les torts », annonçait le titre au-dessus d'une photo de Julia.

— Les Zuniga ont donné une interview après l'audience. Ils estiment que vous êtes entièrement responsable.

Julia se retint au mur pour garder l'équilibre.

— Je pense qu'ils essaient simplement de se mettre à l'abri, ajouta Gwen. Ils prétendent que vous auriez dû interner leur fille.

— Oh !

Gwen se leva et fit le tour du bureau. Petite et trapue, elle s'occupait du cabinet avec rigueur et efficacité, comme s'il s'agissait de son propre foyer.

— Vous avez aidé des tas de gens, lança-t-elle en s'avançant, les bras ouverts. Personne ne peut vous retirer ça !

Julia fit un pas de côté. Au moindre contact, elle risquait de craquer et de ne pas pouvoir reprendre le dessus. Gwen s'immobilisa.

— Vous n'êtes pas responsable !

— Merci... Je suppose que j'ai besoin de vacances.

Julia ébaucha un sourire, qui se figea comme un masque sur son visage.

— Il y a des années que je ne suis pas partie.

— Ça vous ferait du bien, approuva Gwen.

— Oh ! oui.

— J'annule les fleurs et j'appelle le gérant pour le prévenir que vous vous absentez quelque temps.

J'annule les fleurs.

Bizarrement, cette phrase troubla Julia plus que tout. Elle eut beaucoup de mal à garder une contenance tandis qu'elle escortait Gwen vers la porte pour lui dire au revoir. Une fois seule dans son bureau, elle se laissa tomber à genoux sur sa coûteuse moquette, la tête penchée en avant.

Elle n'aurait su dire combien de temps elle resta ainsi dans la pénombre, à écouter sa respiration et les battements de son cœur. Finalement, elle se releva tant bien que mal et promena son regard autour de la pièce. Et maintenant ? Sa clientèle était le centre de sa vie. En quête de réussite professionnelle, elle avait mis tout le reste en arrière-plan – amis, famille, loisirs. Elle n'était pas sortie avec un homme depuis près d'un an. En fait, depuis Philip. Elle s'approcha de son téléphone, les yeux fixés sur la liste des numéros préenregistrés. Le docteur Philip Westover était toujours le numéro sept. Elle éprouva un désir fulgurant de l'entendre lui dire « Ça ira, Julia » de son accent rocailleux. Après avoir été pendant cinq ans son meilleur ami et son amant, il était maintenant le mari d'une autre.

En amour, rien n'est jamais sûr.

Elle appuya en soupirant sur le deux. Son thérapeute, le Dr Harold Collins, répondit à la seconde sonnerie. Elle le voyait une fois par mois depuis l'internat, une obligation pour tous les étudiants en psychiatrie ; en fait, il était devenu un véritable ami.

— Bonjour, Harry, dit-elle en s'adossant au mur. Tu as vu le journal de ce matin ?

— Julia, je me faisais du souci à ton sujet.

— Moi aussi.

— Qu'attends-tu pour donner une interview et exposer ton point de vue ? Tu es ridicule d'endosser toute la culpabilité dans cette affaire ! Nous pensons tous que...

— À quoi bon ? Les gens croiront ce qu'ils ont envie de croire. Tu le sais bien.

— Il faut parfois se battre, Julia.

— Ce n'est pas dans ma nature.

En contemplant le ciel bleu par la fenêtre, Julia se sentit perplexe. Bien que leur conversation se poursuivît encore un moment, elle n'écoutait plus. Ses patients étaient son unique raison d'être, son seul domaine d'excellence. Elle aurait dû se construire une vie en même temps qu'une carrière. Parler de son vide intérieur ne servirait à rien, et elle avait eu tort d'appeler à l'aide.

—Je te laisse, Harry, murmura-t-elle. Merci pour tout.

—Julia…

Elle raccrocha et sortit.

Au bord des larmes, elle enleva son tailleur-pantalon, enfila un survêtement et alla s'installer sur le tapis de jogging de la pièce voisine. Récemment, elle en avait fait un usage excessif, à la suite duquel elle avait beaucoup trop fondu, mais c'était plus fort qu'elle.

Dans les ténèbres, elle posa le pied sur le bloc noir et pressa le bouton correspondant aux ascensions. Quand elle courait, elle oubliait presque son chagrin. Beaucoup plus tard, quand elle eut arrêté l'appareil et regagné son paisible appartement, elle réfléchit à ce que signifiait cette course effrénée qui n'avait aucun but.

En fin de soirée, un grand calme régnait dans les couloirs de l'hôpital du comté. Max appréhendait ce moment, auquel il préférait de loin le tohu-bohu des urgences quotidiennes.

Trop de pensées l'envahissaient en ces heures paisibles.

Il ajouta quelques notes dans le dossier de la fillette, en lui jetant un dernier regard. Parfaitement immobile, elle avait la respiration profonde et régulière que donne un sommeil sous somnifère. À son poignet gauche, la sangle de cuir brun était d'une épaisseur et d'une laideur obscènes.

Il prit sa main libre un moment dans la sienne. Ses doigts, propres maintenant, mais toujours sanguinolents et couverts de cicatrices, lui paraissaient minuscules et frêles dans sa paume. *Qui es-tu, ma petite?* songea-t-il.

Derrière lui, la porte s'ouvrit et se referma. Sans se retourner, il devina la présence de Trudi Hightower, l'infirmière-chef de l'équipe de garde. Il avait reconnu son parfum de gardénia.

— Comment va-t-elle ? fit Trudi en s'approchant.

Grande et belle, elle avait un regard tendre et une voix forte qu'elle prétendait avoir acquise en élevant toute seule ses trois fils.

— Pas bien.
— Pauvre gosse !
— On peut la transférer ?
— L'ancien hôpital de jour est prêt.

Quand Trudi se pencha pour soulever la sangle de cuir, Max effleura son poignet.

— Laisse ça ici.
— Mais…
— Elle a été assez ligotée.

Max prit l'enfant endormie dans ses bras et ils déambulèrent en silence dans les couloirs vivement éclairés, en direction de l'ancien hôpital de jour.

Il déposa ensuite la fillette sur le lit installé dans la chambre. Au lieu de murmurer «Bon dodo, ma petite», il s'entendit articuler :

— Je vais rester un moment avec elle.

Trudi posa doucement une main sur son avant-bras.

—Je termine dans quarante minutes. Tu veux passer chez moi?

Il acquiesça d'un signe de tête. Dieu qu'il avait besoin de se changer les idées! S'il rentrait seul chez lui ce soir-là, ses souvenirs ne manqueraient pas de l'assaillir.

Ellie garda les yeux fixés sur l'écran de l'ordinateur jusqu'à ce que les lettres se transforment en petites taches noires sur un fond d'une blancheur éblouissante. Une névralgie se déclencha au niveau de sa nuque et irradia dans sa colonne vertébrale. Si elle lisait encore un seul rapport sur un enfant disparu ou enlevé, elle se mettrait à hurler.

Il y en avait des milliers.

Des milliers de fillettes disparues, sans voix pour appeler au secours ou se manifester. Si elles avaient eu la chance de rester en vie quelque part, il appartenait à des professionnels de les retrouver et de les sauver.

Ellie ferma les yeux. Que faire de plus, après avoir tenté tout ce qui lui était venu à l'esprit? Avec les deux autres policiers, elle avait ratissé les rues de la ville. Ils avaient informé le shérif du comté qu'un enfant non identifié avait été découvert. Ils avaient aussi contacté le *Family Crisis Network*, ainsi que tous les organismes régionaux et nationaux. Personne n'avait entendu parler de cet enfant, et il devenait de plus en plus évident qu'une telle affaire concernait Rain Valley. C'était donc à *elle* de la traiter...

D'autres institutions juridiques et sociales pourraient être appelées à l'aide, mais cette fillette étant apparue dans sa ville, il lui appartenait de l'identifier. Le shérif du comté s'était dérobé au plus vite, et son «Désolé, elle se situe sur le domaine communal » en disait long. Personne ne prendrait la responsabilité de cette fillette tant qu'elle n'aurait pas été identifiée.

Elle éloigna son siège du bureau puis se leva et pétrit son cou douloureux en se cambrant.

Après avoir enjambé ses chiens endormis, elle alla sur la véranda admirer le jardin derrière sa maison. En bordure de la forêt, le monde était à la fois d'un calme absolu et profondément vivant. Comme toujours, elle sentit l'humidité omniprésente : venue de l'océan, elle formait des millions de gouttes de rosée sur les feuilles. À l'aube, ces gouttelettes tombaient sans bruit. Une pluie invisible, comme disait son père ; elle avait pris l'habitude de l'écouter, au moins pour se souvenir de lui.

— Si seulement tu étais là, papa ! souffla-t-elle en glissant ses pieds dans les sabots doublés de mouton posés près de la porte. Oncle Joe et toi, vous n'aviez pas froid aux yeux.

Elle traversa la véranda, descendit les marches et se dirigea vers la rivière à travers les lueurs roses et violettes du matin. La brume ondulait autour de ses chevilles en s'évaporant de l'herbe sombre.

Sa maison était de l'autre côté de la rivière, au-delà d'un champ marécageux. De loin, elle avait l'air à peine plus grande qu'une cabane à outils, mais elle savait à quoi s'en tenir.

Petite fille, elle avait marché chaque jour dans ce champ, et joué dans ce jardin.

Un instant, elle faillit y aller. Elle jetterait à nouveau des pierres contre ses carreaux et elle l'appellerait. Il l'écouterait exprimer ses craintes, et il la comprendrait. Comme avant.

Mais cette époque était révolue depuis plus de deux décennies. Lisa ne souhaitait sûrement pas être réveillée à l'aube par un jet de pierres contre la fenêtre de sa chambre à coucher. Et même si Cal répondait et venait s'asseoir auprès d'elle – non seulement son amie, mais son chef – il ne l'écouterait pas réellement. Il avait maintenant une vie de famille, une épouse, des enfants… Même si tout le monde savait que Lisa n'était pas digne de lui, il tenait à elle.

Ellie pivota sur elle-même et rebroussa chemin. Assise à son bureau, elle se replongea avec un soupir de lassitude dans les rapports sur les enfants disparus. La réponse devait nécessairement s'y trouver. Ce fut sa dernière pensée avant de s'endormir.

Un coup de klaxon la réveilla en sursaut.

— Merde, se dit-elle en s'apercevant qu'elle s'était assoupie devant son ordinateur.

Elle tituba jusqu'à la porte. Debout dans la cour, Peanut adressait un signe d'adieu à son mari, dont la voiture s'éloignait.

La montre d'Ellie indiquait 7h55.

— Que fais-tu là ? lança-t-elle d'une voix rauque comme si elle fumait deux paquets par jour.

— Je t'ai entendue dire à Max que tu le retrouverais à 8 heures à l'hôpital. Tu vas être en retard…

— Je ne t'avais pas proposé de nous rejoindre.

— Une simple omission de ta part, je suppose. Et maintenant, magne-toi le train !

Ellie extirpa de sa poche ses clés de voiture, qu'elle lança à Peanut avant de rentrer chez elle. Pas le temps de se doucher, et aucune raison de se changer, car elle était encore en uniforme. Après s'être brossé les dents, elle retira son maquillage de la veille et en étala une nouvelle couche.

Dans la cuisine, elle prit un paquet de côtelettes de porc – qui en contenait deux, comme de juste (voilà pourquoi elle devait passer un temps fou à faire de l'exercice!). Dans la vie, tout allait par doubles portions, ce qui ne simplifiait pas la vie des femmes seules. Elle posa le paquet sur une serviette en papier pour le décongeler dans le réfrigérateur.

Il était 8 heures pile quand elle monta dans son véhicule. Peanut écoutait un CD d'Aerosmith; Ellie coupa le son.

— Trop tôt pour ça.
— Tu n'as pas fermé l'œil de la nuit, je parie.
— Comment le sais-tu?
— Tu as un clavier imprimé sur la joue.
Ellie toucha sa joue.
— Ça se voit?
— À des kilomètres, mon chou!
Peanut pouffa de rire et reprit son sérieux.
— As-tu trouvé quelque chose?
— J'ai passé la nuit en ligne, et j'ai appelé les juridictions de cinq comtés. Personne ne signale la disparition d'un enfant dans la région. Pas récemment, en tout cas... Si nous lançons une recherche sur le plan national, il faudra passer en revue les dossiers de toutes les petites filles portées disparues ces dernières années.

À cette pensée, elles gardèrent le silence. Ellie s'apprêtait à lâcher une banalité quand elles entrèrent sur le parking de l'hôpital et aperçurent la foule massée devant la porte d'entrée.

— Ma parole, ça devient un vrai cirque!

Elle se gara sur un emplacement réservé aux visiteurs, saisit son bloc-notes et sortit du véhicule. Peanut, pour une fois silencieuse, la suivit.

Comme un troupeau d'oies, la foule s'envola vers elle, les sœurs Grimm – Daisy, Marigold et Violet – en tête. Les trois vieilles dames se ressemblaient comme les dents d'une fourchette et marchaient d'un même pas.

Daisy, l'aînée, prit la parole la première. Selon son habitude, elle serrait contre sa poitrine une vieille urne noire contenant les cendres de son défunt mari.

— Nous venons prendre des nouvelles de l'enfant.

— Qui est cette pauvre petite ? demanda Violet en jetant un coup d'œil par-dessus ses lunettes rayées.

— Peut-elle vraiment voler comme un oiseau ? s'enquit Marigold.

— Ou sauter comme un chat ? demanda quelqu'un derrière elle.

Ellie fit un effort pour se souvenir que tous ces gens étaient ses concitoyens, et même ses voisins et amis.

— Nous n'avons pas encore de réponse, mais je vous informerai dès que j'en saurai plus, déclara-t-elle. Pour l'instant, votre aide me serait précieuse.

— Tout ce que vous voudrez ! s'écria Marigold en sortant un carnet de notes fleuri de son sac en vinyle violet.

Sa sœur lui tendit un stylo-bille en forme de tulipe.

— Nous aurons besoin de vêtements pour cet enfant, précisa Ellie. Et peut-être d'un ou deux animaux en peluche pour lui tenir compagnie.

Sans lui laisser le temps d'en dire plus, les trois sœurs Grimm, ex-enseignantes, passant à l'action, répartissaient déjà les tâches. Ellie et Peanut s'éloignèrent sur l'allée bétonnée en direction des portes vitrées de l'hôpital, qui s'ouvrirent devant elles.

— Bonjour, Ellie! lança la réceptionniste. Le docteur Cerrasin vous attend à l'ancien hôpital de jour.

— Merci.

Peanut et elle traversèrent le vestibule et prirent l'ascenseur sans un mot. Au premier étage, elles passèrent devant la salle de radiographie et tournèrent à gauche. La dernière pièce à droite était l'ancienne crèche des enfants des employés, conçue et installée à une époque où les coffres de la ville étaient pleins. Depuis que la pêche au saumon avait décru et que les forêts étaient protégées, un tel luxe n'était plus envisageable. La pièce était vide, et on l'avait débaptisée au moins deux ans plus tôt.

Max les attendait, les bras croisés, dans le couloir. L'éclairage au néon se perdait dans ses cheveux et ternissait son éternel bronzage. Ellie ne l'avait pas vu aussi mal en point depuis qu'il avait déboulé d'une douzaine de mètres sur un versant montagneux. À l'époque, il était revenu avec les deux yeux au beurre noir et une lèvre fendue.

En les apercevant, il leur adressa un signe, sans même esquisser un sourire; puis il fit un pas de côté pour leur laisser une place près de la vitre.

Elles avaient sous les yeux une petite salle rectangulaire, avec des murs rouges et jaunes et des casiers emplis de jouets, de jeux et de livres. Dans un coin, un évier et un comptoir avaient dû servir jadis à des activités créatives et à l'entretien quotidien du local. Au centre, de petites tables étaient entourées de chaises minuscules. Le long du mur, à gauche, Ellie aperçut un seul et unique lit d'hôpital, ainsi que plusieurs berceaux vides. Il y avait enfin deux fenêtres : l'une face à elle, et la seconde, plus petite, donnant sur l'arrière du parking. À gauche, une porte de métal, verrouillée, avait été l'entrée de l'ancienne crèche.

Ellie s'approcha de Max au point de frôler son bras.

— Je t'écoute, fit-elle.

— Hier soir, après avoir terminé les examens, nous lui avons mis une couche et nous l'avons mise au lit. Ce matin, à son réveil, elle était folle de rage. Oui, c'est le mot qui convient. Elle hurlait en se jetant à terre ; elle a cassé toutes les lampes et brisé le miroir au-dessus de l'évier. Quand nous avons cherché à lui faire une autre injection, elle a mordu Carol Rense jusqu'au sang et elle s'est cachée sous le lit. Elle y est depuis presque une heure ! As-tu réussi à l'identifier ?

Ellie secoua la tête et se tourna vers Peanut.

— Si tu allais à la cafétéria ? Tu pourrais lui rapporter de la nourriture pour gosses.

Peanut leva les yeux au ciel, en souriant cependant, car elle aimait se rendre utile.

— Comme toujours, on envoie la grosse chercher des vivres !

Dès qu'elle fut partie, Max se tourna vers Ellie.

— Franchement, je n'ai jamais rencontré un cas semblable.

— Dis-moi ce que tu sais.

— Je pense qu'elle a environ six ans.

— Mais elle est si petite.

— Elle est sous-alimentée. En plus, elle n'a pas bénéficié de soins dentaires ou médicaux, et son corps est couvert de cicatrices.

— De cicatrices ?

—Légères pour la plupart, bien que l'une d'elles, à l'épaule gauche, paraisse plus sérieuse. Peut-être une blessure au couteau.

—Oh, mon Dieu !

—J'ai effectué une prise de sang et un prélèvement buccal pour l'ADN. Si ça ne tenait qu'à moi, je lui donnerais des sédatifs pour avoir la possibilité de la réhydrater, mais tu voulais un simple diagnostic…

—A-t-elle parlé ?

—Non, pourtant ses cordes vocales paraissent intactes. Je dirais que, a priori, elle a la capacité physique de parler, mais je ne sais pas si elle a appris.

—Elle n'aurait pas appris à parler ? Qu'est-ce que tu racontes ?

—Ses cris sont inintelligibles. Je les ai enregistrés et je n'ai reconnu aucun mot distinct. Son électroencéphalogramme paraît normal. Il se pourrait qu'elle soit sourde, ou handicapée mentale, ou gravement attardée, ou autiste… Je n'ai aucune certitude ; je ne sais même pas exactement quels examens pratiquer pour évaluer son état mental.

—Alors, que faire ?

—Trouver qui elle est.

—Mais en attendant ?

Max désigna Peanut, qui arrivait avec un plateau chargé de nourriture.

—Voici un bon début.

Pea avait choisi une pile de crêpes, deux œufs au plat, une gaufre avec des fraises et de la crème fouettée, un verre de lait. Ellie sentit l'eau lui monter à la bouche.

—Je vais demander à un employé d'aller la chercher sous le lit, lança Max.

—Laissez tout cela sur la table ! Elle est bizarre, mais c'est une gamine, objecta Peanut. Les tout-petits font les choses à leur manière et en leur temps. On ne peut pas forcer un enfant de deux ans à manger, par exemple.

Ellie sourit à son amie.

— D'autres conseils ?

— Pas trop d'étrangers en sa présence. Elle te connaît ; c'est à toi de lui apporter sa nourriture. Parle-lui doucement, mais ne reste pas. Elle aura peut-être envie de manger seule.

— Merci, Pea.

Ellie entra dans la pièce aux couleurs bariolées. Quand la porte métallique se fut refermée derrière elle, elle chuchota :

— Bonjour, ma petite. C'est encore moi. J'espère que tu ne m'en veux pas pour le filet.

Elle s'avança avec précaution et posa le plateau sur l'une des tables, puis elle plaqua une main sur les clés qui tintaient à sa ceinture.

— J'ai pensé que tu pouvais avoir faim.

Sous le lit, la fillette émit un grognement. Ellie sentit ses cheveux se hérisser sur sa nuque. Que dire ? Incapable de trouver le mot juste, elle recula à petits pas et referma la porte derrière elle. Le verrou cliqueta bruyamment en se mettant en place.

Dans le couloir, elle rejoignit Max près de la vitre.

— Tu crois qu'elle va manger ?

Max ouvrit le dossier de l'enfant et sortit son stylo.

— On verra bien.

Ils regardèrent en silence la pièce apparemment vide. Au bout de quelques minutes, une petite main sortit de sous le lit.

— Regardez ! souffla Peanut.

Un certain temps s'écoula.

Finalement, une tête sombre apparut. L'enfant sortit de sa cachette à quatre pattes. Elle leva les yeux vers la vitre, et ses narines frémirent quand elle aperçut les trois étrangers.

Elle fonça ensuite vers la table, s'immobilisa, puis se baissa pour flairer la nourriture d'un air soupçonneux. Elle jeta la crème fouettée à terre, mais dévora les crêpes et les œufs. Apparemment indécise devant la gaufre et le sirop, elle se contenta d'empoigner les fraises et de les remporter dans sa cachette, sous le lit. Tout cela s'était déroulé en moins d'une minute.

—Et moi qui pensais que mes enfants se tenaient mal à table! grommela Peanut. Elle mange comme une bête sauvage.

—Il nous faut un spécialiste, déclara posément Max.

Ellie prit la parole:

—J'ai contacté les autorités: l'État, le FBI, le Centre pour les enfants disparus ou maltraités. À moins d'avoir connaissance de son identité ou d'un crime quelconque, ils n'interviendront pas. Comment découvrir qui elle est si elle est muette?

—Il nous faut un psychiatre, déclara Max.

—Nous aurions dû y penser plus tôt! s'écria Peanut. *Elle* serait parfaite.

Max fronça les sourcils.

—De qui s'agit-il?

—Voyons, Peanut! protesta Ellie. Ses clients la payent deux cents dollars de l'heure.

—Avant... mais il ne doit pas lui en rester tant que ça.

—C'est vrai qu'elle a la qualification requise.

Max parut étonné.

— Bon Dieu, de qui parlez-vous, toutes les deux ?
Ellie planta son regard dans le sien.
— De ma sœur, Julia Cates.
— La psy qui…
— Oui, c'est elle.
Ellie se tourna vers Peanut.
— Allons-y ! Je vais l'appeler de mon bureau.

Au cours des douze heures précédentes, Julia s'était lancée dans au moins une douzaine de tâches différentes. Elle avait essayé de remettre de l'ordre dans sa penderie, de disposer ses meubles autrement, de briquer son réfrigérateur et de nettoyer à fond ses salles de bains. Elle était aussi allée à la jardinerie acheter des plantes d'automne, et à la quincaillerie chercher du décapant pour la peinture de sa terrasse.

C'était le moment idéal pour réaliser des projets qu'elle différait depuis au moins dix ans. Mais ses mains lui posaient un problème.

Quand elle se mettait à la tâche, tout allait bien. Elle se sentait optimiste. Son optimisme avait, malheureusement, la fragilité d'une coquille d'œuf. Il lui suffisait de penser : c'est l'heure du rendez-vous de Joe – et pire encore, du rendez-vous d'Amber – pour que ses mains se mettent à trembler et qu'elle se glace de la tête aux pieds. Le thermostat n'était jamais assez élevé pour lui tenir chaud. Au milieu de la nuit précédente, à l'heure ténébreuse où le bourdonnement de la circulation, derrière son immeuble, était à peine aussi fort que celui d'un seul moustique, et où l'océan Pacifique glissait doucement sur le sable doré, elle avait même tenté d'écrire un livre.

Pourquoi pas ?

Toutes les célébrités avaient ce réflexe de nos jours ; elle pouvait donc donner sa propre version des événements. Peut-être même en avait-elle besoin. Elle était sortie de son grand lit double et, revêtue d'un pull de laine et de bottes fourrées, s'était installée sur sa petite terrasse. Du sixième étage, elle apercevait l'océan bleu nuit, animé d'un mouvement incessant ; la lumière lunaire, mêlée au ressac écumeux, coupait les flots en deux.

Elle avait passé des heures ainsi, son stylo à la main, les pieds sur la balustrade et son bloc-notes sur les genoux. À minuit, elle était entourée de dizaines de feuilles de papier froissées. Il n'y avait, sur chacune d'elles, que l'expression de ses regrets.

Vers 4 heures, elle venait de sombrer dans un sommeil peuplé de cauchemars quand la sonnerie – étonnamment lointaine – du téléphone la réveilla. Les yeux écarquillés, elle se redressa, surprise de s'être endormie sur sa terrasse. Après s'être s'essuyé le visage d'une main, elle se releva et enjamba les boulettes de papier.

Plantée devant son téléphone, elle entendit le déclic du répondeur, puis sa propre voix, déclarant d'un ton alerte : « Vous êtes bien chez le docteur Julia Cates. En cas d'urgence, appelez le 911. Sinon, laissez-moi un message, je vous recontacterai dès que possible. Au revoir, et merci. »

Un long bip succédait à son message.

Elle se crispa. Ces derniers mois, la plupart des appels provenaient de journalistes, de familles de victimes ou de véritables dingues.

— Allô, Jules, entendit-elle. C'est moi, ta grande sœur. C'est important.

Elle prit le téléphone.

—Salut, El.

Un silence se fit; mais n'était-ce pas toujours ainsi entre elles? Bien que sœurs, elles avaient quatre ans d'écart, et des années-lumière de différence en matière de personnalité. Ellie était au-dessus de la norme dans tous les domaines : sa voix, son caractère, ses passions... Julia se sentait toujours terne par rapport à sa sœur flamboyante et populaire.

—Comment vas-tu? demanda finalement Ellie.

—Ça va, merci.

—Ce non-lieu est une bonne chose, non?

—Oui.

Un pesant silence s'installa à nouveau.

—Merci d'avoir appelé, ajouta Julia, mais...

—J'ai une faveur à te demander.

—Une faveur?

—Nous avons ici un problème pour lequel ton aide nous serait précieuse.

—Tu n'as plus besoin de faire ça, Ellie. Je me débrouille.

—Plus besoin de faire quoi?

—De voler à mon secours. Je suis une grande fille, maintenant.

—Je n'ai jamais volé à ton secours.

—Mais si! Rappelle-toi le jour où tu as demandé au petit frère de Tod Eldred de m'emmener au bal; et celui où tu as invité tes nombreux copains à fêter mon seizième anniversaire.

—Oh! C'est maman qui m'y avait poussée.

—Tu crois que je ne m'en étais pas aperçue? Aucun de tes amis ne m'a adressé la parole ce soir-là... Je peux t'assurer que je me suis tout de même sentie reconnaissante ; maintenant aussi, d'ailleurs. Mais ce n'est plus nécessaire. Ça va aller.

— Tu prétendais que ça allait déjà bien.

— Vraiment, El, tu n'as pas à t'inquiéter à mon sujet, marmonna Julia, frappée par la perspicacité de sa sœur.

— Tu as une bien mauvaise écoute, pour une psy, marmonna celle-ci. Je viens de te dire que j'ai besoin de toi à Rain Valley. En fait, il me faut un pédopsychiatre.

— Je n'ai pas l'habitude de recevoir des patients de ton âge.

— Très drôle ! Peux-tu arriver ici par le premier avion ?

Silence au bout du fil. Ellie entendit ensuite un froissement de papier.

— Il y a un vol sur Alaska dans deux heures, reprit-elle. Un autre dans trois heures. Je peux te réserver une place.

Julia fronça les sourcils. Cela ne ressemblait en rien au scénario de « la super-grande-sœur sauvant sa petite sœur du désastre » auquel elle s'était habituée à l'époque de leur scolarité.

— Dis-moi ce qui se passe, Ellie.

— Je n'ai pas le temps, Julia. Je te demande de prendre le vol de 10 h 15. Tu me fais confiance ?

Julia laissa planer son regard à travers les imposants panneaux vitrés dans l'espoir d'apercevoir l'océan, mais elle ne vit que les boules de papier jaune éparpillées sur le sol de la terrasse.

— Jules, je t'en prie !

— Pourquoi pas ? murmura Julia.

Qu'aurait-elle pu dire de plus ?

4

Julia, qui n'avait pas remis les pieds à Rain Valley depuis des années, y était de retour au lendemain d'un échec.

Après tout, elle aurait peut-être mieux fait de rester à Los Angeles, où on l'aurait oubliée. Ici, elle serait toujours «l'autre fille Cates» (vous savez, celle qui était bizarre!). Quand on grandit à l'ombre d'une reine du bal, on a le choix entre deux solutions : disparaître ou se faire sa propre place au soleil. Malheureusement, si l'on est grande, maigre comme un épouvantail et un vrai rat de bibliothèque, dans une famille adorée et tentaculaire, aucune de ces deux solutions n'est possible. Depuis sa tendre enfance, elle s'était toujours sentie à part : la fillette qui arbitre toutes les disputes à la récréation, mais ne participe à aucun jeu ; la dernière à être choisie pour les activités sportives ; celle qui lit à la maison pendant le bal de fin d'études. Elle avait été un oiseau rare dans une petite ville ouvrière. Une enfant vouée à la solitude.

Seule sa mère lui avait prédit un brillant avenir et avait encouragé ses rêves ambitieux. Hélas, elle n'avait pas vécu assez longtemps pour assister à la remise de son diplôme de médecin. Ce deuil avait toujours été une écharde sous la peau de Julia, une douleur fantôme aux manifestations imprévisibles. Plus elle s'approchait de Rain Valley, plus elle risquait de souffrir.

Elle laissa planer son regard à travers le hublot. Tout était gris comme si un peintre amateur de nuages avait badigeonné d'un coup de pinceau le paysage verdoyant. Cette grisaille l'attrista : risquait-elle de disparaître elle aussi dans les brumes de l'État de Washington ? Les quatre volcans couronnés de blanc, entre le nord de l'Oregon et Bellingham, ressemblaient à l'échine d'un grand animal fantastique, assoupi. Une passagère, derrière elle, murmura : « Regarde, Fred ! On dirait le mont Rainier... »

Tout à coup, elle se remit à penser aux Zuniga et à ces enfants morts. L'horreur ! Depuis un an, chacune de ses pensées, chacun de ses actes la replongeait dans ses regrets.

N'y pense pas !

Elle ferma les yeux pour se concentrer sur son souffle jusqu'à ce que ses émotions s'apaisent. Quand l'avion atterrit, elle avait retrouvé sa sérénité.

Après avoir empoigné son sac de voyage dans le casier au-dessus de sa tête, elle se mêla à la file des passagers sortant de l'avion.

Elle avait presque atteint la porte quand cela se produisit : l'un des membres du personnel de bord l'avait reconnue. Impossible de s'y méprendre, tous les signes étaient là. Les yeux écarquillés, la bouche s'ouvrant lentement... Comme elle passait, elle entendit l'hôtesse chuchoter : « C'est *elle*... Ce médecin qui a... »

Elle poursuivit son chemin. À l'extrémité de la passerelle, elle courait presque. Ellie surgit au milieu de la foule ; en uniforme bleu, elle était d'une beauté stupéfiante.

Tout en sachant qu'elle aurait dû s'arrêter et la saluer pour sauver la face, Julia continua sur sa lancée, courant toujours.

Elle fonça à travers la salle d'accueil bondée en direction du panneau indiquant les toilettes pour dames. Aussitôt arrivée, elle s'engouffra dans l'une des cabines, claqua la porte et s'assit sur le siège.

Du calme, Jules. Respire !

— Tu es là, Julia ?

Ellie, hors d'haleine, paraissait irritée.

Julia émit un long soupir. Avoir une attaque de panique en présence de sa sœur lui semblait presque impensable. Elle se releva lentement et ouvrit la porte.

— Oui, c'est moi.

Ellie la fixait, les mains sur les hanches, dans la posture typique du flic faisant le bilan d'une situation.

— Je n'ai pas vu un sprint pareil dans un aéroport depuis la pub d'O.J. Simpson.

— Un besoin urgent d'aller aux toilettes.

— Tu devrais consulter un urologue.

Julia se sentit stupide.

— Ça n'a rien à voir avec... L'hôtesse m'a reconnue. Elle me regardait comme si j'avais tué ces enfants...

Les joues brûlantes, elle avait envie d'en dire plus, d'expliquer son trouble, mais sa sœur n'y comprendrait rien. Elle était comme ces femmes du temps des pionniers, prêtes à accoucher dans un champ et à retourner aussitôt au travail. En matière de fragilité, elle ne s'y connaissait guère.

Le regard dur d'Ellie s'adoucit pourtant.

— Qu'elle aille au diable ! Tu ne devrais pas te laisser impressionner.

Ellie avait raison, mais Julia avait toujours eu besoin d'être acceptée. En tant que psy, elle pouvait s'expliquer le pourquoi et le comment de ce besoin : elle s'était sentie marginalisée dans une famille estimée de tous, et indigne d'être aimée puisque son père ne l'aimait pas. Mais il ne suffisait pas de le savoir. D'ailleurs, elle ne comprenait pas vraiment comment cela avait pris une telle importance. Elle n'avait qu'une certitude : sa profession, son aptitude à aider autrui, avait substitué une forme de joie à son angoisse. Or, maintenant, celle-ci était revenue !

— Ce n'est pas si facile pour moi, mais tu ne peux pas comprendre, murmura-t-elle.

Ellie s'adossa au carrelage vert pâle.

— Pourquoi ? Tu t'imagines que je suis bête comme mes pieds ? Ou que j'ai raté ma vie ?

Julia regretta soudain de ne pas avoir une meilleure mémoire. Il leur était sûrement arrivé de jouer ensemble, Ellie et elle ; de se confier des secrets au lieu de s'agresser ; de rire après une conversation, au lieu de se retrancher dans le silence. Elle se souvenait seulement qu'elle était la sœur « maligne », et « bizarre », devenue trop grande dans une famille de petits, et dont personne ne pouvait comprendre les désirs. Elle avait toujours trouvé le mot juste en présence d'étrangers, mais jamais quand elle s'adressait à sa sœur.

— On ne va pas commencer, Ellie, soupira-t-elle.

— Tu as raison. Allez, viens.

Sans prendre le temps de répondre, Julia sortit des toilettes. Que faire, sinon suivre sa sœur ?

Ellie s'arrêta devant la portière arrière de sa voiture – une vilaine Suburban, aux portes veinées façon bois – le temps d'y jeter son sac, puis elle se dirigea vers la place du conducteur.

Cependant, Julia se débattait avec sa valise. Elle s'y reprit à deux fois pour la ranger, puis elle claqua la porte arrière et alla s'asseoir à l'avant.

Après avoir reculé, Ellie se dirigea vers la sortie du parking. La stéréo se déclencha en même temps que le moteur : un type à la voix nasillarde chantait.

Elles gardèrent le silence. À mesure que le paysage passait du gris urbain au vert champêtre, Julia se sentait de plus en plus stupide de s'être chamaillée avec sa sœur. Comment se faisait-il qu'après tant d'années de séparation, elles retombent immédiatement dans leurs rôles d'enfance ? Au premier regard, elles redevenaient adolescentes.

Elles appartenaient à la même famille et, aussi trompeur que fût parfois ce lien, elles auraient dû parvenir à s'entendre. En outre, elle était psychiatre et spécialiste de la dynamique interpersonnelle ! Pourquoi se comportait-elle comme la petite sœur que l'on n'avait pas invitée à jouer dans la cour des grands ?

— Si tu me disais pourquoi je suis ici ? articula-t-elle enfin.

— Je te le dirai à la maison. J'ai un tas de photos à te montrer… Autrement, tu risques de ne pas me croire.

Julia dévisagea sa sœur.

— Il n'y a donc pas de vraies raisons ?

— Il y a une excellente raison. Nous avons une petite fille qui a besoin d'aide. C'est compliqué...

Julia éprouva un doute, mais Ellie faisait les choses comme elle l'entendait. À quoi bon la questionner davantage ? Rester en terrain neutre et parler à bâtons rompus serait la meilleure solution.

— Que devient ton amie Penelope ?

— Elle va bien ; élever des adolescents est tuant malgré tout.

Ellie tressaillit : elle avait commis une erreur en associant, dans une même phrase, des adolescents au verbe « tuer ».

— Oh, pardon ! souffla-t-elle.

— Ne t'en fais pas, El. L'adolescence est un âge difficile. Quel âge ont-ils ?

— Son fils a quatorze ans et sa fille seize.

— Pas commode.

Ellie ébaucha un sourire.

— La petite Tara ne rêve que de piercings et de tatouages. Le mari de Pea est fou furieux.

— Et Penelope, comment réagit-elle ?

— Plutôt bien, mais elle a repris du poids ! L'année dernière, elle a essayé tous les régimes possibles ; depuis une semaine, elle s'est remise à fumer. La méthode des stars, selon elle.

— Ça, et se faire vomir...

Ellie hocha la tête.

— Que devient Philip ?

Julia s'étonna de la douleur cuisante qu'elle ressentait à cet instant. Si seulement elle avait pu dire « Il a cessé de m'aimer », Ellie aurait peut-être réussi à la faire rire au sujet de son cœur brisé. En tant que psy, elle savait qu'une telle honnêteté aurait été une initiative positive, permettant d'ouvrir entre elles une porte fermée depuis bien longtemps.

—Nous avons rompu l'année dernière. Je suis – enfin, j'étais – trop occupée pour aimer.

—Trop occupée pour aimer? Tu es folle? s'esclaffa Ellie.

Pendant les deux heures suivantes, elles alternèrent les propos sans intérêt et les silences lourds de sens. Julia s'efforçait de trouver des questions susceptibles de les rapprocher, et évitait les réponses risquées. Elles firent à peine allusion à leur père, et évitèrent d'évoquer le souvenir de leur mère.

À la sortie menant à Rain Valley, elles quittèrent l'autoroute. Sur la longue route sinueuse la ramenant à son enfance, Julia se sentit de plus en plus tendue. Parmi les arbres majestueux, elle redevenait insignifiante.

—J'avais l'intention de vendre la maison, mais chaque fois que je suis sur le point de me lancer, je trouve d'autres réparations à entreprendre, annonça Ellie en sortant de la ville. Pas besoin d'un psy pour me dire que j'ai peur de m'en séparer!

—Ce n'est qu'une maison, El.

—Toute notre différence est là, Jules. Pour toi c'est une maison avec trois chambres à coucher, deux salles de bains, un séjour-salle à manger-cuisine. Pour moi, c'est le souvenir d'une enfance merveilleuse. Le lieu où j'attrapais des libellules dans un bocal en verre et où ma petite sœur tressait des fleurs dans mes cheveux.

Elle baissa légèrement le ton et jeta à Julia un regard significatif avant de s'engager dans l'allée.

—C'est aussi un lieu où mes parents se sont aimés pendant trois décennies.

Julia s'interdit d'objecter, même si elles savaient toutes deux qu'il s'agissait d'un mensonge – ou tout au moins d'une légende.

— Eh bien, dit-elle, arrête de te raconter que tu vas la vendre. Reconnais que tu as envie d'y rester et de transmettre tes souvenirs à tes enfants.

— Je n'ai pas d'enfants... Au cas où je ne l'aurais pas remarqué, tu fais bien de me le signaler.

Ellie entra dans l'allée et freina brusquement dans le jardin.

— On y est !

— Tu peux te passer d'un mari, observa Julia, consciente d'avoir fait une gaffe de plus. En tout cas, du genre de mari que tu choisis habituellement ! Tu peux avoir un bébé *toute seule*.

Ellie tourna la tête avant de répondre.

— Peut-être dans une grande ville, mais pas ici, et ce n'est pas mon genre. Je veux tout à la fois : le mari, le bébé et le golden retriever. D'ailleurs j'ai déjà les chiens, et j'apprécierais que tu ne fasses plus allusion à mes maris.

Il était temps de changer de sujet, comprit Julia.

— Donne-moi des nouvelles de Jake et d'Elwood. Toujours pendus au pantalon des dames ?

— Ah ! ça, de vrais mâles !

Ellie ébaucha un sourire et Julia fut frappée par la beauté de sa sœur. Malgré ses trente-neuf ans, pas une ride autour des yeux ou de la bouche. Ses extraordinaires iris verts contrastaient avec la blancheur laiteuse de sa peau. Elle avait des pommettes saillantes et des lèvres pulpeuses. Même sa coupe de cheveux provinciale, maladroitement dégradée, ne nuisait en rien à sa beauté. Avec son corps menu, aux courbes sensuelles, et son sourire éblouissant, elle était tout simplement irrésistible.

— Tu viens ? fit-elle en claquant la portière de sa Suburban.

Julia se sentit incapable de réagir. Figée sur son siège, elle contemplait à travers le pare-brise sale la maison où elle avait grandi. Aux dernières lueurs du soleil couchant, tout se nimbait d'or, à l'exception de la frange vert sombre des arbres.

C'était la seconde fois qu'elle revenait depuis les obsèques de sa mère et, en l'occurrence, elle n'était restée que le minimum de temps nécessaire. Ses études de médecine lui avaient procuré une excellente excuse : elle devait repartir pour passer des examens, ce que personne n'avait contesté. Rétrospectivement, elle regrettait de ne pas avoir prolongé son séjour, car c'était l'occasion ou jamais de se rapprocher de sa sœur et de trouver un terrain d'entente. C'était l'inverse qui s'était produit. Elles s'étaient laissé porter par la foule, chacune de son côté.

En temps normal, personne ne savait que lui dire à Rain Valley ; vu les circonstances, le malaise était d'autant plus aigu. On lui avait répété à plusieurs reprises combien sa mère était fière de ses brillantes études ; la troisième fois, elle avait fondu en larmes. Le réconfort trouvé par Ellie auprès de ses amis ne l'avait aidée en rien tandis qu'elle passait la nuit seule, en attendant que son père daigne lui accorder son attention. Comme de juste, elle avait été déçue.

Ce soir-là, il était la star. Le veuf accablé de chagrin... Tout le monde l'étreignait, l'embrassait sur la joue et lui assurait que Brenda se trouvait dans un monde meilleur. Elle seule semblait se rendre compte qu'il se donnait en spectacle. Quand il avait fini par craquer, tout le monde, sauf elle, s'était précipité pour le réconforter. Dès son enfance, elle avait remarqué ce qui échappait à tous (et surtout à Ellie) : l'égoïsme de son père étouffait sa femme, comme il avait étouffé sa plus jeune fille. Seule Ellie s'était épanouie dans l'atmosphère chauffée à blanc de l'égocentrisme paternel.

Julia ouvrit énergiquement la portière et descendit. Comme il se doit en octobre, les érables perdaient leurs feuilles avec une musique automnale aussi familière à ses oreilles que celle de la rivière voisine. Elle crut entendre la voix de sa mère se perdre dans la chute des feuilles, le crissement des branches et le sifflement du vent.

— Salut, m'man ! murmura-t-elle, s'attendant presque à recevoir une réponse.

Elle dut se contenter du bruissement de la rivière et du souffle de la brise sur les feuilles.

Elle suivit Ellie jusqu'à la maison à travers la pelouse marécageuse. Dans la lumière éclatante, l'ancienne demeure semblait composée de plaques d'argent martelé. Les bardeaux gris resplendissaient de mille couleurs secrètes. Les finitions blanches, écaillées par endroits, révélaient le bois plus sombre encadrant les fenêtres et les portes. Des rhododendrons aussi hauts que des camping-cars parsemaient le jardin.

Ellie ouvrit la porte et entra la première.

Tout était resté immuable. Le mobilier recouvert de housses – roses pompon au feuillage vert pâle – du séjour. Les meubles anciens en pin : une armoire contenant peut-être encore les napperons et le linge de table de grand-maman Whittaker, une table de salle à manger usée par des générations de Cates et de Whittaker, un buffet encore décoré de fleurs en soie poussiéreuses dans des vases en céramique. Des portes à double battant flanquaient une cheminée en pierre de taille ; à travers les vitres aux reflets argentés, le ruban de la rivière luisait au soleil. Ellie n'avait rien modifié, ce qui n'était pas surprenant. À Rain Valley, on aimait et on gardait définitivement ce qui faisait partie du décor.

— Tiens-toi prête, lança Ellie après avoir refermé la porte.

Deux golden retrievers fonçaient bruyamment du premier étage et se laissaient glisser de côté, au pied de l'escalier, avant de reprendre leur équilibre. Ils heurtèrent Julia au passage, comme des bolides.

— Jake ! Elwood ! Couchés ! rugit Ellie de son ton de chef de police.

Les molosses semblaient absolument sourds.

Julia les repoussa de toutes ses forces avant de reculer. Ils s'intéressèrent alors à Ellie, qui leur manifesta sa tendresse.

— Rassure-moi, murmura Julia en regardant sa sœur et ses chiens se rouler sur le plancher. Ils dorment dehors, n'est-ce pas ?

Ellie se releva en riant et dégagea ses cheveux de ses yeux ; les deux chiens lui léchaient les joues.

— Bon, ils dorment dehors…

Elle entendit le soupir de soulagement de Julia.

— En fait, *non* ; mais je leur interdirai l'accès à ta chambre.

— Bonne nouvelle !

— Assis ! ordonna Ellie à ses chiens.

Ils obéirent à la douzième sommation, mais se mirent à ramper vers la porte dès qu'elle eut tourné le dos.

— Tu viens, Jules ? fit-elle en s'engageant dans l'étroit escalier.

Julia traîna sa valise sur les marches grinçantes.

À l'étage, elle tourna à droite et suivit sa sœur le long du couloir menant à leur ancienne chambre d'enfants. Deux lits jumeaux, gainés de mousseline rose ; deux bureaux à la française, peints en blanc et soulignés de dorures ; un fauteuil couleur citron vert. Des trolls et des poupées Barbie s'alignaient sur les étagères blanches, ainsi que des dizaines de volumes bleu et jaune des aventures d'Alice qui lui rappelèrent ses nuits passées à lire, éclairée par une lampe de poche. Une affiche ternie de Harrison Ford, dans le rôle d'Indiana Jones, était punaisée au mur.

Sur son lit, un couple de chats dormaient, enlacés comme une tresse.

— Je te présente Rocky et Adrienne, fit Ellie.

Elle traversa la chambre et souleva les deux félins comme deux poupées de chiffon, qui se mirent à bâiller voluptueusement dans ses bras.

— Allez dans la chambre de maman, reprit-elle en les jetant dans le couloir.

Puis elle se tourna vers Julia.

— Les draps sont propres, il y a des serviettes de toilette dans ta salle de bains et l'eau met toujours des heures à se réchauffer. Ne tire pas la chasse avant de prendre ta douche ! Et surtout, merci, Jules ; je te suis profondément reconnaissante d'être venue. Je sais que tu as eu des difficultés ces derniers temps... Merci encore...

Julia dévisagea sa sœur. Si elle avait été une autre femme ou si elles avaient eu une relation différente, elle lui aurait avoué son désarroi.

Paradoxalement, elle s'entendit répondre : « Pas de problème ! » et ajouter, après avoir lancé sa valise dans sa chambre :

— Si tu me disais maintenant pourquoi je suis ici ?

— Descendons, j'ai besoin d'une bière pour te raconter cette histoire.

Sur ces mots, Ellie s'engagea dans l'escalier avant de se retourner vers sa sœur.

— Je pense que tu en auras besoin toi aussi...

Assise sur le siège préféré de sa mère, Julia écoutait Ellie avec une incrédulité croissante.

— Elle saute de branche en branche comme un chat ? Voyons, El ! Tu te laisses piéger dans une espèce de folklore... Il me semble qu'il s'agit plutôt d'une enfant autiste qui s'est tout simplement perdue après s'être sauvée de chez elle.

— Max n'est pas de cet avis.

Elles étaient maintenant dans le séjour depuis une bonne heure. Sur la table basse s'étalaient des journaux, des photos, des feuilles couvertes d'empreintes digitales et des avis concernant des personnes disparues.

— Qui est Max ?

— Le successeur du vieux docteur Fischer.

— Il est probablement dépassé par ce cas. Il fallait appeler l'Université de Washington. Ils ont sans doute des dizaines de spécialistes de l'autisme.

— Dieu n'aurait jamais admis qu'une personne intelligente vive à Rain Valley ! fit Ellie d'un ton acerbe. C'est bien ça, tu ne m'écoutes même pas.

Julia se promit de modérer ses commentaires.

—Pardon ! À part des cheveux sales et une prodigieuse capacité à monter aux arbres, précise-moi ce que vous avez constaté.

—Elle ne parle pas. Nous pensons… du moins Max pense qu'elle n'a peut-être jamais appris à parler.

—Ça ne m'étonne pas. Les enfants autistes ont l'air de vivre dans un monde parallèle. Souvent, ils…

—Tu ne l'as pas vue, Jules. Quand elle m'a regardée, mon sang s'est glacé. Je n'ai jamais lu un tel effroi dans les yeux d'un enfant.

—Elle t'a regardée ?

—Je dirai même qu'elle m'a dévisagée… comme si elle essayait de me communiquer quelque chose.

—Elle a vraiment cherché ton regard ?

—Oui, je viens de te le dire !

C'était peut-être infime, et Ellie avait pu se méprendre, songea Julia, mais les autistes évitaient en principe de croiser un regard.

—Et sa manière de bouger, ses gestes, sa démarche… ce genre de choses ?

—Elle a passé des heures dans cet arbre, sans un battement de cils. Aussi immobile qu'un serpent. Quand elle a fini par sauter à terre, elle se déplaçait à la vitesse de l'éclair. Daisy Grimm a prétendu qu'elle courait plus vite que son ombre ! Et elle flairait tout à la manière d'un chien.

Julia se sentit intriguée malgré elle.

—Elle est peut-être sourde-muette. Cela expliquerait qu'elle se soit perdue. Elle n'aurait pas entendu qu'on l'appelait.

—Elle n'est pas muette ! Elle crie et elle hurle. Et quand elle a cru qu'on avait tué son louveteau, elle a émis un véritable glapissement.

— Un louveteau ?

— J'ai oublié de t'en parler ? Elle tenait un louveteau dans ses bras. Il est maintenant au parc animalier. Floyd affirme qu'il s'est posté devant la grille et qu'il hurle nuit et jour.

Calée dans son siège, Julia croisa les bras. C'en était trop ! Ellie, toujours rusée, avait tenté une fois de plus de sauver la pauvre petite Julia du désastre.

— Tu te payes ma tête ! s'indigna-t-elle.

— J'aimerais bien, mais tout ce que je dis est vrai !

— Elle avait réellement un louveteau avec elle ?

— Oui. Es-tu prête à entendre le pire ?

— Quoi encore ?

— Elle est couverte de cicatrices.

— Quel genre de cicatrices ?

— Des blessures au couteau. Peut-être des marques de fouet. Et, à la cheville, des traces de liens.

Julia se pencha en avant et décroisa les bras.

— J'espère que tu n'exagères pas ! Ça va loin, tu sais.

— Je sais.

Plusieurs hypothèses se présentèrent à l'esprit de Julia. Autisme. Retard du développement mental et affectif. Schizophrénie précoce. Mais un événement encore plus terrible avait pu se produire. Cette gamine aurait-elle échappé à quelque monstrueux ravisseur ? Un mutisme partiel était la réponse habituelle à ce genre de traumatisme. En tout cas, cette enfant avait besoin d'aide. Le premier psychiatre venu ne pourrait diagnostiquer et traiter son problème. Seule une poignée de spécialistes de la côte Ouest en étaient capables ; par chance, elle figurait parmi eux.

— Elle m'a vraiment touchée, Jules, ajouta Ellie. Quand les autorités supérieures s'en mêleront, nous risquons fort de la perdre. Ils l'interneront dans je ne sais quel établissement en attendant de retrouver ses parents. J'aurais du mal à le supporter ! Cette enfant est une épave... Je suppose que jamais personne ne lui est venu en aide. Toi et moi, nous pourrions essayer de la soigner pendant que nous effectuons nos recherches. Personne n'oserait mettre tes titres en doute !

— Écoutes-tu les informations, El ? protesta doucement Julia. Je suis *persona non grata*. Les autorités ne seront pas forcément bien disposées vis-à-vis de moi.

Ellie jeta à sa sœur un regard d'une acuité déconcertante. Elle figurait parmi ces rares personnes habituées à prendre des décisions rapides et à se battre contre vents et marées pour faire triompher leur opinion. Sans doute un point commun entre elles deux, songea Julia.

— Je me moque de ce que pensent les gens ! lança Ellie.

— Merci, s'entendit répondre Julia d'une voix plus sereine et moins assurée que de coutume.

Ellie hocha la tête.

— J'espère que tu es à la hauteur de la situation.

— Je le suis.

— Parfait. Va prendre une douche et déballer tes bagages. Nous devons retrouver Max à l'hôpital avant 16 heures.

Une demi-heure après, Julia, douchée et maquillée, était revêtue d'un jean légèrement évasé et d'un pull en cachemire vert pâle. Elle s'efforçait de ne pas trop s'exciter au sujet de l'«enfant-loup volant», mais elle avait du mal à garder son calme. Elle était perturbée depuis si longtemps maintenant que cette plongée soudaine dans son passé suffisait à emballer le moteur.

Elle sortit un soda sans sucre du réfrigérateur et s'assit dans le séjour. À la vue du piano poussiéreux, dans un coin de la pièce, une vision de sa mère l'éblouit : assise sur la banquette noire, elle fumait une Virginia Slim au menthol en jouant une version énergique de «That Old Time Rock'n'Roll». Un groupe d'amis l'entourait et chantait en chœur avec elle.

«Allons les filles, chantez avec nous!»

Julia tourna le dos au piano : ce n'était pas le moment de se laisser submerger par les souvenirs. Pourtant, dans cette maison, son passé était omniprésent. Si elle s'y attardait trop longtemps, elle allait redevenir le rat de bibliothèque mal coiffé, affublé de vilaines lunettes, qu'elle était jadis.

Ellie descendit, toujours aussi jolie, dans son uniforme noir et bleu. Les trois étoiles dorées de son col scintillaient.

— Prête ?

Julia lui adressa un signe de tête affirmatif et empoigna son sac. Leur conversation prit un tour étonnamment agréable pendant les quelques kilomètres du trajet. Elle observa les changements survenus – les feux de croisement, le nouveau pont, la fermeture de Hamburger Haven – et Ellie lui fit remarquer tout ce qui n'avait pas changé.

Après un tournant, l'hôpital du comté apparut. Ce discret bâtiment de ciment se dressait derrière un parking de taille moyenne, au sol de gravier. Une seule ambulance était garée à la gauche de l'entrée des urgences, et les deux étages se détachaient sur un arrière-plan de magnifiques arbres à feuilles persistantes. Les réverbères venaient de s'allumer et, à intervalles réguliers, un faisceau lumineux balayait le parking, illuminant les minuscules gouttelettes de brume qui ne méritaient pas franchement la dénomination de «pluie». L'air d'une douce fraîcheur avait le parfum de l'herbe coupée.

La voiture à peine garée, Julia en sortit. Plus elle s'approchait de l'entrée de l'hôpital, plus son assurance lui revenait.

Sa sœur et elle franchirent en même temps les portes à double battant et passèrent à côté de la réceptionniste, qui les salua. Les infirmières et les aides-soignantes portaient des uniformes vert pâle, avec des notes orange virant au rose saumon. Leurs semelles de crêpe crissaient sur les carreaux de linoléum du sol.

Ellie s'immobilisa derrière une porte fermée, lissa ses vêtements et ses cheveux avant de jeter un coup d'œil rapide à son maquillage dans son miroir de poche.

Julia fronça les sourcils.

— Qu'est-ce qui te prend? Tu vas poser pour une photo?

— Tu verras, marmonna Ellie en frappant à la porte.

— Entrez! fit une voix.

Elles pénétrèrent dans un bureau exigu, avec une fenêtre donnant sur un gigantesque rhododendron.

Debout dans un coin de la pièce et immobile comme un brin d'herbe par un jour sans vent, il portait un jean délavé et un pull irlandais noir. Ses cheveux étaient gris argent; nullement poivre et sel, mais d'une teinte dans le plus pur style de Richard Gere. Il avait la peau tannée d'un homme qui passe une bonne partie de son temps exposé au soleil et au vent. Ses yeux surtout attiraient l'attention, car ils étaient d'un bleu d'une intensité fulgurante.

Julia n'avait jamais vu un aussi bel homme.

— Dr Cates, je suppose, articula-t-il en s'avançant vers elle.

— Appelez-moi Julia, je vous prie.

Il lui adressa un sourire éblouissant.

— Volontiers, si vous m'appelez Max.

Elle comprit aussitôt à qui elle avait affaire. Un homme se pavanant dans sa sexualité, comme d'autres dans leur voiture de sport. Los Angeles regorgeait d'individus de ce style. Plus d'une fois elle s'était laissé piéger, quand elle était très jeune.

Sans s'étonner aucunement que l'un de ses lobes d'oreille soit percé, elle lui adressa un sourire professionnel.

— Pourriez-vous me parler de votre patiente ? Je crois comprendre que cette petite est autiste.

Une certaine surprise se lut sur son visage.

— À vous d'établir un diagnostic, fit-il en prenant le dossier posé sur son bureau. La pédiatrie n'est pas ma spécialité.

— Quelle est donc votre spécialité ?

— Rédiger des ordonnances. J'ai étudié dans des écoles catholiques.

Sourire réitéré.

— J'ai donc une excellente écriture.

Julia scruta les diplômes encadrés visibles sur les murs de la pièce. Elle s'attendait à lire le nom de petites universités de seconde zone. Au contraire, il avait étudié à Stanford, avant de passer son diplôme de médecin à UCLA.

Elle fronça les sourcils. Qu'était-il venu faire là ?

Manifestement, il fuyait. Les nouveaux venus à Rain Valley se répartissaient en deux groupes : ceux qui fuyaient quelque chose, et ceux qui fuyaient tout. Elle se demanda spontanément à quelle catégorie il appartenait.

Lorsqu'elle leva le regard vers lui, elle s'aperçut qu'il la dévisageait.

— Suivez-moi, dit-il soudain en lui prenant le bras.

Julia se laissa entraîner le long du vaste corridor peint en blanc. Après quelques tournants, ils parvinrent à une vitre panoramique donnant sur une sorte de crèche. Quand ils s'arrêtèrent, elle était si proche de Max que leurs épaules se frôlaient presque. Elle fit un pas de côté pour prendre ses distances.

De l'autre côté de la vitre, une salle de jeux banale était meublée d'une petite table et de chaises. Un mur de casiers contenait jouets, jeux et livres ; une rangée de berceaux et un lit d'hôpital complétaient le tout.

— Où est l'enfant ? demanda-t-elle.

Max hocha la tête.

— Regardez.

Ils attendirent en silence. Une infirmière arriva finalement et entra dans la salle de jeux. Elle déposa un plateau chargé de nourriture sur la table et partit. Julia allait poser une question quand elle devina un mouvement sous le lit. Comme elle se penchait en avant, son haleine ternit la vitre ; elle l'essuya impatiemment et recula. Des doigts apparurent sous le lit, puis une main. Au bout d'un moment, un enfant rampa hors de sa cachette.

Vêtue d'une blouse d'hôpital décolorée trop large pour elle, la fillette avait de longs cheveux noirs emmêlés et une peau extrêmement tannée. Même de loin, un réseau de cicatrices argentées était visible sur ses bras et ses jambes. Son corps était penché en avant comme si être à quatre pattes lui était plus naturel. S'immobilisant à chaque pas, elle tournait furtivement la tête et humait l'air, comme guidée par l'odeur de la nourriture. Une fois à la table, elle fondit sur le repas comme un fauve et se mit à manger goulûment, toujours à l'affût et les narines frémissantes.

Secouée d'un frisson, Julia sortit son bloc et son stylo de son porte-documents afin de prendre des notes.

— Que sait-on au sujet de cette petite ?

— Rien, fit Ellie. Elle est apparue en ville un beau jour. Daisy Grimm pense qu'elle cherchait de la nourriture.

— D'où venait-elle ?

— De la forêt, intervint Max.

Julia pensa aussitôt à l'Olympic National Forest. Des centaines de milliers d'hectares, parfois inexplorés, de mousses obscures. Un monde encore mystérieux ; le pays du Sasquatch, cet animal légendaire des forêts du Nord-Ouest.

— Nous supposons qu'elle s'était perdue depuis plusieurs jours, précisa Ellie.

Il ne s'agissait pas simplement d'une errance d'un ou deux jours dans un parc national, estima Julia.

— A-t-elle parlé ?

Max hocha la tête.

— Non, et nous avons l'impression qu'elle ne nous comprend pas. Elle reste la plupart du temps cachée sous son lit. Nous l'avons baignée et nous lui avons mis une couche pendant son sommeil mais, depuis, nous n'avons pas pu l'approcher suffisamment pour la changer. Elle n'a en aucun cas essayé d'aller aux toilettes.

Julia sentit en elle une décharge d'adrénaline.

— Eh bien, voyons de quoi il s'agit.

Elle se tourna vers sa sœur.

— Peux-tu aller à la cafétéria me chercher un assortiment de chocolats et de bonbons… ainsi qu'une tranche de tourte aux pommes et un morceau de gâteau au chocolat ?

— Rien d'autre ?

— Des poupées. Des tas de poupées, que l'on puisse, de préférence, habiller et déshabiller, mais pas des Barbie. Des poupées à câliner. Et une peluche. Puisqu'elle était accompagnée d'un louveteau, il me faudrait un loup en peluche.

— Je reviens aussi vite que possible, dit Ellie en pivotant sur elle-même.

Julia s'adressa à Max.

— Parlez-moi de ces marques à la cheville.

— À mon avis…

Interrompu par un appel en urgence sur l'interphone de l'hôpital, Max lui tendit le dossier.

— Tout est là, Julia, et ce n'est pas joli, joli. Si vous voulez, nous pourrons nous voir plus tard pour en discuter.

— J'ai ce qu'il me faut pour l'instant. Merci.

Plongée dans le dossier, elle nota à peine le départ de son confrère. Sur la première page, un tableau recensait les nombreuses cicatrices de l'enfant, y compris des blessures mal cicatrisées de coups de couteau reçus à l'épaule gauche.

Max avait raison. Quelle que soit la clé de l'énigme, ce n'était pas joli.

5

En sortant de l'hôpital, Ellie ne fut guère surprise par la foule massée à l'extérieur – comme si elle débarquait d'une lointaine planète, sous la conduite des sœurs Grimm, positionnées en triangle.

Selon son habitude, Daisy venait en tête, vêtue ce jour-là d'une robe d'intérieur fleurie sous un pull épais. Ses bottes en caoutchouc vert frôlaient ses genoux, à quelques centimètres de l'ourlet ajouré de sa robe. Ses cheveux gris tourterelle étaient tirés en arrière en un chignon si serré que ses yeux remontaient légèrement. Son éternelle chaînette autour du cou et ses boucles d'oreilles enserraient son pâle visage ridé.

Elle s'avança, royale (du moins aussi royale qu'on peut l'être lorsqu'on porte des bottes en caoutchouc), avec l'urne contenant les cendres de son défunt mari. Son pull gris et blanc à motifs amérindiens était deux fois trop grand pour elle.

— Chef Barton, fit-elle, nous avons appris que vous étiez dans les parages.

— Ned vous a vue sortir de l'autoroute. Il a appelé Sandi, qui vous a vue tourner sur Bay Road, intervint Violet, en ponctuant chaque mot d'un hochement de tête.

— Que se passe-t-il, chef ? cria quelqu'un depuis les derniers rangs de la foule.

Probablement Mort Elzik, le journaliste local, qui avait annoncé la nouvelle dans le quotidien du matin, supposa Ellie.

— Chut, Mort ! fit Daisy, de sa voix d'ancienne principale de collège. Nous avons sollicité nos concitoyens, comme vous le souhaitiez, chef. Les gens se sont vraiment mis en quatre. Nous avons des jouets, des livres, des jeux et des vêtements. Même une trottinette ! Cette enfant ne manquera de rien. Dois-je apporter tout cela dans sa chambre d'hôpital ? Où est-elle donc, la pauvre petite ?

Marigold s'avança d'un pas et chuchota :

— En service psychiatrique ?

Autour d'elle, tout le monde hocha la tête.

— Aux urgences, on demande toujours l'avis d'un psy, n'est-ce pas ?

Mort Elzik intervint à nouveau, en essayant de fendre la foule.

— Et le louveteau ?

Soudain, ce fut une véritable cacophonie. Daisy ne parvint pas à interrompre les bavards ; Ellie ne tenta même pas sa chance. Le calme reviendrait spontanément à l'approche de la *happy hour*.

Un à un, les badauds consulteraient leur montre, marmonneraient quelque chose et regagneraient leur voiture. Daisy Grimm leur ouvrirait la voie : de mémoire d'homme, il ne s'était pas passé un jour sans qu'elle aille au Bigfoot dès le début de la *happy hour*, avec l'urne noire posée sur le tabouret à côté d'elle. Les *boilermakers*[1] à moitié prix étaient son poison favori. Elle prétendait ne jamais en prendre plus d'un ou deux.

— Qui *est-elle* ? vociféra Mort Elzik, exaspéré.

Cette question cloua le bec à tout le monde.

— C'est la question à soixante-quatre mille dollars ! répliqua Ellie. Peanut est retournée au commissariat pour poursuivre nos recherches.

— Vous avez vu mon article à la une, aujourd'hui ?

— Désolé, Mort, je n'ai pas encore lu le journal. Comment avez-vous titré ?

— « Mowgli bien vivant ! » répondit le journaliste, bouffi d'orgueil. *Je connais mes classiques*… Et cela m'a valu un appel du *National Enquirer*.

Ellie tressaillit : elle n'avait pas encore pensé au côté sensationnel de cette histoire. « Un "enfant-loup volant" atterrit en pleine ville, à Rain Valley. » Ce n'était pas une simple nouvelle d'intérêt local.

Et voilà que Julia y était mêlée.

— Avez-vous demandé qu'on nous communique d'éventuelles informations sur son identité ?

— Rappelez-vous que je suis un professionnel ! D'ailleurs, j'aimerais l'interviewer.

— Comme de juste ! Un psychiatre est actuellement à ses côtés. Je vous informerai si nous en savons plus. Quant aux objets collectés en ville…

— Je parie que c'est Julia ! s'écria Violet en battant des mains.

— Bien sûr, insista Marigold. Ned se demandait qui était cette blonde.

---

1. Boisson à base de whisky et de bière.

— Ça tombe sous le sens. Vous êtes allée la chercher à l'aéroport ! clama Daisy.

— La chercher comme un chien va chercher un ballon, ricana Marigold, avec son air docte d'ancien professeur d'anglais.

Mort Elzik se mit à bondir sur place, pareil à un gosse dans une file d'attente pour aller voir *Pirates des Caraïbes*.

— Je désire interviewer votre sœur, chef.

Julia toisa le journaliste.

— Je ne confirme pas que Julia Cates ait été contactée pour cette affaire, ni qu'elle soit présente ici. Est-ce clair ? Je ne veux pas que son nom figure dans le journal.

— À condition que vous me promettiez l'exclusivité de...

— Taisez-vous, je vous prie !

— Mais...

Daisy le frappa sur le crâne.

— Mort Elzik, pas question de désobéir à Ellie ! Votre mère se retournerait dans sa tombe. Et Dieu m'est témoin que j'appellerais votre père !

— N'ébruitez pas cette histoire, Mort, reprit Ellie. Je vous en prie !

Ils savaient l'un et l'autre que Mort pouvait agir à sa guise, mais ils avaient des décennies de souvenirs communs. En l'occurrence, s'affrontaient la reine du bal et le jeune chroniqueur du journal scolaire, plutôt que le chef de police et le journaliste chevronné. Dans les petites bourgades, la hiérarchie sociale est solide comme du béton et s'établit précocement.

— D'accord, soupira Elzik.

— Bien, fit Ellie en souriant.

— Que faisons-nous avec notre matériel, chef ? demanda Daisy.

— Vous pourriez entasser le tout sous mon auvent, en indiquant le nom de chaque donateur. Je tiens à les remercier individuellement.

Marigold tapota son bloc-notes en vinyle.

— Déjà fait !

— Je savais que pouvais compter sur vous tous, murmura Ellie. Maintenant, je n'ai plus qu'à me mettre au travail. Il faut absolument identifier cette petite. Elle a de la chance d'être tombée dans notre ville. Merci encore de votre aide.

— Nous veillerons sur elle, dit quelqu'un.

Ellie traversa le parking ; le bourdonnement des ragots s'atténuait à chacun de ses pas. Ce soir-là, les conversations iraient bon train au Bigfoot et à la Pour House. Autour des pichets de bière Olympia, on discuterait en proportions égales de Julia et de l'« enfant-loup ». Elle aurait dû s'en douter.

Sa sœur Julia avait toujours été « différente » dans une ville conformiste. Une fille paisible et gauche, une sorte de vilain petit canard qui – bizarrement – s'était révélé un véritable génie. Les habitants de Rain Valley ne savaient pas sur quel pied danser avec elle à l'époque ; comment se comporteraient-ils à présent ?

Ellie monta à bord de la vieille Suburban de sa mère – Madge pour les intimes – et reprit le chemin du commissariat. Pendant tout le trajet, elle ajouta de nouvelles tâches à sa liste du jour. C'était le moment ou jamais de découvrir l'identité de l'enfant. Quelqu'un se manifesterait après avoir lu un journal, ou bien (dans le meilleur des cas) elle trouverait par elle-même la réponse dans les dossiers des affaires courantes, et deviendrait une héroïne.

Ellie se gara sur sa place de parking et entra au commissariat.

L'acteur Viggo Mortensen l'attendait dans son bureau. Pas en chair et en os, évidemment : c'était une silhouette en carton grandeur nature, dans ses plus beaux atours du *Seigneur des anneaux*. Sur une bulle en papier blanc, fixée à ses lèvres, on pouvait lire : « J'ai oublié Arwen. C'est toi que je veux ! »

Ellie éclata de rire et vit Peanut surgir avec deux tasses de café.

— Comment savais-tu que je me sentais frustrée aujourd'hui ?

Peanut lui tendit une tasse.

— Bonne idée, non ?

— Et Aragorn, où était-il ?

— Dans la cabine de projection du Rose Theater. Ned s'est chargé du transport.

— Il faudra que je le lui rapporte ?

— Demain ou après-demain... Je lui ai dit que ce n'était pas pour tout de suite, vu que tu es terriblement en manque d'un homme dans ton lit. Il m'a répondu : « Du carton, c'est mieux que rien. »

Ellie ébaucha un sourire, lequel se figea à la pensée de sa liste.

— Merci, Pea. Mais pour l'instant, nous avons du pain sur la planche.

Peanut prit une feuille de papier sur son bureau encombré, et mit ses lunettes de lecture incrustées de strass.

— Voici où nous en sommes... Le Centre pour les enfants disparus dispose d'une base de données. À première vue, ils ont dix mille cas possibles; mais ils essaient de réduire ce nombre. Son âge exact les aiderait à faire le tri.

Ellie s'assit et vit son rêve de gloire éclater comme un vieux ballon.

— Mon Dieu, dix mille fillettes disparues! Il nous faudrait des années pour venir à bout de tant d'informations.

— Écoute-moi bien, El. Il y a huit cent mille cas d'enfants disparus par an, dans notre pays, soit presque deux mille par jour. Statistiquement, cinquante pour cent sont des petites filles blanches, kidnappées par quelqu'un qu'elles connaissent. Es-tu sûre qu'elle est blanche?

— Oui, marmonna Ellie, déboussolée. Le FBI a rappelé?

— Ils attendent la preuve d'un kidnapping ou une identification précise. Une fillette de Mystic ou de Forks a pu se perdre. Concrètement, nous n'avons encore aucune preuve qu'il s'agisse d'une affaire criminelle. Ils nous recommandent de quadriller la ville une fois de plus. Et la DSHS[2] nous incite à trouver une famille d'accueil. Il faudra s'en occuper. Cette petite ne pourra pas rester éternellement à l'hôpital.

— As-tu appelé le Laura Recovery Center?

— Oui, ainsi que « America's Most Wanted » et le département de la Justice. Dès demain, cette enfant sera à la une de tous les journaux.

---

2. Department of Social and Health Services (Direction des services sanitaires et sociaux).

Le visage de Peanut se plissa d'inquiétude.

— On va avoir du mal à cacher Julia.

Il était clair que cet événement allait faire beaucoup de bruit. Une fois de plus, le docteur Julia Cates serait dans l'œil du cyclone.

— En effet, murmura Ellie, on va avoir du mal.

La Fille est recroquevillée sur elle-même comme une jeune fougère dans cet endroit trop blanc. Le sol, froid et dur, la fait parfois frissonner et penser à sa caverne. Pendant qu'elle dormait, les Étrangers l'ont changée ; elle sent maintenant comme les fleurs et la pluie. Elle regrette son ancienne odeur.

Elle voudrait fermer les yeux et dormir ; ces odeurs sont vraiment désagréables. Son nez la démange et sa gorge est si sèche qu'elle a du mal à avaler. Sa rivière lui manque, et aussi le grondement de l'eau qui tombe toujours de la falaise abrupte, non loin de sa caverne. Elle entend le souffle de Cheveux de Soleil et sa voix. Une voix dangereuse et inquiétante comme un orage. Elle se réfugie encore plus au fond. Si elle était un loup, elle creuserait un trou pour disparaître. Attristée par cette idée, elle pense maintenant à Elle, à Lui aussi. Et à son loup.

Sans eux, elle se sent perdue. Elle ne peut pas vivre dans un lieu sans aucune verdure, où l'air pue.

Elle n'aurait pas dû s'enfuir. Il lui a toujours dit que le monde, au-delà de leur forêt, est froid et mauvais, et qu'elle doit rester cachée, car il y a là-bas des hommes qui lui feront encore plus de mal que Lui. Des Étrangers.

Elle aurait dû l'écouter, mais elle a eu peur si longtemps…

Ils vont lui faire encore plus mal qu'avec le filet.

Ils l'attendent pour lui faire mal quand elle sortira, mais elle sera trop petite pour qu'ils la voient. Elle sera invisible comme un insecte vert sur une feuille.

Assise sur une chaise de plastique inconfortable dans la salle de jeux aux couleurs bariolées, Julia contemple le bloc-notes posé sur ses genoux. Depuis une heure elle n'a cessé de parler à l'enfant cachée sous le lit et n'a obtenu aucune réaction. Les questions griffonnées sur son bloc demeurent sans réponse.

Dents… soins dentaires?
Surdité?
Comment a-t-elle été nourrie?
Apprentissage de la propreté?
Cicatrices… Âge…
Origine ethnique?

Durant ses premières années d'internat, tout le monde avait constaté son extraordinaire facilité de contact avec les enfants traumatisés et déprimés. Les meilleurs de ses professeurs et de ses collègues venaient lui demander conseil, car elle semblait comprendre instinctivement les pressions extrêmes subies par les gosses d'aujourd'hui. Trop souvent, ils aboutissaient dans des quartiers mal famés où ils vendaient leur corps malingre pour s'acheter de la nourriture et de la drogue. Elle savait combien l'alcool et la maltraitance pouvaient détruire un enfant, et comment l'éclatement d'une famille laissait chacun de ses membres à la dérive. Par-dessus tout, elle se souvenait de l'époque où elle se sentait exclue ; et bien qu'elle se fût finalement adaptée au monde adulte, des souvenirs pénibles demeuraient. Les enfants lui faisaient confiance quand elle les écoutait et appréciaient son aide.

Sans être spécialiste de l'autisme, de la rééducation des enfants lésés sur le plan cérébral ou des déficiences intellectuelles, elle avait eu à traiter ce genre de cas. Elle savait comment fonctionnaient les autistes. Elle savait aussi comment réagissaient les enfants atteints de surdité profonde avant d'apprendre le langage des signes. Il existait encore, dans des endroits reculés de son pays, des enfants sourds-muets grandissant sans avoir la possibilité de communiquer.

Mais rien de tout cela ne semblait correspondre au cas présent. D'après le scanner, le cerveau de l'enfant ne présentait ni lésions ni anomalies. Sous le lit se cachait peut-être une gamine parfaitement normale, perdue au cours d'une excursion et trop terrifiée pour s'exprimer.

Une gamine parfaitement normale qui se déplaçait en compagnie d'un louveteau... hurlait à la lune... et ignorait, semblait-il, l'usage des toilettes...

Julia reposa son stylo. Elle n'avait qu'un seul espoir : établir un contact avec cette enfant, trop longtemps silencieuse. Communiquer.

— Je suppose qu'il n'y a pas moyen de communiquer par écrit avec toi, dit-elle d'une voix sereine. C'est dommage, parce que j'adore écrire. Tu préfères sans doute dessiner, comme la plupart des enfants de ton âge. D'ailleurs, je ne connais pas exactement ton âge. Le docteur Cerrasin pense que tu as environ six ans. À mon avis, tu es un peu plus jeune, mais je ne t'ai pas encore bien vue. Moi, j'ai trente-cinq ans. Je te l'ai peut-être déjà dit. Tu dois me trouver bien vieille. Je t'avoue que, l'année dernière, j'ai commencé à sentir que je vieillissais.

Pendant deux heures encore, Julia continua à parler de tout et de rien. Elle expliqua à l'enfant où elles étaient et pourquoi, en insistant sur le fait que tout le monde souhaitait lui venir en aide. Ce qu'elle disait comptait beaucoup moins que son intonation, signifiant : « Sors de ta cachette, ma chérie, je ne te veux que du bien. » Elle n'obtint aucune réaction, et pas l'ombre d'un petit doigt n'apparut. Au moment où elle allait parler du sentiment de solitude que l'on éprouve parfois, un coup frappé à la porte l'interrompit.

Elle entendit un bruit sous le lit. La fillette avait-elle perçu ce son ?

— Je reviens tout de suite, fit Julia le plus naturellement du monde.

Elle alla ouvrir. D'un signe de tête, le docteur Cerrasin lui indiqua, sur sa droite, deux aides-soignants vêtus de blanc. L'un portait un gros carton, l'autre un plateau chargé de nourriture.

— Voici les jouets et la nourriture.
— Merci.
— Toujours rien ?
— Non, et je ne peux établir aucun diagnostic de cette manière. J'ai besoin d'observer son attitude, ses gestes... Ce fichu lit m'en empêche.

— Qu'est-ce qu'on fait de tout ce matériel ? demanda l'un des aides-soignants.

— Je vais prendre les peluches, déclara Julia. Les autres jouets seront pour plus tard : elle n'est pas d'humeur à s'amuser pour l'instant. Quant à la nourriture, vous pouvez la déposer sur la table… sans bruit, pour ne pas l'effrayer davantage.

Elle s'adressa à Max :

— La bibliothèque municipale est toujours à peine plus grande que ma voiture ?

— Elle n'est pas très vaste, admit Max, mais on a accès à tout avec Internet. La bibliothèque est connectée depuis l'année dernière. Un événement local !

Julia ressentit une complicité fugitive avec Max : ils plaisantaient, entre « étrangers », des coutumes d'une petite bourgade. Elle allait échanger un sourire avec lui avant de poursuivre leur conversation quand une évidence la frappa : il fallait enlever le lit. Elle aurait dû y penser plus tôt !

Après avoir pivoté sur elle-même, elle ferma la porte – quasiment au nez de Max – puis se dirigea vers l'aide-soignant qui déposait le plateau de nourriture sur la table.

— Emportez ce lit, je vous prie, mais laissez le matelas.

— Hum ?

— Nous ne sommes pas des déménageurs, mademoiselle, fit l'autre aide-soignant.

— *Docteur !* corrigea-t-elle. Vous êtes en train de me dire qu'aucun de vous deux n'est assez costaud pour m'aider ?

— Bien sûr que nous sommes assez costauds ! bredouilla le plus grand des deux hommes en posant à terre le carton d'animaux en peluche.

— Alors, pas de problème ?

— Viens, Fredo, fit l'aide-soignant. N'attendons pas que le toubib nous demande de lui apporter un frigo !

—Merci. Il y a une petite fille sous le lit, précisa Julia. Évitez de lui faire peur.

Fredo se tourna vers elle.

—Pourquoi vous ne lui demandez pas de se déplacer ?

—Faites ce que je vous dis, s'il vous plaît ! Avec précaution... Et laissez le matelas dans un coin.

Les deux hommes déposèrent le matelas à l'endroit indiqué, soulevèrent le lit et le sortirent de la pièce. La porte se referma derrière eux avec un cliquetis ; Julia n'avait d'yeux que pour l'enfant.

Accroupie, celle-ci ouvrit la bouche pour crier.

Je vais enfin t'entendre, pensa Julia, mais aucun son ne parvint à ses oreilles, tandis que la fillette crapahutait vers le mur et s'y plaquait.

Un caméléon, essayant de se confondre avec son environnement. La pauvre enfant était, hélas, dans l'impossibilité de changer de couleur, et donc de disparaître. Aussi immobile que si elle avait été sculptée dans un bois clair, elle ne contrastait que trop avec le linoléum gris moucheté et le mur jaune vif. Seules ses narines frémissaient, comme si elle cherchait à humer les moindres effluves.

Julia remarqua pour la première fois sa beauté, malgré son abominable maigreur. La fillette la fixait légèrement de biais, comme si elle guettait un dangereux animal sur sa gauche. Malgré son air indifférent, qui ne trahissait aucun sentiment, rien ne semblait lui échapper. Sa bouche n'exprimait ni déplaisir ni curiosité et ses yeux – d'un bleu-vert extraordinaire – étaient à l'affût.

Aucune crainte ne s'y lisait. Avait-elle dépassé la peur ? se demandait Julia. Si elle avait vécu dans une terreur quotidienne, n'était-elle pas désormais simplement aux abois ?

—Tu me regardes presque, lui dit-elle du ton le plus naturel possible.

Il était important de rencontrer son regard. Les autistes fuient généralement le regard d'autrui, tant qu'ils n'ont pas bénéficié d'une thérapie suffisante. Sur son bloc-notes, elle nota : « Muette ? » Sa sœur l'avait entendue articuler des sons, mais elle n'en avait pas eu l'occasion. Ellie lui avait signalé aussi qu'elle sautait et grimpait aux arbres avec une prodigieuse habileté.

—Je suppose, reprit Julia, que tu es effrayée. Tout ce qui t'est arrivé depuis hier a été pénible. Il y aurait de quoi pleurer.

Aucune réaction.

Pendant les douze heures suivantes, Julia, tranquillement assise sur une chaise, observa l'enfant au maximum, mais sans grand résultat. Au début, la petite resta presque immobile ; puis elle s'endormit vers minuit, toujours blottie contre le mur. Quand elle se fut écroulée sur le plancher, Julia s'approcha avec précaution et la souleva doucement pour la déposer sur le matelas.

Toute la nuit, elle la regarda dormir d'un sommeil traversé de cauchemars. Elle s'assoupit finalement à son tour mais, le lendemain matin à 7 heures, elle était de nouveau prête à se mettre à la tâche.

Après avoir prévenu Ellie qu'elle passerait probablement la journée à l'hôpital, elle avait le sourire aux lèvres quand la fillette se réveilla. Elle se remit à lui parler d'une voix affectueuse pour la rassurer sur ses intentions, même si l'enfant ne connaissait pas le sens des mots. Elle parla des heures durant, pendant le petit déjeuner et le déjeuner, qui restèrent intacts. En fin d'après-midi, deux choses paraissaient évidentes : Julia était épuisée, et l'enfant avait faim.

La jeune femme s'approcha du carton apporté la veille. Elle évitait les mouvements brusques et parlait d'une voix douce, à un rythme apaisant, comme si le mutisme de l'enfant était la chose la plus naturelle du monde.

— On pourrait jeter un coup d'œil à ces objets, au cas où l'un d'entre eux te plairait.

Elle ouvrit le carton. Un petit loup en peluche reposait sur une pile de jouets et de vêtements pliés. Après l'avoir pris en main, elle se dirigea vers l'autre carton et, toujours souriante, commença à le déballer.

— Les habitants de Rain Valley t'ont envoyé tout cela parce qu'ils s'inquiètent à ton sujet. Je suis sûre que tes parents s'inquiètent aussi. Tu t'es peut-être perdue. Ce n'est pas ta faute, tu sais, et personne ne te grondera.

Elle scruta à nouveau l'enfant, assise sur le matelas dans une immobilité absolue, le regard dirigé juste à côté d'elle.

La fenêtre... Elle venait de comprendre que la petite n'avait pas cessé de fixer la fenêtre. Bien que celle-ci ne révélât qu'une parcelle du paysage extérieur, une tache de ciel bleu et l'extrémité verte d'une branche de sapin étaient visibles.

— Tu te demandes comment sortir ? lança-t-elle. Je peux t'aider à rentrer chez toi, si tu veux.

Cette proposition restant vaine, Julia saisit sur l'étagère un gros livre, qu'elle laissa tomber à terre bruyamment.

L'enfant tressaillit en ouvrant de grands yeux. Un instant, elle posa son regard sur Julia, puis elle alla se réfugier dans un coin.

— Donc, tu entends, conclut Julia. Bonne nouvelle ! Il me reste à découvrir si tu peux me comprendre. Entends-tu des mots ou des sons, petite fille ?

Elle s'approcha à petits pas, guettant le moindre battement de cils, le moindre signe de reconnaissance. Rien ne se produisit, mais quand elle fut à environ deux mètres cinquante de l'enfant, ses narines frémirent. Un infime gémissement s'échappa de ses lèvres. La tension de ses doigts entrecroisés blanchissait presque sa peau tannée.

Julia s'immobilisa.

— Pas plus près, n'est-ce pas ? Je t'effraie ? C'est peut-être une bonne chose. Une réaction normale à cet étrange environnement.

Elle se baissa très doucement et lança vers la fillette l'animal en peluche, qui atterrit juste à côté d'elle.

— Un jouet très doux nous fait quelquefois du bien. Quand j'étais petite, j'avais un ours en peluche rose, appelé Tink. Je l'emmenais partout.

Elle revint à la table, posa le carton à terre et s'assit.

On frappa à la porte peu après. La fillette se recroquevilla encore plus dans son coin, de manière à sembler aussi petite que possible.

— C'est ton dîner, expliqua Julia. Il est encore tôt, mais tu dois être affamée. Je ne vais pas te laisser manger seule ; tu as intérêt à le savoir dès maintenant.

Elle ouvrit la porte, remercia l'infirmière d'avoir apporté la nourriture et regagna la table. La porte se referma avec un cliquetis, la laissant seule en compagnie de l'enfant.

Tout en déballant la nourriture, elle entretenait la conversation : rien de trop intense ni de trop personnel, mais des mots simples, pareils à des invitations revenant toutes sans avoir été ouvertes. Elle repoussa finalement le carton. Un ensemble d'aliments au goût des enfants était disposé sur la table : macaronis au fromage, beignets recouverts de sucre glace, brownies, croquettes de poulet au ketchup, lait, gelée aux fruits, pizza au fromage, hot-dog et frites. Des effluves alléchants flottaient dans la pièce.

— Je ne savais pas ce que tu aimes, alors j'ai commandé un peu de tout.

Julia se pencha et prit un beignet sur une assiette de plastique rouge.

— Pas très sain comme nourriture, mais que c'est bon !

Elle croqua une bouchée, qu'elle savoura en regardant la fillette dans les yeux.

— Excuse-moi ! As-tu faim ? Veux-tu goûter ?

Au mot *faim*, la fillette tressaillit. Très brièvement, son regard plana autour de la pièce et alla se poser sur la table.

— As-tu compris ? fit Julia, légèrement penchée en avant. Sais-tu ce qu'« avoir faim » veut dire ?

La petite l'observa à peine une seconde, mais Julia sentit son regard la transpercer de la tête aux pieds. Elle aurait juré qu'elle avait compris.

Très calmement, elle saisit le second beignet, qu'elle plaça sur une assiette de plastique rouge, puis elle s'approcha à moins de deux mètres de l'enfant. À nouveau, celle-ci grogna et gémit en cherchant à reculer, mais le mur lui interdisait tout mouvement.

Julia posa l'assiette à terre et la poussa discrètement sur le linoléum – assez près pour que l'enfant sente l'odeur sucrée de la vanille, assez loin pour qu'elle soit obligée de s'avancer pour la saisir. Puis elle retourna s'asseoir.

— Vas-y, dit-elle. Tu as faim, donc mange !

La fillette la regarda enfin de ses yeux verts, avec une intensité désespérante. Elle écrivit « Mange ! » et murmura :

— Je ne te ferai pas de mal.

Elle observa un battement de cils. La réaction de l'enfant au mot « mal » ? Elle écrivit ce mot.

Plusieurs minutes s'écoulèrent, pendant lesquelles ni l'une ni l'autre ne baissèrent les yeux. Julia se tourna finalement vers la vitre contiguë à la porte ; l'irrésistible Max les observait. Profitant de cet instant d'inattention, l'enfant fonça sur la nourriture, s'en empara et retourna à son point de départ comme un animal sauvage regagnant son antre avec sa proie.

Elle mangeait d'une manière innommable. Après avoir enfourné dans sa bouche la presque totalité du beignet, elle se mit à mâcher bruyamment. Julia vit ses pupilles s'agrandir au moment où elle perçut le goût.

— Rien ne vaut un bon beignet... Mais les brownies de ma mère étaient délicieux !

Julia buta sur le verbe au passé. Bizarrement, il lui sembla que l'enfant l'avait remarqué ; elle n'aurait su dire d'où lui venait cette intuition.

— Un peu de protéines ne te ferait pas de mal, petite. Il ne faut pas manger trop de sucre.

Elle prit un hot-dog qu'elle tartina de ketchup et de moutarde avant de le poser à terre, cinquante centimètres plus près de la table qu'avant.

L'enfant regarda l'assiette vide qui avait contenu le beignet. Elle semblait évaluer la différence de distance et le risque qu'elle allait courir.

—Tu peux me faire confiance, murmura Julia.

Pas de réponse.

—Je ne te ferai pas de mal.

L'enfant releva lentement le menton, ses yeux bleu-vert rivés sur elle.

—Tu me comprends, n'est-ce pas? insista Julia.

Pas totalement, mais un peu. L'anglais est-il ta langue maternelle? Es-tu de la région?

L'enfant baissa les yeux sur le hot-dog.

—Neah Bay... Joyce... Sequim... Forks... Sappho... Physt... La Push... Mystic...

Cette énumération des bourgades locales ne suscita aucune réaction.

—De nombreuses familles vont faire des excursions, surtout le long de Fall River.

Toujours rien.

—La forêt, les arbres, les grands bois...

L'enfant leva les yeux brusquement.

Julia se dressa et s'approcha avec d'infinies précautions. Lorsqu'elles furent presque en contact, elle s'accroupit pour que leurs yeux soient au même niveau. Elle passa alors un bras derrière elle, de manière à attraper à tâtons l'assiette en plastique contenant le hot-dog, qu'elle lui tendit.

—Tu étais perdue dans les bois, ma chérie? Ça fait très peur, toute cette obscurité, tous ces bruits... Tu as été séparée de ton papa et ta maman? Dans ce cas, je peux t'aider à les retrouver.

Julia vit les narines de l'enfant frémir: en réaction à ses paroles ou à l'odeur du hot-dog? Un instant, un éclair de peur s'était allumé dans ses yeux juvéniles.

— Tu n'oses pas me faire confiance, reprit-elle. Ta maman et ton papa t'avaient peut-être dit de ne jamais parler à des étrangers. Un bon conseil normalement, mais tu es en difficulté. J'ai besoin que tu me parles pour t'aider. Sinon, je ne pourrai pas te ramener chez toi. Je t'assure que je ne te ferai pas de mal. Pas de mal...

À ces mots, l'enfant accroupie s'avança lentement, sans ciller, en regardant Julia droit dans les yeux.

— Pas de mal, répéta celle-ci.

L'enfant, essoufflée, avait les narines de plus en plus palpitantes et le front dégoulinant de sueur. Elle sentait vaguement l'urine, car personne n'avait pu changer ses couches. La chemise de l'hôpital pendait sur son corps menu ; les ongles de ses doigts et de ses orteils étaient longs, et encore légèrement sales.

Elle s'empara du hot-dog, qu'elle flaira, les sourcils froncés.

— Un hot-dog, annonça Julia. Tu as dû en manger avec tes parents quand vous êtes partis camper. Où étiez-vous allés ? T'en souviens-tu ? Et quel est le nom de la ville où tu vivais ? Mystic ? Forks ? Joyce ? Physt ? Ton père t'a peut-être dit où vous étiez. Dans ce cas, je pourrais le prévenir.

Alors qu'elle était assise et parlait tranquillement, elle se sentit basculer en arrière, et sa tête heurta le sol. Attaquée par surprise ! L'enfant bondit sur sa poitrine et la griffa au visage en hurlant des mots inintelligibles.

Max arriva sur-le-champ et empoigna la sauvageonne.

Julia, tout étourdie, essaya de se redresser. Il lui fallut un moment pour recentrer son regard, et quand sa vision s'éclaircit, elle comprit que le médecin donnait un sédatif à l'enfant.

— Non ! s'écria-t-elle en se relevant avec peine.

Elle tituba ; Max se précipita pour la retenir. Tandis qu'elle s'arrachait à lui, elle tomba à genoux.

— Quelle idée de lui donner un sédatif ! Plus jamais elle ne me fera confiance !

— Vous étiez en danger, fit Max posément.

— Elle pèse au maximum douze kilos.

Les joues brûlantes et la nuque endolorie, Julia soupira. L'enfant l'avait agressée avec une brusquerie inouïe. Allongée sur le matelas, près du mur du fond, elle dormait maintenant. Même dans son sommeil, elle restait recroquevillée sur elle-même, comme si le monde entier lui voulait du mal.

— Combien de temps va-t-elle dormir ? s'enquit Julia.

— Quelques heures. Je pense qu'elle était à la recherche d'une arme quand je suis entré. Si elle en avait trouvé une, elle aurait pu vous blesser dangereusement.

Julia écarquilla les yeux : elle comptait parmi les rares personnes que la violence n'avait jamais impressionnée.

— Ce n'est pas la première fois qu'un patient m'attaque, et sans doute pas la dernière. Un des risques du métier. En tout cas, plus question de lui donner des sédatifs sans mon accord.

— Bien sûr.

Julia fronça les sourcils… non sans peine.

— Tout le problème est de savoir ce que je lui ai dit.

— Pardon ?

— Vous l'avez vue comme moi ! Elle était calme ; j'avais même l'impression qu'elle comprenait quelques mots. Et, *bang* ! J'ai dû prononcer des paroles malencontreuses... J'écouterai ce soir les cassettes ; ça m'aidera peut-être à comprendre. Pauvre petite !

— Il faudrait vous désinfecter. Ces égratignures sur votre joue sont assez profondes, et Dieu sait quelles bactéries elle avait encore sous les ongles.

Julia ne put contredire Max.

Nauséeuse et la tête en feu, elle longea le couloir d'un pas mal assuré.

— Sa rapidité m'a impressionnée. Elle a bondi comme un chat !

— Daisy Grimm jure qu'elle s'est *envolée* dans l'érable de Sealth Park.

— Elle se promène toujours avec les cendres de Fred ? s'enquit Julia.

— Toujours.

— Fred est mort quand j'avais douze ans.

Max fit entrer Julia dans la salle de consultation déserte.

— Maintenant, assis.

— Je parie que vous avez des chiens.

— Allons ! fit Max en souriant. Asseyez-vous pour me permettre d'examiner vos blessures.

Trop faible pour discuter, Julia s'assit au bord de la table d'examen ; le papier bruissa sous elle dans la pièce silencieuse.

Max avait des gestes d'une douceur surprenante. Elle l'aurait cru moins sûr de lui, peut-être légèrement maladroit. Après tout, c'était un travail d'infirmière.

Elle tressaillit quand il appliqua l'antiseptique.

— Pardon, dit-il.

— Ce n'est rien.

Il était trop près. Quand elle ferma les yeux, elle sentit son souffle sur sa joue, et elle huma une bouffée de chewing-gum Red Hot.

Elle rouvrit les yeux : il était là, en train de la scruter et de souffler son haleine fraîche sur ses blessures. Son cœur palpita soudain.

— Merci, dit-elle avec un mouvement de recul, mais en ébauchant un sourire.

Pas de ça, Julia ! Elle avait toujours éprouvé un certain malaise en présence d'hommes trop séduisants.

— Je suis désolé, dit-il, bien que son expression démentît ses paroles. Je souhaitais simplement vous aider.

— Merci. C'est parfait.

Il ferma les flacons et rangea son matériel ; puis il se tourna vers elle, en gardant ses distances.

— Reposez-vous jusqu'à ce soir, et demandez à Ellie de veiller sur vous. Une commotion cérébrale...

— Je connais les risques et les symptômes, Max. Je serai prudente.

— Vous allonger un moment ne vous ferait pas de mal.

Un sourire passa sur les lèvres de Max à cette évocation d'un lit : il était évidemment le genre d'homme qui donne des sous-entendus grivois à la moindre conversation.

— Cette petite fille compte sur moi, lui rappela-t-elle. Il faut que j'aille au commissariat de police et à la bibliothèque, mais je vais faire attention.

— Me croyez-vous assez naïf pour croire cela ?

Intriguée, Julia fronça les sourcils. Elle n'aurait pas songé un instant que Max comprenait les femmes. Certes, il les aimait et savait en profiter, mais de là à les comprendre! Philip non plus n'avait jamais été très intuitif.

— Suis-je si transparente?

— Comme du cristal. Comment irez-vous au commissariat?

— Je vais appeler Ellie pour…

— Permettez-moi de vous déposer là-bas.

Julia se laissa glisser de la table d'examen. Elle allait protester que c'était inutile quand elle s'aperçut dans le miroir.

— Oh! dit-elle en s'approchant.

Quatre impressionnantes griffures marquaient sa joue gauche. Sa peau enflait déjà, et elle devina qu'elle se réveillerait le lendemain matin avec un œil au beurre noir.

— Elle ne m'a pas ratée!

Il lui tendit un tube de pommade antibiotique.

— Gardez-le.

— Vous avez raison. Merci.

Elle glissa aussitôt le tube dans son sac.

— Venez, dit-il. Je vous dépose au commissariat.

Sans même protester, elle lui emboîta le pas – mais à distance respectable.

6

—Tu es sûre que c'est bien comme ça? demanda Peanut pour la dixième fois en dix minutes.

—On me prendrait presque pour la grande présentatrice Diane Sawyer, pas vrai? fit Ellie d'un ton sec.

Elle devenait agressive quand elle était trop anxieuse; or elle allait donner sa première conférence de presse. Tout devait être parfait, sinon elle passerait pour une idiote. C'était ce qui l'avait poussée à interrompre ses études universitaires : plutôt abandonner qu'échouer.

—Ellie, tu craques?

—Non, tout va bien.

Le commissariat avait été transformé en salle de presse de fortune. Pour cela, on avait poussé les bureaux le long des murs.

Les chaises étaient rassemblées au centre, en deux rangées de cinq. Une estrade, trouvée dans la réserve du Rotary Club, trônait face à elles.

Cal, assis à son bureau, répondait aux appels téléphoniques. Debout dans le hall, Peanut surveillait les opérations ; bizarrement, elle avait la certitude de savoir gérer tout cela.

Pour sa part, Ellie possédait au moins une certaine expérience des médias. À l'époque où elle était jeune recrue, son oncle Joe avait tenu une conférence de presse car Alvin, son ex-mari, jurait avoir aperçu Bigfoot. Quelques journaux locaux et un tabloïd étaient venus, ainsi qu'Alvin, soûl comme une bourrique.

Ellie vérifia les sièges une fois de plus. Sur chaque chaise en métal, une feuille volante était maintenue par une petite pierre. Elle relisait la déclaration qu'elle avait préparée quand Earl entra. En grand uniforme et ses dernières mèches de cheveux plaquées sur le crâne, il semblait plus grand que d'habitude. Des talonnettes, peut-être.

Cette hypothèse amusa Ellie, mais elle ne se permettrait pas de le taquiner outre mesure. Ne s'était-elle pas abondamment maquillée ? Pour sa première apparition sur le petit écran, elle voulait se montrer à son avantage.

— Salut, Earl. Prêt à te lancer ?

Il hocha la tête, et sa pomme d'Adam sursauta dans sa gorge.

— Myra a repassé mon uniforme. Elle dit qu'un homme qui passe à la télévision doit avoir des plis de pantalon comme des lames de rasoir.

— Tu as une merveilleuse épouse !

— Exact.

Ellie reprit sa lecture en se concentrant sur chaque mot, de manière à mémoriser son texte, puis elle s'assit, pratiquement sans un regard pour les journalistes en train d'arriver. Dès 18 heures, tous les sièges étaient occupés. Des photographes et des cameramen se tenaient derrière les rangées de chaises.

— C'est le moment, lui lança Peanut en s'approchant. Et tu as du rouge à lèvres sur les dents.

Il ne manquait plus que ça ! Elle s'essuya les dents et tapota le micro, qui gronda et grinça. Le son résonna dans la salle ; plusieurs personnes portèrent les mains à leurs oreilles.

— Désolée !

Elle recula très légèrement.

— Merci à tous d'être venus. Comme vous le savez pour la plupart, nous comptons sur votre aide. Une fillette a fait son apparition à Rain Valley. Nous ignorons qui elle est et d'où elle vient. Selon nos estimations, elle aurait entre cinq et sept ans. Vous trouverez sur chaque siège un croquis réalisé par un artiste. Elle a les cheveux bruns et les yeux vert-bleu. Son dossier dentaire n'est pas encore disponible mais, apparemment, elle n'a jamais eu ni obturation, ni autres soins dentaires. Elle a perdu un certain nombre de dents de lait, ce qui coïncide avec nos hypothèses concernant son âge. Nous avons consulté tous les services locaux et nationaux, ainsi que le Centre pour les enfants disparus, sans parvenir à l'identifier. Nous espérons que vous publierez tous cette information à la une pour la diffuser largement. Quelqu'un doit savoir qui est cette fillette.

— Pourquoi un croquis ? demanda quelqu'un.

— Nous ne disposons pas encore d'une photo, mais ça ne tardera pas, répondit Ellie.

Mort Elzik, de la *Rain Valley Gazette*, se leva.

— Comment se fait-il qu'elle ne vous ait pas donné son nom ?

— Elle n'a pas encore dit un seul mot.

— Peut-elle parler ?

— Nous ne sommes pas encore en mesure de répondre avec certitude à cette question. Il semblerait pourtant qu'elle soit physiquement capable de parler.

Un homme portant une casquette de base-ball du *Seattle Times* s'était levé à son tour.

— Elle reste donc *volontairement* muette ?
— Nous ne le savons pas encore.
— Est-elle blessée ou malade ?
— Ou handicapée mentale ?

Ellie s'apprêtait à répondre quand Earl s'approcha du micro.

— Nous avons ici un psychiatre renommé…

Ellie lui lança un violent coup de pied.

— D'excellents médecins veillent sur elle. C'est tout pour le moment. Nous espérons que quelqu'un pourra répondre à certaines de ces questions épineuses.

— J'ai entendu dire qu'elle avait un louveteau avec elle, lança une femme du fond de la salle.

— Et qu'elle a sauté d'une branche à plus de dix mètres au-dessus du sol, ajouta une autre.

— Ne nous laissons pas impressionner par des ragots, soupira Ellie. L'essentiel est d'identifier cette fillette.

— Vous ne nous donnez pas beaucoup de grain à moudre, observa quelqu'un.

Ellie avait dit tout ce qu'elle savait, mais les questions continuaient à fuser. Comme par exemple la plus incroyable, celle de Mort Elzik : « Êtes-vous sûre qu'elle appartient à l'espèce humaine ? »

Après quoi, tout alla de mal en pis…

Max ouvrit la portière du passager avant de prendre place au volant de sa voiture.

— Vous avez de la chance : il pleuvait quand je suis parti de chez moi ce matin. Autrement, je serais à moto.

— Une Harley-Davidson, je parie.

— Comment le savez-vous ?

— Votre oreille percée ! Les psys ont tendance à remarquer les moindres détails.

— Aimez-vous les motos ?

— Celles qui foncent à plus de cent à l'heure ? Non.

— Trop de vitesse et de liberté ?

— Et trop d'accidents mortels.

Ils dépassèrent plusieurs pâtés de maisons en silence.

— Avez-vous déjà tiré des conclusions au sujet de cette petite fille ? demanda-t-il finalement.

C'était le genre de question que les médecins généralistes posent volontiers aux psychiatres, car ils ne se doutent pas du temps qu'il leur faut pour établir un diagnostic satisfaisant. Julia apprécia néanmoins ce retour à une conversation plus professionnelle.

— Je peux vous dire ce qui me paraît improbable. Éliminer est toujours un bon point de départ. Je pense qu'elle n'est pas sourde ; en tout cas pas totalement. Elle ne me semble pas non plus présenter de handicap mental, à première vue. Quant à l'autisme… c'est pour l'instant ma meilleure hypothèse. Néanmoins, elle se comporte d'une manière étonnante pour un enfant autiste.

— Vous ne semblez pas y croire réellement.

— J'ai encore besoin d'un certain temps d'observation. Quand elle m'a regardée…

La phrase de Julia resta en suspens : elle hésitait à se prononcer sans disposer d'informations complémentaires. À la suite de ses récents problèmes, elle avait, pour la première fois de sa vie, peur de se tromper.

—Oui ? fit Max.

—Effectivement, elle m'a regardée. Son regard s'est posé sur moi, pas à côté, ni au-delà... Et elle me donnait parfois l'impression de comprendre mes paroles. Avoir mal, avoir faim, manger... Je jurerais que ces termes avaient un sens pour elle.

—Vous pensez que vous avez prononcé un mot qui l'a bouleversée ?

—Franchement, je ne me souviens plus avec précision de ce que je lui ai dit.

—Peut-elle parler ?

—Pour l'instant, elle n'a émis que des sons, exprimant des émotions à l'état pur. Je peux vous affirmer au moins ceci : le mutisme sélectif est une réponse fréquente aux traumatismes infantiles.

—Elle aurait subi un sérieux traumatisme ?

—Oui.

Cette hypothèse accrut la tension entre eux.

—Elle a peut-être été kidnappée, dit posément Max.

Cette pensée avait plané sur Julia toute la journée, comme une ombre.

—Je le crains. Toutefois, ses cicatrices sont peut-être moins inquiétantes que son traumatisme affectif.

—Alors, elle a de la chance que vous soyez là.

—C'est moi qui ai de la chance.

Julia regretta immédiatement ces paroles. Pourquoi faisait-elle un tel aveu à un homme qu'elle connaissait à peine ? Heureusement, il ne répondit pas.

Il tourna à gauche vers Azalea Street, qu'il trouva barrée.

— C'est étrange... Sans doute une canalisation à réparer.

Il recula et roula jusqu'à Cascade, puis se gara.

— Je vous accompagne ?

— Ne vous donnez pas cette peine.

— Ce n'est rien.

Julia se contenta d'acquiescer d'un signe de tête.

Ils longèrent la rue bordée d'arbres jusqu'au commissariat de police.

— C'est beau par ici, dit-elle ; j'avais oublié. Surtout en automne.

Elle allait insister sur les couleurs flamboyantes des feuilles mais, au coin de la rue, elle comprit la raison de la barricade : des dizaines de camions de presse stationnaient.

— Stop ! s'entendit-elle crier à Max.

Elle pivota sur elle-même si vite qu'ils se heurtèrent. Max la retint dans ses bras. Si les journalistes l'apercevaient maintenant, le visage meurtri, ils s'en régaleraient. Surtout quand ils apprendraient que c'était sa propre patiente qui l'avait blessée.

— Le commissariat est là, et la porte d'entrée...

Elle interrompit Max.

— Je sais où est cette foutue porte, mais il faut que je déguerpisse... immédiatement.

À la vue des camions, il comprit. Cette femme était *le médecin qui...*

— Lâchez-moi ! dit-elle en s'arrachant à ses bras.

Il lui désigna l'église luthérienne, de l'autre côté de la rue.

— Allez-y ! Je vous envoie Ellie.

— Merci.

Elle s'était à peine éloignée quand il l'appela par son prénom.

— Quoi ? fit-elle en se retournant.

Il s'avança d'un pas, sans un mot.

— Dites-moi seulement ce que vous avez en tête, Max, fit-elle, désarçonnée. Chacun a le droit d'avoir son point de vue. J'ai l'habitude.

— Voulez-vous que je reste ?

Julia soupira et leva les yeux vers lui : elle était seule depuis si longtemps.

— Non, merci, Max.

Sans un regard de plus, elle s'éloigna.

Max gravit les marches de béton du commissariat. Quand il entra, les journalistes le dévisagèrent d'un air carnassier, et se détournèrent en le jugeant peu digne d'intérêt.

Debout près de la porte, il attendit la fin de la conférence de presse en pensant à Julia.

À l'instant où elle avait aperçu les camions de presse, il avait vu ses émotions briller en un éclair dans ses yeux verts : la crainte, l'espoir, le désespoir... Une vulnérabilité évidente, qu'il avait comprise et qui lui rappelait des souvenirs. Quand les médias braquent leurs feux sur vous, on ne peut se cacher nulle part.

Il se fraya un chemin à travers la foule en train de se disperser. Sur l'estrade, Ellie se tenait entre Earl et Peanut. Il la prit à part :

— Ta sœur t'attend à l'église luthérienne.

Ellie tressaillit.

— Elle était ici ?

— Oui.

— Mon Dieu !

— La prochaine fois que tu convoques la presse, je te suggère de la prévenir.
— Je ne pensais pas que...
— Je sais.
— Qu'est-ce que tu as ?
— Sois plus prudente la prochaine fois !

Incapable d'en dire plus, Max s'éloigna. Dehors, il fit une pause sur les marches de l'hôtel de ville. Autour de lui, des journalistes remballaient leur matériel en bavardant. Un drapeau américain claquait dans la brise. De l'autre côté de la rue, l'église luthérienne était blottie à l'ombre d'un immense sapin. En se concentrant, il distingua la silhouette d'une femme derrière une fenêtre. Julia...

Tenté de traverser la rue pour lui offrir son aide, il préféra regagner sa voiture et rentrer chez lui.

Comme il longeait Lakeshore Drive, le soleil amorça sa paisible descente vers le lac. De sa boîte à lettres déglinguée, il retira le tas habituel de courrier et de factures avant de s'engager dans l'allée de gravier semée de nids-de-poule qui se déroulait comme un ruban à travers une forêt quasi impénétrable. Des hectares de terre acquis plus d'un siècle plus tôt par son trisaïeul, avec l'idée d'y construire un pavillon de chasse et de pêche grandiose ; une seule année dans cette humidité glauque l'avait incité à changer d'avis. Après avoir défriché un hectare sur cent, il était parti pour le Montana, où il avait construit son pavillon de chasse ; et il avait fini par oublier ces terres sauvages, nichées au fond des bois le long de Spirit Lake. Transmises par testament de fils aîné en fils aîné, elles étaient parvenues à Max. Sa famille avait supposé qu'il n'en ferait rien, comme ses prédécesseurs : surpris du peu de valeur de leurs terres, ces derniers avaient continué à payer les taxes foncières de la propriété sans s'en occuper davantage.

Si sa vie s'était déroulée comme prévu, il aurait certainement suivi leur exemple.

Il se gara à côté de sa Harley-Davidson, puis il entra dans sa villa, où un grand vide l'accueillit.

Quelques meubles de valeur occupaient la grande pièce. À gauche, une longue table de pin, avec une seule chaise à une extrémité. Sur le mur est, une magnifique cheminée en pierre de taille, au manteau sans aucun ornement. Enfin un canapé en cuir rouge, une table basse vétuste et un beau meuble de rangement en bois.

Max lança son manteau sur le canapé et fouilla entre les coussins en quête de la télécommande. Au bout d'un instant, un écran de télévision plasma s'éleva du meuble de rangement en bois de rose fait sur mesure. Il actionna la télécommande. Peu lui importait le programme ; il lui fallait du bruit, car il avait horreur du silence qui régnait dans sa maison.

Il monta prendre une douche rapide et se changer. Il se rasait devant son miroir embué quand il se surprit en train de penser à elle.

L'oreille percée.

Il posa doucement son rasoir, le regard rivé au point minuscule, à peine visible, car il ne portait plus d'anneau à l'oreille depuis plus de sept ans. Mais elle avait remarqué ce détail, qui lui avait donné un aperçu de l'homme qu'il avait été.

—Tu as décidé d'organiser une conférence de presse sans me prévenir ?

Julia criait malgré elle en s'adressant à sa sœur.

— Pourquoi ne pas me jeter aux loups pendant que tu y es ? reprit-elle.

— Comment pouvais-je me douter que tu allais passer ? Tu n'es pas rentrée à la maison hier soir, mais je suis censée prévoir chacun de tes faits et gestes. Pour qui me prends-tu ? Pour un devin ?

Assise dans la voiture, Julia croisa les bras. Un silence plana soudain, et l'on n'entendit plus que le clapotis de la pluie sur le pare-brise.

— Il faudrait peut-être annoncer ta présence aux médias, suggéra Ellie. Il me suffira de leur dire que nous sommes persuadés…

— Il serait souhaitable, à ton avis, que j'expose mon visage aux caméras maintenant ? Ma patiente – une gamine, je te signale – m'a agressée. Voilà qui fait honneur à mes capacités.

— Tu n'y es pour rien !

— Je sais, mais je t'assure qu'ils n'auraient pas le même point de vue.

Depuis une demi-heure, elle s'était répété cela maintes fois. En effet, elle avait songé à révéler aux journalistes qu'elle était le médecin consulté dans cette affaire ; mais c'était prématuré. Elle n'inspirait plus confiance, et il ne lui restait plus qu'à faire ses preuves pour ne pas se laisser piétiner une fois de plus.

Elle devait amener cette fillette à parler, et dans les plus brefs délais.

Pendant quelques jours, ce serait le grand sujet de conversation en ville. Les gros titres se multiplieraient dans la presse, et tout le monde spéculerait sur l'identité de l'enfant. On raconterait probablement qu'elle était incapable de s'exprimer à cause d'un handicap mental, ou qu'un traumatisme l'avait rendue muette. Rien n'éveille autant l'intérêt du public qu'un mystère, et les journaux joueraient sur toutes les cordes sensibles. Tôt ou tard, elle serait impliquée dans cette histoire.

Ellie se gara devant la bibliothèque. Cette bâtisse, une ancienne boutique de taxidermiste, s'adossait à un bouquet de majestueux pins Douglas. La nuit tombait rapidement, et le chemin de gravier menant à la porte était à peine visible.

— J'ai renvoyé tout le monde ce soir, dit Ellie en tirant sa clé de sa poche de poitrine. Comme tu me l'avais demandé. Et, Jules… je suis désolée.

— Merci, fit Julia avec un tremblement dans la voix plus révélateur qu'elle ne l'aurait souhaité.

Ellie le remarqua. Si leur relation avait été différente, Julia aurait tendu une main vers sa sœur, en lui avouant qu'elle avait une peur bleue des médias ; mais elle se contenta de murmurer, après s'être raclé la gorge :

— J'ai besoin d'un lieu privé pour travailler avec cette fillette.

— Nous la confierons à une famille d'accueil dès que nous en trouverons une. Nous cherchons actuellement…

— Je la prends en charge. Appelle la DSHS. Ils devraient donner leur accord à mon sujet sans aucun problème. Je vais remplir les papiers dès ce soir.

— Sûre ?

— Absolument. Je ne peux pas m'intéresser à elle une heure par semaine, ou par jour. Elle va m'occuper à plein temps pendant une certaine période. Remplis les papiers de ton côté aussi.

— D'accord.

Des phares illuminèrent la voiture par-derrière et quelqu'un vint frapper bruyamment à la vitre. Julia ouvrit la portière et Penelope les salua avec enthousiasme. Derrière elle était garée une vieille camionnette cabossée. En sortant de la voiture, Julia n'entendit que la fin de sa phrase :

— ... a dit que tu pouvais emprunter la vieille Bertha quelque temps. Son père s'en servait pour le foin quand ils habitaient à Moses Lake. Les clés sont à l'intérieur.

— Merci, Penelope.

— Appelle-moi Peanut ! Nous sommes presque de la même famille, vu qu'Ellie est ma meilleure amie.

Julia se souvint brusquement de Penelope aux obsèques de sa mère : elle s'était occupée de tout et de tous avec une sollicitude maternelle, entraînant Ellie hors de la pièce quand elle avait fondu en larmes, et s'asseyant au bout du lit de ses parents pour la bercer dans ses bras comme un enfant. Si seulement elle avait eu une pareille amie l'année précédente.

Ellie les rejoignit. Tandis que les talons de ses rangers noires crissaient sur le gravier, les nuages se dissipèrent et une lune embuée apparut.

— Va dans la voiture, Pea. J'accompagne ma sœur jusqu'à la porte d'entrée.

Après avoir esquissé un petit salut, Peanut s'affala dans le véhicule et claqua la porte.

Julia et Ellie s'engagèrent sur l'allée de gravier menant à la bibliothèque. Elles approchaient de l'entrée quand la lumière lunaire éclaira l'affiche « LA LECTURE EST UN PLAISIR ! » sur la façade.

Ellie déverrouilla la porte et se pencha pour allumer ; puis elle questionna Julia.

— Peux-tu vraiment aider cette fillette ?

La colère et les dernières craintes de Julia s'évanouirent simultanément, car elle était revenue sur le terrain qui lui tenait le plus à cœur.

— Oui. Avez-vous progressé dans son identification ?

— Pas encore. Nous avons entré dans la base de données sa taille, son poids, la couleur de ses cheveux et de ses yeux, afin de restreindre le nombre de possibilités. Nous avons aussi photographié et enregistré les cicatrices de ses jambes et de son épaule. Elle a également un grain de beauté très particulier sur l'épaule gauche. C'est la seule marque spécifique dont nous disposons ; le FBI nous a priés de la garder secrète afin de ne pas être à la merci des cinglés et autres déséquilibrés. Max a envoyé sa robe au labo pour analyser les fibres, mais je suis sûre qu'elle a été faite à la main... donc nous ne pourrons pas repérer l'usine qui l'a fabriquée. L'ADN pourrait nous aider, mais ça prendra du temps. Ses empreintes digitales ne correspondent pas à celles des enfants disparus ; évidemment, les parents n'ont pas l'habitude de relever les empreintes digitales de leurs enfants. Nous avons un échantillon de son sang, ce qui nous permettra de faire un test d'ADN si quelqu'un se présente.

Ellie soupira.

— En d'autres termes, nous espérons que sa mère lira le journal demain et viendra se présenter. À moins que tu n'arrives à lui faire dire son nom...

— Et si c'est sa mère qui l'a ligotée et a mis ses jours en danger ?

Ellie garda un visage indéchiffrable, mais il était évident qu'elle avait envisagé la même hypothèse.

Elles savaient l'une et l'autre que les enlèvements d'enfants s'avéraient la plupart du temps imputables à des membres de leur famille. Les cas comme celui d'Elizabeth Smart[3] étaient rarissimes.

— Eh bien, espérons que tu arriveras à lui arracher la vérité, murmura Ellie. C'est le seul moyen de l'aider.

— Tu mets la pression ?

— Sur moi autant que sur toi, je t'assure ! Jusqu'à maintenant, ma mission la plus ardue était de confisquer les clés de voiture des buveurs de la Pour House, le vendredi soir.

— Alors, un pas après l'autre... J'aurai d'abord besoin d'un endroit pour travailler avec elle.

— Je m'en occupe.

— Très bien ! Ne m'attends pas, je rentrerai tard.

Julia franchit le seuil et posa le pied sur la moquette brune de la bibliothèque.

— Jules ? fit sa sœur en lui effleurant l'épaule.

Elle se retourna et aperçut le visage d'Ellie à contre-jour.

— Je crois à ton succès...

Trop émue pour répondre, Julia se contenta de hocher la tête et tourna les talons pour entrer dans le bâtiment vivement éclairé. Tandis qu'Ellie soupirait profondément, elle s'entendit murmurer :

— Je crois en toi moi aussi, grande sœur, et je sais que tu es capable de retrouver la famille de cette fillette.

La porte claqua et elle tressaillit. Jamais elle ne s'était attendrie sur sa sœur, qu'elle supposait

---

3. Jeune fille enlevée dans sa chambre à l'âge de quatorze ans, en 2002, et retrouvée neuf mois après en compagnie de deux mormons fondamentalistes, sans domicile fixe.

invulnérable. Ellie, pensait-elle, n'avait que faire de l'approbation d'autrui ; elle croyait, non sans raison, inspirer l'amour à tout le monde. Cette vision soudaine de la nature profonde de sa sœur aînée la perturbait. Il y avait chez Ellie une sorte de fragilité qui contredisait son apparence sans faille. Elles avaient donc des points communs, après tout.

Julia contourna un réseau de tables pour s'approcher de la rangée d'ordinateurs. Il y en avait cinq (quatre de plus qu'elle ne l'aurait cru) sur des bureaux individuels, sous un tableau d'affichage en liège parsemé de couvertures de livres et de prospectus annonçant les événements locaux.

Elle sortit un bloc et un stylo noir de son sac, puis fouilla les poches intérieures à la recherche de son magnétophone miniature. Après y avoir placé de nouvelles piles, elle le déclencha et annonça :

— Dossier numéro un ; nom du patient inconnu.

Elle enfonça la touche stop et rapprocha sa chaise de bois inconfortable de l'écran. L'ordinateur émit un bourdonnement et l'écran s'alluma. Quelques secondes après, elle surfait sur Internet et prenait des notes. Tout en écrivant, elle s'enregistrait.

Cas numéro un. Patient de sexe féminin, âge inconnu. Apparemment entre cinq et sept ans. Nom inconnu.

L'enfant présente une capacité d'élocution limitée et peut-être une incapacité totale. Sur le plan physique, déshydratation et malnutrition sérieuses. D'importantes cicatrices (comme si elle avait été ligotée ?) suggèrent un grave traumatisme antérieur. Problèmes relationnels évidents, et comportement

non conforme à son âge. L'enfant s'est montrée apathique pendant des heures, puis a manifesté une excitabilité et une irritation violentes. En outre, elle semble terrifiée par les objets métalliques brillants.
Diagnostic initial : autisme.

Julia arrêta son magnétophone en fronçant les sourcils. Son diagnostic lui semblait inexact. Elle vérifia sur Google la liste des comportements habituellement associés à l'autisme :
– retard dans l'apprentissage de la parole ;
– aucun apprentissage de la parole, dans certains cas ;
– aucun plaisir à être touché ;
– impossibilité ou refus de croiser un regard ;
– indifférence à l'environnement ;
– apparente surdité, car ignorance des sons ou du monde environnant ;
– fréquentes attitudes compulsives : battre des mains, taper du pied ;
– graves crises de colère ;
– charabia incompréhensible ;
– dons parfois extraordinaires pour les mathématiques, la musique, le dessin… ;
– retard de communication avec autrui.
Et ainsi de suite… Selon les critères officiels, un patient présentant un certain nombre de ces symptômes pouvait, en principe, être considéré comme autiste. Hélas, Julia n'avait pu observer suffisamment l'enfant pour répondre aux questions sur son comportement. Par exemple, aimait-elle qu'on la touche ? Pouvait-elle exprimer des émotions ?

Bien qu'elle ne disposât d'aucun élément concret, Julia avait certaines intuitions à ce sujet.

La fillette *pouvait* parler (du moins un peu), entendre et comprendre jusqu'à un certain point. Ses réactions lui paraissaient normales ; en revanche, son environnement avait sans doute été déficient.

À quoi bon se plonger dans des diagnostics hypothétiques ? Syndrome d'Asperger ? Syndrome de Ratt ? Syndrome de Heller ? Ne possédant pas les informations nécessaires, elle griffonna simplement sur son bloc : « Demain, étudier les réactions en société, les modes de comportement (s'il y en a) et les capacités motrices. »

Elle reboucha son stylo puis martela la table, avec le sentiment de passer à côté de quelque chose. Sans savoir ce qu'elle cherchait, elle se réinstalla devant son ordinateur.

Pendant deux heures encore, elle prit des notes sur tous les troubles psychiques et comportementaux infantiles qu'elle put trouver, mais en vain. Finalement, vers 23 heures, elle effectua sur Google une recherche concernant les enfants disparus. Recherche qui l'entraîna vers un grand nombre de feuilletons télévisés et de sites traitant du kidnapping. Le domaine de sa sœur. Elle ajouta le mot « forêt » pour savoir combien il existait de cas d'enfants perdus ou abandonnés en forêt ou dans un parc national.

L'entrée « enfants-loups » se présenta. Elle avait lu ce terme quand elle était étudiante. Il était complété par le fragment de phrase suivant : « les enfants perdus ou abandonnés, élevés par des loups ou des ours au fond des bois peuvent sembler… »

Elle déplaça le curseur et cliqua ; un texte apparut sur l'écran :

Les enfants-loups sont des enfants perdus, abandonnés ou oubliés de quelque manière, qui survivent dans un isolement total. L'idée qu'un enfant ait été élevé par des loups ou des ours se trouve surtout dans les légendes, mais il existe quelques cas scientifiquement prouvés. Les plus célèbres sont les suivants :
– *les trois enfants-ours hongrois (XVIIe siècle) ;*
– *la fille d'Oranienburg (1717) ;*
– *Peter, l'enfant sauvage (1726) ;*
– *Victor de l'Aveyron (1797) ;*
– *Kaspar Hauser (1828) ;*
– *Kamala et Amala en Inde (1920) ;*
– *Genie (1970).*

Le deuxième cas le plus récent datait des années 1990. Il s'agissait d'une fillette ukrainienne, dénommée Oxala Malaya, censée avoir été élevée par des chiens jusqu'à l'âge de huit ans. Elle n'avait jamais pu s'adapter à la vie en société. À l'âge de vingt-trois ans, elle vivait à présent dans une institution pour enfants handicapés. En 2004, un garçon de sept ans – censé également avoir été élevé par des chiens sauvages – avait été découvert au fond des forêts sibériennes. Il n'avait pas encore appris à parler.

Julia, les sourcils froncés, demanda l'impression de ces pages.

Il était hautement improbable que cette petite fille soit un véritable enfant sauvage. Mais ce louveteau… Sa manière de manger…

Dans cette hypothèse, il s'agissait de l'enfant le plus profondément atteint qu'il lui serait donné de traiter ; et sans une aide intensive, la pauvre petite risquait d'être aussi perdue et oubliée dans le système qu'elle l'avait été dans la forêt.

Penchée en avant, Julia sortit la liasse de feuilles de l'imprimante. Au-dessus s'étalait la dernière page, avec une photo en noir et blanc d'une petite fille qui semblait la dévisager. L'enfant paraissait à la fois effrayée et étrangement obsédée. Le commentaire était le suivant :

Genie. Après douze ans de maltraitance et d'isolement effroyables, elle fit sensation dans les médias. L'équivalent moderne d'une enfant sauvage, élevée dans une banlieue californienne. Sauvée de son cauchemar, elle fut un centre d'intérêt pendant une courte période, avant d'être oubliée par les savants et les médecins – comme tous les enfants sauvages avant elle – et rendue à son destin obscur. Elle vit dans une institution pour enfants handicapés.

Julia savait qu'elle n'était pas du genre à utiliser une enfant traumatisée pour progresser dans sa carrière mais, si l'histoire de cette petite fille était conforme à son hypothèse, elle ne tarderait pas à figurer à la une des journaux. Puis à être oubliée.

Elle se jura en silence de ne plus laisser personne faire du mal à la fillette endormie à l'hôpital.

7

Vers 20 heures, ce soir-là, les coups de téléphone cessèrent enfin. À la suite de la conférence de presse, il y avait eu des dizaines d'appels et de fax des journalistes présents (souhaitant des informations complémentaires) et de ceux qui n'avaient pas pris la peine de se déplacer mais avaient eu vent de l'histoire. En outre, les habitants de Rain Valley avaient défilé en un flux continu, à l'affût de la moindre nouvelle concernant l'hôte imprévisible de leur ville.

— Le calme avant la tempête, déclara Peanut.

Ellie leva les yeux des papiers étalés sur son bureau, juste à temps pour voir son amie allumer une cigarette.

— Je t'ai demandé l'autorisation et tu as marmonné quelque chose, fit Peanut sans lui laisser le temps de protester.

— Si tu me parlais de la tempête ? proposa Ellie, d'humeur peu combative.

— Elle va se déchaîner demain ! J'ai l'habitude de regarder les séries de Court TV, tu sais. Aujourd'hui, nous avons reçu la visite de chaînes et de journaux locaux. Dès que l'« enfant-loup volant » sera à la une, ça sera une autre histoire : tous les journalistes du pays voudront en savoir plus.

Peanut hocha la tête et toussa en exhalant une bouffée de fumée.

— Pauvre gosse ! Comment ferons-nous pour la protéger ?

— J'ai pris des mesures.

— Et comment nous fier aux personnes qui viendront éventuellement la réclamer ?

Cette question perturbait en effet Ellie.

— J'y songe depuis le début, Pea, admit-elle. Je ne veux pas la rendre aux gens qui l'ont fait souffrir, mais je manque terriblement de preuves. Et, de nos jours, l'intuition ne pèse pas lourd dans le système juridique ! J'en viens à souhaiter qu'il y ait un dossier d'enlèvement. C'est triste, non ? Je pourrais au moins rendre à ses parents une petite fille kidnappée ! Il y aurait des prélèvements sanguins et un suspect... Si ce n'est pas le cas, je devrai demander l'aide des autorités supérieures.

Elle haussa les épaules.

— À moins qu'il s'agisse d'un crime, elles s'arrangeront pour nous laisser tout le travail sur les bras. Nous sommes déjà prévenus : si l'État intervient, ce sera uniquement pour la placer dans une institution !

Ellie s'était débattue toute la nuit avec ses interrogations et elle ne trouvait toujours pas de réponse.

— Tout dépend de Julia, conclut-elle. Si elle peut tirer quelque chose de cette fillette, nous aurons un point de départ.

— À condition qu'elle soit capable de parler.

— C'est le problème de Julia ; à part ma sœur, je ne vois pas qui peut lui venir en aide. Quant à nous, nous devons lui trouver un endroit pour travailler.

Peanut se remit à tousser.

— Arrête ce truc, Pea. Tu es la pire des fumeuses !

— Et j'ai pris presque cinq cents grammes cette semaine... Je vais recommencer à me nourrir de soupe aux choux, ou peut-être de bâtonnets de carotte.

Peanut posa sa cigarette.

— Que penses-tu de l'ancienne scierie ? Personne n'irait la chercher là-bas.

— Trop froide et trop accessible. N'importe quel photographe astucieux trouvera moyen de s'y introduire. Quatre routes y mènent, et il faudrait faire garder six portes. Enfin, c'est probablement une propriété publique.

— L'hôpital du comté ?

— Trop de personnel ! Tôt ou tard, quelqu'un vendra la mèche. Nous devons trouver un lieu secret et un abîme de silence.

— À Rain Valley ? Tu plaisantes ! Nos concitoyens adorent les ragots ; ils s'empresseront d'informer les journalistes.

La réponse apparut tout à coup à Ellie avec une évidence fulgurante. Pourquoi n'y avait-elle pas songé plus tôt ? C'était exactement comme la fois où, au lycée, on avait volé la feuille de présence, le jour de la compétition de saut. Elle avait alors réglé le problème.

— Appelle Daisy Grimm ! lança-t-elle.

Peanut scruta la pendule du coin de l'œil.

— Elle regarde « The Bachelor ».

— Je m'en fiche. Appelle-la ! Je veux que tous les gens de quelque importance dans cette ville se retrouvent à 6 heures à l'église congrégationaliste.
— Un meeting des habitants ! À quel sujet ?
— Top secret.
— Une assemblée secrète, aux aurores… On ne peut plus spectaculaire !

Peanut sortit un stylo-bille de l'enchevêtrement de sa chevelure auburn.

— Quel est l'ordre du jour ?
— L'« enfant-loup volant », bien sûr ! Si nos concitoyens sont amateurs de ragots, ils auront du pain sur la planche.
— Ah, on va s'amuser !

Ellie travailla pendant une heure à son projet tandis que Peanut appelait amis et voisins. À 22 heures, le tour était joué.

Ellie parcourut le texte qu'elle avait rédigé ; il lui sembla parfait.

Je, soussigné… [nom de la personne concernée], prends l'engagement de garder absolument confidentielle toute information concernant l'« enfant-loup ». Je jure de ne rien dire à quiconque de ce que j'aurai appris à l'assemblée générale d'octobre. Rain Valley peut compter sur moi.
[Signature exigée.]

— Aucune valeur légale ! ironisa Peanut qui s'était approchée.
— Tu te prends pour Perry Mason ?
— Je suis une fan de « Boston Legal » et de « New York District ».

— Tant pis si ça n'a aucune valeur légale ; l'essentiel est que ça en ait l'apparence. De quoi nos concitoyens sont-ils particulièrement friands ?

— De carnavals ?

— Oui, admit Ellie, mais ensuite ?

— De braderies ?

— De ragots, voyons ! s'écria Ellie, de peur que ce petit jeu de devinettes ne dure jusqu'à l'aube. De ragots et de secrets !

Elle se leva et alla prendre son manteau.

— Mais Julia va nous poser un problème...

— Pourquoi ?

— L'idée d'une assemblée générale ne lui plaira pas.

— Ah, non ?

— Tu te souviens d'elle autrefois ? Elle se promenait le nez dans ses livres, en ne parlant à personne sauf à notre mère.

— Voyons, c'est du passé ! protesta Peanut. Maintenant qu'elle est médecin, ta sœur se fiche pas mal de ce que pensent les gens.

— Non, soupira Ellie, elle n'a pas changé.

Il est plongé dans une profonde obscurité. Au-dessus de lui, un bruissement de feuilles dans une brise invisible. Des nuages masquent la lune argentée. Un unique éclat de lumière. Peut-être un souvenir...

La fillette, blottie sur une branche, l'observe. Complètement figée. Il se demande comment il a pu l'apercevoir.

— Hé ! chuchote-t-il en tendant la main.

Elle se laisse tomber sans un bruit sur le sol tapissé de feuilles. À quatre pattes, elle s'enfuit.

Il la découvre dans une caverne, ligotée et ensanglantée. Elle a peur. Il croit l'entendre appeler au secours, puis elle disparaît. À sa place, il y a un petit garçon aux cheveux blonds. Il tend les bras en pleurant...

Max se réveilla en sursaut. Pendant un moment, il ne savait plus où il se trouvait. Autour de lui, des murs rose pâle, des volants et une collection de figurines de verre – des elfes et des magiciens – sur une étagère. Un vase empli de roses en soie et deux verres à vin, vides, sur la table de nuit.

Trudi était allongée à côté de lui.

Son dos nu lui parut d'un blanc nacré à la lueur du clair de lune. Il tendit la main instinctivement ; à son contact, elle roula sur elle-même et leva la tête en souriant.

—Tu pars ? fit-elle d'une voix rauque.

Il acquiesça.

Elle est en appui sur ses coudes, révélant les rondeurs de ses seins nus, au-dessus de la couverture rose.

—Qu'y a-t-il, Max ? Toute la nuit, tu as eu l'air anxieux.

—Cette fillette...

Elle promena son ongle d'une longueur impressionnante sur la pommette de Max.

—Je m'en doutais... Je sais que tu ne supportes pas de voir des enfants souffrir.

—J'ai choisi un sale métier, n'est-ce pas ?

—On se fait parfois trop de souci.

Trudi sembla se rembrunir, mais la lumière diffuse ne permit pas à Max d'en avoir la certitude.

—Tu pourrais me parler, tu sais, reprit-elle.

— On se parle peu ; c'est sans doute pour cela que nous nous entendons si bien.

— Non, c'est parce que je ne veux pas tomber amoureuse.

— Et moi donc ! fit Max en riant.

Trudi lui adressa un sourire entendu.

— À bientôt, Max.

Après l'avoir embrassée sur l'épaule, il se pencha pour récupérer ses vêtements tombés à terre. Puis il lui murmura un mot d'adieu à l'oreille, et il s'en alla. Quelques minutes après, il fonçait avec sa moto sur le long ruban de bitume sombre.

Sur le point de s'engager sur la vieille route, il se souvint de la raison pour laquelle il était parti de chez Trudi. Son rêve... Sa patiente... Cette pauvre petite qui était seule dans sa chambre... C'est bien connu que les enfants ont peur du noir.

Il changea de direction et accéléra. À l'hôpital, il se gara à côté du vieux pick-up rouge cabossé de Penelope Nutter puis pénétra dans le bâtiment.

Les couloirs semblaient déserts, malgré la présence du personnel de garde. Le bruit rythmé de ses pas résonnait dans un profond silence. Il s'arrêta dans la salle des infirmières pour prendre le dossier de l'enfant et s'assurer de ses progrès.

— Salut, docteur, fit l'infirmière de garde, manifestement épuisée.

Max se pencha vers le comptoir en souriant.

— Janet, combien de fois devrai-je te répéter de m'appeler Max ?

Elle pouffa de rire en rougissant.

— Un certain nombre...

Il tapota sa main potelée. Des années plus tôt, quand il l'avait vue pour la première fois, il avait surtout remarqué ses faux cils et sa coiffure apprêtée. Il lisait maintenant dans son sourire une bonté qui n'était pas évidente pour tout le monde.

— Je continue à espérer, Janet.

Tandis qu'elle éclatait d'un rire juvénile, il poursuivit son chemin jusqu'à l'hôpital de jour. S'attendant à trouver la fillette endormie, recroquevillée sur le matelas à même le sol, il eut la surprise de voir la lumière allumée. Julia était assise sur une petite chaise, à côté de la table en Formica. Un bloc-notes ouvert sur les genoux, elle avait posé un magnétophone sur la table, près de son coude. De profil, elle semblait parfaitement sereine.

En revanche, la fillette, très agitée, fonçait à travers la pièce avec des gestes bizarres et répétitifs. Brusquement, elle s'arrêta net et pivota pour faire face à Julia.

Celle-ci murmura quelque chose ; à travers la vitre, il n'entendit que des sons étouffés. La fillette hocha la tête, le nez dégoulinant de morve. Quand elle se gratta les joues jusqu'au sang, Julia bondit et la prit dans ses bras.

L'enfant se débattit ; Julia tint bon. Elles roulèrent sur le côté et atterrirent sur le matelas. Indifférente à la morve qui coulait et aux hochements de tête de sa patiente, Julia l'immobilisa ; puis elle se mit à chanter. Max s'en rendit compte grâce à la cadence de sa voix et à la manière dont les sons se fondaient les uns aux autres.

Il alla doucement ouvrir la porte. À peine un craquement... La fillette le regarda immédiatement, avec un râle apeuré.

Julia chantait :

— … une histoire ancienne… comme une comptine du temps passé…

Hypnotisé, Max écoutait.

Julia maintenait la fillette et continuait à chanter en lui caressant les cheveux. Elle ne jeta pas un regard vers la porte.

Lentement, les minutes s'écoulèrent. À «La Belle et la Bête» succédèrent «Je suis un petit pétunia, tout seul dans un carré d'oignons», puis «Quelque part sur l'arc-en-ciel» et «Puff, le dragon magique». La petite fille fermait les yeux en battant des cils et les rouvrait. Elle luttait de toutes ses forces pour rester éveillée, mais Julia continuait à chanter.

Finalement, la petite se mit à sucer son pouce et s'endormit.

Julia la déposa avec une grande douceur sur le matelas, remonta la couverture et revint à sa table pour rassembler ses notes.

C'était le moment de disparaître avant qu'elle ne remarque sa présence, se dit Max ; mais il ne parvint pas à bouger, envoûté par le son de sa voix et le miroitement de la lune sur ses cheveux et sa peau.

— Vous avez l'habitude d'épier les gens ? dit-elle sans lui accorder un regard.

Il aurait juré qu'elle n'avait pas tourné une seule fois les yeux vers la porte, et pourtant elle savait qu'il était là.

— Rien ne vous échappe, murmura-t-il en entrant dans la pièce.

Elle rangea encore quelques papiers dans son porte-documents et leva les yeux. Sa peau paraissait blême sous cette lumière diffuse ; les égratignures de ses joues étaient sombres et inquiétantes. Une ecchymose jaunâtre marquait son front, mais ses yeux avaient un éclat inoubliable.

— Tant de choses m'échappent.

Elle avait parlé d'une voix presque inaudible, et Max ne comprit pas immédiatement ce qu'elle avait voulu dire.

«Tant de choses m'échappent.»

Julia faisait certainement allusion à sa patiente qui avait tiré sur des enfants à Silverwood avant de se suicider. Il connaissait ce genre de culpabilité.

— Vous avez l'air d'une femme à qui une tasse de café ferait le plus grand bien.

— Un café à une heure du matin? Non, je n'y tiens pas. Merci quand même.

Elle se faufila à côté de lui pour sortir de la pièce, puis referma la porte derrière elle.

— Que diriez-vous d'une part de tarte aux fruits? lança-t-il tandis qu'elle s'engageait dans le couloir. On peut en manger à n'importe quelle heure de la journée.

Elle pivota sur elle-même.

— De la tarte?

Il la rejoignit, en ébauchant un sourire.

— Je me doutais que vous seriez tentée.

Elle rit à ces mots et murmura :

— Je suis tentée...

Il la mena à la cafétéria, où il alluma les lumières. À cette heure tardive de la nuit, la salle était vide, les présentoirs et le buffet dégarnis.

— Asseyez-vous.

Max fit le tour du comptoir aux sandwichs et alla chercher en cuisine deux parts de tarte aux mûres, qu'il recouvrit de glace à la vanille. Il prépara ensuite deux tasses de tisane, et déposa le tout sur un plateau qu'il alla placer sous les yeux de Julia, assise à une table.

— Une camomille, pour vous aider à dormir, dit-il en se glissant dans le box face à elle. Et une tarte aux mûres, la spécialité de la région.

Il lui tendit une fourchette.

— Merci, marmonna-t-elle, les sourcils légèrement froncés.

— Je vous en prie.

— Docteur Cerrasin, déclara Julia après un long silence, auriez-vous l'habitude d'entraîner vos collègues à la cafétéria pour déguster des pâtisseries aux aurores ?

Il sourit.

— Si vous voulez parler de collègues médecins, je vous signale que nous ne sommes pas très nombreux. Honnêtement, je n'ai pas emmené le vieux docteur Fischer manger une part de tarte depuis des siècles !

— Et les infirmières ?

Frappé par l'intonation de Julia, il leva les yeux. Elle le scrutait par-dessus le bord de sa tasse en porcelaine beige.

— Si je ne me trompe, vous m'interrogez sur ma vie amoureuse, Julia ?

— Votre vie amoureuse… dans la mesure où vous êtes capable d'aimer ; mais j'en doute.

— Vous croyez vraiment me connaître ?

Elle mordit dans le gâteau.

— Disons que je connais votre style.

— C'est absurde ! L'homme assis à cette table n'a rien à voir avec ce que vous imaginez. Nous venons tout juste de nous rencontrer, Julia…

— Je l'admets. Alors, si vous me parliez de vous ? Par exemple, êtes-vous marié ?

— Question intéressante ! Non. Et vous ?
— Non.
— L'avez-vous été ?
— Non.
— Avez-vous été « sur le point » de prendre époux, Julia ?

Elle baissa les yeux une seconde. Il n'en fallut pas plus à Max pour comprendre que quelqu'un avait brisé son cœur, récemment sans doute.

— Oui, murmura-t-elle. Et vous, avez-vous été marié ?
— Oui, il y a longtemps.
— Vous avez des enfants ?
— Non.

Apparemment troublée par le timbre de sa voix, elle le regarda avec insistance. Ils se défièrent du regard, et elle finit par sourire.

— Alors, vous pouvez partager une tarte avec qui bon vous semble.
— En effet.
— Vous en avez probablement partagé avec toutes les femmes de la ville.
— Vous me surestimez ! D'ailleurs, les femmes mariées confectionnent leur tarte elles-mêmes.
— Et ma sœur ?

Il se rembrunit : soudain, leur flirt lui semblait beaucoup moins anodin.

— Que voulez-vous savoir à son sujet ?
— Avez-vous... partagé une part de tarte avec elle ?
— Un gentleman ne se permettrait pas de répondre à ce genre de question.
— Vous êtes donc un gentleman.
— Bien sûr.

La conversation prenait un tour délicat.

— Comment vont vos griffures ? ajouta Max. Cette ecchymose a mauvaise allure.

— Les psys se font tabasser de temps en temps.

— On ne sait jamais comment va réagir un patient, n'est-ce pas ?

— Je suis censée le savoir. Quoique tout le monde ait appris maintenant que je peux être dépassée par les événements.

Ne voyant aucun moyen de réconforter Julia, Max garda le silence.

— Vous ne pensez pas que quelques bonnes paroles feraient l'affaire, docteur Cerrasin ? ironisa Julia. « Dieu nous envoie des épreuves à notre mesure », par exemple.

— Appelez-moi Max, je vous en prie. D'autre part, il arrive à Dieu de forcer la dose.

Un long silence plana.

— Dites-moi comment Dieu s'y est pris pour forcer la dose avec vous, Max, murmura enfin Julia.

— Je serais ravi de poursuivre cette conversation, mais je travaille demain matin à 7 heures, donc...

Il s'était levé ; Julia posa les assiettes sur le plateau et se glissa à son tour hors du box.

Quand il eut déposé le plateau à la cuisine et rangé les assiettes dans le lave-vaisselle, ils arpentèrent ensemble les couloirs déserts et silencieux jusqu'au parking.

— C'est dans ce pick-up rouge que je roule, annonça Julia en extirpant ses clés de son sac.

Il lui ouvrit la portière.

Elle le remercia avant de chuchoter :

— Juste pour que nous soyons bien d'accord, plus de tarte pour moi. Compris ?

Max fronça les sourcils.
— Mais…
— Encore merci !
Sur ces mots, elle monta dans le pick-up, claqua la porte, et mit son moteur en marche.

8

Julia refusait de laisser Max envahir ses pensées. Elle avait assez de soucis en tête pour ne pas en plus succomber au charme d'un dragueur de province ! Certes, il l'avait intriguée ; mais elle avait intérêt à ne pas jouer ce jeu-là. C'était la leçon qu'elle avait tirée de son expérience avec Philip.

Elle s'engagea sur Olympic Drive, la partie la plus ancienne de la ville, construite dans les années trente pour les employés de la filature et leurs familles.

Rouler dans ce quartier la replongeait dans son passé. Elle s'arrêta au bout de la rue et aperçut la scierie à la lumière de ses phares. En pleine nuit, elle ne put lire la banderole orange accrochée à la fenêtre, mais elle se souvenait parfaitement de chaque mot : « Notre communauté repose sur l'exploitation du bois. » Ces banderoles étaient suspendues dans toute la ville depuis la nuit des temps.

Cette scierie, au cœur du West End, ouvrait dès 3 heures du matin en été. À l'aube, des hommes comme son père attendaient déjà impatiemment le moment de se mettre au travail.

Elle leva le pied de l'accélérateur avant de traverser une nappe de brouillard. Combien de fois avait-elle attendu là, assise dans la camionnette de son père ?

Celui-ci était un *cutter* : l'équivalent d'un chirurgien spécialiste du thorax par rapport à un médecin généraliste. La crème de la crème ! Il partait en forêt le matin, longtemps avant ses camarades. Toujours seul… Les accidents étaient si fréquents parmi les *cutters* que plus personne ne s'en étonnait, mais il aimait fixer des éperons à ses chevilles, s'agripper à une corde et escalader un arbre d'une cinquantaine de mètres. Un aventurier comme lui frôlait la mort chaque jour, et était payé en fonction du risque.

Tout le monde savait qu'un jour ou l'autre il y resterait.

Julia accéléra plus que nécessaire. Le vieux pick-up bondit en avant, s'arrêta net et cala. Elle le remit en marche, trouva la première et quitta la route.

Pourquoi était-elle restée si tard à l'hôpital ? Pour faire du bon travail avec cette fillette, avait-elle supposé ; mais ce n'était pas tout. Elle avait différé au maximum le moment de regagner sa maison natale, où la guettaient de trop nombreux souvenirs.

Elle gara le pick-up et entra. Toutes les formes et les ombres lui étaient familières. Ellie avait laissé la lampe allumée dans la cage d'escalier, comme sa mère autrefois ; à la vue de cette douce lumière dorée inondant les vieilles marches de chêne, son cœur s'emplit de nostalgie. Sa mère l'avait toujours attendue, et elle n'était jamais allée se coucher, dans cette maison, sans un baiser de sa part. Que ses parents se soient disputés ou non, elle pouvait toujours compter sur ce baiser maternel.

L'année de ses treize ans, elle y avait vu clair pour la première fois; c'était du moins ainsi qu'elle envisageait les choses maintenant. Alors qu'elle croyait appartenir à une famille unie, elle avait brusquement découvert la vérité. Ce soir-là, il lui avait suffi de poser quelques questions à sa mère quand elle était apparue, les yeux injectés de sang et les joues maculées de larmes.

« C'est ton père, avait-elle chuchoté. Je ne devrais pas te le dire, mais... »

Ces quelques mots avaient réduit à néant tout son univers, comme de la dynamite. Pis que tout, sa mère n'avait jamais raconté ces choses-là à Ellie.

Julia monta l'escalier. Dans la petite salle de bains du premier étage, attenante à son ancienne chambre d'enfant, elle se brossa les dents et se lava le visage. Après avoir enfilé son pyjama de soie en provenance de Beverly Hills, elle se glissa dans la chambre.

Un mot de la part d'Ellie l'attendait sur son oreiller. Sa sœur avait griffonné de son écriture énergique: « Rendez-vous à 6 heures du matin à l'église congrégationaliste pour discuter du placement de l'enfant. Sois prête à partir à 5 h 45. »

Très bien! Sa sœur ne chômait pas.

Julia veilla encore une heure pour remplir les papiers lui permettant d'être désignée comme « parent d'accueil », puis elle se mit au lit, éteignit, et s'endormit presque aussitôt.

À 4 heures du matin, réveillée en sursaut, elle se demanda un instant où elle était; puis elle aperçut la petite danseuse de la boîte à musique, posée sur son bureau blanc, et tout lui revint en mémoire. Elle se souvint aussi de son rêve : elle était redevenue la fille, maigre comme un coucou et mal dans sa peau, du grand Tom Cates.

Elle se leva en titubant après avoir repoussé sa couverture. Quelques minutes après, vêtue de son jogging, elle courait sur la vieille route, au-delà de l'entrée du parc national.

Avant 5 h 15, elle était de retour, essoufflée, mais avec le sentiment d'être à nouveau adulte.

La lueur gris pâle qui précède l'aube dans cette forêt brumeuse projetait des faisceaux lumineux à travers le bouquet de pins du Canada longeant la rivière. Bien qu'elle n'y eût pas songé un instant, elle se surprit à traverser le jardin en direction du lieu de pêche favori de son père.

Va-t'en, petite. Fiche le camp ! Si tu rôdes derrière moi, pas moyen de me concentrer.

Comment s'étonner qu'elle soit partie avec l'intention de ne jamais revenir ? Ses souvenirs affluaient ; comme les arbres, ils semblaient trouver leur substance dans la terre et la pluie.

Elle fit volte-face et rentra à la maison.

Julia et Ellie arrivèrent les premières. Aussitôt garées devant la porte de l'église, elles sortirent de leur voiture.

Ellie marmonna quelque chose, mais ses paroles se perdirent dans le crissement des roues sur le gravier. Les voitures serpentaient jusqu'au parking, où elles s'alignaient côte à côte. Earl et Myra apparurent d'abord : Earl en grand uniforme, tandis que sa femme portait une tenue de jogging rose. Un foulard de couleur vive dissimulait ses bigoudis.

Ellie prit sa sœur par le bras et l'entraîna dans l'église. La porte se referma bruyamment derrière elles.

Julia s'en voulait de se sentir stressée. Tout cela aurait dû lui être indifférent, mais elle aurait préféré revenir en triomphe plutôt que dans l'humiliation.

Elle se répétait : *Je me fiche de leur opinion, je me fiche de leur opinion...* quand sa sœur l'arracha à son ressassement.

— Je n'arrive pas à comprendre pourquoi tu te laisses impressionner, Julia. Si tu n'es pas populaire, ça n'a aucune importance.

— Une fille comme toi ne *peut pas* comprendre, murmura-t-elle avec conviction.

En effet, Ellie avait toujours été populaire. Pouvait-elle se douter que certaines douleurs sont comme d'anciennes fractures, dont on souffre toute sa vie quand le temps s'y prête ?

Les portes s'ouvraient, les gens entraient en coup de vent dans l'église et prenaient place sur les bancs en chêne. Le brouhaha de leurs voix crépitait comme un mixeur de cuisine broyant des glaçons. Max, l'un des derniers entrés, s'assit au fond.

Ellie se dirigea vers la chaire et attendit 6 h 10 pour faire signe à Peanut de verrouiller les portes. Il fallut cinq minutes à la foule pour retrouver son calme.

— Merci à tous d'être venus, dit-elle enfin. Je sais qu'il est fort tôt et j'apprécie votre coopération.

Une voix s'éleva du fond de l'église.

— De quoi s'agit-il, Ellie ? Mon équipe se met au travail dans quarante minutes.

— Tais-toi, Doug ! brailla un autre individu. Laisse-la parler !

—C'est toi qui devrais la fermer, Al. Il est question de l'«enfant-loup volant», n'est-ce pas, Ellie?

Celle-ci leva les mains pour demander le silence et l'obtint.

—Il s'agit de la fillette récemment arrivée.

La foule se déchaîna à nouveau, les questions fusèrent.

—C'est vrai qu'elle vole?
—Où se trouve-t-elle?
—Qu'est-ce qu'on a fait du loup?

Ellie était d'une patience admirable, constata Julia. Pas un battement de cils, pas un ricanement, pas un poing serré.

—Le loup est avec Floyd, au parc animalier. On veille sur lui.

—Il paraît qu'elle mange avec les pieds, vociféra quelqu'un.

—Et seulement de la viande crue!

La jeune femme inspira profondément, signe d'une légère irritation.

—Écoutez! dit-elle. Nous avons peu de temps à passer ensemble. Le vrai problème est le suivant: souhaitons-nous protéger cette fillette?

Un *oui* tonitruant s'éleva dans la foule.

—Très bien!

Elle se tourna vers Peanut.

—Distribue les contrats.

Puis elle ajouta à l'intention du public:

—Je vais maintenant faire l'appel. Ayez la gentillesse de me répondre pour me signaler votre présence.

Elle articula les noms par ordre alphabétique, en commençant par Herb Adams. Un à un, les gens répondirent, jusqu'à Mort Elzik. Silence dans l'église.

— Il n'est pas là ! s'écria Earl.

— Pas question de donner des informations sur cette réunion ou sur la fillette à quiconque n'a pas assisté à cette réunion, lança Ellie. D'accord ?

— D'accord, répondirent les voix à l'unisson.

— Mais de quelles informations s'agit-il ? s'impatienta quelqu'un.

— Dépêchez-vous, fit un autre, je prends l'avion dans une demi-heure !

— Et l'usine va ouvrir…

Ellie leva à nouveau les mains pour demander le silence.

— Très bien ! Comme vous le savez tous, ma sœur, Julia, est venue nous prêter main-forte. Nous avons besoin de calme et de sérénité, et d'un lieu de travail où nous serons à l'abri des médias.

Daisy Grimm se leva. Elle portait une salopette en jean brodée de pâquerettes. Son maquillage était si clinquant qu'il devait briller dans l'obscurité.

— Votre sœur peut vraiment aider cette pauvre fille ? Après ce qui s'est passé en Californie, je me demande si…

La foule se taisait, dans l'expectative.

— Assieds-toi, Daisy ! fit sèchement Ellie. Voici notre projet. Un jeu de piste d'un genre particulier. Vous et moi, nous allons parler aux médias. Quand ils nous questionneront, nous leur dirons sous le sceau du secret où se trouve l'enfant. C'est-à-dire n'importe où, sauf chez moi. Elle y sera pourtant, mais ils n'oseront pas s'aventurer sur les terres du chef de police. Au cas où ils auraient cette audace, Jake et Elwood nous avertiront.

— Nous allons mentir à la presse ? s'indigna Violet.

— Certainement ! Et j'espère que nous les ferons tourner en bourrique jusqu'à ce que nous apprenions le nom de cette enfant. D'autre part, personne ne doit faire allusion à Julia. Personne !

Marigold se mit à trembler comme un chiot excité et à battre des mains.

— Des mensonges… On va bien s'amuser.

— N'oubliez pas de mentir aussi à Mort Elzik, tant que je ne vous donne pas un avis contraire, conclut Ellie. Personne ne doit être au courant, à l'exception des individus présents ici.

Violet éclata de rire.

— Comptez sur nous, Ellie ! Les journalistes iront chercher cette gamine jusqu'au fin fond de l'Alaska. Et, pour ma part, je n'ai jamais entendu parler du docteur Julia Cates. Je suppose que cette pauvre petite est suivie par le docteur Welby.

9

Tandis qu'Ellie garait la voiture, Julia entra à l'hôpital. Presque arrivée à l'ancien hôpital de jour, elle se heurta à un homme venant en sens inverse.
Il trébucha en bredouillant.
—Faites donc attention! Je vous…
Julia se baissa pour ramasser le sac de toile noire qu'il avait laissé tomber.
—Désolée! Je suis très pressée… Pas de mal?
Il lui arracha le sac et leva les yeux.
Elle fronça les sourcils: avec ses cheveux roux en brosse et ses verres de lunettes épais comme des fonds de bouteille, cet homme lui semblait vaguement familier.
—Je vous connais?
—Non, marmonna-t-il en détournant aussitôt son regard.
Sans un mot de plus, il s'engouffra au pas de course dans le corridor.
Elle soupira. De tels incidents étaient devenus fréquents ces derniers temps. Les gens ne savaient

pas sur quel pied danser avec elle depuis le déchaînement des médias et la tragédie de Silverwood.

Elle reprit son porte-documents et longea le corridor jusqu'à l'ancien hôpital de jour. Quelques minutes après, Peanut, Max et Ellie arrivaient.

Ils s'arrêtèrent derrière la vitre pour jeter un coup d'œil à l'intérieur. La pièce était plongée dans la pénombre. Des poches de lumière poussaient par endroits comme des champignons au-dessus des veilleuses, et une pâle lueur dorée entourait l'unique lampe accrochée au plafond.

Recroquevillée à même le sol, la fillette serrait ses jambes entre ses bras ; à côté d'elle se trouvait le matelas, avec sa pile de couvertures non utilisées. Vue de loin, avec un éclairage défectueux, elle semblait dormir.

— Elle sait que nous l'observons, dit Peanut.
— À mon avis, elle dort, suggéra Ellie.
— Elle est trop immobile, intervint Julia. Peanut a raison.
— Pauvre petite ! fit celle-ci. Comment allons-nous la déplacer sans la terrifier ?
— J'ai versé un sédatif dans son jus de pomme, annonça Max en se tournant vers Julia. Pourriez-vous l'inciter à le boire ?
— Je suppose.
— Très bien. Essayons et, si ça ne marche pas, nous passerons au plan B.

Peanut ouvrit de grands yeux.
— Quel est le plan B ?
— Une injection.

Une demi-heure après, Julia entrait dans la pièce, en allumant au passage. Bien que l'« équipe » se fût éloignée de la vitre, elle la savait tapie dans l'ombre pour l'observer.

La fillette ne broncha pas. Lovée sur elle-même comme un serpent, elle serrait ses genoux contre son torse.

—Je sais que tu es réveillée, dit Julia d'un ton neutre.

Elle posa son plateau sur la table : des œufs brouillés, un toast et un gobelet en plastique contenant du jus de pomme.

Puis elle s'assit sur la chaise d'enfant et mordit dans le toast.

—C'est bon, mais ça me donne soif !

Elle fit mine d'avaler une gorgée de jus de fruit.

Pas la moindre réaction.

Julia resta assise près d'une demi-heure, faisant mine de manger ou de boire, et parlant fort à l'enfant qui ne répondait pas. Chaque seconde qui s'écoulait lui posait un problème, car il fallait emmener cette petite dans les plus brefs délais pour devancer la presse dont l'arrivée était imminente.

Elle finit par repousser sa chaise, dont les pieds grincèrent sur le sol de linoléum.

Avant même qu'elle ait compris ce qui s'était passé, un vent de panique souffla sur la pièce. La fillette hurla, puis se leva d'un bond en se griffant le visage.

—Ce n'est rien, dit doucement Julia. Tu as eu peur. Connais-tu le mot *peur* ? Un vilain bruit, trop fort, t'a fait peur. Ce n'est rien… Il n'y a pas de problème. Tout est calme ici.

L'enfant, debout dans un coin de la pièce, se cognait la tête contre le mur avec un bruit mat.

Julia, qui tressaillait à chaque choc, s'approcha.

— Tu as eu peur, mais ce n'est rien. Ce bruit m'a fait peur à moi aussi.

Avec une grande lenteur, elle effleura l'épaule squelettique de l'enfant.

— Chut!

L'enfant se figea; la tension de son épaule et de son dos était perceptible.

— Tout va bien, maintenant. Il n'y a pas de mal...

Elle effleura l'autre épaule de l'enfant et la fit lentement pivoter sur elle-même. La petite fille, angoissée, la scrutait de ses grands yeux bleu-vert. Une ecchymose violacée se formait déjà sur son front et les égratignures de ses joues saignaient. Il se dégageait de son corps une odeur d'urine à peine supportable.

— Pas de mal, répéta Julia, persuadée qu'elle allait prendre la fuite.

Mais elle restait là, haletante et secouée de tremblements, comme une biche prise entre les faisceaux de deux phares, et hésitant entre les options qui s'offraient à elle.

— Tu essaies de me comprendre, fit Julia, surprise. Exactement comme moi j'essaie de *te* comprendre. Je m'appelle Julia.

L'enfant, indifférente, détourna son regard; mais ses tremblements s'apaisèrent et sa respiration devint plus régulière.

— Pas de mal, dit Julia une fois de plus. Manger? Tu as faim?

L'enfant regarda la table. *Bingo! Tu as compris le sens de mes paroles!* se dit Julia. Elle fit un pas de côté en murmurant:

— Mange!

L'enfant se faufila près d'elle avec précaution, sans cesser de la dévisager. Dès que la distance lui parut correcte, elle fonça sur la nourriture, qu'elle engloutit avec le jus de pomme.

Ensuite, Julia attendit.

Leur expédition, au petit matin, entre la ville et la lisière des profondes forêts avait tout d'un rêve.

Personne ne prononça un seul mot entre l'hôpital et la vieille route. Pour Max, ce sauvetage clandestin excluait l'usage futile de la parole. Il supposa que ses compagnes partageaient ce sentiment, car si ce déménagement était dans l'intérêt de l'enfant – sans l'ombre d'un doute – une profonde inquiétude les tenaillait. La petite avait été en lieu sûr à l'hôpital, avec son entrée verrouillée et ses vitres résistantes aux chocs. Dans ce dernier tronçon de la vallée, avant les grands arbres, le monde extérieur était trop proche pour ne pas la tenter.

Il était assis à l'arrière de la voiture de police. Julia avait pris place à sa droite, l'enfant allongée entre eux, la tête sur ses genoux. À l'avant, Ellie et Peanut se taisaient. Hormis leur souffle et le crissement des pneus sur le gravier, on n'entendait que le son de la radio – si bas qu'il devenait parfois inaudible. Mais Max reconnaissait par moments un couplet ou une chanson. Pour l'instant, c'était « Superman » par les Crash Test Dummies.

Il baissa les yeux vers la fillette, si mince et frêle. Ses récentes écorchures marquaient son visage mais il pouvait observer, même dans la pénombre, les cicatrices argentées de blessures plus anciennes. La preuve qu'elle s'était souvent attaquée à elle-même, ou qu'on l'avait attaquée. L'ecchymose de son front était devenue franchement violette. Plus inquiétantes encore étaient les cicatrices de sa cheville gauche, preuve qu'elle avait été ligotée.

— Nous y sommes, annonça Ellie en se garant sous un auvent recouvert d'une fourrure de mousse verte.

Max souleva la fillette endormie. Ses bras autour du cou de Max, elle pressa sa joue meurtrie contre son torse. Sa chevelure noire retombait par-dessus son bras et frôlait presque ses cuisses.

Il savait exactement comment la tenir. Après tant d'années, les gestes lui étaient toujours aussi naturels.

Ellie fila en avant pour allumer les lumières extérieures tandis qu'il portait l'enfant.

— Tu n'es pas en danger, petite, chuchota Julia, qui lui avait emboîté le pas. Nous allons dans la maison de mes parents, et je te promets que tu ne risques rien.

Un loup rugit, quelque part au fond des bois.

Max s'arrêta ; Julia aussi.

Peanut fit un signe de croix.

— Ça ne me dit rien de bon.

— Je n'ai jamais entendu un loup par ici, déclara Ellie. Ça ne peut pas être *son* louveteau, il est à Sequim.

La fillette gémit.

Le loup émit à nouveau un long hurlement sinistre.

— Entrons vite, Max, fit Julia en effleurant son épaule.

Ils traversèrent la maison et montèrent l'escalier sans un mot. Dans la chambre, Max déposa l'enfant sur le lit et remonta les couvertures.

Peanut scruta nerveusement la fenêtre, comme si le loup rôdait dans le jardin et menaçait de franchir le seuil.

—Elle va essayer de s'enfuir, dit-elle. Dans *sa* forêt.

Chacun d'eux avait la même idée en tête. Aussi étrange que cela pût sembler, la forêt était le domaine de l'enfant, beaucoup plus que la maison.

—Voilà ce qu'il nous faut dans les plus brefs délais, lança Julia. De minces barreaux aux fenêtres pour qu'elle aperçoive le monde extérieur sans parvenir à se sauver, et un verrou sur la porte. Nous allons recouvrir tout le métal brillant de ruban adhésif : le robinet, la poignée des toilettes, les boutons des tiroirs ; tout sauf le loquet de la porte.

—Pourquoi? demanda Peanut.

—Je crois qu'elle redoute l'éclat du métal. Il faudra aussi installer une caméra vidéo le plus discrètement possible, pour que je la filme.

—Tu ne voulais pas de photos, s'étonna Peanut.

—À cause des tabloïds ; mais, en ce qui me concerne, je dois l'observer vingt-quatre heures sur vingt-quatre. Il nous faut aussi de la nourriture et des tas de plantes vertes en pot. Je voudrais transformer un coin de la pièce en une véritable forêt.

—La forêt merveilleuse de *Max et les maxi-monstres*?

Julia acquiesça d'un signe de tête et alla s'asseoir sur le lit. Max, agenouillé près d'elle, contrôla le pouls et la respiration de la fillette.

—Normal, dit-il en se remettant sur ses talons.

—Si seulement son esprit et ses sentiments étaient aussi faciles à déchiffrer que ses fonctions vitales, soupira Julia.

—Dans ce cas, vous seriez au chômage.

Elle laissa fuser un rire qui le surprit ; ils échangèrent un regard.

La lumière de la lampe de chevet vacilla, provoquant un gémissement désespéré de l'enfant.

—C'est tout de même bizarre, fit Peanut en reculant d'un pas.

—Mais non, objecta posément Julia. Nous avons affaire à une fillette qui a vécu un véritable enfer.

Peanut garda le silence.

—Allons faire nos achats en ville, lança Ellie.

Max hocha la tête.

—J'ai le temps de poser les barreaux avant mon tour de garde.

Après l'avoir remercié, Julia resta seule près du lit, en répétant d'une voix douce comme une caresse :

—Tu es en sécurité ici, ma petite. Je te promets.

Mais, en fin de compte, elle n'avait qu'une certitude : cette fillette n'avait pas la moindre idée de ce que signifiait « être en sécurité ».

Parties, la mauvaise odeur et la lumière blanche si pénible. La Fille ouvre lentement les yeux, craintive. Il y a eu trop de changements. C'est comme si elle était tombée dans les eaux sombres de l'étang, à l'endroit de la forêt profonde où Il dit que commence le Monde Extérieur.

Cette caverne-ci est différente. Il y a partout la couleur de la neige et celle des baies qu'elle cueille au début de l'été. Dehors, c'est le matin ; la lumière de la pièce est comme le soleil.

Elle cherche à se lever et n'y parvient pas. Quelque chose la retient. Paniquée, elle bat des bras et des jambes pour se libérer. Mais elle n'est pas attachée. Elle se dégage de cet endroit très doux et s'accroupit pour humer les odeurs bizarres. Le bois, les fleurs, et d'autres encore qu'elle ne connaît pas.

Quelque part, de l'eau coule goutte à goutte ; on dirait le bruit de la pluie finissant de tomber, en été, sur le sol tout sec. Il y a aussi un bruit qui claque et résonne. L'entrée de cette caverne est, comme l'autre, brune et épaisse. Dessus, une boule brillante a quelque chose de magique ; elle a peur d'y toucher. Les Étrangers sauraient alors qu'elle a les yeux grands ouverts. Ils se précipiteraient sur elle avec leurs filets et leurs aiguilles pointues. C'est seulement la nuit, quand le soleil dort, qu'elle n'est pas en danger.

Une brise frôle son visage, ébouriffe ses cheveux, et avec elle, vient l'odeur de cet endroit.

Elle promène son regard autour d'elle. La boîte qui contient le vent. Ce n'est pas comme l'autre, la boîte magique qui maintenait le monde extérieur à distance et à travers laquelle on ne pouvait rien toucher.

Elle s'avance, un bras serré sur son estomac.

Un air doux traverse la boîte. Elle passe avec précaution une main à travers l'ouverture. Lentement, à petites doses, et prête à reculer à la première sensation douloureuse.

Mais rien ne l'arrête. Finalement tout son bras est à l'extérieur, dans son monde, où l'air semble composé de gouttes d'eau.

Les yeux fermés, elle respire pour la première fois depuis qu'ils l'ont attrapée. Elle émet un long hurlement désespéré.

Cela veut dire « Viens me chercher », mais elle s'interrompt au milieu de son cri. Personne ne peut l'entendre : elle est trop loin de sa caverne.

Voilà pourquoi Il lui disait toujours de rester. Il connaissait le monde au-delà de sa chaîne. Dehors, c'est plein d'Étrangers qui vont faire du mal à la Fille. Et elle est seule, maintenant.

Bien des années auparavant, Ellie était allée au drive-in, avec son copain Scott Lauck, voir un film appelé *Les Fourmis*. Ou peut-être *L'Essaim*. Elle ne se souvient plus exactement, mais elle garde un souvenir précis d'une scène où Joan Collins est assaillie par des fourmis de la taille d'une Volkswagen. À l'époque, l'envie de flirter avec Scotty la motivait plus que le film lui-même. Ce sont pourtant ces images lointaines qui lui viennent à l'esprit tandis que, debout dans le couloir de la cantine, elle boit son café à petites gorgées en observant l'effervescence du commissariat.

Une véritable ruche… De son poste d'observation, elle ne distingue pas un centimètre carré de plancher ou de mur. Même spectacle dehors, et tout le long du bloc.

L'événement a été annoncé le matin même, sous différents titres : «L'ENFANT VENUE D'AILLEURS», «QUI SUIS-JE?», «QUELQU'UN SE SOUVIENT DE MOI?» Le préféré d'Ellie (imaginé par Mort Elzik dans la *Gazette*) était : «UNE MUETTE VOLANTE ATTERRIT À RAIN VALLEY». Il décrivait, dans le premier paragraphe, les dons prodigieux de la fillette pour le saut, et le louveteau qui l'accompagnait. Sa description était le seul élément exact ; il la faisait passer pour un être sauvage, dément, et affreusement pathétique.

À 8 heures du matin, un premier appel leur était parvenu ; Cal n'avait pas eu un seul instant de répit depuis. Avant 13 heures, le premier camion de la presse nationale se garait en ville, et deux heures après, les rues étaient encombrées de véhicules et de journalistes exigeant une autre conférence de presse. Reporters, parents, cinglés et télépathes… chacun voulait être le premier au courant du scoop.

— Pour l'instant, rien de nouveau, annonça Peanut en sortant de la cantine. Personne ne sait qui elle est.

Ellie continua à siroter son café en scrutant la foule.

Cal leva les yeux de son bureau et les aperçut. Il écoutait les messages avec le casque du standard, tout en répondant aux questions des journalistes face à lui.

Ses lèvres articulèrent en silence « Au secours ! » quand Ellie lui sourit.

— Cal n'en peut plus, fit Peanut.

— Surtout qu'il n'avait pas l'intention de travailler quand il a pris ce boulot.

— Qui a envie de travailler ? ironisa Peanut.

Ellie jeta un coup d'œil à son amie.

— Moi, je n'ai pas le choix. Tu n'as plus qu'à me souhaiter bonne chance.

Sur ces mots, elle s'immergea parmi les journalistes hurlants, les mains levées pour les calmer ; mais elle eut du mal à capter leur attention.

— Plus aucune information – officielle ou non – ne sera donnée aujourd'hui dans ce commissariat. Nous tiendrons une conférence de presse à 18 heures et nous répondrons alors à toutes les questions.

Un véritable chaos succéda à son annonce.

— Nous voulons des photos !

— Les croquis que vous nous avez donnés sont nuls !

— Un croquis n'a jamais fait vendre un journal !

Ellie hocha la tête, *exaspérée*.

— Je me demande comment ma sœur...

Peanut fonça dans la foule et gronda de la voix tonitruante qu'elle avait mise au point quand sa fille, Tara, avait atteint l'âge de treize ans :

— Vous avez entendu le chef ? Tout le monde dehors, immédiatement !

Peanut fit sortir la meute et claqua la porte.

Comme elle se tournait vers son bureau, Ellie aperçut Mort Elzik, debout dans un coin, entre deux hauts classeurs en métal vert. Il semblait pâle et moite dans son pantalon en velours côtelé marron et sa chemise de golf bleu marine. Ses cheveux roux, à l'origine coupés en brosse, étaient si longs qu'ils retombaient en une sorte de banane au-dessus de son front. Derrière ses verres de lunettes, il avait d'énormes yeux vitreux.

Se sentant observé, il s'avança. Ses tennis usées et grisâtres crissaient à chacun de ses pas.

— Tu me donnes une interview *exclusive*, Ellie. C'est la chance de ma vie ! Une occasion unique de décrocher un job à l'*Olympian* ou à l'*Everett Herald*.

— Avec un titre sortant tout droit du *Livre de la jungle*, ça m'étonnerait !

Mort rougit.

— Que peut-on connaître aux classiques quand on a raté ses études ? À propos, il paraît que Julia te donne un coup de main.

— Crois ce que tu veux, mais si tu mentionnes son nom, je te tue !

Les sourcils roux de Mort se haussèrent et il insista, le visage cramoisi :

— Donne-moi une interview exclusive, Ellie. C'est bien le moins, sinon...

Elle se rapprocha.
— Sinon ?
— Tu verras…
— La moindre allusion à ma sœur et je te fais virer.
Mort recula d'un pas.
— Tu te donnes des grands airs, mais ça ne te réussira pas éternellement ! Souviens-toi que je t'ai prévenue…
Sans un mot de plus, il sortit en trombe du commissariat.
— Tu n'as plus qu'à prier ! murmura Cal.
Il descendit à la cantine et rapporta trois bières.
— On n'a pas le droit de boire ici, Cal, fit Ellie avec lassitude.
— Tu parles ! À propos, si j'avais voulu un vrai travail, je n'aurais pas répondu à ton annonce. Dire que je n'ai même pas pu lire une bande dessinée tranquillement cette semaine !
Il lui tendit une Corona.
— Non, merci.
Peanut disparut à la cantine et revint avec une tasse.
— De la soupe aux choux, fit-elle en haussant les épaules quand Ellie l'interrogea du regard.
Cal s'assit sur son bureau et but sa bière en balançant ses pieds. Sa pomme d'Adam montait et descendait dans sa gorge comme s'il avait avalé une arête de poisson, et ses cheveux noirs réfléchissaient la lumière en vagues bleutées.
— Bravo, Pea ! j'avais peur que tu décides de tester l'héroïne, cette fois-ci.
Peanut rit de bon cœur.
— Honnêtement, fumer a été un échec sur toute la ligne. Benji ne m'embrassait même plus le soir.

— Ça va toujours entre vous ? demanda Cal.

Déconcertée par le timbre amer de sa voix, Ellie prit le temps de l'observer. Elle vit d'abord le gamin godiche qu'il était jadis – un gamin aux traits trop aigus pour son âge et au regard inquiet.

Il posa sa bière en soupirant. Elle remarqua alors pour la première fois son air abattu. Sa bouche, habituellement incurvée par un sourire d'un optimisme forcé, n'était plus qu'une mince ligne pâle. Elle ne put s'empêcher de se sentir navrée pour lui, car elle connaissait exactement son problème. Cal travaillait à plein temps pour elle depuis deux ans et demi, après avoir été père au foyer. Sa femme, Lisa, représentante pour une société new-yorkaise, était presque toujours absente. Dès que tous ses enfants avaient été scolarisés, il s'était fait embaucher au standard afin d'occuper son temps libre. Il passait habituellement ses journées à lire des bandes dessinées ou à faire des croquis sur son carnet. Il était d'ailleurs efficace, dans la mesure où l'urgence la plus grave concernait un chat coincé dans un arbre, mais l'agitation des derniers jours semblait avoir eu raison de lui.

Mesurant combien son sourire lui manquait, Ellie murmura :

— Écoute, Cal. Je vais me débrouiller pour la conférence de presse. Rentre chez toi.

— Tu as besoin de quelqu'un pour répondre aux appels urgents, fit-il, le visage illuminé par une lueur d'espoir pathétique.

— Transfère les appels sur mon poste. En cas de besoin, on m'enverra un message radio. Pour les appels du 911, par exemple.

— Sûre ? Je pourrais revenir après le match de foot d'Emily.

— Parfait.

Cal finit par sourire ; à nouveau, on lui aurait à peine donné dix-sept ans.

— Merci, Ellie. Excuse-moi de t'avoir fait un bras d'honneur ce matin.

— Ça va, Cal. Un homme a parfois besoin de s'affirmer.

C'était ce que disait le père d'Ellie chaque fois qu'il tapait du poing sur la table de la cuisine.

Cal prit son ciré sur le portemanteau et quitta le commissariat. Ellie retourna s'asseoir à son bureau. À sa gauche, une pile de papiers atteignait plus de cinq centimètres de haut : chaque feuille correspondait à un enfant perdu et à une famille dans la peine. Elle les avait parcourues attentivement, en se concentrant sur les similitudes et les différences. Dès la fin de la conférence de presse, elle rappellerait les divers organismes et fonctionnaires intéressés. Il était clair qu'elle allait passer sa nuit au téléphone.

— Tu reprends ton air lointain, constata Peanut en avalant sa soupe à petites gorgées.

— Je réfléchissais.

Peanut posa sa tasse.

— Réfléchis bien ! Tu es un grand flic.

Ellie aurait aimé approuver son amie de bon cœur. Ordinairement, elle ne s'en serait pas privée ; mais, ce jour-là, elle ne pouvait détacher son regard du petit nombre d'indices rassemblés au sujet de cette fillette. Quatre photos (face, profil, et deux clichés en pied), sur lesquelles l'enfant, sous sédatifs, avait l'air d'une morte. La presse aurait du mal à s'en satisfaire. Sous les clichés se trouvait la liste de ses cicatrices, et mention était faite de sa marque de naissance derrière l'épaule. Sur la photo accompagnant la liste, celle-ci ressemblait étrangement à une libellule.

Le dossier comportait aussi des radiographies. D'après Max, l'enfant avait eu le bras fracturé dans sa petite enfance et n'avait pas bénéficié de soins médicaux. Chaque blessure, ainsi que la marque de naissance, était indiquée sur un schéma de son corps. On avait effectué des prélèvements pour connaître son groupe sanguin (AB) et des radios dentaires. S'ajoutaient à cela ses empreintes digitales et un test d'ADN, dont le résultat n'était pas encore connu. On avait aussi fait analyser le tissu de sa robe.

Il ne leur restait plus qu'à attendre, et à prier pour que quelqu'un vienne identifier l'inconnue.

— Je suis moins sûre que toi, Pea, murmura-t-elle. Il s'agit d'un cas difficile.

— Tu es à la hauteur !

Ellie ébaucha un sourire.

— De toutes les décisions que j'ai prises à ce poste, sais-tu quelle a été la meilleure ?

— Celle de faire reconduire les ivrognes chez eux ?

— Tu y es presque... celle d'engager Penelope Nutter !

Ellie adressa un clin d'œil à Pea.

— Toutes les stars ont besoin d'une doublure, n'est-ce pas ?

De meilleure humeur, Ellie se remit au travail et parcourut la pile de documents posés sur son bureau.

Quelques secondes après, on frappa à la porte.

— Qui frappe avant d'entrer dans un commissariat de police ? s'étonna Peanut.

— Certainement pas un journaliste, marmonna Ellie.

Puis elle ajouta plus fort :

— Entrez !

La porte s'ouvrit lentement. Un couple se tenait sur la marche de l'entrée.

— Chef Barton ? demanda l'homme.

Assurément, il ne s'agissait pas de journalistes. Cet homme aux cheveux blancs était grand et d'une maigreur impressionnante. Il portait un pull en cachemire gris clair, un pantalon noir au pli impeccable et des chaussures de citadin. La femme – son épouse sans doute – était vêtue de noir de la tête aux pieds : robe noire, bas noirs, chaussures noires. Ses cheveux, subtilement décolorés, étaient torsadés sur la nuque et mettaient en valeur son visage pâle.

— Entrez ! fit Ellie en se levant.

L'homme effleura le coude de sa compagne, puis la guida jusqu'au bureau.

— Chef Barton, je suis le docteur Isaac Stern, et voici ma femme, Barbara.

En leur serrant la main, Ellie remarqua la froideur de leur peau.

— Enchantée de faire votre connaissance.

Une rafale de vent poussa brutalement la porte contre le mur. Ellie s'en approcha pour la fermer.

— Que puis-je pour vous ?

Le docteur Stern la fixa un moment.

— Je suis ici au sujet de ma fille, Ruthie. De *notre* fille, rectifia-t-il, tourné vers sa femme. Elle a disparu en 1996. Nous sommes nombreux à être venus vous voir. Des parents.

Ellie passa la tête dehors. Les journalistes, rassemblés dans la rue, discutaient entre eux et attendaient la conférence de presse, mais une autre file d'attente attira son attention : des parents. Ils étaient au moins une centaine.

— Je vous en prie ! lança un homme debout sur les marches. Vous nous avez chassés en même temps que la presse, mais nous devons absolument vous parler. Certains d'entre nous viennent de très loin.

— Bien sûr que je vais vous parler ! s'écria Ellie. Mais l'un après l'autre. Nous y passerons la nuit entière s'il le faut.

Tandis que la nouvelle circulait le long de la file, Ellie entendit plusieurs femmes éclater en sanglots.

Elle referma la porte le plus doucement possible avant de reprendre place derrière son bureau.

— Asseyez-vous, dit-elle avec un calme apparent, en indiquant deux sièges à ses visiteurs. Et toi, Penelope, va questionner les gens. Note bien leur nom, les numéros permettant de les joindre et les informations éventuelles dont ils disposent.

Peanut se dirigea immédiatement vers la porte.

— Maintenant, parlez-moi de votre fille, reprit Ellie, penchée vers le couple.

Face à elle, elle crut avoir le chagrin à l'état pur.

Le docteur Stern parla le premier.

— Notre Ruthie est partie pour l'école un matin et n'y est jamais arrivée. C'était à deux rues de chez nous. J'ai appelé le policier qui nous a aidés dans cette affaire. D'après lui, cette fillette que vous avez trouvée ne peut pas être ma – notre – Ruthie. Je lui ai répondu que nous croyions aux miracles ; nous sommes donc venus vous voir.

Il sortit de sa poche une petite photo jaunie. Une jolie petite fille aux boucles blondes tenait fermement sa boîte à repas Power Rangers rose vif. En bas, à gauche, une date : 7 septembre 1996.

Ruthie aurait donc au moins treize ou quatorze ans actuellement.

Ellie prit une profonde inspiration. Comment ne pas penser, à cet instant, à la file de parents attendant à l'extérieur dans l'espoir d'un miracle ? Ç'allait être le plus long jour de sa vie, et elle se sentait déjà au bord des larmes.

Quand elle leva les yeux, Mme Stern pleurait.

— Quel est le groupe sanguin de Ruthie ?

— O, fit Mme Stern en s'essuyant les yeux.

— Je suis navrée, dit Ellie. Absolument navrée.

De l'autre côté de la pièce, Peanut ouvrit la porte. Un homme et une femme entrèrent, une photo en couleur serrée contre leur cœur.

Mon Dieu, donnez-moi la force d'endurer tout cela ! pria Ellie en silence, les yeux fermés.

Mme Stern reprit la parole d'une voix étouffée.

— Les chevaux... Notre Ruthie adorait les chevaux. Nous pensions qu'elle était encore trop jeune pour des cours d'équitation. L'année prochaine, lui disions-nous. L'année prochaine...

M. Stern effleura le bras de son épouse.

— Et... elle a disparu.

Il reprit la photo des mains d'Ellie, les yeux embués de larmes.

— Avez-vous des enfants, chef Barton ?

— Non.

Ellie s'attendait à un commentaire, mais le docteur Stern aida, en silence, sa femme à se relever.

—Merci de nous avoir reçus, chef!
—Je suis navrée.
—Je sais.

Ellie réalisa soudain la fragilité de cet homme, qui se donnait tant de mal pour sauver les apparences. Après avoir saisi le bras de sa femme, il l'entraîna vers la porte et ils disparurent.

Un homme entra peu après. Il portait une salopette usée et rapiécée, ainsi qu'une chemise de flanelle. Une casquette orange de base-ball couvrait ses yeux et une barbe grise envahissait la partie inférieure de son visage. Il serrait une photo contre lui: une *cheerleader* blonde, constata Ellie de sa place.

—Chef Barton, fit-il d'une voix vibrante d'espoir.
—C'est moi. Asseyez-vous, je vous prie.

10

La nuit précédente, Julia avait transformé sa chambre de jeune fille en un lieu sûr pour sa patiente et elle. Les deux lits jumeaux demeuraient le long du mur gauche, mais les espaces sous-jacents avaient été comblés afin qu'ils ne puissent servir de cachettes. Dans le coin près de la fenêtre, elle avait rassemblé près d'une douzaine de grandes plantes en pot qui constituaient une mini-forêt. Une longue table en Formica, installée au milieu de la pièce, servait de bureau et de lieu d'étude. Deux chaises étaient placées à côté. Seul manquait un fauteuil confortable.

Depuis 6 heures, la fillette se tenait devant la fenêtre ouverte, un bras passé à travers les barreaux. Qu'il pleuve ou que le soleil brille, sa main était tendue dehors. Vers midi, un merle s'était posé sur le rebord de la fenêtre et s'y était attardé. Maintenant, dans la lumière gris perle qui succédait à une averse d'une heure, un papillon aux couleurs vives avait atterri sur la petite main tendue, le temps de battre des ailes, avant de s'envoler.

Si Julia ne l'avait pas constaté elle-même, elle aurait eu du mal à y croire. L'automne n'était nullement la saison des papillons et, même en plein été, ceux-ci se posaient rarement sur la main d'une fillette.

Mais elle avait pris note de ce fait étrange dans son dossier, où il figurait maintenant. Elle devait en tenir compte, parmi d'autres bizarreries. C'était peut-être à cause de l'immobilité de la petite, qui restait pendant des heures sans bouger. Pas un changement de position, pas un mouvement des bras ou de la tête. Aucun geste compulsif ; l'immobilité d'un caméléon.

L'assistante sociale, venue le matin même pour mener l'enquête concernant ses capacités en tant que parent d'accueil, avait paru impressionnée, malgré ses efforts pour dissimuler son trouble. En refermant son bloc-notes, elle avait jeté un dernier regard inquiet à l'enfant, avant de chuchoter à Julia :

« Êtes-vous sûre ?

— Absolument », avait-elle répondu sans hésiter.

La veille, après avoir installé la chambre, elle avait veillé jusqu'à une heure tardive à la table de la cuisine. Elle voulait prendre des notes et lire tout ce qu'elle pourrait trouver au sujet des quelques véritables enfants sauvages connus à ce jour. Une tâche à la fois passionnante et terriblement démoralisante.

Tous les cas présentaient un schéma analogue, qu'ils aient été répertoriés trois cents ans auparavant au fond d'une forêt bavaroise ou au XXe siècle dans un coin perdu d'Afrique. Ces enfants, découverts généralement par des chasseurs, se cachaient dans des forêts ténébreuses, et plus d'un tiers marchaient à quatre pattes. Très peu avaient l'usage de la parole. Plusieurs – dont Peter, l'enfant sauvage découvert en

1726 ; Memmie, un cas français ; ainsi que Victor, l'enfant sauvage apparu en 1797 dans l'Aveyron – avaient fait sensation à l'époque. Savants, médecins et théoriciens du langage s'étaient rués sur eux dans l'espoir qu'ils répondraient aux critères fondamentaux de l'espèce humaine. Des rois et des reines les avaient invités à la cour, comme des curiosités susceptibles de les distraire. Une fille nommée Genie, le cas le plus récent, avait retenu l'attention des médias : elle n'avait pas vécu en pleine nature, mais avait été victime de mauvais traitements si atroces et systématiques qu'elle n'avait jamais appris à parler, à marcher ni à jouer.

Ces enfants avaient deux points communs. Premièrement, tout en ayant la capacité physique de parler, ils n'étaient jamais parvenus à atteindre un niveau d'expression correct. Deuxièmement, la plupart de ces ex-enfants sauvages avaient passé leur vie dans des institutions spécialisées, solitaires et exclus. Seuls Memmie et Ungadan – découvert au milieu des singes en 1991 – avaient réellement appris à parler et à vivre en société. Pourtant, Memmie était morte sans un sou, oubliée. Elle n'avait jamais pu dire ce qui lui était arrivé dans sa jeunesse ni comment elle avait abouti au fond des forêts.

L'un après l'autre, savants et médecins avaient tenté de relever le défi présenté par ces cas extrêmes. Ces « spécialistes » désiraient connaître, comprendre – et, pourquoi pas, sauver ? – un être humain totalement différent des autres. Un être plus pur que quiconque, à leurs yeux. Corrompu ni par la société ni par les connaissances humaines. Mais leur démarche avait échoué. Pourquoi ? Parce qu'ils ne se souciaient pas réellement de leurs patients.

Pas question de commettre la même erreur. Elle ne suivrait pas l'exemple de ces médecins qui, après avoir vidé l'âme de leurs patients de sa substance, avaient poursuivi leur carrière, les laissant brisés et silencieux derrière des barreaux où ils avaient mené une vie encore plus solitaire et pénible qu'avant.

Un autre oiseau se posa alors sur le bord de la fenêtre, à côté de la main tendue de l'enfant. Il dressa la tête et gazouilla doucement.

La fillette imita son chant à la perfection.

L'oiseau sembla écouter et chanta à nouveau ; la fillette lui répondit.

Julia s'assura que la caméra vidéo, installée dans un coin, fonctionnait. Le voyant rouge était allumé. Cette conversation bizarre serait donc enregistrée.

— Tu communiques avec lui, souffla-t-elle en prenant des notes dans son dossier.

Elle s'attirerait des sarcasmes, mais elle avait sous les yeux la preuve que l'enfant et l'oiseau communiquaient. Ils semblaient se comprendre à merveille, et cette fillette avait, au minimum, un don extraordinaire d'imitatrice.

Si elle avait grandi dans la nature, seule ou au sein d'une meute, elle ne ferait pas nécessairement la différence entre humains et animaux, contrairement à la plupart des êtres civilisés.

— Connais-tu la différence entre un homme et un animal ?

Julia tapota son bloc-notes de son stylo. Entendant ce bruit sourd, l'oiseau s'envola. Elle prit les livres posés sur son bureau de fortune. Il y en avait quatre – *Le Jardin secret*, les *Contes* d'Andersen, *Alice au pays des merveilles* et *Le Lapin de velours* – choisis parmi les nombreux ouvrages généreusement offerts par les habitants de la ville. Au petit matin, pendant que l'enfant dormait, elle avait changé sa couche, puis cherché dans les cartons ce qui leur permettrait de communiquer. Elle avait alors choisi des crayons et du papier, deux poupées Barbie en tenue disco, et ces livres.

Elle ouvrit celui du dessus, *Le Jardin secret*, et commença à lire tout haut :

— « Quand Mary Lennox fut envoyée au manoir de Misselthwaite pour vivre avec son oncle, tout le monde déclara qu'elle était l'enfant la plus désagréable du monde… »

Elle lut à haute voix pendant une heure ce livre adoré des petits, avec une intonation chantante et cadencée. Elle était pratiquement certaine que sa patiente ignorait la plupart des termes employés et ne pouvait donc suivre l'histoire, mais, comme tous les enfants n'ayant pas encore atteint le stade du langage, elle semblait apprécier la musicalité des mots.

À la fin d'un chapitre, Julia referma le livre.

— Je fais une petite pause et je reviens tout de suite. *Je reviens*, reprit-elle au cas où ce mot serait familier à l'enfant.

Elle se leva et s'étira lentement. Les longues heures qu'elle avait passées assise devant ce bureau de fortune, au pied de son lit de jeune fille, lui donnaient le torticolis. Elle prit son stylo avant de se diriger vers la petite salle de bains installée pour Ellie et elle du temps de leur préadolescence. Cette pièce communiquait avec leur chambre à coucher par une porte, à côté de la coiffeuse.

Aussitôt entrée, elle ferma à demi la porte, de manière à avoir une intimité suffisante, et s'assit, après avoir baissé son pantalon. Elle tenait à se faire entendre de l'enfant.

— J'avais besoin d'aller aux toilettes, ma chérie, lança-t-elle. Je reviens tout de suite. Moi aussi, je voudrais savoir ce qui va arriver à Mary. Crois-tu qu'elle entend vraiment quelqu'un pleurer ? Et toi, il t'arrive de pleurer ? Sais-tu ce que...

L'enfant fit une glissade, poussa la porte qui s'ouvrit et heurta le mur bruyamment. Elle se gifla en hochant la tête. De la morve dégoulinait de ses narines.

— Tu es fâchée ? fit Julia, sereine. Tu es en colère parce que tu as cru que je te quittais ?

Au son de sa voix, l'enfant se calma ; puis elle jeta un regard inquiet à la porte, dont elle s'éloigna furtivement.

— Nous allons laisser la porte ouverte, lui annonça Julia, mais j'ai besoin d'aller aux toilettes. Tu sais ce que signifie *toilettes* ?

L'enfant avait-elle sursauté en entendant ce mot ? Peut-être...

Immobile, elle l'observait maintenant.

— J'ai besoin d'intimité. Tu devrais... Bon, tant pis ! marmonna Julia.

Que lui importaient les usages de la vie en société ?

Les sourcils froncés, l'enfant s'avança d'un pas. La tête dressée comme le merle, elle semblait chercher à mieux voir.

— Je fais pipi, expliqua Julia avec le plus grand naturel en tendant la main vers le papier toilette.

L'enfant la fixait intensément. Elle était redevenue immobile.

Julia se leva, remonta son slip et tira la chasse d'eau. À ce bruit, l'enfant sauta en arrière si vite qu'elle trébucha et tomba. Vautrée à terre, elle se mit à hurler.

— Ce n'est rien, articula Julia. Rien de grave, je te promets. Rien de grave !

Elle tira la chasse plusieurs fois. La fillette finit par se relever ; Julia alla alors se laver les mains, avant de s'approcher lentement de sa jeune patiente.

— Veux-tu que je reprenne ma lecture ?

Agenouillée, Julia avait maintenant les yeux au même niveau que ceux de l'enfant. Elle admira l'extraordinaire couleur turquoise de ses iris mouchetés d'ambre. Ses cils sombres s'abaissèrent lentement, puis s'ouvrirent.

— *Livre*, dit Julia en désignant l'ouvrage posé sur la table.

L'enfant marcha vers cette dernière et s'assit par terre. Julia se contenta d'émettre un profond soupir avant de prendre place sur la chaise la plus proche.

— Je pense qu'Ellie et moi, nous devrions installer ici l'ancienne causeuse de maman. Qu'en dis-tu ?

L'enfant s'approcha encore un peu, puis s'assit en tailleur pour regarder Julia. Avec son visage barbouillé et ses cheveux emmêlés, elle ressemblait à tous les enfants d'une crèche, à l'heure du conte.

— Je parie que tu attends que je commence ! lança Julia.

Comme de juste, un silence plana.

Les yeux bleu-vert si impressionnants la fixaient, peut-être avec une lueur d'intérêt, et même d'impatience. Un enfant normal lui aurait demandé d'un ton impérieux de se remettre à lire. La fillette attendait simplement.

Julia se replongea dans l'histoire de Mary, Dicken et Colin, et du jardin secret qui avait appartenu à la défunte mère de Mary. Elle lut, chapitre après chapitre, jusqu'à ce que la nuit commence à strier les fenêtres de lignes roses et pourpres. Elle allait entamer le dernier chapitre quand on frappa à la porte. Les chiens se mirent à aboyer.

La fillette courut se réfugier derrière les plantes en pot. La porte s'ouvrit et les golden retrievers apparurent, follement impatients d'entrer.

— Couché, Jake, Elwood! Qu'est-ce qui ne va pas?

Ellie se faufila dans la pièce et fit claquer la porte avec sa hanche. Dans le couloir, les deux chiens grondaient pitoyablement en grattant le battant.

— Tes chiens auraient besoin d'être dressés, fit Julia en refermant son livre.

Ellie posa sur la table le plateau chargé de nourriture.

— Je pensais qu'il suffisait de les faire castrer pour les calmer.

Elle s'assit au bout de son ancien lit.

— Comment se porte la petite fille? Je vois qu'elle me prend toujours pour un monstre.

— À mon avis, elle va mieux. Elle a l'air d'apprécier que je lui fasse la lecture.

— Elle a cherché à s'enfuir?

— Non, elle ne s'approche pas de la porte. Je pense que c'est à cause du loquet. Le métal brillant l'effraye.

Les avant-bras sur les cuisses, Ellie se pencha en avant.

— J'aimerais pouvoir affirmer que je progresse aussi de mon côté.

— Tu progresses! L'événement fait les gros titres des journaux. Quelqu'un va venir réclamer cette enfant.

— Les gens accourent. J'ai reçu soixante-dix personnes dans mon bureau aujourd'hui. Toutes avaient perdu une petite fille ces dernières années. Leur histoire… leurs photos… quelle horreur !

— C'est très pénible d'être le témoin d'une telle détresse.

— Et toi, comment fais-tu pour écouter toutes ces histoires tristes à longueur de journée ?

Julia n'avait jamais considéré sa profession sous cet angle.

— Une histoire n'est triste que s'il n'y a pas de *happy end*. Je pense que je croirai toujours aux dénouements heureux.

— Je ne te savais pas si romantique.

— Et pourtant… Alors, comment s'est passée la conférence de presse ?

— Longue, ennuyeuse, pleine de questions stupides. Les chaînes nationales ne valent rien. J'ai appris une chose au sujet des journalistes : si une question est trop absurde pour mériter une réponse, ils la posent une seconde fois. Ma préférée est venue du *National Enquirer* : ils supposaient qu'elle avait des ailes en guise de bras. Il y avait aussi *The Star*, qui se demandait si elle avait vécu parmi les loups.

Heureusement, il s'agissait d'un tabloïd auquel personne n'ajouterait foi.

— Où en est l'identification ? s'enquit Julia.

— Grâce aux radios, aux marques de naissance, aux cicatrices et à sa tranche d'âge, nous cernons mieux le problème. Et puis la DSHS a donné son accord : tu es officiellement son parent d'accueil temporaire.

La fillette sortit à petits pas de sa cachette. Les narines frémissantes, elle s'immobilisa, flaira l'air, fonça à travers la pièce en se baissant et disparut dans la salle de bains. Julia n'avait jamais vu un enfant se déplacer aussi vite.

— Je comprends ce que Daisy voulait dire : cette petite est plus rapide que son ombre ! murmura Ellie.

Julia s'approcha lentement de la salle de bains, suivie par Ellie. L'enfant était assise sur le siège des toilettes, sa couche baissée au niveau des chevilles.

— Bon sang ! C'est toi qui le lui as appris ?

Julia elle-même n'en croyait pas ses yeux.

— Elle m'a suivie aujourd'hui aux toilettes. Quand j'ai tiré la chasse, elle a eu une peur bleue. J'aurais juré qu'elle voyait cela pour la première fois !

— Tu crois qu'elle a appris par elle-même en t'observant ?

Julia ne répondit pas. Le moindre bruit risquait de tout gâcher. Elle pénétra dans la salle de bains et prit un peu de papier toilette, qu'elle tendit à la fillette, après lui avoir montré comment en faire usage. La petite regarda un long moment le tampon de papier, les sourcils froncés, avant de l'imiter. Elle se laissa ensuite glisser à terre, remonta sa couche-culotte et appuya sur la manette, recouverte de ruban adhésif blanc. En entendant le bruit de la chasse d'eau, elle poussa un cri et fonça entre les jambes de Julia et Ellie.

Les deux sœurs scrutèrent la fillette, cachée parmi les plantes. Elle respirait vite et bruyamment dans le silence de la pièce.

— Cette affaire me semble de plus en plus étrange, fit Ellie.

Julia ne fit aucune objection.

— Eh bien, reprit Ellie, je dois retourner au commissariat. Je ne sais pas combien de temps ça me prendra.

Elle sortit un morceau de papier de sa poche arrière.

— Voici les numéros de domicile de Peanut et de Cal. Si tu as besoin de retourner à la bibliothèque, ils viendront s'occuper de la petite.

— Merci.

Julia raccompagna sa sœur à la porte, qu'elle referma derrière elle sans prendre la peine de la verrouiller : l'enfant semblait toujours aussi terrifiée par le loquet. Elle alla prendre quelques notes encore, avant de repousser son papier et son stylo sur la table.

— C'est l'heure de dîner ! annonça-t-elle.

L'enfant, tapie au milieu des plantes, continuait à l'épier.

— Manger !

Elle tapota le plateau apporté par Ellie ; pour une fois, la petite sauvageonne réagit. Sortant de sa cachette de feuilles, elle s'approcha de la table et attaqua la nourriture à sa manière habituelle.

Julia lui prit le poignet.

— Non !

Elles se foudroyèrent du regard. Julia se leva sans lâcher le fin poignet, et vint se placer à côté de l'enfant.

— Tu es trop maligne pour ça, non ? Assieds-toi, maintenant.

Elle tira un siège, qu'elle tapota.

— Assise !

La bataille qui suivit dura une demi-heure. Au début, l'enfant hurlait et hochait la tête, en cherchant à se dégager. Julia se contentait de la retenir et de lui répéter de s'asseoir.

Voyant que son hystérie était vaine, l'enfant se tut. Absolument immobile, elle fixait Julia d'un air furibond.

—Assieds-toi ! dit encore Julia en montrant la chaise.

L'enfant émit un profond soupir et s'assit ; Julia la lâcha aussitôt.

—C'est bien, dit-elle.

Elle lava les mains de la petite avec des lingettes puis alla s'asseoir de l'autre côté de la table.

La fillette attaqua la nourriture comme on dévore une proie.

—Tu es à table, observa Julia ; c'est un bon début. Nous t'apprendrons les bonnes manières dès demain, après ton bain.

Pendant que l'enfant mangeait, elle prit son bloc-notes sur ses genoux pour le feuilleter ; mais elle ne s'attendait guère à y trouver une réponse.

Un paragraphe, écrit dans l'après-midi, attira finalement son attention : « Don d'imitation extraordinaire. Cet enfant peut imiter un chant d'oiseau, note par note. On dirait presque que l'oiseau et elle communiquent, bien que cela soit impossible. »

Ce don était-il une réponse à ses questions ? L'enfant l'avait-elle simplement imitée, après l'avoir vue dans les toilettes ? Était-ce grâce à cette aptitude qu'elle avait pu survivre dans la nature ?

Julia nota : « Hors du contexte social, comment apprenons-nous ? En faisant des essais et en surmontant nos échecs ? En imitant les autres espèces ? Peut-être cette fillette a-t-elle appris à apprendre vite, et grâce à l'observation. »

Elle posa son stylo.

Une demi-réponse, en tout cas... Un enfant élevé dans la nature, dans une meute de loups ou parmi d'autres animaux, aurait pris l'habitude de marquer son territoire par l'urine. L'usage des toilettes n'aurait pas éveillé son intérêt.

À moins qu'elle n'ait connu cet usage longtemps avant, ou qu'elle n'ait considéré Julia comme un nouveau chef de meute.

Qui es-tu, petite fille ? D'où viens-tu ?

Pendant que l'enfant mangeait, Julia s'éclipsa pour descendre au rez-de-chaussée.

La maison était silencieuse. Sous l'auvent, elle trouva les deux cartons remplis des dons de ses concitoyens. L'un contenait des vêtements ; l'autre, toutes sortes de livres et de jouets. Elle les fouilla de fond en comble et rassembla les objets les plus intéressants dans l'un d'eux, avant de le remonter dans la chambre.

Le bruit qu'elle fit en le posant à terre attira l'attention de la fillette, qui leva brusquement les yeux.

Julia rit malgré elle à ce spectacle : il y avait autant de nourriture sur son visage barbouillé et sa chemise d'hôpital que sur son assiette. La salade de fruits à la crème fouettée et à la noix de coco collait à son nez, à ses joues et à son menton comme une barbe blanche.

—Tu as l'air d'un petit père Noël…

Julia se baissa et ouvrit le carton. Apparurent une ravissante chemise de nuit blanche ornée de dentelles et de rubans roses, une poupée portant une couche et une boîte de cubes en plastique aux couleurs vives.

Elle recula d'un pas.

—Des jouets… Connais-tu ce mot ?

Aucune réaction.

—Jouer ? Joujoux ?

La fillette la contemplait sans ciller.

Julia se pencha et prit la chemise de nuit. Le coton usé était doux sous ses doigts.

L'enfant ouvrit de grands yeux et un son rauque fusa de sa gorge. D'un mouvement d'une rapidité incroyable, elle se leva, fit le tour de la table et arracha la chemise de nuit des mains de Julia. Puis elle retourna s'accroupir derrière les plantes en la serrant contre son cœur.

— Eh bien, dit Julia, on dirait que tu aimes les jolies choses !

La fillette se mit à fredonner. Ses doigts se fixèrent sur un petit nœud de satin rose qu'elle caressa.

— Il va falloir te laver si tu veux porter cette jolie chemise de nuit.

Julia alla dans la salle de bains et s'assit sur le bord de la baignoire après avoir fait couler l'eau.

— Quand j'avais ton âge, j'adorais prendre des bains. Ma maman y versait un peu d'essence de lavande. Ça sentait si bon. Oh, regarde ! Il y en a encore un petit flacon dans l'armoire à pharmacie. Je vais en mettre un peu pour toi.

Quand Julia se retourna, la fillette se tenait dans l'embrasure de la porte, intriguée. La jeune femme lui tendit la main.

— N'aie pas peur, dit-elle en arrêtant l'eau.

Et elle ajouta doucement :

— Viens !

Pas de réponse.

— On se sent si bien quand on est propre.

Elle effleura de son autre main la surface de l'eau.

— Allons, viens ! C'est agréable.

La fillette avança de quelques pas minuscules ; son regard bondissait du robinet recouvert de ruban adhésif à la main de Julia.

— As-tu déjà vu de l'eau courante ?

Julia laissa l'eau s'écouler entre ses doigts.

— De l'eau...

Parvenue presque au bord de la baignoire, la fillette semblait mi-fascinée, mi-apeurée.

Très lentement, Julia se baissa pour la déshabiller. À sa grande surprise, elle ne rencontra aucune résistance. Comment interpréter cela ? Elle retira la chemise de l'hôpital, qu'elle déposa sur le porte-serviettes, et prit le fin poignet de l'enfant pour la guider vers la baignoire.

— Touche l'eau ! Juste pour essayer.

Julia montra à la fillette comment faire, dans l'espoir qu'elle imiterait son geste. Au bout d'un long moment, elle trempa sa main dans l'eau et, les yeux écarquillés, émit une sorte de grognement. Julia se débarrassa de ses vêtements et entra dans la baignoire.

— Tu vois ? dit-elle en souriant. C'est exactement ce que je voudrais que tu fasses.

L'enfant se rapprocha d'un pas. Après être sortie de la baignoire et s'être assise sur le rebord de porcelaine fraîche, Julia murmura :

— À ton tour. Vas-y !

Avec précaution, la fillette enjamba le bord de la baignoire et se laissa glisser dans l'eau. Un son étrange – comme si elle ronronnait – lui échappa aussitôt. Les yeux tournés vers Julia, elle se mit ensuite à battre des pieds et des mains, en éclaboussant autour d'elle, et à explorer. Elle léchait les carreaux et humait les robinets. Puis elle but de l'eau dans ses mains en coupe, une habitude qu'il faudrait lui faire perdre.

Julia prit finalement, dans la coupelle, la savonnette parfumée à la lavande. Elle la tendit à la petite, qui la renifla et voulut la manger.

— Non, c'est mauvais ! fit Julia en riant.

La fillette fronça les sourcils et tenta à nouveau de s'en emparer.

— Bon, dit Julia en frottant ses mains l'une contre l'autre pour faire mousser le savon. Maintenant, je vais te laver. Propre... Savon...

Tout doucement, elle lui prit une main, qu'elle savonna.

La fillette la regardait avec la concentration d'un néophyte s'initiant à un tour de magie. Plus détendue à mesure que Julia lui lavait les mains, elle pivota en souplesse sur elle-même pour lui permettre de lui savonner les cheveux. Quand Julia lui massa le crâne, elle se remit à fredonner. Au bout d'un moment, Julia comprit que les notes constituaient un air : « Twinkle, Twinkle, Little Star[4] ». Elle tressaillit : de toutes les surprises de la journée, c'était la plus incroyable.

— Quelqu'un t'a chanté cette chanson, petite fille... Qui était-ce ?

L'enfant continua à fredonner les yeux fermés.

Julia rinça les longs cheveux noirs, dont les boucles épaisses s'enroulaient autour de ses doigts comme des vrilles. Elle put examiner le réseau de cicatrices sur le petit dos frêle. L'une d'elles, au niveau de l'épaule, était particulièrement vilaine.

La chanson lui donnait un aperçu inattendu du passé de l'enfant. La questionner ne lui apporterait aucune réponse ; elle devait procéder d'une manière beaucoup plus primitive.

— Si tu savais comme j'aimerais te connaître, petite...

---

4. « Scintille, scintille, petite étoile. »

Elle décida de chanter pour l'accompagner. La fillette s'éclaboussa, jusqu'au moment où elle lui fit face. Ses yeux immenses semblaient trop grands pour son petit visage aigu.

Après la chanson, Julia plaqua sa paume contre sa poitrine et articulant.

— Ju-lia. Ju-lia. Je suis Julia.

Elle saisit la main de l'enfant.

— Et toi, qui es-tu ?

Pour toute réponse, elle obtint un regard insistant. Elle se leva en soupirant et prit une serviette de toilette.

— Tu viens ?

Éberluée, elle vit l'enfant se lever et sortir de la baignoire.

— Tu m'as comprise ? Ou bien tu t'es levée pour m'imiter ?

Qu'était devenu son détachement professionnel ? se demanda Julia, déroutée par sa propre intonation. Cette petite n'en finissait pas de la surprendre.

— Sais-tu parler ? reprit-elle. Parler... avec des mots...

Un doigt sur sa poitrine, elle insista :

— Ju-lia. Ju-lia. Et toi ? Quel est ton nom ? J'ai besoin de savoir comment tu t'appelles.

Toujours ce même regard...

Elle sécha l'enfant et l'habilla.

— Je te remets une couche-culotte, pour que tu n'aies pas de problème. Tourne-toi. Je vais tresser tes cheveux, comme le faisait ma maman ; mais plus délicatement, c'est promis. Maman tirait les miens si fort que j'en pleurais. Ma sœur disait que c'était pour ça que j'avais les yeux bridés... Voilà, ça y est.

Elle se cogna par mégarde dans la porte de la salle de bains, qui se referma bruyamment. Le miroir fixé sur celle-ci encadra la fillette d'un rectangle parfait. La petite poussa alors un cri retentissant. Puis elle tendit la main vers le miroir, afin de toucher l'autre fille présente dans la pièce.

— C'est la première fois que tu te vois ? demanda Julia, connaissant la réponse à l'avance.

Tout lui semblait incohérent. Impossible d'assembler les pièces du puzzle. Le louveteau, la chansonnette, l'apprentissage de la propreté… De petits éléments permettaient de reconstituer le pourtour du puzzle, mais l'image centrale restait indiscernable.

Cette petite n'avait-elle jamais aperçu son propre reflet dans l'eau ?

— C'est toi, ma chérie, souffla-t-elle. Tu as de beaux yeux bleu-vert et de longs cheveux noirs. Et tu es si jolie dans cette chemise de nuit !

La fillette décocha un coup de poing à son reflet, en poussant un hurlement de douleur au contact du miroir.

Julia alla s'agenouiller auprès d'elle. Cette petite était belle à couper le souffle… Une sorte d'Elizabeth Taylor enfant.

— Regarde ! C'est moi, Julia, et toi.

Un éclair de compréhension apparut sur le petit visage. L'enfant toucha du doigt son torse et articula un son, imitée par son reflet.

— As-tu dit quelque chose ? Ton nom ?

La fillette tira la langue. Pendant les quarante minutes suivantes, elle joua devant le miroir tandis que Julia enfilait un tee-shirt et un survêtement, puis se brossait les dents. Elle sortit de la pièce le temps d'aller chercher son bloc-notes et une caméra numérique. Quand elle revint, la petite battait des mains et bondissait sur place, au même rythme que son double.

Julia prit plusieurs photos – des gros plans du visage de l'enfant – puis elle inscrivit sur son bloc : « Découverte de l'image corporelle ».

Des heures durant, l'enfant se contempla dans le miroir. Lorsque la nuit tomba et que des étoiles brillèrent dans le ciel, Julia, la main ankylosée, notait toujours ses observations dans les moindres détails.

— Ça suffit, dit-elle finalement. Viens, c'est l'heure d'aller dormir.

Elle sortit de la salle de bains. Voyant que l'enfant ne la suivait pas, elle prit un livre. Comme elle avait terminé *Le Jardin secret*, elle choisit *Alice au pays des merveilles*.

Une lecture appropriée, marmonna-t-elle entre ses dents avant de se mettre à lire à haute voix, seule dans la pièce.

— « Alice commençait à se lasser d'être assise à côté de sa sœur sur le banc, sans rien faire : une ou deux fois, elle avait jeté un coup d'œil au livre que lisait celle-ci, mais il ne contenait ni images ni conversations. À quoi sert un livre qui ne contient ni images ni conversations ? pensait-elle. »

Dans la pièce voisine, les bondissements s'interrompirent.

Julia sourit et poursuivit sa lecture. Le lapin blanc venait d'entrer en scène quand la fillette sortit de la salle de bains. Dans sa jolie chemise de nuit blanche ornée de rubans roses, avec ses cheveux soigneusement tressés, elle avait l'air d'une petite fille comme les autres. Une lueur sauvage brillait malgré tout dans ses yeux, trop grands et trop sérieux pour son âge, qui la fixaient imperturbablement.

Elle alla se blottir à côté de Julia, qui lui rendit son regard.

— Bonjour, petite. Tu aimes quand je lis ?

Pour toute réponse, l'enfant frappa le livre d'un coup sec.

Julia poursuivit sa lecture, trop stupéfiée par ce geste pour réagir. C'était la première fois que la petite cherchait vraiment à communiquer. Et avec quelle énergie !

La fillette donna encore un coup de poing dans le livre en la fixant, puis elle plaqua sa paume sur sa poitrine.

Julia avait ébauché le même geste pour lui indiquer son prénom.

— Alice ? souffla-t-elle, éberluée. Ton prénom est Alice ?

Deux fois encore, l'enfant martela le livre.

Julia ne dit mot et referma celui-ci. Sur la couverture de cet ouvrage ancien et fort usé, une jolie Alice aux cheveux blonds était peinte avec une Reine de Cœur aux couleurs flamboyantes. Elle effleura l'image d'Alice.

— Alice, murmura-t-elle, la main sur la petite fille en chair et en os, à côté d'elle. Tu es Alice ?

La fillette grommela, ouvrit le livre, et frappa de la main la page exacte où elles en étaient restées.

Sidérant.

Julia n'aurait su dire s'il s'agissait d'une réaction à ce prénom ou à la lecture, mais peu lui importait. Dans son enthousiasme, elle faillit éclater de rire. Un nouveau coup sur le livre l'arracha à ses pensées.

— D'accord, je continue à lire, mais désormais je t'appellerai Alice ! Va te coucher, Alice. Quand tu seras au lit, je te ferai la lecture.

Une heure plus tard, l'enfant dormait. Julia ferma l'ouvrage.

Penchée en avant, elle embrassa la petite joue rose, parfumée, en chuchotant :

— Bonsoir, petite Alice. Dors bien, au pays des merveilles !

11

Seule au commissariat de police, Ellie parcourait les notes qu'elle avait prises au cours de l'après-midi.

Tous ces parents dans le malheur et leurs enfants disparus comptaient sur elle. Horrifiée à l'idée de les décevoir, elle restait clouée sur son siège, les yeux rivés, malgré sa fatigue, à sa pile de dossiers.

Mais elle n'en pouvait plus. Elle se sentait incapable de rester objective ou de prendre encore des notes sur les groupes sanguins, les dossiers dentaires et les dates de disparition. Quand elle fermait les yeux, elle voyait immédiatement des familles brisées continuant à préparer, chaque année, des cadeaux de Noël pour leurs enfants bien-aimés.

— De l'extérieur, je t'ai entendue pleurer.

Elle leva les yeux en reniflant bruyamment.

— Je ne pleurais pas. Je me suis fourré le doigt dans l'œil... Que fais-tu ici ?

Les mains dans les poches, Cal lui souriait gentiment. Avec son tee-shirt sombre et son jean délavé, il ressemblait plus à un lycéen qu'à un père de trois enfants.

Il tira une chaise pour s'asseoir près d'elle.

— Ça va, Ellie ?

Elle s'essuya les yeux et lui adressa un sourire qui ne trompa personne.

— Je suis un peu secouée, Cal.

Il hocha la tête ; une mèche noire de jais tomba entre ses yeux.

Quand elle la dégagea d'un geste spontané, il bondit en arrière au contact de sa main.

— Que dois-je faire, Cal ?
— Comme toujours, El.
— C'est-à-dire ?
— Tu finiras par retrouver la famille de cette petite fille.

Ellie sourit presque de bon cœur.

— Je comprends pourquoi j'apprécie ta présence, dit-elle avec un sourire sincère cette fois.

— Allez, viens ! fit Cal en se levant. Je t'offre une bière.

— Mais Lisa et les filles ?
— Tara garde mes enfants.

Cal enfila son ciré.

— Non merci, Cal ; pas de bière pour moi. Et puis je dois rentrer à la maison. Tu n'as pas à…

— Plus personne ne veille sur toi, El.
— Je sais, mais…
— Permets-moi de m'en charger.

Le cœur d'Ellie se serra. Cal avait raison : depuis bien longtemps, plus personne ne veillait sur elle.

Après avoir empoigné son blouson de cuir noir, elle suivit Cal hors du commissariat. Le silence régnait à nouveau dans le quartier désert. La pleine lune illuminait les rues encore humides à la suite d'une averse tardive, nimbant les arbres d'un étrange rayonnement argenté.

Au volant, Ellie évita de penser. Le regard fixé sur la route sombre, elle se sentait réconfortée par la lumière des phares, derrière son véhicule. Comment ne pas apprécier que quelqu'un l'accompagne chez elle pour la première fois depuis bien longtemps ?

Elle se gara dans son jardin et, avant même d'avoir coupé le contact, entendit à la radio « Leaving On a Jet Plane ». Aussitôt, un souvenir lui revint. Son père et sa mère jouaient cet air au piano et au violon, tandis que leurs filles chantaient. « Mon El, disait son père, a une voix divine. » Elle se revoyait, toute petite, grimpant sur l'estrade de fortune et se glissant à côté de lui. Plus tard, elle était tombée amoureuse de Sammy Barton lorsqu'il lui avait joué cet air, et elle avait bien failli sombrer dans une passion dont elle était ressortie plus morte que vive.

— Un air que tu aimais, dit Cal debout à côté de la portière.

Elle tenta de refouler ses souvenirs.

— Oui... Maintenant il m'évoque mon deuxième mari. Malheureusement, il est parti en Greyhound. Pour se tirer en autocar, il devait avoir terriblement envie de me quitter.

Sur ces mots, elle sortit de son véhicule.

— Quel imbécile !

— Je suppose que tu en dirais autant de tous les hommes que j'ai aimés. Et il y en a une flopée !

— Oui, mais ce n'était jamais le bon choix...

— Merci pour cette remarque perspicace, Sherlock.

— Tu n'as pas l'air tellement contente de ton sort, ce soir.

Ellie sourit malgré elle.

— Ça ne va pas durer ! Tu m'as au moins permis de décompresser.

Cal glissa un bras autour de ses épaules et l'attira vers lui.

— Allez, chef, offrez-moi une bière !

Ils traversèrent la pelouse et gravirent les marches de la véranda. À l'intérieur, Ellie eut la surprise de trouver sa sœur encore au travail.

— Salut ! lança-t-elle, assise à la table de la cuisine, au milieu de ses papiers.

— Julia ? fit Cal, le visage éclairé d'un sourire.

Elle se leva lentement en le dévisageant.

— Cal ? Cal Wallace ? C'est bien toi ?

Il lui ouvrit les bras.

— C'est moi !

Julia courut s'y jeter. Enlacés, ils souriaient tous les deux.

— Je t'avais dit que tu deviendrais belle, déclara Cal après avoir desserré son étreinte.

— Et toi, tu as les biceps les plus robustes que j'aie jamais vus !

Ellie fronça les sourcils. Ces deux-là étaient-ils en train de flirter ? Elle se souvint brusquement des soirées d'autrefois : tandis qu'elle attirait l'attention en s'époumonant à chanter, Julia, assise sur les marches à côté de Cal, écoutait dans l'ombre.

Julia scruta Cal un moment.

— Tu as l'air d'une rock-star…

— Maigre comme un toxicomane ! Voilà ce qu'on dit des types comme moi.

Il chassa une mèche de ses yeux.

— J'aurais préféré te revoir en de meilleures circonstances, Jules... Sais-tu que ta sœur est au bord de la déprime ?

— Quelle journée ! murmura Ellie en ouvrant sa cannette de bière.

Elle dégrafa son ceinturon, qu'elle posa, avec sa radio, sur le comptoir.

— En veux-tu une ?

— Non, merci, fit Julia en fouillant dans les papiers éparpillés sur sa table. J'ai quelque chose pour toi, reprit-elle à l'intention de sa sœur lorsqu'elle eut trouvé ce qu'elle cherchait.

Ellie posa sa bière et prit les photos.

— Oh, c'est elle ?

— Oui, fit Julia avec un sourire de triomphe. À propos, je l'appelle Alice... au pays des merveilles. Elle a réagi quand je lui en ai fait la lecture !

Ellie contemplait la photo qu'elle avait en mains : celle d'une ravissante petite fille aux cheveux noirs, vêtue d'une chemise de nuit blanche en broderie anglaise.

— Comment as-tu fait ?

— J'ai eu du mal à la calmer, admit Julia avec un grand sourire, mais nous avons passé une bonne journée. Je t'en dirai plus dès demain. Maintenant, je dois filer. Tu peux t'occuper d'elle ?

— Moi, la garder ?

Cal roula des yeux effarés.

— Rien que du baby-sitting, El. Il ne s'agit pas de chirurgie neurologique.

— J'aimerais mieux ouvrir un crâne et le recoudre que veiller sur l'« enfant-loup ». Et toi, Julia, où vas-tu ?

— Je retourne à la bibliothèque. Faire des recherches sur la manière dont elle a été nourrie.

— Va voir Max, suggéra Cal. Il pourra répondre à tes questions.

Julia éclata de rire.

— Le docteur Casanova, un vendredi soir ! Je n'y tiens pas.

— Inutile de t'inquiéter, Jules, intervint Ellie. Tu n'es pas son genre.

Le sourire de Julia s'évanouit.

— Tu n'as rien compris, mais merci tout de même pour cette information.

Elle saisit son sac et se dirigea vers la porte.

— Et merci à toi, Cal, de veiller sur ma sœur. Ça m'a fait plaisir de te revoir !

— Serais-tu débile, El ? fit Cal à l'instant même où Julia quittait la pièce.

— Il me semble que la loi interdit de traiter son chef de débile, quand on est dans la police.

— Non, la loi interdit à un chef *d'être* débile ! Tu as vu l'expression de ta sœur quand tu as suggéré qu'elle n'était pas le genre de femme qui convient à Max ? Tu l'as vexée.

— Allons, Cal ! J'ai vu une photo de son dernier copain. Monsieur le Grand Savant ne ressemble pas du tout à Max.

Cal se leva en soupirant.

— Tu ne pigeras donc jamais ?

Il la dévisagea si longtemps qu'elle finit par se demander à quoi il pensait.

— Je dois partir, conclut-il en secouant la tête. À demain.

— Ne te fâche pas...

Il fit une pause sur le seuil avant de se retourner.

— Moi, me fâcher ? Je suis tout sauf fâché, Ellie. Mais comment te dire ? Les seules émotions que tu es vraiment capable de comprendre sont les tiennes.

Sur ces mots, il s'éclipsa.

Après sa première bière, Ellie en ouvrit une seconde. Quand elle l'eut vidée, elle ne se souciait plus du mouvement d'humeur de Cal. Ils n'en étaient pas à leur première dispute, et elle savait que tout serait bientôt rentré dans l'ordre. Dès le lendemain, son vieux copain lui sourirait comme si de rien n'était.

Elle monta finalement au premier étage et entra dans son ancienne chambre.

La fillette dormait en paix. Bien qu'elle fût à présent semblable à n'importe quelle autre petite fille, elle restait recroquevillée sur elle-même, comme pour se protéger d'un monde hostile.

— Qui es-tu, ma petite ? souffla-t-elle, consciente de ses responsabilités. Je retrouverai ta famille. Je te le jure !

Quarante années auparavant, le Rose Theater avait été bâti aux confins de la ville. À l'époque, les gens appelaient ce quartier Back East, un surnom donné quand Azalea Street semblait à des kilomètres. Maintenant, cette rue faisait pratiquement partie de la ville. Tout autour s'élevaient des maisons à étage, construites pour le personnel de l'usine en un temps où l'exploitation du bois prospérait. La bibliothèque était de l'autre côté de la rue ; la quincaillerie, un ou deux blocs plus loin.

Sealth Park, où avait été découverte la fillette, était contigu.

Max allait au cinéma le vendredi soir, tout seul. Au début, cette habitude avait paru étrange, et des femmes venaient « comme par hasard » lui tenir compagnie ; mais la routine s'était installée, et, à Rain Valley, rien ne comptait davantage que la routine.

Il adressa un signe au propriétaire du cinéma, qui disposait soigneusement les boîtes de bonbons à la caisse. Mieux valait ne pas s'arrêter pour bavarder, car la conversation en viendrait inévitablement à la bursite de ce dernier.

— Salut, toubib ! Le film vous a plu ?

Max se retourna : Earl et sa femme Myra étaient à côté de lui. Ils allaient eux aussi au cinéma le vendredi soir, où ils se câlinaient comme des tourtereaux.

— Salut ! Content de vous voir...

— Un bon film, déclara Earl.

— Tous les films te plaisent, ironisa Myra. Surtout quand ils sont sentimentaux.

Ils lui emboîtèrent le pas.

— Vos recherches progressent, Earl ? demanda Max.

— Ce n'est pas de la rigolade, je vous assure. Le téléphone n'arrête pas de sonner, et les pistes nous submergent comme l'Hoh River au printemps. Il y a tant d'enfants disparus ! Ça nous fend le cœur... mais nous finirons bien par trouver qui elle est. Notre chef ne se laissera pas décourager.

— Cette Ellen Barton, c'est quelqu'un, lança Myra.

Max sourit malgré lui. Myra ne perdait jamais une occasion d'évoquer Ellie. Apparemment, toute la ville avait supposé qu'ils tomberaient amoureux. Pendant la brève période où il y avait eu anguille sous roche, les ragots étaient allés bon train. Quelques romantiques à tout crin, comme Myra, continuaient à s'imaginer qu'il y aurait une suite.

— Oui, Myra, marmonna-t-il.

Ils étaient maintenant dehors, sur l'allée bétonnée reliant l'entrée du cinéma au trottoir. Par cette belle soirée, exceptionnellement sèche, les spectateurs regagnaient leur voiture en causant.

La foule s'éparpilla peu à peu. De petits groupes se formèrent le long du trottoir et dans la rue. Des voisins discutaient à bâtons rompus, et leurs voix résonnaient dans le silence nocturne. Earl et Myra furent parmi les premiers à s'éloigner.

Une à une, les voitures démarraient, et il ne resta finalement dans la rue vide qu'une vieille Suburban blanche et le pick-up de Max. Il s'en approchait quand un mouvement, de l'autre côté de la rue, attira son attention : une femme sortait de la bibliothèque, les bras chargés de livres. À l'instant où le faisceau lumineux d'un réverbère l'éclaira, il eut l'impression de voir un ange apparaître dans les ténèbres.

Julia…

Elle ouvrit la porte du passager et déposa ses livres sur le siège de sa Suburban. Elle allait s'asseoir au volant quand il l'interpella.

— Salut, Julia ! dit-il en la rejoignant. Vous travaillez bien tard.

Elle rit nerveusement.

— On m'a souvent qualifiée d'« obsessionnelle ».

— Comment va votre patiente ?

— En fait, j'aimerais vous parler d'elle plus tard, à l'hôpital.

— Si on en discutait tout de suite ? On pourrait aller chez moi.

— Je ne pense pas que...

— Ce n'est pas un si mauvais moment, insista Max.

— D'autant que j'ai quelqu'un pour garder l'enfant, maintenant.

— Alors, nous sommes d'accord. Suivez-moi !

Sans lui laisser le temps de riposter, il regagna sa voiture. En démarrant, il l'observa dans son rétroviseur.

Elle scrutait son véhicule en se mordant les lèvres ; après quoi, elle se mit au volant.

De chaque côté de la route, des arbres noirs montaient la garde ; leur cime semblait s'enfouir dans la voûte étoilée du ciel. À la lueur du clair de lune, l'asphalte se muait en un ruban d'argent terni qui serpentait entre deux rideaux d'arbres identiques. À un tournant, un ancien panneau brun et jaune du service des forêts indiquait la direction de Spirit Lake.

Julia n'était pas allée dans ce secteur depuis des années. La péninsule s'était développée au cours des deux décennies qui avaient suivi sa sortie de la fac, mais les gens du pays appelaient encore ce lieu « le Bout du Monde », non seulement à cause de son emplacement, mais aussi de son isolement.

Ce coin particulièrement grandiose de la forêt ne correspondait pas tout à fait à la personnalité du Dr Casanova, songea Julia. Que faisait un citadin pur sang comme lui dans ces profondeurs ténébreuses ?

Lorsqu'il s'engagea sur la route de gravier, le paysage changea. Les arbres obstruaient le clair de lune nacré. Pas une lumière ne transperçait la nuit noire comme de l'encre, et la brume, toujours présente au-dessus du lac, donnait à la forêt une aura presque inquiétante.

Elle eut soudain conscience de suivre, au fond des bois, un homme qu'elle connaissait à peine. En outre, personne ne savait où elle était.

Tu te comportes comme une imbécile!
Il s'agit d'un médecin.
Oui, mais souviens-toi que Ted Bundy, le tueur en série, était étudiant en droit.

Elle sortit son téléphone portable de son sac, parvint par miracle à se connecter au réseau, et composa aussitôt le numéro d'Ellie.

Elle obtint sa boîte vocale.

— El, je suis chez le docteur Cerrasin pour parler de la petite et je compte rentrer avant minuit, murmura-t-elle après avoir jeté un coup d'œil à sa montre.

Elle cliqua sur le bouton mettant fin à la communication. Au moins, on saurait de quel côté entreprendre les recherches pour retrouver son corps.

À vrai dire, elle ne savait pas exactement pourquoi elle suivait ce médecin, alors qu'elle n'était pas encore prête à l'interroger et que son hypothèse risquait de la ridiculiser.

L'année précédente avait compromis sa réputation et lui avait fait perdre toute assurance. Voulait-elle s'entendre dire qu'elle était sur la bonne voie?

Telle était sans doute la véritable raison de sa présence en ce lieu. Max était son seul collègue à Rain Valley, et il avait examiné Alice. Cette constatation de sa propre faiblesse lui faisait horreur, mais elle n'était pas du genre à nier l'évidence.

Un peu plus haut, Max quitta la grand-route. Elle le suivit sur une voie unique, récemment recouverte de gravier, qui tournait à gauche en épingle à cheveux et s'arrêtait net dans un pré entouré d'arbres.

Max disparut dans le garage ; elle se gara le long de celui-ci. Après avoir pris une profonde inspiration, elle sortit de sa voiture, munie de son porte-documents.

La beauté du lieu la stupéfia. Elle se trouvait au milieu d'une prairie herbeuse, entourée de trois côtés par d'immenses arbres à feuilles persistantes. Sur le quatrième côté s'étendait Spirit Lake. Une brume s'élevait au-dessus du lac, comme la vapeur sortant d'une bouilloire. La scène avait des allures de véritable conte de fées.

Tout près, une chouette hulula ; elle tressaillit.

— L'infâme chouette mouchetée, dit Max en la rejoignant.

Elle fit un pas de côté.

— L'ennemi de tous les bûcherons.

— Mais l'amie de tous ceux qui aiment les arbres. Venez !

Il l'entraîna vers la maison. En s'approchant, elle remarqua le charme rustique de la construction : revêtement extérieur en cèdre, avant-toits de facture artisanale, grande véranda panoramique. Même les chaises semblaient avoir été réalisées à la main dans du pin brut. Ce genre de villa, d'une coûteuse simplicité, n'était pas courant à Rain Valley, elle aurait davantage eu sa place à Aspen ou Jackson Hole.

Il ouvrit la porte et la fit entrer. Une odeur épicée frappa ses narines : quelque part, une bougie parfumée se consumait. Une musique voluptueuse était diffusée par des haut-parleurs. Manifestement, Max était toujours prêt à recevoir des visiteuses de sexe féminin chez lui.

Agrippée à son porte-documents, Julia franchit le seuil.

Une superbe cheminée en pierre de taille attirait l'attention sur le mur gauche. Tout autour de la maison, des fenêtres ouvraient sur la véranda et, au-delà, sur le lac. Deux portes-fenêtres donnaient accès à l'extérieur. La cuisine, petite mais parfaitement conçue, brillait à la douce lumière de spots fixés au plafond. La vaste salle à manger s'étendait entre deux fenêtres latérales donnant sur le lac ; une immense table à tréteaux trônait en son centre. Bizarrement, une seule chaise était visible près d'elle. Le séjour comportait un canapé de cuir bordeaux – sans fauteuils assortis – et un grand téléviseur à écran plasma. Devant la cheminée, un épais tapis d'alpaga s'étendait sur le plancher à larges lattes.

Elle remarqua aussi, près de la porte de derrière, un fouillis de cordes entremêlées et de poulies, à côté d'un pic à glace et d'un sac de montagne.

— Vous faites de l'escalade, observa-t-elle.

Se reprochant aussitôt la banalité de sa remarque, elle ajouta :

— Le goût du danger, n'est-ce pas ? Vous avez besoin de frôler la mort pour vous sentir vivant.

— Ne cherchez pas à me psychanalyser, Julia ! Que voulez-vous boire ?

Il lui tourna le dos pour se diriger vers le coin cuisine et ouvrit le réfrigérateur.

— J'ai tout ce que vous voudrez.

— Pourquoi pas un verre de vin blanc?

Il ne tarda pas à revenir avec du vin blanc pour elle, et un whisky on the rocks pour lui. Son verre à la main, elle alla s'asseoir à l'extrémité du canapé, près de l'accoudoir.

— Merci.

— N'ayez pas l'air si terrifiée, Julia, murmura-t-il. Je n'ai pas l'intention de vous agresser.

Elle se sentit troublée, l'espace d'un instant, par le timbre grave de sa voix et le bleu de ses yeux. Une réaction inopportune qu'elle regretta aussitôt. Elle avait hâte de se retrouver sur un terrain moins risqué.

— Laissez-moi deviner, docteur Cerrasin. Si j'allais dans votre garage, je trouverais une Porsche ou une Corvette.

— Non. Désolé de vous décevoir!

— Au premier étage, je découvrirais un grand lit avec des draps de soie, probablement une courte-pointe en simili-fourrure, et un tiroir de table de nuit rempli de préservatifs texturés, «pour accroître le plaisir de votre partenaire».

Max fronça les sourcils ; elle eut l'impression qu'il se moquait d'elle.

— Le plaisir de ma partenaire compte toujours pour moi.

— Je n'en doute pas... à condition que son plaisir n'exige aucune émotion sincère de votre part, et pas le moindre engagement. Croyez-moi, Max, j'ai connu des hommes comme vous. Le syndrome de Peter Pan ne présente plus aucun charme pour moi.

— Qui était-ce ?
— De qui parlez-vous ?
— De l'homme qui vous a fait tant souffrir.

La perspicacité de cette question surprit Julia, et plus encore sa propre réaction : Max semblait la percer à jour. Mais il n'en était rien. Il tentait sa chance comme le font volontiers les hommes de cette espèce, qui ont l'art de paraître sincères et profonds. Bizarrement, elle vit briller dans son regard une lueur de solitude et de compréhension qui lui donna l'envie de lui répondre.

Au risque de se laisser piéger.

— Si nous en venions aux choses sérieuses ? suggéra-t-elle.

— Très bien, parlez-moi de cette petite fille.

Il alluma un feu dans la cheminée avant d'aller s'asseoir sur le canapé.

— Pour l'instant, je l'appelle Alice. À cause d'*Alice au pays des merveilles*. Elle a réagi quand je lui ai lu ce livre.

— Un bon choix, à mon avis.

Il attendit des précisions, et elle se demanda soudain ce qu'elle était venue faire là. Max était non seulement un homme à femmes, mais un collègue. En tant que tel, il pouvait la démolir d'un seul mot.

— Julia ? fit-il.

Elle prit lentement la parole.

— Quand vous l'avez examinée, avez-vous trouvé un quelconque indice sur son régime alimentaire ?

— Hormis la déshydratation et la malnutrition ?

— Oui.

— Je n'ai aucune preuve, mais je suppose qu'elle mangeait de la viande, du poisson et des fruits. À mon avis, ni produits laitiers ni céréales.

— En somme, le régime de quelqu'un qui a vécu longtemps dans la nature ?

— Peut-être. Mais, d'après vous, combien de temps a-t-elle vécu ainsi ?

Max venait de poser la question clé, qui pourrait faire la force de Julia ou la détruire.

— Je risque de passer pour une folle si je vous réponds, murmura-t-elle après un trop long silence.

— Je croyais que les psys n'utilisaient jamais ce mot.

— Vous ne le direz à personne ?

— Comptez sur moi.

— J'espère, fit-elle en riant.

— Je vous écoute.

Max se mit à boire son whisky à petites gorgées, tout en entrechoquant les glaçons dans son verre.

Julia décida de commencer simplement.

— Eh bien, je suis sûre qu'elle n'est pas sourde, et je doute fort qu'elle soit autiste. J'ai l'étrange impression qu'il s'agit d'une enfant normale, réagissant à un environnement particulièrement hostile. Je pense qu'elle comprend un peu quand on lui parle, mais je ne sais pas encore si elle choisit délibérément de ne pas parler ou si elle n'a jamais appris à s'exprimer. En tout cas, elle n'est pas encore pubère, donc, en principe, elle n'est pas trop âgée pour apprendre.

— Et... ?

Il se resservit à boire ; elle avala d'un trait une bonne partie de son propre verre. Les joues brûlantes, elle se sentait vulnérable. Deux solutions s'offraient maintenant à elle : plonger dans le vif du sujet ou prendre la tangente.

— Avez-vous lu des travaux concernant les enfants sauvages ? demanda-t-elle.
— Comme cet enfant français, au sujet duquel Truffaut a tourné un film ?
— Oui.
— Tout de même…
— Écoutez-moi, Max, s'il vous plaît.
Calé dans les coussins, il croisa les bras en la scrutant.
— Je vous écoute.
De son porte-documents, Julia tira des papiers, des livres et des notes qu'elle étala entre eux. Tandis que Max parcourait les différents articles, elle lui fit part de ses pensées. Elle lui parla des signes manifestes de sauvagerie : absence apparente d'image corporelle, tendance à se cacher, habitudes alimentaires, hurlements. Ensuite, elle énuméra certaines bizarreries : capacité à fredonner, imitation du chant des oiseaux, apprentissage rapide de la propreté. Quand elle eut exposé son point de vue, elle attendit sa réaction, le dos contre le dossier du canapé.
— Vous pensez donc qu'elle a passé en forêt l'essentiel de sa vie ?
— Oui.
— Et le louveteau trouvé avec elle, c'était quoi ? Son frère ?
Elle rassembla ses papiers.
— N'en parlons plus. J'aurais dû m'en douter…
Il lui prit la main en riant.
— Calmez-vous ! Je ne suis pas en train de me moquer de vous, mais admettez que votre théorie est insolite.

— Elle mérite réflexion. Comparez les indices dont nous disposons avec les observations existantes.

— Du folklore, Julia. Ces enfants élevés par des loups et des ours...

— Elle a peut-être été prise en otage quelque temps, puis abandonnée dans la nature. Je suis certaine qu'elle a été entourée d'êtres humains à un certain moment.

— Alors, pourquoi ne parle-t-elle pas ?

— Je suppose qu'elle est capable de parler, mais qu'elle a décidé de ne pas faire usage de la parole.

— Même si vous avez partiellement raison, il faudrait un médecin exceptionnel pour la réadapter à notre société.

Julia nota au passage l'intonation interrogative de Max, et n'en fut guère surprise. Tout le monde la jugeait incompétente. Peut-être à juste titre ; mais pourquoi était-ce si pénible à supporter ?

— Je suis un bon médecin, souffla-t-elle. Du moins, je l'étais.

Elle prit ses papiers et se mit à les ranger dans son porte-documents.

— Je crois en vous, murmura-t-il en se penchant vers elle.

Il effleura son poignet.

— Je tenais à vous le dire.

Elle leva les yeux vers lui, avec l'intuition de commettre une erreur. Une cicatrice irrégulière courait à la racine de ses cheveux, et une autre à la base de son cou. Ses traits paraissaient plus doux à la lueur du feu, et de petites flammes se reflétaient dans le bleu de ses yeux.

— Merci, dit-elle. C'est important pour moi.

Plus tard, seule au volant de sa voiture, elle se demanda pourquoi elle s'était ainsi livrée à cet inconnu.

La réponse lui parut évidente : il lui avait dit « Je crois en vous » alors qu'elle avait perdu toute assurance. Paradoxalement, dans cette pièce où flottait une musique voluptueuse et dont l'escalier menait sans aucun doute à un immense lit, il avait su trouver les mots pour la séduire.

12

Penchée sur une pile de dossiers, Ellie buvait sa bière tiédie quand elle entendit Julia rentrer.
— Salut ! fit-elle en levant les yeux.
— Salut !
Julia referma la porte derrière elle, jeta son porte-documents sur la table de la cuisine et se dirigea vers le réfrigérateur pour prendre une bière.
— Où sont Jake et Elwood ?
— Tu vois, ils te manquent maintenant qu'ils ne sont plus pendus à tes basques ! Ils se sont postés devant ta chambre et ils n'en bougent pas. Je suppose que c'est à cause de l'enfant. Ils en sont fous... Tu es allée chez Max ?
Julia s'assit à côté de sa sœur sur le canapé.
— Pourrais-tu me dire ce qui se passe dans sa tête ?
— Toutes les femmes d'ici se posent cette question.
— Je parie qu'il a couché avec chacune d'elles.
— Pas tout à fait.
Julia fronça les sourcils.
— À en juger par son comportement...

— En fait, c'est un terrible coureur, mais ça ne va pas plus loin. Je veux dire qu'il a fréquenté un grand nombre de femmes de notre ville, mais n'a jamais vécu réellement en couple avec l'une d'elles. En tout cas, pas longtemps.
— Et toi ?
Ellie éclata de rire.
— Quand il est arrivé ici, je ne pensais qu'à lui. Tu me connais ! Je ne perds pas une seconde... Si un bel homme surgit dans les parages, je fonce.
Elle avala une dernière gorgée de bière et posa sa bouteille.
— Nous avons passé du bon temps ensemble ! Une bonne dose de tequila, une soirée de danse à la Pour House... On s'est pelotés dans les toilettes. À la fin de la soirée, on était assez éméchés. Quant au sexe... Franchement, j'ai tout oublié ; mais je crois lui avoir dit que je n'aurais aucun mal à tomber amoureuse.
— Dès le premier soir ?
— Tu sais bien que je tombe immédiatement amoureuse ! En général, les hommes aiment ça ; mais pas Max. Il a déguerpi à toute vitesse et, par la suite, il m'a traitée comme si j'étais atteinte d'une maladie contagieuse.
Ellie glissa un regard en coin à sa sœur. Julia ne savait pas ce que c'était de souffrir du manque au point de se jeter dans les bras du premier venu qui vous sourit. Quelle réprobation allait-elle lire dans ses yeux verts si semblables aux siens ? Contrairement à son attente, elle y surprit une soudaine fragilité, comme si cette conversation l'avait troublée.
— Ça va ? souffla-t-elle.
— Très bien.

Ellie sut aussitôt que Julia mentait, et, pour la première fois de sa vie, elle comprit sa sœur. Elle avait été brisée par l'amour… Sans doute moins souvent et moins ostensiblement qu'elle-même, mais elle avait souffert.

— Que s'est-il passé avec Philip ? lui demanda-t-elle. Vous avez été ensemble pendant si longtemps. J'étais sûre que vous finiriez par vous marier.

— Moi aussi. J'étais si amoureuse de lui que je n'ai pas remarqué les symptômes. J'ai découvert, un peu tard, qu'il n'avait pas cessé de me tromper pendant notre dernière année de vie commune. À présent, il est marié à une assistante dentaire et ils vivent à Pasadena. Aux dernières nouvelles, il la trompait aussi. Je passe à côté de mes propres problèmes relationnels. Un comble pour un psychiatre.

— Quel crétin, ce type !

— Ce serait plus simple si tu me disais la vérité sur Max.

Ellie comprit que Julia était certes brillante, mais que cela ne la protégeait en rien dans le domaine des sentiments. Tous les cœurs risquent de se briser un jour.

— Je te conseille de te méfier de lui, souffla-t-elle.

Julia soupira.

— Fais-moi confiance ! Je sais qu'un homme comme lui peut…

— … faire beaucoup de mal à une femme comme toi.

— Comme nous, rectifia doucement Julia.

Elle avait donc senti elle aussi leurs affinités profondes.

— Oui, admit Ellie, comme nous…

Le lendemain matin, Ellie était garée devant le comptoir d'Ancient Grounds quand sa radio se déclencha. Des parasites crépitèrent dans les vieux haut-parleurs noirs, puis elle entendit la voix de Cal.

— Chef, vous êtes là ?
— Oui, Cal. Qu'y a-t-il ?
— Viens vite, Ellie.
— Sally me prépare mon moka. J'arrive dans…
— Non, tout de suite !

Ellie adressa un regard à la jeune femme derrière le comptoir.

— Désolée, Sally ; une urgence.

Elle démarra en trombe, tourna deux rues plus loin sur Cates Avenue et faillit se heurter à un camion de presse.

Des douzaines de camions étaient garés le long et au centre de la rue. Des antennes paraboliques se découpaient sur le ciel gris. Les journalistes piétinaient en petits groupes sous leur parapluie noir. Elle eut à peine le temps de faire trois pas qu'ils fonçaient déjà dans sa direction.

— … des commentaires sur le rapport…
— … personne ne nous dit où…
— … l'endroit exact…

Elle se fraya un chemin à travers la foule, poussa la porte du commissariat, qu'elle claqua aussitôt.

— Merde ! dit-elle en s'y adossant.
— Tu n'as encore rien vu, fit Cal. Ils campaient ici à 8 heures quand je suis arrivé. Ils attendent maintenant ta mise au point de 9 heures.
— Quelle mise au point de 9 heures ?
— Celle que j'ai annoncée pour les faire sortir. Ils criaient si fort que j'étais incapable de répondre au téléphone.

Peanut apparut avec une tasse en plastique aussi grande qu'un pot de peinture. Elle avait repris son régime à base de jus de pamplemousse.

—Tu aurais intérêt à t'asseoir, Ellie, fit-elle, un journal sous le bras.

—Peanut a raison, marmonna Cal en hochant la tête.

Ellie alla s'asseoir à son bureau. Le visage de ses amis ne lui disait rien de bon.

Peanut posa le journal devant elle : une photo de la fillette occupait la moitié supérieure de la première page. Elle avait les yeux hagards, des feuilles dans ses épais cheveux noirs, la peau crasseuse et une expression démente. Le commentaire était signé de Mort Elzik.

Ellie eut un coup au cœur. Voilà ce qu'il avait voulu dire par « sinon », quand il lui avait demandé une interview.

—Au moins, il n'a pas mentionné Julia ! observa Cal. Il n'aurait pas osé, sans confirmation officielle.

Ellie parcourut l'article. « Une enfant sauvage surgit de la forêt, en compagnie d'un louveteau. Elle saute de branche en branche et hurle à la lune. »

—Ils commencent à croire à un canular, ajouta Cal posément.

La colère d'Ellie se mua en appréhension. Si les médias croyaient à un canular, ils quitteraient la ville. Et sans publicité, on ne pourrait jamais retrouver la famille de l'enfant. Elle plongea une main dans son sac en toile et en sortit la photographie prise par Julia.

—Diffuse ceci.

—Ta sœur fait des miracles avec cette petite ! s'exclama Peanut en regardant la photo.

— Maintenant, nous l'appelons Alice. Fais-le savoir ! Un prénom lui donnera peut-être plus de réalité.

La Fille se réveille lentement. C'est un endroit tranquille, paisible, même si elle n'entend pas le murmure de la rivière ou le bruissement des feuilles. Le soleil se cache, mais l'air est clair et lumineux.

Elle n'a pas peur.

Un instant, elle ose à peine y croire. Elle fouille dans l'obscurité de ses pensées.

C'est vrai. Elle n'a pas peur. C'est la première fois. Habituellement, elle n'a qu'une idée en tête : se cacher. Elle a passé si longtemps à se faire toute petite.

Ici, elle peut respirer aussi. Dans cet espace carré, où la lumière surgit d'un geste magique et où le sol est dur et plat, elle peut respirer. Elle n'est pas gênée par les mauvaises odeurs qu'Il dégage.

Ça lui plaît bien ici. Si son louveteau était là, elle resterait pour toujours dans ce lieu, en marquant son territoire dans l'eau bouillonnante et en dormant là où c'est doux et parfumé comme des fleurs.

— Jevoisquetuesréveilléepetite.

Cheveux de Soleil a parlé. Elle est à l'endroit de la nourriture ; la fine baguette qui laisse des marques bleues est encore dans sa main.

La Fille se lève et va à l'endroit du lavage, où le puits est vide. Elle baisse sa culotte et s'assied sur le cercle froid. Après avoir fait pipi, elle appuie sur la chose blanche.

Dans l'autre pièce, Elle se lève. Elle frappe ses mains l'une contre l'autre, comme si un chasseur avait tiré, et Elle sourit.

La Fille aime son sourire ; il la rassure.

Au milieu du frémissement des sons interdits, la Fille entend :
— Viens !
Elle avance à petits pas, penchée en avant, et se tient le ventre. Un moment pareil peut être si périlleux, surtout quand on n'est pas vigilant. Elle devrait toujours avoir peur, mais ce sourire et la douceur de l'endroit où elle dort lui font oublier la caverne, et Lui.

Elle s'assied là où Cheveux de Soleil lui a demandé de le faire. Je serai gentille, pense-t-elle en levant les yeux et en essayant de faire bonne figure.

Cheveux de Soleil lui apporte à manger.

La Fille se souvient des règles ; elle connaît le prix de la désobéissance. C'est une leçon qu'Il lui a apprise bien des fois. Cheveux de Soleil hoche la tête en souriant. La Fille mange la nourriture sucrée et collante, et quand elle a fini, Cheveux de Soleil enlève les restes.

Ensuite, Cheveux de Soleil s'assied face à la Fille et touche sa poitrine en répétant « Ju-lia », puis elle la frôle à son tour.

— A-lice, A-lice, dit-Elle.

La Fille voudrait être gentille, et rester ici, avec Elle qui sourit et attend sûrement quelque chose. Mais quoi ? On dirait qu'Elle voudrait entendre les mauvais sons, mais la Fille a du mal à y croire. Son cœur bat si vite que sa tête se met à tourner.

Cheveux de Soleil retire alors sa main. Elle la plonge dans le trou carré, à côté d'elle, et se met à poser des choses sur la table.

La Fille est fascinée. Elle n'a jamais rien vu de semblable. Elle voudrait toucher, goûter et sentir ces choses.

Cheveux de Soleil prend l'une de ses baguettes et touche le livre avec des lignes. Derrière l'endroit où elle a touché, tout est rouge.

— Cra-yon. Album à co-lo-rier.

La Fille pousse un cri admiratif.

Cheveux de Soleil parle maintenant à la Fille. Dans ce bourdonnement de sons, elle commence à distinguer une répétition :

— A-lice, joue.

Joue... La Fille fronce les sourcils et cherche à comprendre. Elle a l'impression de reconnaître des sons.

Mais Cheveux de Soleil continue à parler et à sortir des choses de l'endroit secret, pendant que la Fille essaie de se souvenir. Tous ces objets l'attirent. Elle a envie de les toucher.

Et soudain, quand la Fille se prépare à faire un geste pour toucher la baguette rouge et pointue, Cheveux de Soleil sort l'objet.

La fille crie et recule, mais elle est piégée dans cette cage sur laquelle elle s'est assise. Elle tombe, se cogne la tête, crie encore, puis se réfugie à quatre pattes derrière les plantes.

Elle savait qu'elle aurait dû se méfier. Bien sûr que c'était une ruse !

Cheveux de Soleil, les sourcils froncés, lui parle dans ce brouhaha. La Fille ne peut pas distinguer nettement les sons. Son cœur bat si vite qu'elle croit entendre les tambours de la tribu qui pêche le long de la rivière.

Il n'y a presque plus d'espace entre elles maintenant.

Cheveux de Soleil a retiré l'objet.

La Fille hurle et s'arrache les cheveux ; son nez dégouline de morve. Il est ici ; Il sait qu'elle aime Cheveux de Soleil. Il va lui faire du mal. Elle ne pense plus qu'au son qu'elle connaît mieux que tout autre.
Non !

Alice s'arrachait les cheveux et grognait en secouant la tête. Un râle semblait coincé dans sa gorge.

Julia perçut une émotion sincère : le cœur d'Alice, un lieu insondable et ténébreux, avait parlé.

Julia ouvrit la porte et jeta l'attrape-rêves dans le couloir.

— Ça y est, ma chérie, dit-elle d'une voix douce, avec des gestes lents. Je te demande vraiment pardon !

Elle s'agenouilla devant Alice, pratiquement les yeux dans les yeux ; l'enfant semblait horrifiée.

— Tu as très peur et tu penses que tu es en danger ?

Julia tendit le bras et effleura, d'une main légère comme un souffle, le poignet d'Alice.

— Tout va bien, Alice. N'aie pas peur.

Au contact de cette main, Alice émit un gémissement étouffé et trébucha en arrière, avant de se cacher parmi les plantes. Puis un long hurlement désespéré lui échappa.

L'enfant semblait inconsolable. Un choc brutal de plus dans sa vie.

— Hum ! murmura Julia en faisant des yeux le tour de la pièce. Que va-t-on faire maintenant ?

Au bout d'un moment, elle prit le vieux volume usé d'*Alice au pays des merveilles*.

— Où avions-nous laissé la jeune Alice ?

Julia alla s'asseoir sur le lit et, le livre ouvert sur ses genoux, regarda l'enfant.

— Viens, dit-elle doucement. Je ne te ferai pas de mal.

Alice émit un son pathétique, faisant penser à un miaulement. Ce concentré de désir et de peur, à la fois infantile et sans âge, serra le cœur de Julia.

En tapotant le lit d'une main, elle répéta :

— Viens ! Je ne te ferai pas de mal.

Alice resta à l'abri des plantes et Julia se mit à lire :

— « Tu devrais avoir honte, se dit Alice. Une grande fille comme toi, qui pleure comme ça ! Je te prie de cesser immédiatement. Mais elle continua à verser des litres de larmes, jusqu'à ce qu'une mare se forme autour d'elle. »

Il y eut un bruit de l'autre côté de la pièce. Des pieds traînaient sur le plancher…

Julia sourit et poursuivit sa lecture.

C'est un piège.
La Fille le sait ; oui, elle le *sait*.
Et pourtant…
Les bruits sont apaisants.

Elle est assise dans la forêt depuis si longtemps qu'elle commence à avoir mal aux jambes. Bien qu'elle ait toujours eu tendance à rester immobile, elle aimerait bouger dans cet endroit lumineux, puisque c'est possible.

Il ne faut pas, se dit-elle en basculant son poids d'un pied sur l'autre.

C'est un piège.
Si la Fille s'approche, Elle la battra.

— Viensicialice.

Dans le brouhaha émis par Cheveux de Soleil, la Fille distingue encore une fois ces sons particuliers. Ce sont des « mots », se souvient-elle soudain.

Un *piège*.

Elle finira par obéir, car elle n'a pas le choix. Tôt ou tard, Cheveux de Soleil se fatiguera d'attendre ; Elle n'aura plus du tout envie de jouer, et la Fille aura des ennuis.

Avec précaution, elle sort de sa cachette. Son cœur bat à se rompre. Elle a peur qu'il se brise dans sa poitrine et tombe à terre.

Elle se penche pour regarder ses pieds et ses mains. Dans cet endroit spécialement lumineux, le sol est fait de rayures dures, couleur terre. Il n'y a ni feuilles ni aiguilles de pin pour adoucir ses pas. Chaque mouvement lui fait mal, mais pas autant que ce qui va venir ensuite.

Elle a été méchante.

Crier est très méchant. Elle le sait.

À l'extérieur il y a des étrangers et des méchants. Les grands bruits les attirent.

Du calme, bon sang! Elle sait… En s'approchant du lit, elle se laisse tomber à quatre pattes et prend un air pitoyable. Les loups lui ont appris cela.

— A-lice ?

La Fille tressaille et ferme les yeux. Pas de coups de bâton, espère-t-elle en s'entendant gémir.

Le premier contact est si doux qu'elle ne remarque rien.

Son miaulement se coince dans sa gorge. Elle lève les yeux.

Cheveux de Soleil s'est approchée et sourit. Elle lui parle toujours de sa voix ensoleillée, douce et rassurante comme le murmure d'une rivière à la fin de l'été. Ses yeux sont verts comme de jeunes feuilles. Il n'y a pas de colère sur son visage. Et Elle caresse doucement ses cheveux.

— Jeneteferaipasdemal.

La Fille se penche en avant ; à peine. Elle voudrait que Cheveux de Soleil continue à la caresser. C'est si bon !

— Viensicialice.

Cheveux de Soleil tapote l'endroit moelleux à côté d'elle.

D'un bond, la Fille va se blottir là. Depuis bien longtemps, elle ne s'était pas sentie aussi tranquille.

Quand Cheveux de Soleil se remet à parler, la Fille ferme les yeux et écoute.

Julia était paisiblement assise, mais son esprit fonctionnait à vive allure.

Que s'est-il passé avec l'attrape-rêves ?

Alice a-t-elle compris « Viens ici » ? Ou bien a-t-elle réagi en me voyant tapoter le lit ?

En tout cas, sa réponse est une forme de communication... à moins qu'elle n'ait sauté sur le lit spontanément.

Julia mourait d'envie de noter ses impressions, mais ce n'était pas le moment. Elle se replongea dans le livre et reprit sa lecture là où elle l'avait laissée.

Comme elle terminait le chapitre, elle sentit un mouvement sur le lit. Elle s'interrompit pour regarder Alice, qui avait changé de position : roulée en boule comme un chat, elle frôlait presque sa cuisse de son front.

— Tu n'as pas l'habitude de te sentir en sécurité, n'est-ce pas ?

Après avoir posé le livre, Julia ajouta au bout de quelques secondes, la gorge serrée par l'émotion :

— Je peux t'aider si tu veux. Maintenant que tu es à côté de moi, c'est le bon moment pour commencer. La confiance avant tout.

À peine eut-elle prononcé ces mots que Julia se souvint de la dernière fois qu'elle avait tenu les mêmes propos. C'était par une fraîche journée de la saison qui passe pour l'hiver, au sud de la Californie. Assise dans son fauteuil à deux mille dollars, elle prenait des notes en écoutant la voix d'une autre enfant. Sur le canapé, face à elle, Amber Zuniga, entièrement vêtue de noir, refoulait ses larmes.

« La confiance avant tout, avait-elle dit à Amber. Tu peux me dire maintenant ce que tu éprouves. »

Julia ferma les yeux. Ce souvenir la faisait souffrir dans sa chair. Cette entrevue avait eu lieu deux jours exactement avant qu'Amber ne passe à l'acte. Pourquoi n'avait-elle pas...

Assez!

Pas question de se laisser aller à ces sombres pensées! Elles la mèneraient à un désespoir infini. Or, Alice avait besoin d'elle; peut-être plus que n'importe qui jusque-là.

Alice l'effleura. Le timide battement d'une aile de papillon, que Julia sentit à peine.

— C'est bien, ma chérie, souffla-t-elle. Sois la bienvenue dans ce monde... tu es bien seule dans le tien. Tu as peur, non?

D'abord, Alice ne broncha pas, puis, très lentement, elle se mit à tapoter la cuisse de Julia d'un geste gauche et presque spasmodique.

— C'est quelquefois effrayant de toucher une autre personne, murmura Julia en se demandant si elle se faisait comprendre. Surtout quand on nous a fait du mal, on peut avoir peur de toucher quelqu'un.

Le tapotement se calma et se mua en une douce caresse, accompagnée d'un son guttural. Une sorte de ronronnement. Alice leva lentement le menton et fixa son regard sur Julia. Ses extraordinaires yeux bleu-vert exprimaient une profonde angoisse.

— Je ne te ferai pas de mal, insista Julia.

Sa soudaine assurance lui parut dangereuse. Pour être un bon psychiatre, il faut tenir les mots à bout de bras, sinon tout devient trouble. Elle caressa la douce chevelure noire d'Alice.

— Pas de mal…

Un long moment s'écoula, et Alice cessa de trembler. Jusqu'à la fin de la matinée, Julia alterna lecture et temps de parole. Elles firent une pause pour se mettre à table quand vint l'heure du déjeuner ; aussitôt après la fillette retourna sur le lit et frappa le livre de sa paume ouverte.

Julia débarrassa la table et reprit sa lecture sur le lit. Avant 14 heures, l'enfant, pelotonnée tout contre elle, s'était endormie. La jeune femme se releva et contempla cette étrange petite fille qu'elle appelait Alice. De tous les progrès qu'elles avaient réalisés en deux jours, aucun ne possédait un potentiel comparable à celui de l'attrape-rêves.

La réaction violente de sa patiente à ce bibelot avait une importance majeure. Il fallait maintenant la libérer de sa peur et l'explorer en même temps, tout en évitant qu'Alice, terrifiée, ne se fasse elle-même du mal. Un seul objet avait éveillé l'émotion d'Alice ; il constituait l'arme la plus précieuse de son arsenal et elle devait en faire usage.

Ris-tu ou pleures-tu, Alice ? Tu es piégée à l'intérieur de toi-même... Mais pourquoi ? Julia, pensive, nota tout ce qui s'était produit depuis le petit déjeuner, puis elle se relut.

Réaction violente à l'attrape-rêves. Forte crise de colère et/ou d'angoisse. Comme d'habitude, les émotions de la patiente sont totalement introverties, comme si elle ne pouvait pas exprimer ses sentiments. Peut-être à cause de son mutisme sélectif. Ou bien à cause d'un dressage. Quelqu'un – ou quelque chose – lui a-t-il appris à garder le silence ? L'a-t-on molestée parce qu'elle avait trop parlé, ou tout simplement parlé ? A-t-elle l'habitude de se griffer et de se tirer les cheveux pour manifester ses émotions ? Est-ce ainsi que les animaux sauvages se comportent hors de notre vue ? Est-ce un symptôme de sauvagerie, d'isolement, ou de mauvais traitements ?

Une intuition titilla l'esprit de Julia et se dissipa trop vite pour qu'elle puisse la capter au passage. Après avoir posé son stylo, elle se releva. D'un regard, elle s'assura que la caméra vidéo était toujours en marche. Dans la soirée, elle visionnerait la séquence de l'attrape-rêves, au cas où quelque chose lui aurait échappé.

Elle s'assura qu'Alice dormait, puis sortit de la chambre. Dans le couloir, les deux chiens dormaient, lovés l'un contre l'autre. Elle les enjamba et reprit l'attrape-rêves.

C'était un bibelot quelconque, comme on en vendait dans les magasins de souvenirs de la région. Pas plus grand qu'une soucoupe, aussi mince que les brindilles qui constituaient sa forme circulaire, et guère impressionnant. Quelques perles bleues de pacotille scintillaient dans un tissage de ficelle. Julia supposa que ces objets étaient généralement accompagnés d'une étiquette de l'artisan, expliquant leur signification pour les tribus locales de Quinalt et de Hoh.

Quel rapport avec Alice ? Était-elle d'origine indienne ? S'agissait-il d'une pièce du puzzle ? À moins qu'elle n'ait pas été effrayée par l'attrape-rêves lui-même, mais par l'un de ses éléments : perle, brindille, ficelle...

La ficelle pouvait évoquer une corde.
Les marques de liens...
La ficelle avait-elle rappelé à Alice qu'elle avait été ligotée ?

Julia n'obtiendrait aucune réponse à ces questions tant qu'Alice refuserait de s'exprimer.

Dans une thérapie habituelle, définie par certaines considérations temporelles et financières, il faudrait des mois pour qu'un enfant affronte de telles angoisses. Peut-être des années...

Mais il s'agissait d'un cas à nul autre pareil. Plus Alice resterait isolée dans son univers, moins elle risquait d'en émerger un jour. Il fallait donc agir dans l'urgence, provoquer une confrontation entre les deux Alice : l'enfant perdue dans la nature et la petite fille revenue au monde civilisé. Ces deux moitiés devaient fusionner en une seule personnalité.

En de telles circonstances, on ne lésine pas sur les moyens. Il n'y avait qu'une chose à faire, conclut Julia, et ça ne serait pas beau.

Elle descendit appeler sa sœur. Un quart d'heure après, Ellie et Peanut apparaissaient.

— Salut! fit Peanut en agitant ses doigts aux ongles rose vif décorés d'étoiles.

Julia extirpa l'attrape-rêves de sa poche.

— L'une de vous connaît cela ?

— Bien sûr, fit Peanut en sortant de son sac une pochette de bâtonnets de carottes. Mon fils en avait un, accroché à son lit. Je crois qu'il l'avait acheté au cours d'une sortie scolaire à Neah Bay. C'est une tradition des tribus indiennes destinée à protéger les enfants des cauchemars. Les mauvais rêves restent coincés dans le tissage, tandis que les bons circulent tranquillement à travers l'ouverture du milieu.

Elle grimaça un sourire.

— Discovery Channel. Semaine consacrée à l'histoire des Indiens d'Amérique.

— Pourquoi cette question ? s'étonna Ellie.

— Alice a eu une réaction brutale à cet objet. Grognements, égratignures, hurlements… elle paraissait épouvantée !

Ellie saisit l'attrape-rêves pour l'examiner.

— Tu crois que c'est à cause des cauchemars ?

— J'ai l'impression que c'est plus personnel. Elle a peut-être été maltraitée dans une pièce qui en contenait un, ou par quelqu'un qui en fabriquait. La ficelle pourrait aussi lui rappeler la corde qui lui ligotait les chevilles. Je ne peux rien affirmer avec certitude, mais quelque chose l'a bouleversée quand elle a vu cet objet.

— Je vais vérifier, déclara Ellie. Nous sommes vraiment en manque d'indices. J'envoie Earl à la réserve indienne. Nous aurons peut-être un coup de chance.

— Ce ne serait pas trop tôt, acquiesça Julia en prenant son sac sur le lit. Où pourrais-je trouver d'autres attrape-rêves ?

— Chez Swain's General Store, répondit Peanut. Ils ont un rayon de souvenirs folkloriques.
— Parfait. Je reviens aussi vite que possible.
— Tu aurais intérêt à porter un masque, murmura Peanut en échangeant un regard inquiet avec Ellie.
Julia se rembrunit.
— Pourquoi ?
— Te souviens-tu de Mort Elzik ?
Des ragots de province, songea Julia. Elle aurait dû s'y attendre.
— Non, dit-elle après avoir jeté un coup d'œil à sa montre.
Elle voulait être de retour – avec les attrape-rêves – quand Alice s'éveillerait de sa sieste.
— Pour l'instant, j'ai d'autres soucis en tête ! J'ignore combien de temps Alice va dormir.
— Il a publié une photo d'Alice dans la *Rain Valley Gazette*.
— Avec «L'enfant-loup» en gros titre, précisa Peanut en mastiquant bruyamment ses carottes.
Julia, qui se dirigeait vers la porte, s'arrêta net. Tout à coup, elle se souvenait de Mort Elzik au lycée, et de cette nuit, à l'hôpital, où ils avaient failli se tamponner. C'était l'évidence même ! Le sac qu'il avait laissé tomber contenait son matériel photographique. Et s'il n'était pas allé à la réunion organisée par Ellie à l'église, c'était afin d'en profiter pour s'introduire à l'hôpital.
Elle se retourna sans hâte.
— Il a fait allusion à moi ?
Les deux femmes hochèrent la tête.
— Notre ville te protège. Il sait que tu es ici, mais personne ne confirmera que tu t'occupes d'Alice, précisa Ellie.

— Je m'attendais à des fuites. C'est toujours comme ça. Il faut espérer que…

Peanut et Ellie échangèrent à nouveau un regard soucieux.

— Ce n'est pas tout ? demanda Julia.

— Certains journalistes sont sur le départ. Ils s'imaginent que cette histoire est un canular.

Julia maugréa entre ses dents. Il n'était pas question de se passer des médias. Si ceux-ci s'en allaient déjà, il leur restait peu de chances de connaître l'identité d'Alice.

— Les nouvelles photos – celles que j'ai prises – pourraient nous aider à les retenir. Lâchez-leur aussi quelques informations. Des précisions scientifiques… Faites venir un homme en uniforme devant les caméras pour parler de nos recherches. Utilisez le plus possible les statistiques concernant les enfants disparus. Donnez une tournure officielle à cet événement. On doit gagner du temps !

— Il faut que tu arrives à la faire parler, Jules !

— Sans blague ?

Autrefois, il lui aurait suffi d'un mot pour convaincre les médias, se dit Julia. Cette époque était révolue.

— Tu veux que j'aille te chercher des attrape-rêves ? proposa gentiment Peanut.

Julia détestait céder à la pression, mais elle n'avait pas le choix. Elle ne pouvait pas courir le risque que Mort Elzik la photographie.

— Merci, Pea, dit-elle en abandonnant son sac sur le canapé. Je t'en serai très reconnaissante.

13

Une heure après, Ellie et Peanut roulaient à nouveau vers la ville.

— Il faut absolument qu'elle parle, dit posément Ellie.

Quels que soient les indices en leur possession, il n'y avait pas d'autre issue.

— Julia se donne beaucoup de mal, mais...

— Ça pourrait prendre un certain temps, je sais. Et si la photo de Mort Elzik faisait tout échouer ? Imagine que la presse sérieuse nous prenne pour des provinciaux qui cherchent à faire parler de leur ville !

— Inutile d'en rajouter, El. Mon Benji dit que...

La radio crépita.

— Ellie ? Tu m'entends ?

— Je ne réponds pas, marmonna Ellie. Il n'y a que des mauvaises nouvelles.

— Voilà un choix responsable... C'est probablement un carambolage à dix sur l'autoroute, ou bien une prise d'otages.

Autre crépitement de parasites.

— Chef ? Julia m'a dit que tu es dans la voiture. Si tu ne me réponds pas, je raconterai à tout le monde que tu as écrit une lettre à Rick Springfield quand tu étais au collège. Terminé.

Ellie appuya sur le bouton lui permettant de se faire entendre.

— Ne m'oblige pas à montrer des photos de toi avec une indéfrisable, Cal.

— El, tu dois revenir immédiatement. Terminé.

— Que se passe-t-il ?

— Les dingues ont débarqué. Je te donne ma parole !

Jurant entre ses dents, Ellie déclencha la sirène et appuya en même temps sur la pédale de l'accélérateur. Quelques minutes plus tard, elle se garait sur le parking.

Il y avait beaucoup de monde, mais sans doute un peu moins que la veille. De nouveaux camions encombraient la rue devant le commissariat, et une file d'individus serpentait sur le trottoir depuis l'entrée. Ce n'était pas le même type de personnages que précédemment. Ni flics d'autres districts, ni détectives privés, ni journalistes, ni parents. Ce groupe ressemblait au public du Rocky Horror Picture Show.

Elle les frôla au passage sans se laisser impressionner par leurs vociférations et entra au commissariat. Cal, à son bureau, paraissait hébété.

Assis à l'autre bureau, Earl sourit d'un air las en la voyant arriver.

— Je viens de prendre la déposition d'un véritable illuminé.

— Quoi ?

— Il porte un chapeau en papier alu et il a les lèvres noires. Vous voyez le genre ? Il réclame l'enfant.

Ellie s'assit sur son bureau.

— Faites-les entrer un à un, Earl.

— Tu vas leur parler ? s'étonna Cal.

— Ce n'est pas parce qu'ils sont cinglés qu'ils ne savent rien.

Earl alla ouvrir la porte. La femme qu'il accueillit portait une robe violette à volants, des bottes de cowboy et un sac en daim bleu. Elle tenait, entre ses mains, une boule de cristal grosse comme une balle de baseball.

Un médium.

Ellie prit son stylo en souriant et, deux heures durant, Earl et Peanut entendirent tous ces illuminés dire l'un après l'autre qui était Alice selon eux.

Quand le dernier fut parti après avoir donné son point de vue, Ellie, calée dans son siège, soupira :

— D'où sortent-ils ?

— C'est à cause de la photo de Mort Elzik, fit Cal. Il a employé des termes suggérant que la fillette peut voler et qu'il s'agit d'un «enfant-loup». Il prétend dans son article qu'elle se nourrit exclusivement d'insectes et communique grâce au langage des signes… avec les pieds. J'ai appris que CNN a plié bagage.

— Mauvaise nouvelle, marmonna Peanut en attrapant son jus de pamplemousse.

Cal sauta de son bureau ; ses chaussures de tennis atterrirent avec un bruit mat sur le plancher.

— Demande-lui d'intervenir, dit-il posément. C'est la seule solution.

Ellie, qui avait eu la même idée, n'eut pas besoin de lui faire préciser sa pensée.

— Tu parles de Julia ? répliqua Peanut, contrariée. Les journalistes ne penseront qu'à ce qui s'est passé à Silverwood !

— Ils vont la clouer au pilori, affirma Ellie en interrogeant Cal du regard. L'« enfant-loup » confiée au médecin maudit…

— Avons-nous le choix ?

— Je n'en sais rien. Aujourd'hui, quand elle a entendu parler de la photo de Mort Elzik, je l'ai sentie terriblement fragile.

— Avec Alice, elle réussira ! affirma Cal.

Julia réfléchissait encore à une stratégie d'utilisation de l'attrape-rêves quand Ellie fit irruption dans la pièce. Ses clés et ses menottes cliquetaient à chacun de ses pas. Les chiens grognaient derrière elle et grattaient la porte ; ils aboyèrent quand elle la ferma.

Alice courut se cacher derrière les plantes.

Ellie empoigna ses clés et ses menottes pour interrompre leur cliquetis.

— Je voudrais te parler, annonça-t-elle à sa sœur.

Julia eut envie de lui faire les gros yeux : cette interruption survenait à un moment particulièrement délicat.

— Bien, marmonna-t-elle.

— On se retrouve dans la cuisine.

Julia cacha ses stylos, son papier et ses blocs-notes.

— Je reviens tout de suite, Alice.

La fillette, terrée dans sa cachette, se mit à geindre quand Julia posa sa main sur le loquet de la porte.

— Tu es triste, murmura Julia. Tu as peur que je m'en aille, mais je te promets de revenir.

Que dire de plus ? Elle n'enseignerait la confiance à Alice qu'en tenant sa promesse. En psychiatrie, il est bien établi qu'il faut parfois quitter un patient qui a besoin de vous.

Elle se glissa hors de la pièce et referma la porte. Un moment, elle entendit encore les gémissements pitoyables d'Alice. Assis sur leur arrière-train, les chiens l'accompagnaient de leurs grondements.

Quand elle descendit, Ellie l'attendait sur la véranda. Rien d'étonnant : dans sa famille, les affaires importantes s'étaient toujours traitées dehors, qu'il pleuve ou qu'il vente.

Comme de juste, Ellie était assise dans le fauteuil préféré de leur père : elle tirait sa force de lui, alors qu'elle-même avait puisé son espoir en sa mère. Le choix du fauteuil paternel laissait entendre qu'elle avait une idée sérieuse en tête.

Julia s'assit dans la balancelle. Une douce brise soufflait dans le jardin, charriant des feuilles sur l'herbe. Tout en écoutant le murmure de la Fall River, elle regarda sa sœur.

— Je ne peux pas la laisser longtemps. Que se passe-t-il ?

La pâleur et l'air abattu d'Ellie, si énergique habituellement, la troublaient.

— Ça ne va pas, Ellie ? reprit-elle.

— Les journalistes s'en vont : ils s'imaginent que cette histoire d'enfant sauvage est un canular. Dès demain, il n'y aura plus que la *Gazette* et l'*Olympian* pour s'intéresser à l'événement.

Julia comprit soudain ce qui perturbait Ellie.

— Il faut absolument que tu t'adresses aux médias, chuchota cette dernière comme si le timbre de sa voix pouvait rendre ses exigences plus supportables.

— Te rends-tu compte de ce que tu me demandes ?

— Nous n'avons pas le choix. Si la nouvelle n'est pas diffusée, nous risquons de ne jamais savoir qui est cette fillette. Et tu sais ce qui arrive aux enfants abandonnés. L'État la placera dans un orphelinat pour s'en débarrasser.

— Je peux arriver à la faire parler.

— Je sais. Mais si elle ignore son nom ? Il faut que sa famille se manifeste !

Julia ne fit aucune objection. L'enjeu était clair : il s'agissait de son propre intérêt, face à celui d'Alice.

— Je voulais leur donner un os à ronger. Un succès qui pourrait compenser l'échec que j'ai subi... Ils ne me...

— Quoi ?

«Ils ne me feront pas confiance», faillit dire Julia ; mais elle se contenta de détourner les yeux sans répondre.

La rivière argentée attira son regard, comme un trait ensoleillé contrastant avec la verdeur de l'herbe. Cette luminosité lui rappela les flashs des caméras et les questions pénibles dont elle avait été assaillie. Quand la presse décide de fondre sur vous comme un rapace sur sa proie, plus rien ne peut vous protéger – surtout pas la vérité. Elle était maintenant une marchandise périmée, et plus personne ne s'intéresserait à son opinion ; mais on avait parlé d'elle en première page.

— Au point où j'en suis, finit-elle par murmurer en frissonnant légèrement.

Elle espérait que sa sœur n'avait rien remarqué, mais rien n'échappait à celle-ci, et sa carrière dans la police avait contribué à accroître sa vigilance naturelle.

— Je ne te quitterai pas une seconde, murmura Ellie.

— Merci.

Après tout, elle se sentirait peut-être mieux si elle n'était plus seule face aux caméras.

— Prévois une conférence de presse ce soir, disons à… 19 heures.

— Que vas-tu leur raconter ?

— Je leur dirai ce que je sais au sujet d'Alice. Je leur montrerai des photos, je leur ferai part de quelques comportements intéressants, et je les laisserai m'interroger.

— Désolée, marmonna Ellie.

Julie ébaucha un sourire.

— J'ai déjà survécu à ce genre d'expérience. Je suppose que je pourrai recommencer, dans l'intérêt d'Alice.

Julia entendait le vacarme du commissariat de police. Des dizaines de reporters, de photographes et de cadreurs préparaient leur matériel avant de se mettre au travail.

Ellie, Cal, Peanut et elle étaient entassés dans la cantine, comme des hot-dogs sous un emballage de plastique.

— Tu vas t'en tirer, dit Ellie pour la énième fois en quelques minutes.

Évidemment, Cal approuva.

— Je me fais du souci au sujet d'Alice, dit Julia.

— Myra attend derrière la porte. Au moindre cri d'Alice, elle nous appellera. Tout ira bien.

— On va traiter Julia de charlatan, déclara Peanut.

— Pea ! s'indigna Ellie.

Peanut décocha un sourire à Julia.

— J'emploie cette méthode avec mes gosses. La psychologie à l'envers. Ça leur donne de l'assurance.

— Faut pas s'étonner s'ils se font faire des piercings, ironisa Cal.

Peanut lui donna une pichenette.

— Au moins, je ne vais pas au festival de la BD en costume, moi !

— Il y a vingt ans que je ne porte plus de costume.

Earl apparut à la porte. Il était impeccable, depuis ses rares cheveux roux soigneusement peignés jusqu'à ses chaussures de soirée vernies en passant par son pli de pantalon au laser.

— Ils sont prêts, Julia... ou plutôt, docteur Cates, bredouilla-t-il.

Ils sortirent à la queue leu leu de la cantine et se retrouvèrent tous les cinq dans le couloir.

— Je vais parler la première pour te présenter, dit Ellie.

Julia acquiesça d'un signe de tête. Pour Alice, pensa-t-elle.

Ellie tourna au bout du couloir. Earl s'approcha et lui prit le bras ; elle le suivit jusqu'au moment où elle se trouva sous les flashs. La foule déchaînée posait des questions comme elle aurait lancé des grenades.

— Du calme ! cria Ellie, les mains tendues. Laissez Julia parler.

La foule se calma petit à petit.

Julia sentait les regards rivés sur elle. Elle soupira et fit un tour d'horizon, espérant apercevoir un visage amical.

Au dernier rang, derrière les journalistes et les photographes, se tenaient les gens du cru. Les sœurs

Grimm (avec le pauvre Fred réduit en cendres), Barbara Kurek, Lori Forman et ses enfants au visage réjoui, plusieurs de ses anciens professeurs du lycée.

Et Max… Il lui adressa un salut et un geste amical qui calmèrent étrangement ses nerfs. À Los Angeles, elle s'était toujours sentie seule face à la presse.

— Comme vous le savez, articula-t-elle, je suis le docteur Julia Cates. On m'a appelée à Rain Valley pour traiter un cas très particulier… une patiente que nous appelons Alice. Je sais que beaucoup d'entre vous souhaitent se focaliser sur mon passé, mais je vous engage à faire la part des choses. Cette fillette sans nom est seule au monde. Nous comptons sur vous pour nous aider à retrouver sa famille.

Elle leur montra une photo.

— Voici l'enfant que nous appelons Alice. Comme vous le voyez, elle a des cheveux sombres et des yeux bleu-vert…

— Docteur Cates, que diriez-vous aux parents des enfants morts à Silverwood ?

Après cette interruption, ce fut l'enfer. Les questions fusaient comme des obus :

— Vous sentez-vous coupable ?

— Saviez-vous qu'Amber avait acheté une arme ?

— Avez-vous envisagé une éventuelle allergie au Prozac ?

Julia continua à parler jusqu'à ce qu'elle n'ait plus de voix. Quand le dernier des journalistes fut parti, elle regarda, à bout de forces, le public se disperser.

— Mon Dieu, Jules, c'était horrible ! murmura Ellie, choquée, quand elle la rejoignit enfin. Je suis désolée. Si j'avais su…

— Tu ne pouvais pas.

— Que puis-je faire pour t'aider ?

— Garde-moi Alice, s'il te plaît. J'ai besoin d'un moment de répit.

Ellie acquiesça d'un signe de tête.

Julia évita de croiser le regard de Peanut et de Cal. Assis près du bureau de ce dernier, ils se tenaient la main, très pâles tous les deux. Les joues rougies de Pea luisaient de larmes.

Julia descendit les marches et plongea dans la nuit violacée. Sur le trottoir, elle tourna à gauche, sans raison particulière.

— Julia !

Elle se retourna aussitôt. Max se tenait en retrait, sous un arbre immense.

— J'ai acheté ma moto quand je travaillais près de Watts, fit-il. Dans la vie, on a parfois besoin de se changer les idées... Cent dix kilomètres à l'heure sur une moto, ça aide.

Elle aurait dû s'éloigner, peut-être avec une boutade, mais elle n'en eut pas la force. De toute la population de Rain Valley, il était probablement la seule personne capable de comprendre ce qu'elle ressentait à cet instant.

— Soixante kilomètres à l'heure me suffiraient ! s'entendit-elle répondre. J'ai moins d'idées noires que vous.

Il lui tendit un casque en souriant.

Après l'avoir mis, elle grimpa sur la moto et glissa ses bras autour de lui.

Ils roulèrent dans la grisaille de la ville, au-delà des camions de presse et du parking rempli de cars scolaires. Le vent fouettait les cheveux de Julia et les rejetait en arrière lorsqu'ils s'engagèrent sur la route.

Ils parcoururent des kilomètres dans la nuit ; elle s'accrochait à lui dans les passages étroits et cahoteux.

Quand il quitta la route pour s'engager sur son allée de gravier, elle ne se posa aucune question. En montant sur la moto de cet homme, elle savait ce qui l'attendait. Demain, elle s'interrogerait sur son discernement – ou sur son manque de discernement – mais, pour l'instant, elle avait plaisir à l'enlacer et à ne pas être seule.

Il gara sa moto dans le garage.

Ils entrèrent en silence dans la maison, puis elle s'assit sur le canapé tandis que Max lui offrait un verre de vin blanc. Il fit du feu dans l'imposante cheminée en pierre de taille, alluma la stéréo. Un air langoureux de jazz...

—Inutile de vous donner tant de peine, Max, murmura-t-elle. N'allumez surtout pas les chandeliers !

Il s'assit à côté d'elle.

—Pourquoi ?

—Je ne monterai pas au premier étage.

—Vous l'aurais-je demandé, par hasard ?

Julia sourit malgré elle. Calée dans les coussins moelleux, elle observa son compagnon par-dessus son verre de vin. À la lueur du feu, il avait un charme irrésistible. Une pensée soudaine la traversa. Pourquoi pas ? Elle pourrait le suivre dans la chambre, s'allonger sur son grand lit, se donner à lui. Elle connaîtrait alors un fabuleux instant d'oubli. C'est ainsi que se comportaient bien des femmes.

—À quoi pensez-vous ? fit Max.

Manifestement, il pouvait déchiffrer ses pensées. Un homme comme lui savait lire les moindres nuances du désir sur un visage féminin.

Les joues brûlantes, elle murmura :
— En fait, je songeais à vous embrasser.
Il se pencha ; son haleine sentait vaguement le whisky.
— Et puis ?
— Comme me l'a fait remarquer ma sœur, je ne suis pas votre type de femme.
Il recula.
— Votre sœur n'a pas la moindre idée du type de femme qui me convient.
— J'ai dû me tromper à votre sujet, marmonna Julia, déconcertée par son intonation et par la lueur qui s'allumait dans son regard.
— Vous tirez un peu vite vos conclusions.
Elle ne put s'empêcher de sourire.
— Sans doute la déformation professionnelle. Je crois comprendre les gens…
— Vous êtes une experte dans le domaine des relations humaines, non ?
— Pas tant que ça.
— Je parie que vous êtes une grande sentimentale.
— À votre tour de tirer des conclusions hâtives.
— Je me trompe ?
Julia haussa les épaules.
— Je ne sais pas si je suis sentimentale, mais j'estime qu'il y a une seule manière d'aimer.
— Comment ?
— Du fond du cœur.
Un pli barra le front de Max.
— C'est dangereux.
— Quand vous escaladez une paroi rocheuse, vous risquez votre vie. Quand j'aime, je risque mon cœur. Tout ou rien. Ça vous paraît stupide ?

— Absolument pas, protesta Max.

La douceur de sa voix fit frissonner Julia.

— J'ai l'impression, reprit-il, que vous êtes aussi passionnée dans votre travail.

— Voilà pourquoi j'ai passé une journée éprouvante.

Un long moment, ils se regardèrent dans les yeux. Max semblait sonder le regard de Julia ou y déceler quelque chose qu'elle-même ne comprenait pas.

— Quand je travaillais à Los Angeles, dit-il finalement, nous recevions des victimes de règlements de comptes presque chaque nuit. Des gamins ensanglantés et mourants, les uns après les autres... Au début, je restais avec eux longtemps après mon tour de garde ; je parlais à leurs frères et sœurs pour leur expliquer qu'ils allaient gâcher leur vie s'ils continuaient. Au bout d'un an, j'ai renoncé à les sermonner et à passer la nuit à leur chevet : je ne pouvais pas sauver l'humanité entière.

— Les bons jours, j'en ai conscience, admit Julia, avec le sentiment de sombrer dans le puits sans fond de ses yeux. Mais aujourd'hui n'était pas un bon jour. L'année n'a pas été trop bonne non plus.

— Demain, tout ira mieux.

Il esquissa un geste pour dégager une mèche de cheveux tombée dans ses yeux. Alors qu'il aurait suffi d'un infime mouvement vers lui pour l'embrasser, Julia recula en tremblant.

— Vous êtes doué !

— Doué ?

— Je veux dire que vous avez l'art de séduire les femmes.

— Je ne cherchais pas à vous séduire.

Et pourtant... Julia posa son verre de vin et se leva afin de reprendre ses distances.

— Merci pour tout, Max, murmura-t-elle. Vous m'avez vraiment sauvée ce soir, mais je dois aller rejoindre Alice. Elle ne peut pas rester longtemps sans moi.

Sur ces mots, elle se dirigea lentement vers la porte. Il l'escorta en silence jusqu'au garage, puis il la ramena chez elle à moto.

14

Le moteur de l'engin gronda si fort, dans le silence de la nuit, que les arbres vibrèrent le long de la route. À Los Angeles, ce bruit aurait déclenché un bon nombre d'alarmes de voitures ; en ce lieu, il ne rencontrait que l'interminable monotonie de la route sombre.

Arrivé à l'extrémité de l'allée, Max ralentit, s'arrêta, puis regarda en arrière. De nuit, dans son écran d'arbres, la maisonnette semblait réduite à quelques fenêtres éclairées dans l'obscurité.

« Il y a une seule manière d'aimer. Tout ou rien. »

Comment ces quelques mots, prononcés posément, pouvaient-ils avoir un tel impact sur lui ?

Il retira son casque, qu'il coinça derrière lui.

L'air et la liberté… Voilà ce qu'il lui fallait maintenant pour y voir plus clair et abolir cet instant.

Il se mit en marche et accéléra jusqu'au moment où il ne fut plus qu'un bolide fonçant sur la route. Les ombres floues défilaient. Évidemment, il allait trop vite – un daim ou un élan pouvait lui coûter la vie en un clin d'œil, une ornière risquait d'endommager ses pneus et de l'envoyer valser dans les airs – mais il s'en moquait. Tant qu'il roulerait à cette vitesse, il ne pourrait pas penser à elle.

Il lui suffit de s'engager sur sa route et de ralentir pour que tout lui revienne en mémoire.

Après avoir garé sa moto dans le garage, il entra dans sa villa sombre et silencieuse où il alluma toutes les lampes, ainsi que la stéréo.

« Le bruit et la lumière ne sont pas la vie, Max. »

C'était la voix de Susi. Bien qu'elle n'eût jamais vécu là, il lui arrivait de voir sa vie à travers ses yeux. On ne se défait pas facilement des vieilles habitudes.

« Pas de chaises dans la salle à manger, Max ? Pas un seul tableau sur les murs ! Tu appelles ça une maison ? »

Il gardait volontairement sa maison vide. Le mobilier ne présentait aucun intérêt pour lui, ni les bibelots, ni le confort. Il voulait un endroit où il pourrait oublier tout ce qui fait d'une maison un foyer. L'essentiel était de boire ce qu'il voulait, de regarder le sport sur son grand écran, et de travailler à son atelier.

« Tout ou rien. »

Il n'aurait jamais dû aller lui parler ce soir-là ; il le savait pertinemment. Après la conférence de presse, il s'était éloigné au plus vite du commissariat, avec l'intention d'enfourcher sa moto et de rentrer chez lui. Quelle idée d'avoir attendu dehors, en traînant dans la nuit comme un collégien amoureux.

Il savait quelle épreuve elle avait endurée sous les flashs. Quand il l'avait vue derrière tous ces micros, se donnant tant de mal pour rassembler ses forces, il s'était senti guetté par le danger. Il avait remarqué le tremblement de sa lèvre inférieure, son visage livide et ses yeux rougis ; il avait aussitôt éprouvé un désir impérieux d'assécher ses larmes sous le feu de ses baisers.

Pour la première fois en sept ans, il avait eu réellement peur. Rien à voir avec la crainte de mal placer son pied sur une saillie rocheuse ou de dévisser avant d'avoir pu tirer sa corde de rappel. Tous ces moments intenses, accumulés ces dernières années, étaient des ersatz d'émotions. Persuadé qu'il ne pourrait plus jamais rien éprouver, à moins de mettre sa vie en danger, il avait escaladé les versants rocheux de montagnes escarpées. Il espérait ainsi retrouver sa sensibilité, ne serait-ce qu'un instant.

À présent, sa sensibilité lui était revenue... sous le regard triste de Julia.

Julia rentra dans la maison.

Ellie était assise dans le séjour, les chiens vautrés sur ses genoux.

—Il était temps ! lança-t-elle avec une irritation manifeste.

—Je ne me suis pas absentée si longtemps.

—Je me faisais du souci à ton sujet. La conférence de presse a été brutale.

Julia s'assit sur un coussin et posa les pieds sur la table basse, en évitant de croiser le regard de sa sœur.

—Ouais...

Un long silence plana.

—Je m'en tirerai, une fois de plus, ajouta Julia, devinant l'embarras d'Ellie. Cette fois-ci, j'ai au moins Alice avec moi.

—Je suis là, moi aussi !

—Tu es là, acquiesça Julia.

Après avoir rassuré Ellie, elle se sentit moins oppressée.

— Où es-tu allée ce soir ? lui demanda celle-ci.

Les joues en feu, Julia posa son regard sur les chiens.

— Chez Max.

Ellie se crispa.

— Vraiment ? Max n'emmène jamais de femme chez lui.

— Je crois que je lui ai fait pitié.

— Vous avez…

Julia interrompit sa sœur, de peur d'entendre les mots qu'elle allait prononcer.

— Non. Bien sûr que non !

— Reste sur tes gardes ! Je ne plaisante pas et je ne suis pas jalouse, mais je te conseille d'être prudente.

— Je le serai, promit Julia, touchée par une telle sollicitude.

Elle se leva.

— Je suis vraiment épuisée. Merci de m'avoir attendue.

— Merci de t'être jetée dans les flammes pour nous. Je suis certaine que tout va s'arranger. Tôt ou tard, la rumeur va s'éteindre et les gens se souviendront de ta valeur.

— C'est ce que m'aurait dit maman, soupira Julia.

Elle s'efforça de s'accrocher à ces mots, qui la protégeraient comme une armure. Elle réagissait ainsi quand elle était enfant. Chaque fois qu'elle avait souffert d'une légère contrariété à l'école, ou de l'inattention de son père, elle allait se réfugier dans les bras de sa mère en sanglotant. « Tout va s'arranger », lui disait celle-ci en essuyant ses joues humides et en l'enveloppant des effluves de son shampoing parfumé et de ses cigarettes.

Après avoir gravi l'escalier, elle se dirigea immédiatement vers l'un des lits jumeaux, près de la fenêtre. Elle remonta les couvertures et embrassa la joue douce et lisse de l'enfant.

Sur le point de se relever, elle se retrouva à genoux, contre toute attente. La tête baissée, les yeux fermés.

Faites que je sois forte, mon Dieu!

Elle embrassa encore une fois Alice avant d'aller se glisser dans son lit étroit, où elle s'endormit.

Quelque chose ne tourne pas rond.

La Fille le sent dès l'instant où elle ouvre les yeux. Immobile, elle renifle. Elle a appris à percevoir beaucoup de choses quand elle est immobile. L'arrivée de la neige a une odeur de pommes; un ours à l'affût émet une sorte de ronflement; et très souvent on sent le danger venir quand on reste tranquille. C'est une leçon qu'elle n'a jamais pu retenir. À l'époque lointaine et paisible qu'elle visite parfois en rêve, elle se souvient de la manière dont Elle cherchait à lui parler; et après, toujours du bruit et des ennuis.

Maintenant, à l'abri derrière les petits arbres, elle scrute Cheveux de Soleil à travers les feuilles. Pourquoi ce silence? La Fille a-t-elle fait quelque chose de mal?

De l'autre côté de la pièce, Cheveux de Soleil lève les yeux. Des yeux si tristes. On dirait qu'ils vont se remettre à couler. Et elle paraît si fatiguée. Comme Elle avant sa mort.

—Viensicialice.

Cheveux de Soleil tapote le lit. Ce mouvement signifie qu'elle va ouvrir les images magiques et se mettre à parler, parler…

La Fille aime ça. Le son de sa voix, et le fait de se blottir si près d'elle, avec l'impression d'être en sécurité.

— Viensicialice.

La Fille contourne les plantes et avance d'un pas traînant en se recroquevillant, au cas où elle aurait fait quelque chose de mal. Cheveux de Soleil aura peut-être retrouvé son visage joyeux ; à cette idée, la Fille se sent le cœur plus léger. Mais elle garde la tête basse, de peur de croiser son regard, puis se laisse tomber à genoux devant Elle.

Cette main effleure son front si doucement que la Fille lève les yeux.

— Çavaêtredifficilealice.

Cheveux de Soleil soupire :

— Faismoiconfiance.

La Fille ne sait comment lui montrer qu'elle obéira. Un son étouffé lui échappe.

— Jeregrette, dit encore Cheveux de Soleil.

Elle plonge sa main dans une boîte posée à terre, et elle sort l'Objet.

Un instant figée sur place, la Fille promène son regard autour de la pièce, s'attendant à Le voir faire irruption dans ce lieu trop paisible. Puis elle recule précipitamment et hurle. Une fois qu'elle s'est mise à hurler, elle ne parvient plus à s'arrêter. Elle sait qu'elle a tort, que c'est mal. C'est idiot de faire du bruit, car les Étrangers vont l'attaquer ; mais elle est au-delà des règles, au-delà de la pensée. Elle frappe un des jeunes arbres, qui s'effondre avec fracas.

Elle crie de plus en plus fort en aspirant de l'air. Elle voudrait se sauver, mais la paroi de la grotte blanche la bloque. Elle s'y cogne si fort qu'elle a mal derrière la tête.

Cheveux de Soleil lui parle en assemblant des sons, jolis comme des coquillages. Elle a du mal à entendre. Son cœur bat à toute vitesse, et l'Objet est toujours là, dans la main de Cheveux de Soleil.

Quand l'Objet s'approche, la fille se griffe jusqu'au sang. Cheveux de Soleil la serre si fort que la Fille ne peut plus se griffer.

— Çavaçavaçavanaiepapeurtoutirabien.

La voix de Cheveux de Soleil finit par lui parvenir. La Fille crie moins fort. Elle est essoufflée, elle essaie d'être courageuse, mais elle a si peur.

Cheveux de Soleil la lâche. D'un geste lent, comme si Elle avait peur Elle aussi, la jolie dame Le soulève.

La Fille écarquille les yeux. Elle se sent affreusement mal. La pièce s'assombrit, et une odeur de fumée et de sang monte dans ses narines.

L'Objet renvoie la lumière. Elle ferme les yeux et se rappelle ses doigts velus tordant les ficelles... recourbant les brindilles... enfilant les perles. Elle gémit.

— Alicealice.

La main sur sa joue, si douce, qu'elle s'imagine d'abord qu'Elle est revenue.

— Aliceouvretesyeux.

Cette caresse si légère... Son souffle s'apaise. Dans sa poitrine, son cœur bat plus lentement.

— Çavaaliceouvretesyeux.

Parmi les sons embrouillés, la Fille en reconnaît un qui lui est familier. Il surgit de sa mémoire et lui rappelle une époque si lointaine qu'elle devient brumeuse quand elle cherche à l'atteindre.

Elle ouvre les yeux petit à petit.

Cheveux de Soleil recule à peine.

— Cestunattraperêves, dit-Elle, le visage grave. Tu sais ce que c'est.

Attrape-rêves.

On dirait que son ventre tremble. D'un seul geste, Cheveux de Soleil casse l'attrape-rêves en deux et arrache les ficelles. Les perles s'envolent et vont s'éparpiller à terre.

La Fille suffoque. C'est interdit. Maintenant, Il va venir. Il va leur faire du mal.

Cheveux de Soleil sort un autre attrape-rêves de la boîte, le met en pièces et jette les morceaux.

Effarée, la Fille l'observe, tandis qu'Elle détruit toutes ces choses l'une après l'autre. Elle les prend sur la table et les écrase sur les débris entassés devant elle. Pour finir, Elle tend en souriant un attrape-rêves à la Fille.

— Casselenaiepapeur.

La Fille comprend. Cheveux de soleil veut qu'Elle casse ce jouet qui Lui appartient; mais Il lui fera du mal.

Il n'est pas ici; il est parti. Est-ce cela que Cheveux de Soleil essaie de lui dire?

— Alicenaiepapeur.

Elle regarde Cheveux de Soleil dont les yeux verts, emplis de larmes, la bouleversent.

Avec précaution, elle tend une main tremblante vers l'Objet. Ça va te brûler.

En fait, elle ne sent rien d'anormal dans sa main, à part des débris de ficelles et de brindilles. Aucune trace de sang, ou de ses grosses mains violentes.

En lacérant l'attrape-rêves, elle éprouve une sensation inconnue. Une sorte de grondement s'élève du fond de son ventre et atteint sa gorge. C'est merveilleux de casser Son jouet et d'en prendre un autre dans la boîte!

Elle les détruit tous, puis c'est au tour de la boîte. Tandis qu'elle l'écrase, elle pense à Lui, à toutes les manières qu'il avait trouvées de lui faire mal, et à toutes les fois où elle a eu envie de hurler.

Sa gorge se serre et elle respire avec peine. Cheveux de Soleil la prend dans ses bras et la serre très fort.

Que se passe-t-il? Elle se sent frémir.

— Çavaçavaçavanaiepapeur.

La Fille commence à se détendre. Une douce chaleur inonde sa poitrine et se diffuse dans ses bras, jusqu'au bout de ses doigts.

— Tuesenlieusûrmaintenant.

Elle entend. Elle devine ce que veut dire «en lieu sûr».

Julia cessa d'écrire pour lire ses notes.

Elle passe presque toute la journée derrière les plantes; alternativement, elle m'observe et regarde par la fenêtre. La lumière du soleil attire particulièrement son attention, de même que les objets en plastique brillant et la vaisselle. Beaucoup de choses semblent l'effrayer – les bruits trop forts, la couleur grise, les objets en métal brillant, les attrape-rêves et les couteaux. Quand les chiens aboient, elle se précipite vers la porte; c'est le seul moment où elle se dirige de ce côté de la pièce. Il lui arrive souvent de hurler.

Pour l'instant, elle est assise à mes pieds, les yeux levés vers moi. C'est devenu sa position favorite. Depuis qu'elle a détruit les attrape-rêves, elle a renoncé à son isolement des jours précédents. Elle ne s'éloigne jamais de plus de quelques centimètres, et elle tripote souvent mes pieds et mes jambes. Quand elle est fatiguée, elle se blottit à terre, près de moi, une joue contre le plancher.

— À quoi penses-tu, Alice ? murmura Julia.

La fillette garda le silence, mais lui jeta un regard intense, comme si elle cherchait à comprendre. Julia était si concentrée qu'il lui fallut un moment pour remarquer que l'on frappait à la porte.

— Entrez !

La porte s'entrouvrit et Ellie se glissa dans la pièce, escortée par les golden retrievers. Ceux-ci aboyaient et grattaient le plancher comme des fous en geignant. Elle referma énergiquement la porte. À son entrée, Alice regagna sa cachette.

— Tu devrais apprendre les bonnes manières à ces chiens, dit Julia sans lever les yeux.

Elle nota en même temps dans le dossier d'Alice : «L'enfant réagit à la présence des chiens par des gémissements. Aujourd'hui, elle s'est approchée de la porte.»

— Jules ?

Intriguée par l'intonation de sa sœur, Julia leva enfin les yeux.

— Que se passe-t-il ?

— Plusieurs personnes désirent te rencontrer. Des médecins de la santé publique, un chercheur de l'Université de Washington et une femme de la DSHS.

Rien d'étonnant, songea Julia. Les médias avaient laissé entendre qu'Alice était une enfant sauvage. Une suggestion alléchante pour bon nombre de spécialistes et de chercheurs. Jadis, personne n'aurait osé se mêler de cette affaire, mais les temps avaient changé ; elle se sentait en position de faiblesse vis-à-vis des prédateurs qui allaient fondre sur elle.

Elle se leva lentement et rangea avec soin ses notes, son dossier et ses stylos.

Alice, cachée dans le feuillage, n'avait cessé de l'observer d'un air sombre.

— Je reviens dans un instant, lui dit-elle avant de suivre sa sœur dans l'escalier.

Au premier regard, le séjour lui parut bondé. Après coup, elle remarqua que trois hommes et une femme seulement étaient présents ; mais ils semblaient occuper la totalité de l'espace.

— Docteur Cates !

Un homme au long nez, maigre comme un épouvantail à moineaux, s'était approché.

— Je suis Simon Kletch, de l'hôpital public pour handicapés, et voici mes collègues : Byron Barrett et Stanley Goldberg, du laboratoire de sciences du comportement de l'Université de Washington. Vous connaissez Mme Wharton, de la DSHS.

— Bonjour, fit Julia d'un ton neutre.

Ellie fila à la cuisine et resta près du comptoir.

Un silence embarrassant plana, jusqu'au moment où Julia pria les visiteurs de s'asseoir.

Finalement, Simon Kletch se racla la gorge et jeta un regard brillant d'excitation vers l'escalier.

— Le bruit court que la fillette dont vous vous occupez est une enfant sauvage. Nous souhaiterions la voir.

— Non.

— Vous savez pourquoi nous sommes ici, fit Kletch, déconcerté par cette réponse.

— Si vous me le disiez vous-même ?

— Nous sommes ici parce que vous ne progressez pas avec elle.

— C'est tout à fait inexact. En réalité, nous avançons à grands pas. Elle mange et elle s'habille toute seule, elle va aux toilettes. Elle commence même à communiquer à sa manière. J'estime que…

— Vous la civilisez ! fit sèchement le spécialiste des sciences du comportement.

La lèvre supérieure luisante de sueur, il scrutait Julia à travers ses petites lunettes ovales.

— Nous devons l'étudier telle qu'elle est, docteur Cates. Nous autres chercheurs sommes en quête d'un tel cas depuis des décennies. Si on lui apprend à parler, elle sera une véritable mine d'informations… Songez-y ! Qui sommes-nous en dehors de la société ? Qu'en est-il de la nature humaine ? Le langage est-il instinctif ? Quel lien y a-t-il entre le langage et l'humanité ? Les mots nous permettent-ils de rêver – et de penser – ou l'inverse ? Elle peut apporter des réponses à toutes ces questions. Vous-même devriez en avoir conscience !

Julia fit mine de s'étonner, bien qu'elle connût la réponse.

— Moi-même ?

— Silverwood…, fit le docteur Kletch.

— Vous n'avez jamais perdu un patient ?

— Bien sûr que si. Nous avons tous connu cette expérience, mais votre échec est public. On exerce une forte pression sur moi pour que je m'occupe du cas de cette enfant.

Julia eut du mal à se maîtriser : cet homme était un arriviste, qui ne demandait qu'à « aider » Alice dans l'intérêt de sa carrière.

— Non seulement je suis sa thérapeute, mais je l'accueille chez moi.

La femme de la DSHS intervint.

— Le Dr Kletch estime qu'une enfant mineure doit être placée dans un établissement public. Si vous ne pouvez pas nous assurer que vous la ferez parler et dire son nom...

— Elle finira par parler.

— Nous souhaitons étudier son cas, lança le spécialiste du comportement.

— Et en tirer un enseignement, insista le docteur Kletch.

Julia se leva.

— Vous êtes comme tous les médecins qui se sont intéressés à des enfants sauvages par le passé. Vous voulez en faire un cobaye pour rédiger des articles à son sujet et devenir célèbres. Si je vous laisse agir à votre guise, elle grandira dans un orphelinat et derrière des barreaux, bourrée de médicaments. Il n'en est pas question, car l'État m'a autorisée à la prendre en charge.

Elle ébaucha un sourire.

— Merci de votre intérêt.

Dans un profond silence, Julia se tourna vers l'assistante sociale.

— Ne vous laissez pas abuser par ces messieurs, madame Wharton. C'est à moi que vous devez faire confiance.

Mme Wharton se mordit nerveusement les lèvres avant de prendre la parole.

— Il faut que cette enfant arrive à s'exprimer, docteur Cates. Son cas présente un immense intérêt. Une forte pression s'exerce sur nos services pour qu'elle soit placée dans un établissement public de soins. Votre passé et la frénésie des médias ne disent rien de bon à mon supérieur. Il redoute un nouvel incident…

Ellie s'avança d'un pas.

— Notre réunion est terminée. Merci à tous d'être venus.

Elle traversa la pièce et guida les visiteurs vers la porte.

Les médecins discutaient avec de grands gestes.

— Elle n'est pas à la hauteur, disait l'un.

— Le docteur Cates n'est pas le meilleur choix pour cette enfant, opinait un autre.

Ellie les quitta sur le seuil en souriant et verrouilla la porte. À peine le calme revenu, les chiens se mirent à geindre à l'étage supérieur. Julia les entendait aller et venir devant la porte de la chambre à coucher.

— Alice est perturbée : les chiens réagissent toujours en harmonie avec ses émotions. Il faut que j'y retourne, annonça-t-elle.

— Ça va ? fit Ellie en lui effleurant le bras.

— Mais oui ! J'aurais dû m'en douter. La photo prise par Elzik, la conférence de presse, mon passé… Bien des médecins ne demandent qu'à utiliser Alice à des fins personnelles.

— Ne te laisse pas impressionner, murmura Ellie, émue par la voix brisée de sa sœur. Tu apportes une aide précieuse à cette petite fille.

— J'ai négligé certaines choses avec Amber. Des choses importantes… J'aurais peut-être dû…

— Assez ! déclara Ellie. Ils veulent te déstabiliser et te faire perdre confiance. Ne les laisse pas gagner.

Julia soupira.

— Ce n'est pas un jeu. Il s'agit de sa vie ! Je ne suis pas la meilleure dans ce domaine...

— Va la rejoindre, Jules, et fais de ton mieux. Tu l'entends ? C'est sa manière de te dire qu'elle a besoin de toi. Je dis bien : de *toi* !

— J'ai peur...

— Nous avons tous peur.

Julia s'abstint de répondre et monta au premier étage. Sur le palier, les chiens geignaient et grondaient comme des fous en se heurtant l'un à l'autre. On entendait à travers la porte les gémissements lugubres d'Alice.

Julia tenta de retrouver son calme. Un sourire plaqué sur ses lèvres et les mains tremblantes, elle repoussa les chiens pour entrer dans la chambre.

Alice se tut immédiatement.

— Je t'en supplie, parle-moi, murmura Julia.

Submergée par ses émotions, elle ne pensait plus qu'à son échec avec Amber. Furieuse d'avoir craqué, elle s'essuya les yeux, bien qu'elle n'eût versé aucune larme.

— Pardon, Alice, dit-elle. J'ai passé une mauvaise journée.

Sur ces mots, elle alla s'asseoir à la table puis étudia ses notes en s'efforçant de se rassurer grâce aux certitudes de sa profession.

Le premier contact fut si léger que Julia ne s'en rendit pas compte immédiatement.

Elle baissa les yeux. Alice la dévisageait en lui caressant le bras. La fillette lui offrait sa sympathie. Elle avait perçu sa tristesse et cherchait à l'alléger, en lui donnant la seule réponse dont elle disposait.

Soudain, plus rien d'autre ne compta.

Elle éprouvait une immense gratitude envers cette étrange petite fille qui avait tenté de la consoler. Aucun titre de journal injurieux, aucun médecin ambitieux, aucun système barbare de protection de l'enfance ne la priverait de cette joie.

— Merci, dit-elle en effleurant la petite joue couverte de cicatrices.

Alice tressaillit et ébaucha un mouvement de recul.

— Reste, souffla Julia en la retenant par son frêle poignet. Je t'en prie.

Sa voix se brisa. Alice émit alors un soupir déchirant et fixa son regard sur elle.

— Tu connais le mot *rester*, n'est-ce pas ? reprit Julia. J'ai besoin de ta participation, Alice. Sinon, je ne pourrai pas t'aider.

Elles se regardèrent un long moment dans les yeux.

— Tu n'es pas autiste, conclut Julia. Tu compatis à mon chagrin… Comment te rendre cette faveur ? Tu pourrais par exemple me confier un secret, et je t'écouterais de toutes mes forces.

15

Pendant les deux semaines suivantes, l'histoire du médecin maudit et de l'enfant sans nom fit la une des journaux. Les téléphones du commissariat de police étaient assaillis d'appels de psychiatres, de psychologues et d'illuminés. Tout le monde souhaitait, apparemment, protéger Alice de l'incompétence de Julia. Les docteurs Kletch et Goldberg appelaient quotidiennement. Les services de la DSHS demandaient à être informés des dernières avancées deux fois par semaine. Ils ne perdaient pas une occasion de suggérer l'internement de l'enfant.

Julia travaillait dix-huit heures par jour. Après avoir tenu compagnie à Alice du lever au coucher du soleil, elle allait à la bibliothèque dès que la fillette s'endormait et restait longtemps devant l'ordinateur.

Toute son existence était subordonnée à Alice. Le mercredi et le vendredi, elle tenait systématiquement une conférence de presse au commissariat de police. Debout sur l'estrade, à quelques centimètres des micros qui amplifiaient sa voix, elle passait en revue les divers aspects du traitement de la fillette ainsi que tous les indices permettant de l'identifier.

Les journalistes ne manifestaient aucun intérêt à ce sujet mais lui posaient d'innombrables questions sur ses regrets, ses échecs, sur les patients qu'elle avait perdus. L'amélioration de l'état d'Alice semblait le dernier de leurs soucis. Malgré tout, Julia persévérait. « Elle a touché mon bras aujourd'hui… » « Elle a boutonné son chemisier… » « Elle m'a montré un oiseau du doigt… » « Elle s'est servie d'une fourchette… »

Seul comptait pour les médias le fait qu'Alice n'avait toujours pas parlé. Une preuve supplémentaire que l'on ne pouvait pas se fier à Julia.

Mais, petit à petit, tout le monde finit par se lasser. Aux gros titres à la une succédèrent quelques paragraphes dans les pages locales. Les conversations courantes ne tournaient plus autour de la mystérieuse fillette ; les mini-tremblements de terre survenus à Mount St Helens occupaient tous les esprits.

De l'estrade, Julia observait les quelques journalistes encore présents au commissariat de police. *CNN*, *USA Today*, le *New York Times* ainsi que les chaînes de télévision nationales n'y figuraient plus. Les questions posées avaient gardé leur mordant et leur cruauté, mais elles étaient prononcées d'une voix morne et lasse. Plus personne ne croyait à l'intérêt de cette histoire.

— Ce sera tout pour cette semaine, déclara-t-elle une fois que le silence se fut fait dans la salle. La grande nouvelle d'aujourd'hui était qu'Alice peut s'habiller toute seule. Elle manifeste une réelle attirance pour les objets en plastique. Il lui arrive de regarder la télévision, mais il me semble que les images défilent trop vite pour elle. Cela dit, elle peut passer la journée à regarder les émissions culinaires. Quelqu'un sera peut-être frappé par ce détail...

— Allons, docteur Cates! objecta du fond de la salle un homme extrêmement maigre, hirsute, et à la lippe de fumeur. Personne ne recherche cet enfant.

Un murmure approbateur courut dans la foule, et Julia entendit fuser des ricanements.

— C'est faux! s'écria-t-elle. Dans notre monde, un enfant ne peut pas disparaître sans que quelqu'un se lance à sa recherche.

Un homme de KIRO-TV s'avança. La compassion lisible dans ses yeux sombres était presque plus difficile à supporter que l'indifférence de ses collègues.

— J'ignore la vérité sur votre passé et la part des médias dans cette affaire, docteur Cates, mais je sais que vous êtes une femme intelligente. Cette gamine pose un problème. Un gros problème, à mon avis! C'est la raison pour laquelle sa famille l'a abandonnée en forêt.

Julia descendit de l'estrade et s'avança vers lui.

— Vous n'avez aucune preuve de ce que vous affirmez. Il se pourrait également qu'elle ait été kidnappée depuis si longtemps que sa famille a renoncé à effectuer des recherches!

— Des parents auraient cessé de chercher leur fille?

— Supposez que...

— Je vous souhaite bonne chance, très sincèrement; mais KIRO va se retirer. À Mount St Helens, les tremblements s'intensifient.

L'homme prit une carte de visite dans la poche de sa chemise blanche froissée.

— Ma femme est psychothérapeute. Je n'ai aucun parti pris à votre égard. Appelez-moi si vous trouvez des indices significatifs.

«John Smith, TVNews», lut Julia. KIRO disposait d'une équipe d'enquêteurs de haut niveau, accédant à des gens et des lieux totalement hors de sa portée.

— Vous êtes-vous donné beaucoup de mal pour découvrir son identité? s'enquit-elle.

— Quatre enquêteurs ont travaillé à plein temps pendant les deux premières semaines.

Julia hocha la tête: c'était exactement ce qu'elle craignait.

— Bonne chance, répéta Smith.

Elle le regarda s'éloigner. Le dernier des «bons» journalistes... Le mercredi suivant, elle ferait son bilan devant des représentants de la presse locale à peine plus diffusée qu'un journal scolaire, et, éventuellement, devant quelques correspondants de tabloïds minables.

Peanut se faufila à travers la rangée de chaises métalliques pliantes et rassembla les documents abandonnés par les journalistes. Ses bottillons de caoutchouc noir martelaient le plancher; Cal la rejoignit et replia les chaises en les faisant claquer.

L'estrade était la dernière trace de la conférence de presse qui venait d'avoir lieu. Bientôt, le public se ferait rare en de telles occasions. À cette idée, Julia se sentit de plus en plus oppressée.

Elle avait pourtant révélé d'importants indices à la presse ce jour-là. Dans une thérapie classique, les progrès réalisés par Alice en trois semaines seraient passés pour un succès. La fillette était maintenant capable de manger avec des couverts et d'aller aux toilettes, elle lui avait même manifesté de la sympathie ; mais rien de tout cela n'apportait une réponse à la question de son identité.

Julia pourrait-elle rendre Alice à sa famille et à la vie normale ? Elle n'avait aucune certitude à ce sujet et chaque jour de silence supplémentaire de sa patiente entamait sa confiance. La nuit, tandis qu'Alice, en proie à ses cauchemars, s'agitait violemment dans son lit, elle se demandait : Suis-je à la hauteur ? Ou, pis encore : Qu'ai-je laissé passer cette fois-ci ?

— Tu t'en es très bien tirée aujourd'hui, déclara Peanut avec un sourire forcé.

Sa remarque rituelle, après chaque conférence de presse.

— Merci, fit Julia selon le même rite.

Elle prit son porte-documents. Peanut annonça à Cal qu'elle la ramenait, et elles sortirent toutes deux dans la lumière vert-de-gris du crépuscule. Le regard fixé à l'horizon, elles écoutèrent la voix de Garth Brook, diffusée par les haut-parleurs de la voiture.

— Il me semble que ça ne va pas si bien que ça, dit Peanut à un feu rouge, en tapotant le volant de ses ongles ornés de damiers noir et blanc.

— Alice a fait d'énormes progrès, mais...

— Elle ne parle toujours pas. Es-tu certaine qu'elle en est capable ?

« En est-elle capable ? Le fera-t-elle ? Quand ? » Ces questions hantaient Julia jour et nuit.

— Je le crois de tout mon cœur. Mais ma tête commence à se poser des questions...

— Quand j'étais une jeune maman, j'avais horreur de changer les couches, soupira alors Peanut. Donc, quand ma Tara a eu deux ans, j'ai décidé de lui enseigner la propreté. J'ai suivi à la lettre les conseils de tous les manuels ; et sais-tu ce qui est arrivé ? Tara a cessé d'aller à la selle. Totalement cessé ! Au bout de cinq jours, je l'ai emmenée chez le docteur Fischer. J'étais folle d'inquiétude. Il a examiné ma fille, puis il m'a regardée par-dessus ses lunettes, et il m'a dit : « Penelope Nutter, cette petite essaie de te dire quelque chose : elle ne veut pas encore faire l'apprentissage de la propreté. »

Peanut tourna et s'engagea sur la vieille route en riant.

— Comme tu vois, aucun métal n'est plus résistant que la volonté d'un enfant. Je suppose que ton Alice parlera quand elle sera prête.

Une fois dans l'allée, Peanut se gara devant la maison et klaxonna à deux reprises.

— À mercredi, fit-elle quand Julia l'eut remerciée de l'avoir raccompagnée.

Ellie sortit si vite de la maison que Julia la soupçonna de l'avoir guettée derrière la porte. Elles se retrouvèrent au milieu du jardin.

— Alice s'est remise à hurler, annonça Ellie d'un air navré.

— Depuis quand ?

— Elle s'est réveillée il y a cinq minutes. Plus tôt que prévu. Comment ça a été pour toi ?

— Mal, avoua Julia en renonçant à donner le change.

— Les résultats du test d'ADN arrivent bientôt. Ils nous apporteront peut-être une réponse. Si elle a été la victime d'un kidnapping, on pourra se référer à un acte criminel.

Elles jouaient avec cette idée depuis plusieurs jours sans trop y croire.

— Espérons qu'elle est dans le «système», dit Julia.

Les deux sœurs échangèrent un regard morose : le mot commençait à s'user.

Julia entra dans la maison ; à chaque marche de l'escalier, les hurlements s'amplifiaient. Elle se doutait de ce qui l'attendait dans la chambre : Alice, agenouillée derrière les plantes, la tête baissée, le visage entre les mains, se balancerait en hurlant. Son unique moyen d'exprimer sa tristesse ou sa peur. Elle s'était réveillée seule dans la pièce. Cette expérience, parfois frustrante même pour un enfant normal, l'avait terrifiée.

— Qu'est-ce que c'est que ce boucan, Alice ? fit-elle en ouvrant la porte. Tout va bien. Tu as eu peur, mais ce n'est pas grave.

Alice traversa la pièce en un éclair – cheveux noirs, robe jaune, jambes et bras chétifs. Elle se blottit étroitement contre Julia, qui sentit son contact de sa taille à ses mollets, puis elle enfouit sa main dans sa poche. Depuis quelque temps, elle ne supportait plus la séparation. Suçant son pouce, elle paraissait d'une vulnérabilité à la fois redoutable et bouleversante.

— Viens, Alice, reprit Julia comme si elle trouvait parfaitement naturel d'avoir une petite fille cramponnée à la hanche.

Elle sortit son Denver Kit, un ensemble de jouets permettant d'évaluer le développement des facultés d'un enfant. Après avoir posé sur la table le grelot, le cube et la poupée, elle s'assit. Alice ne tarderait pas à l'imiter, car les chaises étaient si proches que rien ne les séparerait.

La petite main de la fillette toujours dans sa poche et les éléments du Denver Kit sous leurs yeux, elle attendit patiemment.

— Allons, dit-elle enfin, j'ai besoin que tu parles. Je sais que tu en es capable.

Pas un son, hormis la respiration régulière de l'enfant.

— Je t'en prie, Alice.

La voix de Julia n'était plus qu'un murmure, sans aucun rapport avec sa voix de thérapeute. Elle pensait au temps qui s'était écoulé depuis son arrivée, à l'intérêt vacillant des médias, au téléphone de plus en plus silencieux du commissariat.

— Je t'en prie, souffla-t-elle.

Le calme régnait au commissariat de police quand Ellie et Peanut arrivèrent. Assis à son bureau, les écouteurs aux oreilles, Cal dessinait quelque créature ailée. À leur entrée, il retourna sa feuille de papier.

Comme si Ellie s'intéressait à ses croquis bizarres. Les mêmes depuis la première année de lycée, car, contrairement aux autres hommes qu'elle connaissait, Cal n'avait jamais mûri. Il y avait toujours des griffonnages sur le bloc rose des messages reçus en son absence.

— Earl est parti, annonça-t-il en chassant une mèche de cheveux de ses yeux. Mel fait encore un tour vers le lac pour contrôler les ados, et il termine aussi.

En d'autres termes, la vie avait repris son cours normal à Rain Valley. Les téléphones ne sonnaient plus, et les deux policiers en patrouille avaient terminé, en principe, leur journée, à moins qu'on ne les appelle.

— Les résultats de l'ADN nous sont parvenus, ajouta Cal. Tu les trouveras sur ton bureau.

Ils échangèrent des regards, et il fallut un moment à Ellie pour aller s'asseoir. Sa chaise émit un grincement de protestation.

Elle prit l'enveloppe tant attendue et l'ouvrit. Les feuilles qu'elle contenait étaient écrites dans un bizarre jargon scientifique, mais peu lui importait. Au milieu apparaissait la phrase : « Aucune correspondance n'a été trouvée. »

Le compte-rendu du laboratoire figurait en deuxième page. Comme prévu, il révélait simplement que la robe était faite dans une cotonnade bon marché, pouvant provenir d'une multitude d'usines. Il n'y avait aucune trace de sang ou de sperme sur le tissu, ni d'ADN.

Le dernier paragraphe décrivait la procédure à suivre au cas où l'ADN d'Alice serait comparé à un quelconque prélèvement.

Ellie éprouva un sentiment d'échec. Et maintenant ? Elle s'était surpassée, jetant même sa propre sœur aux loups. Avec quel résultat ? Une identification n'était pas plus envisageable que trois semaines plus tôt, et les gens de la DSHS ne tenaient plus en place.

Cal et Peanut tirèrent des chaises jusqu'à son bureau.

— Pas d'identification ? demanda Peanut.

Ellie secoua la tête, sans un mot.

— Tu as fait ton possible, constata Cal.

— Personne n'aurait pu faire mieux, renchérit Peanut.

Le silence plana ensuite.

Ellie déblaya les papiers posés sous ses yeux.

— Envoie ces résultats aux personnes qui attendent une réponse. Combien de demandes avons-nous reçues ?

— Trente-trois. Peut-être que l'une d'elles correspond à notre petite fille, suggéra Peanut, optimiste.

Ellie sortit de son tiroir la pile de papiers envoyée par le Centre pour les enfants disparus. Elle avait lu une bonne centaine de fois ces documents lui indiquant la marche à suivre. Le dernier paragraphe l'obsédait, et elle n'avait pas besoin de l'avoir sous les yeux pour savoir ce qu'il contenait. « Si rien de tout cela ne permet une identification effective de l'enfant, les services sociaux devront intervenir. L'enfant sera probablement confié à une famille d'accueil permanente, placé dans un établissement spécialisé, ou adopté. »

— Et maintenant ? demanda Peanut.

— Espérons que nous trouverons un ADN correspondant.

Rien de moins sûr. Tous les trois le savaient pertinemment. Aucune des trente-trois demandes ne leur avait semblé prometteuse. La plupart provenaient d'individus – parents, avocats et policiers d'autres juridictions – qui supposaient que l'enfant recherché était mort. Aucune ne faisait allusion à la tache de naissance d'Alice.

Ellie se frotta les yeux.

— Assez pour ce soir. Tu pourras envoyer les résultats de l'ADN demain, Pea. Je dois avoir une autre conversation téléphonique avec la dame de la DSHS. Quelle agréable perspective !

— Je retrouve Benji au Big Bowl, annonça Peanut en se levant. Qui vient avec moi ?

— Moi ! s'écria Cal. J'adore la compagnie de gros mecs en chemise de polyester.

Peanut le foudroya du regard.

— Et si je prévenais Benji que tu le trouves «gros» ?

— Tu crois que ça le surprendrait, Pea ?

— Vous n'allez pas commencer, tous les deux ! bougonna Ellie. Je rentre chez moi. Tu devrais en faire autant, Cal. On est vendredi soir ; tes filles t'attendent.

— Lisa les a emmenées à Aberdeen voir sa famille. Je suis célibataire ce week-end. Alors, va pour le Big Bowl ! D'ailleurs, tu aimais le bowling autrefois.

Ellie se souvint tout à coup du temps où Cal et elle travaillaient au comptoir de restauration du Big Bowl. Le dernier été magique de son enfance, avant les tumultes de l'adolescence. Une amitié comme il en existe uniquement entre deux êtres exclus de la société. L'été suivant, elle était trop délurée pour le Big Bowl.

— C'est si loin, Cal, murmura-t-elle. Je m'étonne que tu t'en souviennes.

— Je m'en souviens.

Sur ces mots, prononcés avec une intonation bizarre, il alla prendre sa veste accrochée à la patère, près de la porte.

— C'est la soirée karaoké, annonça Peanut à Ellie.

— Un margarita ne me ferait pas de mal, marmonna celle-ci.

Tout plutôt que de rentrer directement chez elle dans cet état. L'idée d'annoncer à sa sœur les résultats du test d'ADN lui était insupportable.

Des deux côtés de River Road, des pins Douglas géants formaient une interminable ligne noire en dents de scie acérées. Les cimes des arbres et les pics montagneux morcelaient nettement la voûte du ciel. Les étoiles étaient si nombreuses, et parfois si proches et si brillantes, que leur lumière aurait dû atteindre le sol détrempé. Mais quand Ellie regarda à ses pieds, elle ne vit que le gravier sombre.

Elle pouffa de rire, l'esprit brumeux. Cal sortit de la voiture.

— Doucement ! fit-il en la retenant par le bras.

Les yeux rivés sur le ciel, elle avait la tête et les paupières lourdes.

— Tu vois la Grande Ourse ? dit-elle. À gauche, au-dessus de la maison... D'après mon père, Dieu l'utilisait pour jeter des sorts dans notre cheminée.

Déconcertée par ce souvenir inattendu, Ellie sentit sa voix se fêler.

— Tu comprends pourquoi je ne bois pas...

Cal passa un bras autour de ses épaules.

— Je croyais que c'était à cause du bal de terminale. Si j'ai bonne mémoire, tu avais vomi sur M. Haley, le principal.

— Dire que je te prenais pour un ami, marmonna Ellie.

Elle se laissa guider vers la maison, où les chiens se ruèrent si violemment sur elle qu'elle faillit tomber.

— Jake ! Elwood !

Quand elle se baissa pour les serrer dans ses bras, ils lui léchèrent la joue avec insistance.

— Tu devrais dresser ces chiens, dit Cal en essayant d'échapper à leurs reniflements.

— Il n'y a rien à attendre d'un mâle, ricana Ellie. C'est la leçon que j'ai retenue de mes deux mariages !

Elle désigna l'escalier d'un geste autoritaire.

— Montez, les gars ! J'arrive.

Après une bonne quinzaine de sommations, les molosses finirent par obéir.

— Tu ferais bien d'aller au lit, suggéra Cal.

— J'en ai assez de dormir seule... Non, je n'ai rien dit !

À peine dégagée de l'étreinte de Cal, Ellie se figea sur place.

— Tu entends ? Quelqu'un joue «Delta Dawn» au piano.

Elle se mit à chanter «Delta Dawn, quelle est cette fleur sur toi ?» et à danser à travers la pièce.

— Personne au piano, fit Cal en observant, dans un coin, le vieux meuble poussiéreux sur laquelle jouait autrefois la mère d'Ellie. C'est la chanson que tu as chantée au karaoké, ou plutôt l'une des chansons...

Ellie s'arrêta en chancelant.

— Je suis chef de police.

— Oui.

— Je me suis soûlée aux margaritas et j'ai chanté en public... et en uniforme.

Cal eut du mal à garder son sérieux.

— Regarde le bon côté des choses, tu n'as pas fait de strip-tease et tu n'es pas rentrée au volant de ta voiture.

Ellie se cacha les yeux d'une main.

— Le bon côté des choses ? Ne pas m'être déshabillée et n'avoir commis aucune infraction ?

— Eh bien, il fut un temps où...

— Je vais décidément me trouver de nouveaux amis ! Tu peux t'en aller... Je ne veux plus jamais te revoir.

Elle se détourna trop vite, perdit l'équilibre et s'effondra comme un arbre que l'on abat.

— Tu t'es bien cognée, déclara Cal.

Après avoir roulé sur le côté, Ellie ne bougea plus.

— Tu vas rester là sans broncher, ou bien trouver un moyen pour m'aider à me relever ?

Cal souriait maintenant de toutes ses dents.

— Je ne bronche pas, puisque tu viens de m'annoncer que nous ne sommes plus amis.

— Bon, on est réconciliés !

Ellie tendit une main, qu'il saisit pour l'aider à se redresser.

— Je me suis fait mal, marmonna-t-elle en époussetant son pantalon.

— Ça ne m'étonne pas.

Cal tenait toujours la main d'Ellie, qui se tourna vers lui.

— Ça va mieux, grand frère. Je te promets de ne plus tomber.

— Sûre ?

— À moitié. Merci tout de même de m'avoir ramenée chez moi.

Elle se dégagea.

— On se voit demain matin à 8 heures précises, au commissariat. On trouvera l'ADN que nous cherchons. Je le sens dans mes veines.

— Je parie que c'est la tequila.

— Rabat-joie ! Bonsoir.

Elle fonça vers l'escalier, empoigna la rampe et tomba malgré tout.

Cal la rejoignit aussitôt et saisit son avant-bras ; elle fronça les sourcils.

— Je te croyais parti.

— Eh bien, je suis toujours là.

Elle le dévisagea, les yeux dans les yeux. Tombée dans l'escalier, et lui debout, ils étaient si proches qu'elle pouvait voir l'entaille qu'il s'était faite, le matin même, en se rasant. Elle remarqua une cicatrice irrégulière, le long de sa mâchoire. Il l'avait depuis l'été de ses douze ans : son père l'avait poursuivi avec une bouteille de bière brisée. Son père à elle l'avait emmené à l'hôpital.

— Pourquoi es-tu si gentil avec moi, Cal ? s'étonna-t-elle. J'étais horrible avec toi, au collège.

C'était la pure vérité. À partir du moment où ses seins avaient poussé, où elle s'était épilé les sourcils et où son acné l'avait laissée en paix, un changement radical s'était produit. Les garçons, même les footballeurs, la courtisaient, et elle avait abandonné Cal séance tenante. Il ne lui en avait jamais tenu rigueur.

— Je suppose que les vieilles habitudes ne se perdent pas en un jour, marmonna-t-il.

Elle se hissa une marche plus haut, de manière à rétablir une certaine distance entre eux.

— Pourquoi ne bois-tu jamais avec nous ?
— Je bois.
— Mais pas *avec nous* !
— Il faut bien que quelqu'un te raccompagne.
— C'est toujours toi... Lisa pourrait t'en vouloir de passer la soirée dehors.
— Je te répète qu'elle est absente ce week-end.
— Et les autres fois ?

Cal ne répondit pas. Une minute après, Ellie avait oublié leur discussion. Brusquement, elle repensait à son échec avec la fillette.

— Je ne retrouverai jamais sa famille, n'est-ce pas ?

— Tu arrives toujours à tes fins, El. Ce n'est pas le problème.

— Alors, quel est le problème ?

— Tu as toujours fait de mauvais choix.

— Merci quand même.

Cal parut déçu, comme s'il avait espéré une autre réponse. Pour sa part, elle ne parvenait pas à comprendre pourquoi elle l'avait laissé tomber. Sobre, elle aurait probablement compris.

— Je t'en prie, grommela-t-il. Veux-tu que je vienne te chercher demain matin ?

— Ne t'embête pas avec ça. Jules ou Peanut me conduiront.

— Alors, à demain.

Elle le regarda s'éloigner et refermer la porte derrière lui. Dans la maison silencieuse, elle gravit en soupirant l'escalier trop raide et arriva à l'étage. Elle comptait aller à gauche, vers la chambre de ses parents, devenue la sienne, mais elle fonctionnait en pilotage automatique. Après avoir viré à droite vers son ancienne chambre, elle comprit, à la vue des deux lits jumeaux occupés, qu'elle s'était trompée.

La fillette, réveillée, la scrutait. Elle dormait certainement au moment où elle avait ouvert la porte.

— Bonsoir, petite, murmura-t-elle.

Un grognement guttural lui répondit.

Bouleversée, elle recula de quelques pas.

— Tu n'as rien à craindre, tu sais… Je ne demande qu'à t'aider. Je souhaite que…

Que souhaiter ? Elle n'en savait rien. Tout bien réfléchi, c'était son problème depuis toujours. Elle n'avait jamais su ce qu'elle souhaitait avant qu'il ne soit trop tard.

Elle aurait voulu promettre à cette fillette qu'on allait retrouver sa famille, mais elle n'y croyait plus.

Comme la berge d'une rivière au moment du dégel printanier, l'assurance de Julia fondait progressivement. On ne voyait pas d'énormes blocs se détacher et rien n'apparaissait à l'œil nu, mais elle se sentait entraînée dans une nouvelle direction.

Elle se réfugiait de plus en plus souvent dans ses notes, qui avaient le mérite de la sécuriser. Tout était analysé dans ces fines lignes bleues. Bien qu'Alice fût certainement capable de comprendre – à un niveau infantile – quelques mots ici et là, elle ne parvenait toujours pas à la faire parler. Les autorités la harcelaient. Elle trouvait chaque jour sur son répondeur un message du docteur Kletch. Toujours le même ! « Vous n'apportez pas une aide suffisante à cette enfant, docteur Cates. Laissez-nous intervenir. »

Ce jour-là, après avoir couché Alice à l'heure de la sieste, elle s'agenouilla près du lit. Tout en caressant la douce chevelure noire de la fillette et en lui tapotant le dos, elle se demandait comment faire pour l'aider.

Soudain, des larmes se mirent à ruisseler le long de ses joues.

Elle dut courir à la salle de bains pour se remaquiller avant la conférence de presse. Comme elle posait une dernière couche de mascara, une voiture se gara dehors. Dans l'escalier, elle croisa Ellie, qui montait au premier étage.

— Ça va ? fit celle-ci, les sourcils froncés.
— Ça va. Elle dort…

— Pea attend dans la voiture. Je resterai ici aujourd'hui.

Julia saisit son porte-documents et rejoignit aussitôt Peanut.

Elles parcoururent les deux ou trois kilomètres jusqu'à la ville sous une pluie battante. Les gouttes résonnaient si bruyamment sur le pare-brise que toute conversation était impossible. L'eau semblait bouillonner sur le capot.

Tandis que Peanut se garait, Julia ouvrit son parapluie et courut vers le commissariat. Elle se dirigeait vers l'estrade, après avoir accroché son manteau, quand elle remarqua que tous les sièges étaient vides.

Personne…

Assis au standard, Cal la regardait d'un air apitoyé.

Elle jeta un coup d'œil à la pendule : la conférence de presse aurait dû commencer depuis cinq minutes.

— Peut-être que…

La porte s'ouvrit brusquement. Peanut était là, vêtue de son imperméable de fonction, le visage luisant de pluie.

— Où sont-ils ?
— Il n'y a personne, marmonna Cal.

Le visage pulpeux de Peanut sembla s'effondrer à cette nouvelle. Elle ouvrit des yeux ronds, puis s'approcha de Cal d'un air résigné.

Il lui prit la main.

— Mauvais signe…
— Très mauvais ! approuva Julia.

Pendant les trente minutes suivantes, ils attendirent dans un silence sépulcral, en sursautant à chaque sonnerie du téléphone. À 16 h 45, tout espoir était perdu.

— Je rentre à la maison, fit Julia en se levant. Alice va bientôt se réveiller.

Elle prit son porte-documents et suivit Peanut dans la voiture.

Dehors, la pluie avait cessé. Le ciel était gris et morose, à l'image de ses sentiments. Julia aurait dû engager la conversation avec Peanut, ou au moins répondre à ses innombrables questions, mais elle n'en avait nulle envie.

Sur Main Street, Peanut alla occuper une place du parking payant, devant le Rain Drop Diner.

— J'ai promis à Cal de lui rapporter un plat. J'en ai pour une seconde, annonça-t-elle avant de disparaître sans laisser à sa passagère le temps de réagir.

Julia sortit de la voiture avec l'intention de s'offrir une tasse de café, mais une fois à l'extérieur, elle resta clouée sur place. De l'autre côté de la rue s'étendait Sealth Park, où Alice avait fait son apparition. L'érable, à présent dépouillé de ses feuilles, déployait ses branches nues vers le ciel de plus en plus noir. La forêt, au loin, était trop sombre pour être visible.

Combien de temps as-tu passé là, petite Alice ?

Julia sentit tout à coup une présence. Quelqu'un se tenait à côté d'elle... Elle se ressaisit et chassa ses pensées, s'attendant à apercevoir le visage souriant de Peanut.

Max était là, vêtu d'un blouson de cuir noir, d'un jean et d'un tee-shirt blanc. Elle le voyait pour la première fois depuis des semaines, car elle l'avait délibérément évité. Sa présence lui parut écrasante.

— Ça fait un bail, marmonna-t-il.
— J'étais débordée.
— Moi aussi.

Ils se regardèrent en chiens de faïence.
— Comment va Alice ?
— Mieux...
— A-t-elle parlé ?
— Pas encore.
Un instant, il sembla se rembrunir, puis il chuchota :
— Ne soyez pas déçue. Je suis sûr que vous l'aidez.
Ces mots si simples la touchèrent profondément.
— Comment se fait-il que vous deviniez toujours ce que j'ai envie d'entendre ?
— Mes super-pouvoirs...
Une clochette tinta et Peanut sortit du Rain Drop.
— Docteur Cerrasin, comment allez-vous ?
Son regard alla de l'un à l'autre, comme si elle craignait d'avoir raté le coche.
— Ça va, et vous ?
— Bien, fit Peanut.
Max scruta Julia. Traversée d'un léger frisson – le froid sans doute – et ne trouvant rien à dire, elle lui rendit son regard.
— Je dois partir, déclara-t-il.
Peu après, dans la voiture, Peanut se contenta de murmurer :
— Le Dr Cerrasin est un fort bel homme.
— Tu crois ? Je n'avais pas remarqué, répliqua Julia, tournée vers la vitre.
Peanut éclata de rire.

16

Dans le séjour, Ellie relisait – une fois de plus – les dossiers des enfants disparus quand Julia rentra.

Son air navré en disait long sur la manière dont s'était passée la conférence de presse. En l'occurrence, Ellie aurait préféré être moins observatrice et ne pas remarquer les traits tirés de sa sœur, la pâleur de sa peau, et les kilos qu'elle avait perdus. Julia était devenue maigre comme un clou.

Ellie se sentait vaguement coupable : si elle s'y était prise d'une autre manière, tout le fardeau de l'identification n'aurait pas reposé sur les frêles épaules de Julia. Paradoxalement, celle-ci ne lui avait pas adressé le moindre reproche.

Certes, elles n'étaient presque jamais ensemble ces derniers temps. Depuis le début des conférences de presse, Julia, acharnée au travail, passait toutes ses journées dans la chambre du premier étage.

— Personne n'est venu, annonça-t-elle en jetant son porte-documents sur le canapé.

Un léger tremblement était perceptible dans sa voix. La fatigue ou le sentiment d'avoir échoué ? Elle s'assit dans le rocking-chair de leur mère, le dos raide, et si fine qu'un rien aurait pu la briser.

Dans le profond silence, on n'entendait plus que les crépitements du feu.

— Que faire maintenant ? demanda Ellie, pensant à Alice.

Julia contempla ses mains, jointes sur ses genoux ; sa fragilité faisait peine à voir.

— J'ai beaucoup progressé, mais...
— Mais quoi ? insista Ellie.
— Je ne suis peut-être pas assez bonne.

Devant la vulnérabilité soudaine de sa sœur, Ellie comprit qu'elle devait peser ses mots, un talent qui lui faisait généralement défaut.

— Papa te trouvait si brillante. Il me disait toujours que tu allais illuminer le monde grâce à ton intelligence. Nous pensions tous comme lui. Bien sûr que tu es assez bonne !

— Papa ? Tu plaisantes, Ellie ! Il ne s'intéressait qu'à lui-même, grogna Julia.

Éberluée, Ellie prit son temps pour répondre.

— Papa avait de grandes ambitions pour nous. En ce qui me concerne, il a renoncé après l'échec de mon second mariage, mais il était extrêmement fier de toi.

— Parlons-nous du même homme ? Le grand Tom Cates, dont la personnalité écrasait sa femme ?

— Il adorait maman, protesta Ellie, choquée par cette remarque. Il n'aurait pas pu se passer d'elle.

— Elle étouffait en sa présence ! Une fois, quand j'avais quatorze ans, elle l'a quitté pendant deux jours. Le savais-tu ?

Ellie esquissa un geste impatient.

— Pour aller chez grand-mère Dotty, mais elle est tout de suite revenue ! En fait, ils croyaient l'un et l'autre en toi ; ils auraient le cœur brisé s'ils te voyaient dans cet état. Si tu étais comme autrefois, que ferais-tu maintenant, sachant que cette petite fille a besoin de ton aide ?

Julia haussa les épaules.

— Je monterais là-haut et je prendrais une mesure radicale. Histoire de voir ce que je peux obtenir en la secouant un peu.

— Alors, vas-y !

— Et si ça ne marche pas ?

— Tu essaieras autre chose. Personne ne va mourir si tu commets une erreur.

Devant la pâleur de Julia et ses yeux noyés de larmes, Ellie comprit une seconde trop tard sa gaffe.

— C'est à cause de ce qui s'est passé à Silverwood ? Excuse-moi, Julia.

— Certains événements laissent des cicatrices.

— Essaie tout de même, insista Ellie, consciente du poids qui pesait sur sa sœur.

— Et si je ne suis pas capable de l'aider suffisamment ? Les médecins de l'établissement spécialisé…

— Ce sont des crétins !

Ellie se pencha pour capter le regard de Julia.

— Quand tu es revenue à la maison pour les obsèques de papa, tu faisais des gardes de chirurgie. Je t'ai demandé comment tu arrivais à tenir le coup, en sachant qu'à la moindre erreur tu pouvais provoquer la mort de quelqu'un.

— Oui…

— Tu m'as répondu ceci : « Quand on est médecin, on n'a pas le choix. Il faut aller de l'avant. »

Julia ferma les yeux en soupirant.
— Je m'en souviens.
— Eh bien, c'est le moment d'aller de l'avant. Cette petite a besoin que tu reprennes confiance.

Julia laissa planer son regard vers l'escalier.
— Si je prends une mesure radicale, dit-elle enfin, il va falloir que tu m'aides.
— Comment ?

Julia fronça les sourcils à peine une seconde.
— Ne te montre pas, assieds-toi, et reste silencieuse.
— Et puis ?
— Et puis, attends !

Julia se surprit à monter l'escalier d'un pas alerte. Cette conversation lui avait permis de comprendre qu'elle était en train d'abandonner la partie, bien qu'elle n'eût jamais douté d'Alice. Elle se demandait de plus en plus fréquemment, au milieu de la nuit, si elle était capable d'aider cette petite ou si elle risquait de lui nuire. Le souvenir d'Amber et des autres victimes la hantait. Plus elle y songeait, plus elle doutait d'elle-même ; et plus elle doutait, plus elle s'interrogeait. Ce cercle vicieux finirait par la détruire.

La tête haute, elle adopta une attitude de défi et, stimulée par un espoir fugace, elle trouva la force d'ouvrir la porte de son ancienne chambre.

Pelotonnée sur le lit, Alice lui fit penser à un petit pain à la cannelle. Comme toujours, elle était au-dessus des couvertures – qu'elle ne remontait jamais, même s'il faisait froid dans la pièce.

Julia jeta un coup d'œil à la pendule : bientôt 18 heures. D'une seconde à l'autre, Alice s'éveillerait de sa sieste. Cette enfant était aussi ponctuelle qu'un train japonais. Réveillée chaque matin à 5 h 30, elle faisait la sieste de 16 h 30 à 18 heures et s'endormait, le soir, à 22 h 45. Grâce à cette régularité, Ellie et elle avaient pu organiser les conférences de presse.

La porte se referma bruyamment. Julie sortit ses carnets de notes de leur boîte de rangement, sur l'étagère supérieure du placard. Puis elle s'installa à sa table pour lire ce qu'elle avait écrit le matin même.

Aujourd'hui, Alice a pris notre exemplaire du Jardin secret. Elle l'a feuilleté avec une étonnante dextérité. Chaque fois qu'elle remarquait un dessin, elle émettait un son et frappait la page de sa paume, puis elle levait les yeux vers moi. Elle aimerait, semble-t-il, que je passe mon temps à la regarder.

Elle continue à me suivre comme une ombre, où que j'aille. Elle glisse souvent sa main sous la ceinture de mon pantalon, en la pressant contre moi. Elle guette mes mouvements avec une vigilance surprenante.

Elle ne manifeste toujours aucun intérêt à l'égard d'autrui. Si quelqu'un entre dans la pièce, elle s'enfuit dans la « jungle » où elle se cache. Elle s'imagine sans doute que personne ne peut la voir.

Elle est incroyablement possessive avec moi, surtout quand nous ne sommes pas seules. La preuve, à mon avis, qu'elle est capable de s'attacher et de créer un lien. Mais, étant incapable – ou non désireuse – d'exprimer verbalement sa possessivité quand on me parle, elle utilise tout ce dont elle dispose pour faire du bruit. Elle donne des coups de poing dans les murs, traîne les pieds, émet des grognements. J'espère qu'un jour ou l'autre sa frustration par rapport à ce mode de communication l'incitera à verbaliser ses sentiments.

Julia prit son stylo et ajouta :

La semaine dernière, elle est devenue beaucoup plus à l'aise dans son nouvel environnement. Elle passe de longs moments à la fenêtre, pourvu que je reste à ses côtés. J'ai constaté de sa part une curiosité croissante envers ce qui l'entoure. Elle regarde sous les objets et autour, ouvre les tiroirs et les placards. Elle évite encore tout contact avec le métal – et crie si un contact inattendu se produit –, mais elle s'approche de la porte. Aujourd'hui, elle m'a entraînée deux fois dans cette direction et m'a obligée à m'allonger à côté d'elle. Elle est restée absolument silencieuse pendant près d'une heure, les yeux rivés sur le rai de lumière venant du couloir. De l'autre côté, les chiens geignaient et grattaient pour qu'on les laisse entrer. Alice commence à s'interroger sur ce qui existe au-delà de la porte. Bon signe : elle est passée de la peur à la curiosité.

Je suppose donc que le moment est venu d'élargir un peu son univers. Mais nous devrons faire preuve d'une grande prudence. La forêt va l'attirer nécessairement. Quelque part, dans ses profondeurs ténébreuses, se trouve le lieu où elle a vécu.

Julia perçut un mouvement sur le lit. Le vieux sommier de bois grinça tandis qu'Alice se levait. À peine debout, elle alla, selon son habitude, droit à la salle de bains. Dans sa course, ses pieds effleuraient à peine le plancher. Elle disparut derrière la porte, tira la chasse peu après, et courut se blottir contre Julia, sa petite main dans la poche de son pantalon.

Julia posa son stylo, rassembla ses notes et rangea le tout sur une étagère en hauteur. Alice se déplaçait en silence à ses côtés, sans perdre le contact.

D'une commode, Julia sortit une salopette bleue et un joli pull rose.

— Mets-les, dit-elle en les tendant à Alice, qui obéit.

Elle fit plusieurs tentatives pour enfiler le pull, car elle confondait l'encolure et les manches. Quand elle commença à respirer bruyamment et à renifler pour manifester sa lassitude, Julia s'agenouilla.

— Ne t'énerve pas, lui dit-elle. Ça va aller. Passe ta tête par ici.

Alice se calma aussitôt et laissa Julia l'aider, mais elle se montra intransigeante au sujet des chaussures. Comme elle refusait à tout prix de les mettre, Julia céda et lui tendit la main.

— Suis-moi, mais je te préviens que tu vas avoir froid aux pieds !

Alice se glissa vers elle et remit sa main dans sa poche. Très doucement, Julia se dégagea et lui tendit à nouveau la main.

— Prends-la, Alice…

Sa voix avait la douceur de la soie. Alice, haletante, fronçait les sourcils.

— Allons, ma chérie !

De longues minutes s'écoulèrent, pendant lesquelles toutes deux restèrent parfaitement immobiles. Deux fois encore, Alice chercha à atteindre la poche de Julia et fut repoussée avec précaution.

Celle-ci commençait à douter de l'efficacité de son plan quand Alice fit un pas vers elle.

— C'est bien. Prends ma main maintenant.

Malgré la lenteur et le manque d'assurance d'Alice, c'était probablement l'acte le plus courageux auquel Julia ait jamais assisté. La fillette semblait terrifiée. Elle tremblait, tout essoufflée, et une véritable panique se lisait dans son regard, mais elle tendait la main.

Julia garda la menotte dans la sienne.

— N'aie pas peur, souffla-t-elle.

Alice soupira de soulagement. Sans lâcher prise, Julia la guida vers la porte.

Comme Alice la tirait en arrière, horrifiée par le loquet brillant, Julia la retint et murmura :

— Tout va bien. Tu as peur, mais tu n'es pas en danger.

Dès que les tremblements de la fillette se calmèrent, elle tourna le loquet et poussa la porte. Le couloir apparut dans toute sa longueur, éclairé par des appliques. Pas une ombre, pas un endroit où se cacher. Les chiens étaient là. À la vue d'Alice, ils se mirent à aboyer, se préparant à foncer vers elle.

L'enfant se blottit contre Julia. Comme les chiens approchaient, elle tendit une petite main pâle, tandis qu'un son rauque s'échappait de sa gorge.

Les chiens s'arrêtèrent net et s'assirent, à l'affût.

Alice interrogea Julia du regard.

— Bien ! dit celle-ci, sans savoir exactement à quelle question elle répondait.

Très lentement, Alice lâcha sa main et se dirigea vers les chiens, qui restaient figés sur place. Ils réagirent en la léchant et en lui donnant des coups de patte, comme si on avait déclenché un mécanisme invisible.

Alice se jeta sur eux en pouffant de rire ; ils fourrèrent leur museau dans son cou. Julia regardait, fascinée.

De longues minutes s'écoulèrent. Finalement, Alice s'arracha aux chiens, rejoignit Julia et glissa sa main dans sa ceinture.

—Viens, Alice.

La fillette se laissa entraîner sur le palier, mais jeta un regard de regret en direction des plantes de la chambre.

—Par ici, déclara fermement Julia quand elle esquissa un pas en arrière.

Julia mena Alice en haut de l'escalier et fit une pause ; les chiens les suivaient sans hâte. Sur le point de soulever Alice dans ses bras, elle hésita, de peur de lâcher prise si l'enfant se débattait trop violemment.

La main d'Alice dans la sienne, elle se contenta de descendre une marche. Alice la fixa un long moment – en évaluant sans doute la tournure que prenaient les événements – avant de la suivre. Elles descendirent dans la salle de séjour, une marche après l'autre. Il faisait nuit quand elles atteignirent le canapé.

Julia ouvrit la porte de la véranda. À l'approche de l'hiver, l'air nocturne embaumait les feuilles mortes, l'herbe imbibée de pluie et les dernières roses encore fleuries le long de la maison. Les chiens filèrent droit vers le jardin et se mirent à jouer.

Alice émit un faible halètement et avança pas à pas jusqu'à la véranda. Les lattes de cèdre usées crissèrent pour lui souhaiter la bienvenue ; le vieux rocking-chair, effleuré par la brise, se balança d'avant en arrière.

Julia n'eut aucun mal à entraîner Alice dans la partie herbeuse du jardin. La rivière bruissait, accompagnée par le murmure des feuilles flottant à la dérive. Des milliers de feuilles… bien que la brise fût aussi douce que le souffle d'un bébé.

Alice lâcha sa main et s'accrocha à sa jambe de pantalon ; puis elle se laissa tomber à genoux, la tête baissée, et ne bougea plus.

Le son était si ténu que Julia le prit d'abord pour un vent naissant.

Alice leva son visage vers le ciel nocturne et émit un gémissement qui vibra dans l'air, si mélancolique et solitaire qu'il donnait envie de pleurer et de l'accompagner d'une semblable complainte. Il évoquait les amours passées et tous les deuils subis au cours d'une vie.

— Continue, Alice, murmura Julia d'une voix étouffée.

Une telle émotion manquait de professionnalisme, mais elle n'y pouvait rien.

— Surtout ne te retiens pas, reprit-elle. C'est ta manière de pleurer, je suppose...

Le gémissement s'évanouit et Alice retrouva son calme. À genoux sur l'herbe, immobile, elle se fondait dans le paysage. Soudain, elle se pencha pour cueillir, dans l'obscurité, un petit pissenlit jaune que Julia n'avait même pas vu ; puis elle sépara d'un coup sec la tige de la racine, qu'elle mangea.

— C'est ton univers, marmonna Julia en essayant vainement d'éloigner Alice, agrippée à son pantalon. Je ne te quitterai pas, mais tu n'en sais rien. Un jour, quelqu'un t'a abandonnée dans ces bois, n'est-ce pas ?

Une corneille croassa, puis une chouette hulula. Quelques secondes après, la forêt voisine résonnait de chants d'oiseaux. Des branches invisibles crépitaient et soupiraient ; les aiguilles de pin bruissaient.

Alice imitait à la perfection tous les chants, et les oiseaux lui donnaient la réplique.

Dans les ténèbres, Julia mit un moment à remarquer que le jardin était empli d'oiseaux, en cercle autour d'Alice et elle.

— Mon Dieu! s'écria Ellie en approchant.

Au son de sa voix, les oiseaux s'envolèrent à tire-d'aile. Quelque part au loin, un loup hurla. Alice lui répondit. Un frisson traversa Julia, dont le sang se glaça.

— Ne bouge pas, ordonna-t-elle à Ellie en entendant un bruissement de feuilles.

— Mais…

— Et ne dis rien!

Alice tira la main de Julia, qui ébaucha un sourire : c'était la première fois que l'enfant prenait une pareille initiative.

— C'est bien, petite fille, je vais te suivre.

Un nuage laissa apparaître la lune et flotta à travers le ciel. Dans son sillage, le clair de lune éclairait l'herbe et la rivière. Tout scintillait comme de l'argent.

Alice désigna du doigt les rosiers dénudés, ne demandant qu'à être taillés. Après s'être dégagée, elle s'en approcha avec une assurance que Julia ne lui connaissait pas; puis elle se redressa et leva le menton. Pour une fois, elle n'avait pas le dos voûté et son bras n'était pas plaqué sur son estomac. Sous la lumière lunaire, ses cheveux aile de corbeau semblaient teintés de bleu.

La nuit étoilée resplendissait d'un éclat magique. Julia aurait juré qu'elle entendait gronder l'océan. Elle recula lentement, laissant Alice explorer son environnement immédiat.

Ellie vint se poster à côté de sa sœur.

— Qui te dit qu'elle ne va pas s'enfuir?

— Je n'ai aucune certitude, mais j'ai tendance à croire qu'elle tient à moi. Elle garde de mauvais souvenirs de là-bas.

— C'est le moins qu'on puisse dire.

Julia vit Alice s'approcher du buisson de roses. Comment réagirait-elle si une épine l'égratignait ? Se tournerait-elle de son côté, dans l'attente d'un réconfort ? Avait-elle compris qu'elle ne serait plus jamais seule ? Ou bien, de peur d'être trahie par ce monde nouveau, irait-elle se réfugier dans celui qu'elle avait toujours connu ?

— Attention, Alice, murmura-t-elle. Il y a des épines.

La fillette saisit un bouton de rose, qu'elle arracha du buisson. Elle le caressa avec une douceur surprenante, se retourna ; puis, d'un pas lent, elle s'avança jusqu'au bord de la rivière et s'arrêta sur une petite avancée. Julia et Ellie la suivirent, prêtes à la secourir au cas où elle sauterait à l'eau. Mais elle se contenta de longer la berge jusqu'à un endroit où l'herbe était tassée et flétrie. Elle s'agenouilla ensuite, la tête baissée, et un doux grondement fusa de ses lèvres.

— Elle appelle son louveteau, fit Julia avec le plus grand calme. Elle lui dit ce qui s'est passé et qu'il lui manque.

Ellie et Julia attendirent une réponse en retenant leur souffle ; seuls leur parvinrent le murmure du vent dans les arbres et les rires étouffés de la rivière.

— Il est dans un parc animalier avec d'autres loups, dit finalement Ellie. Trop loin pour l'entendre.

Julia s'avança derrière Alice, dont elle effleura l'épaule ; la fillette pivota sur elle-même et lui jeta un regard aussi noir et insondable que le ciel nocturne.

— Parle-moi, Alice, murmura la jeune femme. Comment te sens-tu maintenant ? Tu n'as aucune raison d'avoir peur ici. Tu ne risques rien.

La nuit est pleine de bruits, parfois si forts que la Fille a du mal à entendre le silence qu'ils recouvrent. Depuis toujours, c'est comme ça. Que de mal elle se donne pour oublier les animaux, les insectes, le vent et les feuilles ! Elle doit fermer les yeux pour n'entendre plus que les battements de son cœur. Même dans l'obscurité, elle voit tout : une araignée se promenant à ses pieds, deux corbeaux l'épiant du haut de l'arbre pourpre, une mouche volant le long de la rivière. Au loin, elle distingue le bruissement d'un chat à l'affût.

Si seulement les deux Elles cessaient de parler si fort, la Fille pourrait recommencer à respirer ! Un poids pèse sur sa poitrine. À proximité de son univers, elle devrait pourtant se sentir en sécurité.

Rien ne l'empêche de se mettre à courir si elle en a envie et de suivre avec précaution la rivière, pour retrouver sa caverne. Quand elle était couchée dans la boîte à dormir, le bras tendu dans l'air sentant la verdure, elle imaginait une occasion comme celle-ci – où elle profiterait d'un moment d'inattention de Cheveux de Soleil pour se sauver.

Bizarrement, elle n'a plus envie de partir.

Elle regarde ses pieds, aussi fermement plantés que les racines d'un arbre. C'est ici qu'elle veut être, avec Cheveux de Soleil.

— Parlemoialice.

Cheveux de Soleil, face à elle, lui tend la main. À la lumière de cette lune au visage arrondi, Cheveux de Soleil paraît toute blanche.

La Fille a peur. Et si Cheveux de Soleil ne veut plus que la Fille reste ? Si Elle décide de la renvoyer ?

Elle ne veut pas retourner dans sa caverne froide et sombre, où elle avait faim. Il y est peut-être.

Cheveux de Soleil se penche.

— Peuxtumeparleralice ?

L'autre Elle, la grande, cliquetante, aux cheveux comme la nuit, dit quelque chose dans l'ombre. Ni couleur ni odeur autour de celle-ci. La Fille ne devine pas ce qu'Elle ressent ou ce qu'Elle pense, mais c'est sûrement mauvais.

— Arrêtecesttropsinistre, dit Cheveux de Nuit.

Elle frissonne comme s'il faisait froid, ce qui trouble encore plus la Fille. Quand il y a la lune, il ne fait pas froid.

— Tupeuxpartirjevaisrester.

Cheveux de Soleil regarde la Fille en souriant.

— Jaibesoinquetuparlesaliceçanerimeàrien !

La Fille entend quelque chose. Ça se faufile en elle comme un loup partant chasser. Les sourcils froncés, elle cherche à comprendre.

« Besoin. »

« Que tu parles. »

Cheveux de Soleil voudrait-Elle qu'elle fasse les bruits qui veulent dire des choses ?

Non, c'est mal.

Le sourire de Cheveux de Soleil s'évanouit lentement. La couleur de ses yeux semble passer du vert au gris très pâle. Cheveux de Soleil émet finalement un son bien triste et se redresse.

— Aprèstoutcenestpeutêtrepasmoiquipourraiaidercettepetite.

On dirait maintenant que Cheveux de Soleil est à des kilomètres de la Fille, et s'éloigne de plus en plus. Il y aura bientôt une si grande distance entre elles que la Fille ne pourra plus jamais la retrouver.

— Jaibesoinquetuparlespetitefille.

Cheveux de soleil reprend son souffle et ajoute:

— Silteplaît.

«S'il te plaît.»

La Fille se souvient vaguement de ce son. Un son particulier, comme le premier bourgeon au printemps.

Cheveux de Soleil veut qu'elle fasse les bruits interdits.

La fille se relève lentement, étourdie par la peur.

Cheveux de Soleil s'éloigne encore. Elle est en train de l'abandonner…

Inquiète, la Fille la suit, attrape sa main, et la serre si fort qu'elle lui fait mal.

Cheveux de Soleil se retourne et s'agenouille.

— ÇavaAliceçavajenevaispastequitter.

«Quitter.»

Ce mot se détache des autres sons, aussi clairement que le clapotis d'une rivière.

La Fille regarde Cheveux de Soleil. En tenant sa main serrée, elle voudrait fuir son regard ou fermer les yeux pour ne rien voir si Cheveux de Soleil se prépare à la frapper, mais elle se force à garder les yeux ouverts. Il lui faudra tout son cœur et toute son énergie pour se rappeler et reproduire le mot interdit.

— Çanevapas?

La voix de Cheveux de Soleil est si douce que la Fille a le cœur lourd de chagrin.

Elle fixe ses jolis yeux verts et voudrait faire de son mieux ; puis elle passe sa langue sur ses lèvres et articule:

—Reste.

Cheveux de Soleil émet un son pareil à une pierre qui tombe au fond de l'eau.

—Tu as dit *reste*?

—*Siteplaît*.

Les yeux de Cheveux de Soleil se remettent à couler. Elle prend la tête de la Fille dans ses bras, l'attire vers Elle.

Jamais personne n'a serré la Fille tout entière dans ses bras. Elle ferme les yeux et enfouit son visage dans la chaleur de son cou, parfumé comme les fleurs au lever du soleil.

—Reste! répète-t-elle, avec un sourire.

17

Assise dans l'ancien fauteuil de son père, sur la véranda, Ellie s'était enveloppée d'une épaisse couverture de laine. À côté d'elle, une tasse de thé projetait de fines volutes de vapeur dans l'air.

Près de trois heures s'étaient écoulées depuis l'épisode d'Alice dans la forêt, mais elle avait encore l'impression d'entendre le son lugubre de ses grondements dans la nuit.

Il s'était passé tant de choses ce soir-là ; malgré tout, qu'y avait-il de changé ? Alice pouvait parler. Sa sœur et elle l'avaient constaté, et c'était peut-être le point de départ qui leur permettrait de découvrir son identité.

Paradoxalement, elle n'y croyait plus. Il lui semblait qu'Alice ne venait de nulle part et n'avait aucune origine identifiable. Un peu comme ces femmes esquimaux qui dérivent sur la banquise, dans le froid et la solitude, jusqu'à la fin de leurs jours.

Elle serra sa tasse de thé entre ses mains ; une bouffée de vapeur parfumée à l'orange lui sauta au visage.

Derrière elle, la porte de la véranda s'ouvrit avec un crissement. Julia entra et s'assit sur l'ancien rocking-chair de leur mère. Ellie l'interrogea :

— Alice dort ?

— Comme un bébé.

Ellie tenta de rassembler ses pensées, qui s'enfuyaient, pareilles à des mustangs lancés au galop, dès qu'elle cherchait à les atteindre.

— A-t-elle dit autre chose ?

Si seulement ces deux mots n'avaient été qu'un début !

— Non, et ça risque de prendre un certain temps... Un événement important s'est produit ce soir, mais as-tu entendu la manière dont elle a dit s'il te plaît ? « *Siteplaît* ». Comme un enfant de deux ans... Elle n'a pas prononcé les mots dans une même phrase ; il s'agissait pour elle de deux entités distinctes.

— Que peut-on en déduire ?

— Tout cela est très complexe, murmura Julia, pensive. Il me faudra beaucoup d'autres informations pour me forger une opinion définitive, mais soit Alice est délibérément muette – elle refuse de parler à cause d'un traumatisme qu'elle a subi –, soit elle est en retard dans son acquisition du langage. Je crois plutôt à cette dernière hypothèse, pour deux raisons. Premièrement, elle paraît comprendre quelques mots simples, mais pas les phrases composées à partir de ces mots. Deuxièmement, elle a utilisé, ce soir, ces deux mots sans les lier, ce qui révèle une évolution comparable à celle d'un enfant de deux ans environ. Sais-tu comment les enfants apprennent à parler ? D'abord mot à mot : papa, maman, ballon, chien... Progressivement, ils relient les mots par deux, puis par trois, pour communiquer des notions plus complexes. Ils découvrent ensuite l'usage de la forme négative – pas jouer, pas de sieste… – et l'usage des pronoms. Plus tard, ils utilisent la forme interrogative. La plupart des spécialistes pensent qu'un enfant peut s'initier à ce processus jusqu'à la puberté. Après, pour une raison ou pour une autre, cette démarche devient presque impossible. Voilà pourquoi les enfants apprennent les langues étrangères beaucoup plus facilement que les adultes.

Ellie leva la main pour interrompre sa sœur.

— Moins vite, Albert Einstein ! Es-tu en train de me dire qu'Alice peut parler mais n'a pas eu l'apprentissage nécessaire, et qu'elle a la capacité d'expression d'un enfant en bas âge ?

— Je suppose. Il me semble qu'elle a été élevée dans un milieu ayant l'usage de la parole, et peut-être satisfaisant sur le plan affectif, pendant un an et demi ou deux après sa naissance. Elle a appris quelques mots et établi un contact physique avec quelqu'un. Un événement terrible s'est produit alors, et son apprentissage du langage a cessé.

Un événement terrible…

— Un enfant en bas âge ne connaît pas son nom de famille.

— Je sais, admit Julia.

Calée dans le fauteuil de son père, Ellie soupira profondément.

— On dirait que personne ne recherche cette petite. Le National Crime Information Center n'a trouvé aucun enfant disparu ou kidnappé correspondant à son profil. L'ADN ne nous a rien appris. La presse se désintéresse de l'affaire. Et tu m'annonces maintenant que, même si elle se met à parler, elle risque d'ignorer son nom, celui de ses parents, ainsi que sa ville d'origine.

— Enfin, El ! Je ne suis pas mécontente de ce que j'ai fait ce soir… Elle est sortie du néant et elle s'est exprimée.

— Désolée. Tu as fait un sacré travail avec elle, Jules, mais j'ai mes responsabilités moi aussi. La DSHS souhaiterait que nous prenions des mesures en vue d'un placement permanent en famille d'accueil.

— Pas de ça, je t'en prie, El ! Il ne s'agit pas seulement de retrouver la famille d'Alice, mais de la sauver, de la ramener au monde civilisé. C'est toi qui m'as rappelé le bien que je pouvais lui faire.

— Je crois comprendre que tu serais prête à rester tout le temps nécessaire !

— Pourquoi pas ? Plus rien ne me retient à Los Angeles. Quand on n'a ni mari, ni enfants, ni boulot, on peut facilement prendre la tangente. Il suffit de boucler son appartement, et en route !

Julia chercha le regard de sa sœur.

— À vrai dire, j'ai besoin d'Alice en ce moment… Je ferai le maximum pour l'aider. Est-ce suffisant ? Peut-on prolonger la période d'accueil temporaire ?

— Bien sûr.

L'idée que Julia allait rester tout l'hiver laissait Ellie perplexe, mais il serait temps d'y penser plus tard, en s'endormant. Au moins, quelqu'un acceptait de partager avec elle la responsabilité de la petite fille.

— Et toutes ces bizarreries ? reprit-elle. Les oiseaux ?

Julia scruta, par-dessus sa tasse de thé, la rivière nimbée par le clair de lune.

— Je ne sais pas… Elle a vécu dans un monde différent du nôtre et régi par d'autres règles. Au cours de mes recherches sur les enfants sauvages, j'ai remarqué qu'on avait autrefois une vision romantique de leur cas. On les considérait comme des produits de la nature à l'état pur. Des êtres non corrompus par la civilisation.

— Ce qui signifie ?

— Elle a peut-être un contact plus poussé que nous avec la nature, avec les plantes, les animaux. En ce qui concerne la vue et l'odorat…

— J'ai eu l'impression qu'il s'agissait plus de magie que d'expérience, observa Ellie.

— C'est une explication possible.

— Et maintenant ? Comment faire pour l'inciter à parler ?

Le regard de Julia s'attarda sur sa sœur.

— Il faut qu'elle se sente en sécurité ici. Nous devons lui montrer en quoi consiste une famille. Peut-être que ça éveillera ses souvenirs… Et nous lui apprendrons à parler comme à un enfant de deux ans : un mot à la fois.

Quand Ellie se fut couchée, Julia, allongée sur son lit, garda les yeux rivés au plafond. Trop excitée pour s'endormir, elle croyait sentir son sang bouillonner, presque à fleur de peau.

« Reste. »

Ce mot, prononcé par Alice, lui revenait sans cesse en mémoire – avec un frisson d'horreur, à l'idée de ce qu'il pouvait signifier.

Jusqu'à l'instant où, ce soir-là, Alice avait articulé son premier mot, elle n'avait pas réalisé à quel point elle se sentait mal. Comment avait-elle pu tomber si bas ? La confiance qu'elle avait retrouvée était encore précaire, mais elle avait le sentiment d'avoir repris le dessus.

Et plus jamais elle ne lâcherait prise. Le lendemain matin, à la première heure, elle appellerait l'équipe de médecins et de chercheurs qui désirait étudier le cas d'Alice pour les prier de faire machine arrière. Elle persuaderait ensuite la DSHS qu'il n'y avait pas lieu de s'inquiéter du placement actuel de la fillette.

C'était peut-être la leçon qu'elle avait tirée de la tragédie survenue avec Amber. Un signe du destin.

Sur le plan professionnel, elle pouvait s'attendre à rencontrer des déboires et à affronter de nombreux écueils, mais pour figurer parmi les meilleurs, elle devait croire fermement en ses capacités.

Elle était redevenue forte. Aucun coup de téléphone des chercheurs ou de ses soi-disant collègues, aucune question posée par les médias ne pourrait désormais l'atteindre. Et personne ne pourrait lui arracher Alice.

Il fallait absolument qu'elle parle à quelqu'un pour partager son triomphe et elle ne voyait qu'une seule personne susceptible de la comprendre.

Tu es folle, Julia.

Elle rejeta ses couvertures, sortit du lit, enfila un vieux jean noir et un tee-shirt bleu, puis embrassa Alice sur la joue. Sur le palier, elle fit une pause. Pas de lumière sous la porte d'Ellie, pas un son à l'intérieur. Il valait mieux ne pas réveiller sa sœur, d'autant que celle-ci ne semblait pas mesurer l'importance des derniers événements.

Sans réfléchir davantage, elle prit sa voiture et roula vers la vieille route. À cette heure de la nuit, celle-ci était déserte et silencieuse. Des étoiles éclaboussaient le ciel, comme dans une peinture de Jackson Pollock. Juste avant l'entrée du parc national, elle s'engagea sur la route de gravier creusée d'ornières. Au dernier tournant, elle éteignit ses phares et alla se garer dans le jardin ténébreux.

Pourquoi se trouvait-elle devant la maison de Max, comme une adolescente paumée, un samedi soir ? En vérité, elle ne voulait pas admettre la raison de sa présence, mais elle savait... Tout en se répétant à plusieurs reprises qu'elle était aussi stupide qu'une mouche allant se jeter dans une toile d'araignée, elle n'avait pas pu s'en empêcher.

Elle sortit de la Suburban et traversa l'étendue sombre du jardin, charmée par le doux clapotis du lac le long de la berge.

Max entendit la voiture approcher, redoutant par-dessus tout une urgence médicale. C'était sa seule nuit libre de la semaine et il venait de terminer son second scotch.

Des pas retentirent sur la véranda et on frappa à la porte.

—Je suis ici ! lança-t-il. Sur la terrasse.

Un long silence plana et il allait reprendre la parole quand il perçut un bruit de pas.

Julia entra. En l'apercevant dans le jacuzzi, elle resta figée sur place sous la lampe orangée qui illuminait la terrasse couverte. Depuis leur rencontre récente, il avait souvent pensé à elle. Sa maigreur et ses traits tirés le frappèrent aussitôt : sa jolie silhouette paraissait maintenant trop fine et son menton plus pointu.

Mais ses yeux exerçaient sur lui une fascination aussi puissante qu'un jouet sur un enfant ébloui.

— Un jacuzzi, docteur. Quel cliché !

— Je suis allé grimper aujourd'hui. Mon dos me fait souffrir le martyre. Venez me rejoindre.

— Je n'ai pas de maillot de bain.

— Il suffit que j'éteigne.

Il pressa un bouton et le jacuzzi s'obscurcit.

— Il y a du vin dans le réfrigérateur, et les verres sont au-dessus de l'évier.

Il prit d'abord son silence pour un refus, mais elle finit par tourner les talons. Il entendit la porte de la maison s'ouvrir, puis se refermer, et elle réapparut au bout d'un moment avec un verre de vin, drapée dans une serviette.

— Fermez les yeux, lui ordonna-t-elle.

— J'aperçois vos bretelles de soutien-gorge, Julia.

— Allez-vous fermer les yeux, oui ou non ?

— Nous ne sommes plus des adolescents ! Auriez-vous par hasard l'intention d'enlever le bas ensuite ? J'en doute…

Elle s'éloigna de quelques pas.

— Bon ! marmonna-t-il. Je ferme les yeux.

Il l'entendit revenir. Au son étouffé de la serviette atterrissant sur une chaise succéda le doux bruissement de l'eau quand elle entra dans le jacuzzi. Des gouttes rebondirent contre son torse ; il crut un instant qu'elle l'avait frôlé du doigt.

Quand il ouvrit les yeux, elle était assise de l'autre côté du jacuzzi, les bras ballants. À travers la transparence humide de son soutien-gorge en dentelle, il aperçut le renflement nacré de ses seins au-dessus de l'eau, et les taches sombres de ses mamelons à peine couverts.

— Vous me reluquez, murmura-t-elle en buvant son vin à petites gorgées.

— Vous êtes belle...

Le son de sa propre voix et l'ardeur de son désir le surprirent en même temps.

— J'aimerais savoir combien de fois vous avez dit cela à des femmes assez cinglées pour entrer dans ce jacuzzi.

— Seriez-vous cinglée ?

— Oh ! oui. Mais pas idiote, car je ne suis pas entièrement nue.

— Je peux vous promettre qu'aucune femme n'est entrée avant vous dans cette eau.

— Vous voulez dire aucune femme habillée ?

— Ces dentelles transparentes vous habillent si peu... Je voulais dire que vous êtes la première femme – nue ou habillée – admise dans mon jacuzzi.

— Vraiment ?

— Vraiment.

Julia se retourna pour contempler le lac. Au loin, deux cygnes blancs flottaient paresseusement sur la surface de l'eau ; au clair de lune, leur plumage semblait phosphorescent.

Le silence devenant intenable, Julia fit face à Max.

— Parlez-moi de vous, murmura-t-elle. Je ne sais rien à votre sujet.

— Que voulez-vous savoir ?

— Pourquoi vous êtes-vous installé à Rain Valley ?

— Un règlement de comptes de trop à Los Angeles, répondit-il comme chaque fois que cette question lui était posée.

— Pourquoi ai-je l'impression que vous ne me dites pas tout ?

— J'oubliais que vous êtes psy.

— Et une bonne, précisa Julia en souriant ; mais peut-être trop prompte à conclure... Alors, racontez-moi.

Max haussa les épaules.

— J'ai eu des problèmes personnels, à la suite desquels j'ai éprouvé un besoin de changement. J'ai démissionné de mon poste et je me suis installé ici. J'adore les montagnes.

— Des problèmes personnels ?

— Oui, de vrais problèmes...

— Parfois, il ne reste plus qu'à partir.

— Je n'ai eu aucun mal à quitter Los Angeles, observa Max. Nous sommes de vrais nomades dans ma famille. Mes parents – Ted et Georgia, pour devancer vos questions – ont pris un congé temporaire. Au lieu d'enseigner à Berkeley, ils voyagent actuellement en Amérique centrale dans un camping-car baptisé Dixie. Aux dernières nouvelles, ils étaient à la recherche d'un insecte en voie d'extinction.

— Qu'enseignent-ils ?

— La biologie et la chimie organique, respectivement. Ma sœur Ann est en Thaïlande. Aide humanitaire aux victimes du tsunami. Mon frère Ken travaille pour un important centre de recherche aux Pays-Bas. On ne l'a pas vu depuis près de dix ans. Je reçois chaque année une carte de Noël ainsi libellée : « Mes meilleurs vœux à vous et aux vôtres, Dr Kenneth Cerrasin. »

Julia faillit s'étrangler de rire, et Max finit par l'imiter.

— Moi qui trouvais ma famille étrange !

— La mienne bat tous les records, répliqua Max.

— Vous ont-ils apporté leur soutien quand… vous avez eu des ennuis ?

Le sourire de Max s'évanouit.

— Vous n'y allez pas de main morte.

— C'est mon métier qui veut ça. Mais, en fait, je repensais à mon sentiment de solitude quand j'ai eu des problèmes à Los Angeles. Vous avez connu cela, vous aussi.

Max posa son verre.

— Pourquoi êtes-vous ici, Julia ?

— Vous connaissez la raison de ma présence à Rain Valley.

— Je voulais dire ici, chez moi.

— Eh bien, c'est parce qu'Alice a parlé ce soir. Elle a dit : « Reste. »

— Je savais que vous réussiriez.

Un sourire inattendu illumina le visage de Julia. La lumière de la véranda baignait sa peau, se perdait dans ses cheveux, et donnait à ses cils un tracé arachnéen sur ses joues.

— C'est un événement que j'attendais depuis des semaines.

— Et ?

— Quand il s'est produit, j'ai immédiatement eu envie de vous en parler.

Ce fut plus fort que lui. Il annula la faible distance qui les séparait afin de l'embrasser. Il avait oublié depuis longtemps ce genre de baiser. Chuchotant son nom, il promena une main le long de son dos nu puis atteignit son sein, dont il eut à peine le temps de sentir la rondeur car elle se dégagea.

— Désolée, articula-t-elle, aussi pâle et troublée que lui. Je dois partir.

— Il y a quelque chose entre nous.

Ces mots avaient échappé à Max avant qu'il sache ce qu'il allait dire.

— Oui, fit Julia. C'est la raison pour laquelle je m'en vais.

Ils se dévisagèrent un moment. Max avait la sensation étrange d'une grande perte.

Julia sortit finalement du jacuzzi et rentra récupérer ses vêtements dans la maison. Quand elle fut partie, sans un au revoir, Max resta longtemps assis, le regard perdu dans le vague.

Toute la nuit, Julia rêva de Max. Encore perdue dans le labyrinthe de ses rêves, il lui fallut un moment, à son réveil, pour remarquer que quelqu'un frappait à la porte de sa chambre. On aurait dit une armée en marche.

Elle s'assit dans son lit. Point d'armée dans sa chambre, mais une petite fille à l'air résolu, debout à côté de la porte. Julia sourit : cela comptait beaucoup plus que ses émois de la veille.

— Je parie que tu as encore envie de sortir !

Elle sauta du lit, fit sa toilette et sortit de la salle de bains revêtue d'un jean délavé et d'un vieux sweat-shirt gris.

Trépignant d'impatience, Alice tapa du pied et donna un coup de poing dans la porte.

Julia se dirigea d'un air désinvolte vers leur table de travail, sur laquelle étaient éparpillés livres, blocs-notes et poupées. Elle s'assit, les pieds sur la table.

— Si une petite fille veut sortir, elle doit le dire avec des mots.

Alice fronça les sourcils et cogna à nouveau la porte.

— Ça ne marchera pas, Alice, murmura Julia. Maintenant, je sais que tu es capable de parler.

Elle se leva, s'approcha de la fenêtre et montra du doigt le jardin qui rosissait sous les premières lueurs de l'aube.

— De-hors, articula-t-elle, à plusieurs reprises, avant de prendre Alice par la main pour la mener à la salle de bains.

Puis elle lui désigna son propre reflet dans le miroir :

— Ju-lia. Peux-tu prononcer ce mot ? Ju-lia.

— Elle, chuchota Alice.

Ce son hésitant et à peine audible serra le cœur de Julia.

— Ju-lia, reprit-elle, une main pressée sur sa poitrine. Ju-lia...

À l'instant où Alice comprit, elle émit un petit cri de stupeur et sa bouche forma un O.

— *Jou-lie*.

Un sourire de triomphe flotta sur les lèvres de Julia, mais un vertige la saisit, comme si elle venait d'escalader l'Everest sans oxygène.

— Oui, c'est ça ! Le son *ya* est un peu difficile.

Elle désigna le reflet d'Alice dans le miroir, avant de plaquer une main sur elle.

— Fille ? fit Alice.

— Oui, oui ! Tu es une fille ! Je suis Julia, et toi, comment t'appelles-tu ?

— Fille, répéta Alice d'un air renfrogné.

— Connais-tu ton nom ?

Julia n'obtint aucune réponse. Au bout d'un moment, Alice se remit à marteler la porte avec son poing.

— Tu n'as pas beaucoup de vocabulaire, mon chou, mais tu sais ce que tu veux et tu apprends vite. Et maintenant, sortons ! décida Julia.

La matinée au temps clair et vif se transformait en un après-midi menaçant. De lourds nuages gris s'entrechoquaient et formaient une masse pareille à de la paille de fer. Le pâle soleil, qui avait attiré Max en montagne par cette froide journée d'automne, s'était évanoui. De temps à autre, un rayon de soleil transperçait les nuages, mais depuis une heure ces moments flamboyants se faisaient de plus en plus rares.

Il ne tarderait pas à pleuvoir.

Max comprit qu'il avait intérêt à se dépêcher, mais descendre un versant rocheux prend du temps, et il aimait justement ce côté imprévisible de l'escalade.

Il parvint à un à-pic. Au-dessous de lui, une languette de pierre – à peine plus grande qu'une luge d'enfant – faisait saillie.

En sueur, il progressa lentement vers la gauche, en choisissant méthodiquement ses points d'appui. Sa descente allait bientôt se terminer : un moment délicat pour les grimpeurs. En fin de journée, on n'a que trop tendance à laisser dériver ses pensées vers le pas suivant, les affaires à ranger, la marche de retour, et...

Julia.

Il hocha la tête pour mettre de l'ordre dans ses idées. La sueur troublait sa vue. Un instant, le granit prit l'apparence d'une plaque uniforme. Il s'essuya le front et cligna des yeux jusqu'à ce que les aspérités et les mousses redeviennent visibles.

Une goutte d'eau tomba si brutalement sur sa tête qu'il tressaillit. Peu après, le ciel se fendit, lâchant des torrents d'eau. Le tonnerre retentissait de l'autre côté des montagnes, et la pluie martelait son corps.

Il s'arrêta sur la saillie et regarda vers le bas. Il était à moins de cent mètres de son point d'arrivée. À quoi bon descendre en rappel ? Les préparatifs lui prendraient du temps, alors qu'un violent orage approchait. Le vent faisait trembler les arbres et griffait son visage.

Il se mit à descendre, en suspension au-dessus du vide.

Aussitôt, il comprit son erreur. La roche crissa, se déplaça, puis se mit à pivoter. Une pluie de petites pierres et de poussière humide l'atteignit au visage et l'aveugla.

Il allait tomber.

Instinctivement, il tenta de prendre appui sur les gros blocs de pierre en saillie sous lui mais, tout à coup, plus rien ne le retint.

Il dégringolait à toute vitesse. Un rocher écorcha sa pommette, un autre frôla sa cuisse. La pierre sur laquelle il avait pris appui tombait avec lui. Quand ils atterrirent au même instant, la pierre et lui, il eut la sensation de recevoir un coup de pelle sur la poitrine.

Etourdi, il resta un moment allongé à terre ; la pluie cinglait ses joues et ruisselait le long de son cou. Il finit par se redresser sur le sol boueux. Ni fractures, ni blessures graves. Il avait eu de la chance ; pourtant, il était loin d'exulter. Debout à côté de la pierre qui avait failli le tuer, les yeux rivés à la paroi rocheuse, luisante de pluie, il se sentait stupide.

Il rassembla son matériel, remit son sac à dos en ordre et s'engagea sur le long chemin sinueux menant à l'endroit où il avait garé sa voiture. En chemin et pendant tout le trajet de retour, il tenta vainement de faire le vide dans son esprit. Il chercha ensuite à se réjouir d'avoir échappé à la mort, mais sans plus de succès. Il ne pensait qu'à Julia. Julia dans le jacuzzi, la saveur de ses lèvres, le timbre de sa voix quand elle avait dit : « Tout ou rien. » Et l'émotion qu'il avait ressentie en l'écoutant.

Pourquoi s'étonnait-il de n'avoir pas ressenti l'habituelle poussée d'adrénaline que lui procurait l'escalade ?

Désormais, le vrai danger venait d'ailleurs.

Tout ou rien.

18

Depuis que j'ai donné à Alice un aperçu du monde extérieur, elle est devenue totalement différente. Tout la fascine. Elle passe son temps à me prendre par la main pour m'entraîner vers des objets qu'elle m'indique en me disant : « Quoi ? » Elle s'accroche de toutes ses forces à chaque mot que je lui enseigne, et s'en souvient avec une facilité surprenante. Je présume que son besoin de communiquer est d'autant plus vif qu'il a été contrarié auparavant. Elle semble impatiente de s'intégrer à cet univers qu'elle vient de découvrir.

Elle commence aussi à explorer lentement ses émotions. Quand elle ne disposait pas encore du langage, elle dirigeait presque toute son animosité contre elle-même. Il lui arrive maintenant de la manifester avec discernement. Hier, quand je lui ai dit qu'il était l'heure d'aller au lit, elle m'a frappée. Le sens des convenances sociales viendra plus tard. Pour l'instant, je me satisfais de la voir se mettre en colère.

Elle acquiert aussi, petit à petit, le sens de la propriété ; un pas de plus sur la voie de l'affirmation de soi. Elle rassemble tous les objets rouges et a un endroit spécial pour «ses» livres.

Elle ne m'a encore rien dit concernant son nom ; et elle n'a pas non plus accepté le prénom «Alice». Il y a encore du travail à faire dans ce domaine. Le nom est une partie intrinsèque du développement de la personnalité.

Je n'ai rien découvert sur sa vie passée. Tant qu'elle ne pourra pas communiquer de manière plus satisfaisante, je n'apprendrai certainement pas grand-chose au sujet de ses souvenirs ; mais je suis patiente. Pour l'instant, je me comporte en pédagogue. C'est une entreprise tout à fait enthousiasmante.

Julia raya les deux dernières phrases, trop personnelles à son avis, et posa son stylo.

Assise à la table, Alice feuilletait *Le Lapin de velours* dans une version abondamment illustrée. Elle n'avait pas bougé depuis près d'une heure et semblait fascinée.

Quand elle eut rangé son bloc-notes, Julia alla s'asseoir près d'elle. La fillette prit sa paume et la serra énergiquement ; puis, de sa main libre, elle lui désigna le livre en grognant.

— Exprime-toi avec des mots, Alice.
— Lis !
— Lis quoi ?
— *Live.*
— Qui me demande de lui lire un livre ?
Alice, perplexe, fronça les sourcils.
— Fille ?

— A-lice, articula Julia.

Depuis deux semaines, elle avait tenté en vain de faire dire son prénom à Alice. Le temps passant et chaque jour lui donnant la preuve de son intelligence, elle avait de plus en plus tendance à croire que la petite fille ne se rappelait pas – ou n'avait jamais connu – son véritable prénom. Cette pensée la navrait, car elle laissait supposer qu'à partir de dix-huit mois ou deux ans personne ne l'avait appelée.

— Alice, reprit-elle doucement, voudrait-elle que Julia lui lise un livre ?

Alice feuilleta le livre en hochant la tête.

— Lis ! Fille...

— Si tu joues quelques minutes avec tes cubes, je te lirai le livre. D'accord ?

Alice fit grise mine.

— Je sais, dit Julia.

Elle se pencha, prit la boîte de cubes et disposa ceux-ci sur la table. Ces gros blocs en plastique portaient des chiffres d'un côté et des lettres de l'autre. Elle les utilisait généralement pour enseigner l'alphabet à Alice, mais elles allaient compter.

— Prends le cube qui porte le chiffre un. Un !

Alice prit immédiatement le cube rouge et le poussa vers elle.

— Bravo ! Et maintenant le quatre.

Au bout d'une heure, Alice avait fait des progrès stupéfiants. En moins de deux semaines, elle avait mémorisé tous les chiffres jusqu'à quinze, et se trompait très rarement.

Vers 15 heures, elle commença à se lasser. Bientôt ce serait l'heure de la sieste. Elle frappa le livre à nouveau.

— Lis !
— D'accord, fit Julia.

Elle prit Alice sur ses genoux et la serra tendrement dans ses bras, tout en dégageant de ses yeux ses cheveux noirs et soyeux.

Alice glissa alors son pouce dans sa bouche et attendit. Julia se mit à lire. Elle terminait à peine le premier paragraphe que la fillette se crispa et émit un grognement.

Une seconde après, on frappait à la porte.

Alice se remit à grogner, puis s'interrompit, comme si elle se souvenait de l'usage des mots.

— Peur, souffla-t-elle.
— Je sais, ma chérie.

Ellie ouvrit la porte et entra. Avec un son étouffé, Alice glissa des genoux de Julia et alla se cacher parmi les plantes en pot.

— Est-ce qu'elle aura toujours peur de moi ? soupira Ellie.

Julia ébaucha un sourire.

— Donne-lui le temps.
— Comment va-t-elle ?
— Elle progresse à la manière d'un enfant en bas âge. Elle apprend l'usage des mots et l'expression corporelle en même temps.
— J'aimerais lui dire que je regrette… et que je l'ai… capturée… pour son bien.
— Elle ne peut pas comprendre une notion aussi complexe.
— À trente-neuf ans, je ne suis même pas capable de me faire aimer d'une petite fille. Je ne m'étonne pas d'être stérile. Dieu a jugé mon potentiel de mère.
— Tu n'es pas stérile.

—Même si je ne le suis pas, j'ai trop attendu. Mes ovules sont aussi desséchés qu'un poisson sur un barbecue.

Julia s'approcha de sa sœur.

—Écoute, c'est au moins la cinquième fois que tu me parles de ton envie d'avoir des enfants.

—Ça me tombe dessus au mauvais moment.

—Comme tous les rêves. On ne peut pas les refouler sans cesse, Ellie. Si tu essayais de créer un lien avec Alice ? Je peux t'apprendre.

Ellie soupira tristement.

—Oui, d'accord. Je peux même faire dresser mes chiens.

—Commence par passer un moment avec Alice.

—Elle ne supporte même pas ma présence dans la pièce !

—Fais un effort ! Ce soir, tu lui liras une histoire après le dîner. Je descendrai pour vous laisser seules ensemble.

—Elle ira se réfugier dans sa pseudo-forêt.

—Tu n'auras qu'à recommencer demain soir. Tôt ou tard, elle te laissera tenter ta chance.

—Tu crois ?

—J'en suis sûre.

—Eh bien, j'essaierai. Merci, Julia.

Ellie allait sortir mais, sur le seuil, elle fit volte-face.

—J'ai failli oublier ce que je venais te dire. Jeudi, c'est Thanksgiving. Tu sais faire la cuisine ?

—Je fais des salades. Et toi ?

—Uniquement des plats à base de fromage fondu.

—On est lamentables !

—Absolument.

— Si on essayait les recettes de maman ? proposa Julia. Je commande une dinde aujourd'hui et je me charge des courses. Ce n'est peut-être pas trop difficile.

— Ça nous rappellera le bon vieux temps. Si on invitait des gens ?

— Cal et sa famille.

— Bien sûr ! Quelqu'un d'autre ?

— Max ? Il est seul ici.

Le regard d'Ellie transperça sa sœur comme un laser.

— En effet...

— Donc, je l'appellerai.

— Tu joues avec le feu, petite sœur. Prends garde à toi.

— Il s'agit d'une simple invitation à dîner.

— Oui, tu as raison, admit Ellie.

— Tu as vu combien de beurre maman mettait dans sa farce ? C'est invraisemblable.

Ellie, affrontant elle aussi quelques problèmes, ne se donna pas la peine de répondre. Elle avait trouvé à l'intérieur de la dinde – à quoi pensait Julia quand elle avait acheté une volaille de neuf kilos, espérait-elle leur faire manger de la dinde jusqu'au carême ? – un sac d'abats qu'elle ne voulait ni manger, ni même cuisiner.

— Crois-tu que le sac se dissout à la cuisson ? Si j'enfonce mon bras plus loin dans cette dinde, mes doigts vont ressortir de l'autre côté.

Julia, absorbée par sa tâche, plissa le front.

— Aurais-tu par hasard un défibrillateur chez toi ?

— Ah ! s'exclama Ellie après avoir ri de la plaisanterie de sa sœur.

Elle venait d'extirper le sac. Quand elle eut enduit la volaille de beurre, au grand effroi de Julia, elle la plaça sur la poêle de grand-mère Dotty.

— Tu vas mettre un peu de farce dedans ?
— Bien sûr.

Une fois la bête farcie et enfournée, Ellie fit un tour d'horizon.

— Et maintenant ?

Julia chassa ses cheveux de ses yeux d'un air las. Il n'était que 9 heures du matin et elle se sentait déjà aussi exténuée qu'Ellie.

— On pourrait essayer la recette des haricots verts de tante Vivian.
— J'ai toujours eu horreur des haricots verts et de la soupe aux champignons. Si on se contentait d'une salade ? On en a un sachet dans le réfrigérateur.
— Tu es géniale !
— Je te le dis depuis des années.
— Je vais commencer à éplucher les pommes de terre.

Julia se dirigea vers la véranda et ouvrit la porte. Une bouffée d'air froid s'engouffra dans la pièce ; mêlée à l'air chaud de la cheminée, elle créait une délicieuse sensation de chaleur et de fraîcheur simultanées.

Après avoir placé un sac de pommes de terre à ses pieds, Julia s'assit sur la marche supérieure, le couteau éplucheur en main.

Ellie confectionna deux mimosas et alla rejoindre sa sœur dehors avec les cocktails.

— Un peu d'alcool nous fera le plus grand bien. Sais-tu que, l'année dernière, une femme qui avait servi des champignons sauvages à un dîner a empoisonné tous ses invités ?

— Ne t'inquiète pas, je suis médecin.

Ellie tendit son verre à Julia et elles fixèrent au même instant leur regard sur le jardin.

Vêtue d'une jolie robe en broderie anglaise et de collants roses, Alice était assise sur une couverture de laine. Des oiseaux – surtout des corneilles et des rouges-gorges – l'entouraient, en se chamaillant pour picorer dans sa main. À côté d'elle, un paquet de chips périmé constituait un stock inépuisable de miettes.

— Si tu lui apportais un verre de jus de fruit ? suggéra Julia. Les oiseaux ont un effet apaisant sur elle. C'est peut-être le bon moment pour créer des liens.

— Elle me fait penser à Hitchcock... Imagine que les oiseaux se mettent à me crever les yeux avec leur bec !

Julia éclata de rire.

— Ils s'envoleront dès que tu arriveras.

— Mais...

— Elle n'est qu'une petite fille qui a eu une vie d'enfer. Ne te monte pas la tête à son sujet.

— Je parie qu'elle me fuira.

— Eh bien, tu tenteras ta chance une autre fois.

Julia fouilla dans la poche de son tablier et en sortit un bol mesureur rouge.

— Donne-lui ça.

— Elle adore toujours le rouge ?

— Oui.

— Pourquoi, à ton avis ?

— Aucune idée. Vas-y, et je mettrai la table pendant ce temps-là.

Ellie sentit le regard de sa sœur peser sur elle tandis qu'elle descendait les marches en direction du jardin.

La porte-écran grinça sur ses gonds et claqua en se refermant. Les oiseaux s'envolèrent en croassant, si nombreux qu'ils formèrent une tache noire fugitive dans le ciel gris.

Une petite branche crissa et se rompit sous le pied d'Ellie.

Alice tressaillit, pivota sur elle-même et resta accroupie, aux aguets, bien que tout le jardin s'étendît sous ses yeux. Elle paraissait si effarée qu'Ellie se sentit mal à l'aise : quémander l'affection d'autrui n'était guère dans ses habitudes, car elle s'était toujours sentie aimée.

— Hé! fit-elle, sans bouger. Aujourd'hui, pas de filet, pas de piqûre!

Elle tendit les mains pour confirmer ses dires ; le bol mesureur brillait dans sa paume. Alice fronça les sourcils en l'apercevant, puis elle le montra du doigt avec un grognement.

Pour la première fois, elle ne s'était pas enfuie en voyant Ellie approcher. Comme par magie, tout devenait possible. Ellie utilisa la formule habituelle de Julia.

— Exprime-toi avec des mots, Alice!

Comme un silence planait, elle recourut à une autre tactique. Très doucement d'abord, elle se mit à chanter ; puis un peu plus fort, à mesure qu'une expression intéressée faisait place à l'air maussade d'Alice. Elle fredonna une chanson enfantine après l'autre ; la fillette l'écoutait sans broncher, mais quand elle entonna « Twinkle, Twinkle, Little Star », l'attitude d'Alice changea du tout au tout. L'ébauche d'un sourire effleura ses lèvres, et elle murmura avec elle :

— Star...

Ellie eut grand-peine à réprimer un sourire de triomphe. La chanson terminée, elle s'agenouilla et tendit le bol mesureur à Alice. Celle-ci le caressa et le frotta contre sa joue avant de jeter un regard interrogateur à Ellie. Et maintenant ?

— Star, dit-elle à nouveau.

— Tu veux que je continue à chanter ?

— Star, *siteplaît*.

Ellie obtempéra.

Quand Alice s'approcha d'elle, elle faillit sauter de joie, mais elle continua simplement à chanter.

Au bout d'un moment, Julia vint se joindre à elles. Assises sur l'herbe, sous un ciel gris de novembre, elles chantèrent toutes les trois en chœur, tandis que la dinde de Thanksgiving rôtissait dans la maison, comme autrefois.

Max aurait dû partir une demi-heure plus tôt. Au lieu de se mettre en route, il s'était servi une bière et avait allumé la télévision.

Il avait peur de revoir Julia.

Tout ou rien.

Vas-y, Max !

Il croyait entendre la voix de Susan le sermonnant doucement. Si elle avait été à ses côtés, elle lui aurait adressé l'un de ses sourires entendus. Elle savait que, malgré sa fuite, son passé le rattrapait parfois. Au moment des vacances.

Il prit le téléphone et composa un numéro en Californie.

Susan répondit dès la première sonnerie. Attendait-elle son coup de fil ?

— Allô ! fit-il. Joyeux Thanksgiving !

— À toi aussi.

Un silence plana sur la ligne, alors que leurs conversations étaient si détendues, jadis.

— Une rude journée ? dit-elle enfin.

Elle parlait d'une voix douce ; en arrière-plan, il distingua une voix d'homme s'adressant à un enfant.

— J'ai été invité à un dîner de Thanksgiving.

— Très bien ! Tu y vas ?

— J'y vais, dit-il après avoir perçu un doute dans la voix de Susan.

Ils discutèrent de choses et d'autres mais, au bout d'une dizaine de minutes, le silence revint naturellement.

— Il faut que j'y retourne, dit Susan. Nous avons des invités.

— Je comprends.

— Prends bien soin de toi.

— Toi aussi. Salue tout le monde de ma part.

— Écoute, Max, reprit Susan en baissant la voix. Tu devrais te détendre. C'est maintenant ou jamais.

Elle prenait un ton désinvolte, mais ils savaient l'un comme l'autre à quoi s'en tenir.

— Comment faire, Suze ?

— Tu passes ton temps à risquer ta vie. Qu'attends-tu pour prendre un *vrai* risque ?

Susan soupira et garda le silence.

— Je vais essayer, souffla Max.

Comme toujours, il raccrocha le premier.

Il s'assit, les yeux rivés sur sa montre. Plusieurs minutes s'écoulèrent.

C'était le moment. Il n'avait aucune raison de rester tapi chez lui et, à vrai dire, il *souhaitait* y aller. Il y avait si longtemps qu'il n'avait pas profité d'un jour férié.

À vol d'oiseau, en suivant la rivière, la distance entre leurs deux maisons était inférieure à deux kilomètres. Mais un oiseau peut survoler la forêt. Par la vieille route et River Road, le trajet était beaucoup plus long, d'autant que les pluies de la semaine avaient creusé d'énormes ornières dans le sol.

Après s'être garé, Max éteignit ses phares et son moteur. Il prit le vin sur le siège arrière et ferma la portière d'un coup de hanche, puis se tourna vers la maison. Une jolie fermette, entourée d'une véranda et perchée sur un monticule herbeux, descendant en pente douce vers la rivière. Des rosiers anciens couraient le long des murs. Ils n'étaient pas en fleur en cette saison, mais couverts d'épines sombres et de feuilles noircies. Des arbres immenses, dont les cimes se profilaient sur un ciel velouté, protégeaient le côté ouest de la maison.

Susan aurait adoré cette demeure. Elle aurait couru à travers le jardin en échafaudant toutes sortes de projets. «Le verger sera là… et cet endroit serait parfait pour une balançoire.» Ils avaient passé deux ans à chercher la maison de leurs rêves. Pourquoi n'avaient-ils pas compris qu'il leur aurait suffi d'en choisir une pour qu'elle devienne celle dont ils rêvaient?

Il traversa le jardin et gravit lentement les marches. À l'approche de la porte d'entrée, il entendit de la musique. C'était la voix de John Denver, chantant son retour «en un lieu où il n'était jamais allé».

Il *les* apercevait à travers l'ovale dépoli de la porte d'entrée.

Julia et Ellie dansaient ensemble, se heurtant les hanches et tombant de côté avec de grands éclats de rire. Debout près de la cheminée, Alice les regardait, fascinée, et grignotait une fleur.

Il entendit une voiture arriver derrière lui et s'arrêter. Des portes s'ouvrirent et se refermèrent ; puis des pas crissèrent sur le gravier de l'allée, accompagnés de voix aiguës d'enfants.

— Docteur !

Il allait se retourner pour répondre au salut de Cal quand Ellie apparut. Elle le scrutait d'un regard de flic, inquisiteur.

— Je suis ravie que tu aies pu venir, dit-elle en reculant d'un pas pour lui permettre d'entrer.

Vêtue d'un pantalon vert émeraude et d'un pull noir pailleté, elle avait tout d'une reine de beauté de province. Il lui tendit ses bouteilles de vin.

— Merci de m'avoir invité.

Au son de sa voix, Julia, agenouillée à côté d'Alice dans le séjour, leva les yeux. Ellie lui prit le bras pour l'escorter auprès d'elle.

— Regarde qui est là, petite sœur !

Sur ces mots, elle les laissa, et Julia se releva lentement. Était-elle aussi émue que lui ?

— Joyeux Thanksgiving, Max. Je suis contente que vous soyez parmi nous. Depuis des années, je n'ai rien fêté en famille.

— Moi non plus.

Son aveu sembla la toucher.

— Que devient votre petite sauvageonne ? demanda-t-il aussitôt.

Julia saisit l'occasion et se lança dans un monologue au sujet de la thérapie qu'elle avait entreprise. Tout en parlant, elle souriait fréquemment et regardait Alice avec un amour manifeste. Son enthousiasme et sa chaleur humaine le bouleversaient. C'est alors qu'il se souvint de «Tout ou rien».

Pour l'instant, il affrontait le «tout».

—Max? fit Julia, les sourcils froncés. Je suis en train de vous abrutir. Pardonnez-moi! Il m'arrive de me laisser entraîner…

Il effleura son bras et, comprenant son erreur, recula brusquement. Elle le dévisagea.

—J'ai pensé à vous, s'entendit-il murmurer.

—Oui, Max. Je vois ce que vous voulez dire.

Faute d'inspiration, il resta muet. Quand le silence devint trop embarrassant, il trouva un mauvais prétexte pour se diriger vers le bar de fortune installé dans la cuisine.

Pendant l'heure suivante, il évita de regarder Julia. Il plaisanta avec Ellie, ou avec Cal et ses filles, tout en se rendant utile dans la cuisine.

Quelques minutes avant 16 heures, Ellie annonça que le repas était enfin prêt. Ils se rassemblèrent alors dans la minuscule cuisine pour aider à faire le service.

Pendant tout ce temps, Julia était restée agenouillée auprès d'Alice, qui se dissimulait derrière un ficus en pot de la salle de séjour. La fillette semblait effrayée, mais Julia la rassura miraculeusement. Tout le monde était assis autour de la table de chêne ovale quand elle parvint à l'entraîner jusque-là et à l'installer sur un rehausseur, entre Cal et elle.

Max prit la seule chaise libre, à côté de Julia. Ellie, qui présidait la table, observa ses hôtes à travers une montagne de mets variés.

— Je suis si heureuse de vous recevoir ici ! Nous n'avions pas organisé un repas de Thanksgiving à cette table depuis bien longtemps. Et maintenant, selon la tradition de la famille Cates, je propose que nous nous tenions tous par la main. D'accord ?

Max tendit la main à droite et prit celle d'Amanda dans la sienne. Puis il fit de même à gauche, sans regarder Julia. Quand tous les doigts furent entrelacés, Ellie sourit à Cal.

— Si tu donnais l'exemple ?

D'abord songeur, Cal finit par sourire.

— Je remercie Dieu de m'avoir donné mes jolies petites filles, et de me permettre de fêter Thanksgiving dans cette maison. Je suis sûr que nous manquons beaucoup à Lisa. Rien de pire qu'un voyage d'affaires au moment des vacances.

Ses trois filles prirent ensuite la parole.

— Merci pour mon papa...

— ... pour mon petit chien...

— ... pour mes jolies bottes neuves...

Puis vint le tour d'Ellie.

— Merci pour le retour de ma sœur à la maison.

— Merci à la petite Alice, qui m'a appris tant de choses, dit Julia.

Elle se pencha pour embrasser l'enfant sur la joue.

La main de Julia était chaude et douce dans la sienne, pensait Max, quand Ellie le questionna.

— Et toi ?

Tout le monde attendait sa réponse, les yeux rivés sur lui.

— Merci de m'avoir invité parmi vous, dit-il enfin, tourné vers Julia.

19

L'hiver fondit sur Rain Valley comme une horde d'envahisseurs empêchant la lumière de pénétrer. En cette saison où tout s'assombrit, des pluies violentes transformaient la brume légère en un crachin continuel.

Malgré les intempéries, Alice s'épanouissait. Comme une délicate orchidée, elle fleurissait entre les murs de cette maison où elle se sentait chaque jour plus à l'aise – tout en faisant des efforts désespérés pour maîtriser le langage. Il lui arrivait souvent d'associer deux mots, et parfois trois. Elle savait exprimer ses idées et ses désirs aux deux femmes qui étaient devenues son univers.

Julia avait changé d'une manière non moins surprenante. Elle souriait plus volontiers et plus fréquemment, faisait de mauvaises plaisanteries au dîner et esquissait un pas de danse de temps en temps. Elle avait renoncé à son jogging matinal et repris les quelques kilos qui lui manquaient. Mais surtout, elle avait retrouvé sa confiance en elle, grâce à sa réussite avec Alice.

Toutes deux continuaient à passer la journée ensemble, réalisant des travaux manuels, jonglant avec les chiffres et les lettres, ou faisant de longues promenades en forêt. Elles donnaient l'impression de communiquer par télépathie.

Alice continuait à suivre Julia comme un toutou, une main dans sa poche ou sa ceinture, mais elle s'aventurait seule de plus en plus souvent. Il lui arrivait aussi d'aller rejoindre « Lellie » pour lui montrer quelque babiole qu'elle avait trouvée ou confectionnée elle-même. Presque tous les soirs, Ellie lui faisait la lecture avant l'heure du coucher, pendant que Julia prenait des notes. Depuis peu, il arrivait à Alice de se blottir contre elle ; et, les très bons soirs, elle lui caressait la jambe en murmurant : « Encore, *Lellie*, encore ! »

Le bonheur, en somme. C'était exactement ce dont son père et sa mère avaient rêvé pour leurs deux filles. Une intimité retrouvée dans la maison de River Road, que souhaiter de mieux ?

En fait, Ellie n'était heureuse que jusqu'à un certain point.

Son chagrin était discret. Pareil à une toile d'araignée au fond des bois, visible si on la cherche ou si on tombe dessus par hasard. La tendre intimité de leur trio contrastait avec le côté solitaire de sa vie habituelle. Une femme tombée amoureuse aussi souvent qu'elle ne s'était pas attendue à aborder seule la quarantaine.

Tout en étant ravie pour sa sœur, elle se sentait parfois frustrée en voyant se resserrer ses liens avec Alice. Consciemment ou non, Julia devenait la mère de cette fillette. Un jour ou l'autre, elle s'éloignerait pour fonder un foyer, et Ellie se retrouverait seule comme avant, alors qu'elle avait repris goût à la vie de famille. Son existence axée sur son travail, ses amis et ses illusions amoureuses ne lui disait plus rien. Comment pourrait-elle s'en contenter, alors qu'un enfant jouait maintenant aux quatre coins de la maison, la suivait un peu partout et l'embrassait pour lui dire bonsoir ? Elle doutait de pouvoir supporter à nouveau la solitude.

— Tu n'as pas l'air très en forme, lui lança Cal du bout de la pièce.

— Ah ! oui ? Et toi, si tu voyais ta tête !

Cal retira ses écouteurs en riant, posa son crayon et sortit du bureau ; peu après, il revint avec deux tasses de café.

Il lui en tendit une.

— Aurais-tu besoin de caféine ?

Pourquoi ne tombait-elle jamais amoureuse de types comme lui, sérieux, bons pères de famille et fidèles à leur épouse ? Elle s'entichait toujours d'hommes à problèmes, aux cheveux trop longs, instables sur le plan professionnel, et sans aucune parole.

— J'aurais surtout besoin de changer de vie, Cal.

Il rapprocha sa chaise de bureau de la sienne.

— C'est de notre âge.

— Tu te fichais de moi quand je te disais ce genre de choses.

Cal posa ses pieds sur le bureau d'Ellie. Entouré de cœurs et d'étoiles, le nom de sa plus jeune fille était griffonné d'une main enfantine, à l'encre violette, sur les semelles blanches de ses tennis.

— Quelqu'un a voulu décorer les chaussures de son papa ?

— Sarah trouvait mes semelles vilaines. Je n'aurais jamais dû lui offrir ces feutres !

— Je t'envie tes filles, soupira Ellie. Je m'étais toujours imaginée avec trois filles. Les deux fois où je me suis mariée, j'ai immédiatement arrêté la pilule et prié Dieu. Au lieu d'obtenir des bébés, j'ai eu des avocats pour mes divorces.

— Tu as trente-neuf ans, Ellie ; pas cinquante-neuf. Rien n'est perdu.

— C'est pourtant mon impression.

Cal lui fit les gros yeux.

— Tu n'en as pas assez de me raconter toujours la même histoire ?

Elle se redressa, surprise par l'irritation soudaine de son collègue.

— Que veux-tu dire ?

— Nous atteignons la quarantaine, mais tu continues à te comporter comme la reine du bal, prête à tomber dans les bras du capitaine de l'équipe de foot. Ce n'est plus de ton âge. L'amour te fait décoller et te transforme en un jouet cassé, plein de fêlures et aux bords ébréchés. Ne comprends-tu pas l'importance de l'atterrissage ? La capacité de rester stable et de continuer à aimer, voilà ce qui compte.

— Facile à dire, Cal. Tu as une épouse et des enfants qui t'aiment. Lisa...

— Lisa m'a quitté.

— Quoi ?

— Elle m'a quitté en août, précisa posément Cal. Nous avons essayé de nous séparer en vivant sous le même toit... pour les filles. Mais elles sont bien trop malignes. Surtout Amanda. Elle me rappelle Julia au même âge. Rien ne lui échappe et elle pose des tas de questions. Lisa a quitté la chambre conjugale avant la Saint-Valentin ; elle est partie pour de bon juste avant la rentrée des classes.

— Et tes filles ?

— Elles sont avec moi. Lisa travaille trop. Une fois de temps en temps, elle passe nous voir quand elle se souvient qu'elle est une maman. Maintenant qu'elle est tombée amoureuse, nous n'avons pas eu de nouvelles depuis des semaines, sauf pour les papiers du divorce. Elle souhaite que je vende la maison et que nous partagions l'argent.

— Dire que tu ne m'en as jamais parlé, alors que nous travaillons ensemble toute la journée !

— Quand m'as-tu questionné au sujet de ma vie pour la dernière fois, Ellie ?

— Je te demande souvent de tes nouvelles, répliqua celle-ci, piquée au vif.

— Et tu me donnes cinq secondes pour répondre, avant d'aborder un sujet plus intéressant pour toi. Par exemple, *ta* vie !

Cal lissa ses cheveux en souriant.

— Je ne te juge pas, Ellie. Je me contente de dire la vérité.

Il prit un air apitoyé et vaguement désenchanté.

— Oublie tout cela ; j'aurais mieux fait de me taire. J'ai craqué parce que c'est un mauvais jour, je n'ai pas le moral. J'avais simplement besoin d'entendre une amie me dire quelques bonnes paroles.

Il se dirigea vers la porte et prit son blouson à la patère.

— À demain, Ellie.

Elle était encore debout au milieu du bureau, les yeux fixés sur la porte, quand elle comprit ce qui s'était passé. Cal lui avait fait part de son chagrin, un immense chagrin qu'elle ne connaissait que trop, et elle n'avait pas levé le petit doigt pour le réconforter ou pour l'aider.

« J'avais simplement besoin d'entendre une amie me dire quelques bonnes paroles. »

Elle n'avait même pas été capable de cela.

Depuis des années, on lui adressait des remarques insidieuses au sujet de son égoïsme – remarques qu'elle rejetait d'un sourire dédaigneux. Elle n'y croyait pas. Les gens qui osaient la critiquer lui paraissaient jaloux ou inamicaux.

« Tu es comme moi, Ellie, lui avait dit un jour son père, tu as besoin d'être constamment le point de mire. Si tu te remaries, arrange-toi pour trouver quelqu'un qui supporte que les feux de la rampe soient tout le temps braqués sur toi. »

À l'époque, elle avait pris cette boutade pour un compliment. Le fait que son père la voie comme une star n'était pas pour lui déplaire. Ses paroles prenaient maintenant un sens différent et lui ouvraient d'autres horizons. Toutes sortes de questions et de souvenirs l'assaillirent.

Deux mariages voués à l'échec... Selon elle, parce que ses ex-maris ne l'aimaient pas assez.

En fait, était-elle trop exigeante ? Leur rendait-elle l'amour qu'ils lui donnaient ? Elle avait aimé et adoré ses maris. Mais pas assez pour suivre Alvin en Alaska... ni pour payer des cours de conduite de poids lourds à Sammy avec son salaire de flic.

Comment s'étonner que ses mariages aient été un fiasco ? Elle n'avait pensé qu'à elle-même, et les hommes qu'elle avait épousés avaient préféré reprendre leur liberté. Pendant des années, elle les avait considérés comme de pauvres types, au lieu de songer à se remettre en question.

Quand Mel vint prendre son tour de garde pour la nuit, elle le salua et se fit un devoir de lui demander des nouvelles de sa famille avant de courir à sa voiture.

Moins de trente minutes après que Cal avait quitté le commissariat, elle se garait devant chez lui, sous un énorme érable dénudé. Suspendu à l'une des plus basses branches, un joli petit nichoir à oiseaux oscillait doucement sous la brise automnale. Quelques feuilles mortes, parmi les dernières de la saison, restaient accrochées à son toit de cèdre brut.

Elle alla frapper à la porte.

Cal vint ouvrir. Son visage, habituellement juvénile et souriant, paraissait las et vieilli. Depuis combien de temps était-il comme cela, et pourquoi n'avait-elle pas été plus observatrice ?

— Je suis une salope, murmura-t-elle. Tu me pardonnes ?

Un vague sourire apparut sur ses lèvres.

— Des excuses théâtrales ?

— Je n'ai pas l'impression d'être sur une scène de théâtre.

— Non, tu *es vraiment* une salope.

Le sourire de Cal monta presque jusqu'à ses yeux.

— Les belles femmes comme toi adorent se donner en spectacle.

Ellie s'avança d'un pas.

— Je suis une salope, et navrée de l'être.

— Merci.

— Tout va s'arranger, Cal. Mieux vaut tard que jamais.

— Crois-tu ?

Elle eut l'impression de se noyer dans la tristesse insondable de ses yeux, et murmura à tout hasard :

— Lisa t'aime. Elle va s'en souvenir, et elle reviendra.

— Je l'ai longtemps espéré, Ellie. Peanut me l'a affirmé plusieurs fois… Mais je ne suis même plus sûr de le souhaiter.

Peanut savait donc, se dit Ellie.

Mais elle n'allait pas recommencer à tomber dans ce genre de piège. Peu lui importait son ego meurtri. Elle entraîna Cal vers le canapé et s'assit à ses côtés.

— Que souhaites-tu ?

— Ne plus passer ma vie tout seul. Ne te méprends pas sur mes paroles. J'adore mes filles et elles sont l'essentiel de ma vie ; mais le soir, au lit, j'ai besoin de m'endormir dans les bras d'une femme. Il y a des années que nous avons cessé de faire l'amour, Lisa et moi. J'espérais ne sentir aucune différence après notre séparation, mais il y en a une.

Cal se tourna vers Ellie, qui surprit dans ses yeux une détresse inhabituelle.

— Une femme au bout du couloir ou plus de femme du tout… Que choisir ? conclut-il.

— Sois heureux d'avoir tes filles, soupira Ellie, qui avait connu ce genre de solitude pendant de nombreux hivers. Au moins, tu auras toujours quelqu'un qui t'aime.

Max termina son tour de garde à 18 heures, et à 18 h 30 il s'apprêtait à partir, tous ses dossiers complétés. Il était à quelques centimètres de la porte quand on le bipa. « Le docteur Cerrasin est attendu au service d'obstétrique. »

— Merde, marmonna-t-il.

Il courut en obstétrique, où il trouva sa patiente, Crystal Smithson, allongée sur un lit, en blouse d'hôpital. Elle hurlait en s'adressant à son mari, terrifié comme un enfant. Crystal avait un ventre énorme, qu'elle pressait en suffoquant pendant la durée des contractions.

Trudi lui tenait la main ; elle sourit à Max.

— Crystal, je croyais vous avoir prévenue que je ne travaille pas le vendredi soir, dit-il en enfilant des gants chirurgicaux.

Crystal lui décocha un pauvre sourire épuisé et frictionna son abdomen volumineux.

— C'est *elle* qu'il fallait prévenir !

— Vous ne tarderez pas à savoir que les gosses n'en font qu'à leur tête, plaisanta Trudi.

Une autre contraction survint ; Crystal hurla et son mari s'avança d'un pas.

— Ça va aller ?

Max se plaça au pied du lit.

— Voyons où nous en sommes.

— La dilatation est totale, déclara Trudi en appliquant du lubrifiant sur les mains gantées du médecin.

L'examen fut de courte durée : Max avait mis au monde assez de nouveau-nés pour savoir que cet accouchement serait rapide. Il sentait déjà le sommet du crâne de l'enfant.

— Prête à devenir maman, Crystal ?

Une nouvelle contraction provoqua un autre hurlement.

— Oui ! fit-elle, haletante.

— La tête du bébé est engagée, annonça Max à Trudi.

Il s'adressa à Crystal.

— Vous pouvez commencer à pousser.

Crystal gémissait, respirait bruyamment et hurlait. Son mari se précipita à ses côtés et lui prit la main.

— Je suis là, Christie.

La tête du bébé apparut.

— Encore un petit effort pour les épaules, Crystal, et nous y serons, dit Max.

Il dégagea doucement la tête, fit une pause, et le bébé « atterrit » entre ses mains.

— Vous avez une belle petite fille, Crystal !

Quand il leva les yeux, Crystal et son mari pleuraient.

— Le papa souhaite couper le cordon ombilical ?

Ces paroles si souvent prononcées bouleversaient Max comme aux premiers jours de sa carrière.

Épuisé, il alla prendre une longue douche chaude avant de se diriger vers la salle des infirmières. Trudi y était seule. À sa vue, elle fit le tour de son bureau en souriant.

— Ils ont décidé d'appeler leur fille Maxine.
— Pauvre petite !

Un silence plana.

— Il y a longtemps que tu n'es pas passé me voir, Max.

Il aurait pu changer de sujet, mais Trudi méritait mieux que cela.

— Je crois que nous devrions parler, fit-il.

Trudi se pencha vers lui en riant.

— Tu m'as toujours dit que parler n'était pas ton fort. Laisse-moi deviner : un médecin que je connais a fêté Thanksgiving chez notre chef. Puisque tu ne t'intéresses pas à Ellie, je suppose qu'il s'agit de sa sœur, Julia.

Max hocha la tête.

— Je ne sais même pas ce qui se passe entre nous, mais...

— Ne m'en dis pas plus, Max.

— Je serais navré de te faire de la peine.

D'un geste, Trudi le fit taire.

— Je me réjouis sincèrement pour toi. Ta solitude te pesait depuis si longtemps.

— Tu es une femme bien, Trudi.

— Et toi, un homme bien. Maintenant, lance-toi et invite-la à sortir. Si je ne m'abuse, nous sommes vendredi soir... Je connais un médecin qui ne devrait plus aller seul au cinéma.

Il l'embrassa.

— Au revoir, Trudi.

— Adieu, Max.

Il roula jusqu'au cinéma sans penser à Julia ; mais au niveau de Magnolia Street, il tourna à gauche – et non à droite.

C'était de la folie ! « Tout ou rien ». Il avait eu « tout » autrefois, et cela avait failli le tuer.

Après s'être garé dans le jardin, il observa un moment sa maison à travers le pare-brise, puis il alla frapper à la porte. Julia lui ouvrit, toujours aussi belle dans son jean délavé et son pull blanc deux fois trop large.

— Max ?

Elle s'avança et ferma la porte derrière elle, bloquant le passage.

— Voulez-vous aller au cinéma, Julia ?

Imbécile ! Il se comportait comme un adolescent en perdition.

Pour toute réponse, elle lui adressa un sourire d'abord hésitant, qui finit par illuminer tout son visage.

— Cal et Ellie jouent au Scrabble, alors je peux sortir. Quel film est programmé ?

— Je n'en ai pas la moindre idée.

Elle éclata de rire.

— C'est mon préféré !

Par le plus grand des hasards, le film était *Le Port de l'angoisse*. Assis côte à côte dans la salle obscure, ils savourèrent ce chef-d'œuvre incomparable. Quand ils traversèrent ensemble le hall magnifiquement restauré du Rose Theater, Julia eut l'impression qu'on les observait.

— On parle de nous, dit-elle en se serrant contre Max.

— Bienvenue à Rain Valley, Julia.

Il la prit par le bras pour traverser la rue où était garée sa voiture.

— Je vous emmènerais volontiers manger une part de tarte, mais tout est fermé.

— Vous y tenez, à votre tarte.

— Et vous prétendiez ne rien savoir à mon sujet !

Elle leva gravement les yeux vers lui.

— Je ne sais pas grand-chose.

Au lieu de lui répondre par une pirouette, il l'embrassa.

— Tu sais cela, au moins, murmura-t-il ensuite.

Comme elle gardait le silence, il ouvrit la portière et elle monta dans sa voiture. Pendant tout le trajet, ils parlèrent de choses et d'autres : le film, l'enfant qu'il avait mis au monde ce soir-là, la disparition progressive des saumons, la dégradation des forêts, les projets de Max pour Noël.

Devant sa porte, elle s'abandonna avec le plus grand naturel à son étreinte. Quand il se pencha pour l'embrasser à nouveau, elle fit spontanément la moitié du chemin et, à la fin, quand il prit du recul, elle faillit en redemander.

— Merci pour le film, Max.

Il l'embrassa une dernière fois, si doucement qu'elle eut à peine le temps de goûter ses lèvres avant qu'il s'éloigne.

— Au revoir, Julia, lança-t-il.

Fin décembre, les vacances occupaient l'esprit de tous. Le Rotary Club avait accroché des guirlandes lumineuses, et l'organisation bénévole des Elks avait installé son sapin de Noël. À tous les coins de rue, des arbres étaient décorés ; les scouts de la ville faisaient du porte-à-porte pour vendre du papier-cadeau.

La journée s'annonçait lumineuse, avec un ciel bleu glacier que ne venait troubler aucun nuage. Le long des berges de la rivière, une traînée de brume rose s'élevait des branches les plus basses et noyait le paysage dans un flou incertain. Un décor surnaturel où l'on pouvait imaginer des fées, des elfes et des animaux merveilleux.

Comme d'ordinaire, Julia avait passé sa journée auprès d'Alice. Elles étaient restées longtemps dans le jardin, car Julia essayait de préparer l'enfant à une étape décisive : la ville.

Le premier obstacle à franchir était la voiture.

— La ville, articula-t-elle posément, en regardant Alice. Tu te rappelles les images dans les livres ? Je veux que nous allions en ville, là où vivent les gens.

Alice écarquilla les yeux.

— Dehors ?

— Je ne te quitterai pas.

Alice s'agrippa à Julia, qui se dégagea très doucement et prit sa main dans la sienne. Elle aurait voulu lui demander si elle lui faisait confiance, mais ce concept était trop abstrait pour une enfant disposant d'un vocabulaire aussi limité.

— Je sais que tu as peur, ma chérie, lui dit-elle. Le monde te paraît immense, et tu n'en as vu que les pires aspects.

Elle effleura la joue douce et tiède d'Alice.

— Pourtant, tu ne peux pas passer ta vie à te cacher ici avec Ellie et moi. Tu dois connaître le monde.

— Reste !

Julia allait répondre quand un coup de klaxon retentit.

— *Lellie* ! fit Alice, le visage illuminé.

Elle lâcha la main de Julia et courut vers la fenêtre. Les chiens la suivirent en se bousculant avec des aboiements de bienvenue. Elwood la fit culbuter à terre ; Alice se releva avec des éclats de rire et Jake lui lécha la joue.

Quand la porte d'entrée s'ouvrit, Ellie apparut en souriant, puis elle traîna un sapin de Noël dans la maison.

Julia et elle passèrent près d'une heure à le mettre en place. Leur besogne achevée, elles transpiraient à grosses gouttes.

Ellie recula pour admirer leur œuvre.

— Je ne m'étonne plus que papa ait toujours bu abondamment avant de dresser l'arbre.

— Il n'est pas tout à fait droit, observa Julia.

— Ça suffit comme ça ! Nous ne sommes pas des ingénieurs de la Nasa !

Sentant qu'Ellie prenait du repos, les chiens firent une cavalcade à travers la pièce.

— Couché ! leur ordonna-t-elle avant qu'ils foncent sur elle et l'envoient valser.

Alice pouffa de rire et plaqua une main sur sa bouche ; puis elle regarda Julia en lui désignant Ellie.

— Ta *Lellie* a bien du mal à maîtriser ses chiens, plaisanta Julia avec un sourire désabusé.

Ellie émergea d'un enchevêtrement canin et dégagea les mèches de cheveux tombant dans ses yeux.

— C'est vrai que j'aurais dû les dresser quand ils étaient petits.

Sur ces mots, elle se dirigea vers l'escalier.

— Où vas-tu ? demanda Julia.

— Tu vas voir.

Ellie revint au bout d'un moment, les bras chargés de plusieurs énormes boîtes décorées de poinsettias rouges qu'elle posa près du sapin.

Julia les reconnut aussitôt.

— Nos décorations de Noël !

— Oui, elles y sont toutes.

Julia se rapprocha et souleva le couvercle de la première boîte, découvrant des kilomètres de guirlandes lumineuses. Toutes les ampoules étaient blanches ; la couleur des anges et de l'espoir, selon leur mère. Elles déroulèrent les guirlandes autour des branches, comme on leur avait jadis appris à le faire. C'était la première fois, depuis le lycée, qu'elles décoraient ensemble un sapin de Noël. Quand toutes les lumières furent installées, Ellie brancha la prise électrique.

Alice laissa fuser un cri d'admiration.

— Crois-tu que c'est son premier sapin de Noël? chuchota Ellie à l'oreille de sa sœur.

Sans lui répondre, Julia alla chercher dans la boîte une pomme rouge étincelante, suspendue à un fil d'or. Agenouillée devant Alice, elle la lui tendit.

— Mets-la sur le sapin, Alice. Pour faire joli!

Alice sembla perplexe.

— *Apin?*

— Te souviens-tu du livre que nous avons lu, *Le Grinch*?

Alice parut, perplexe.

— Souviens-toi que tu avais dit: «Sapin, joli sapin»! insista Julia.

— Oh! fit Alice dans un souffle.

Elle avait compris.

La fillette prit la pomme avec précaution, comme si elle était en sucre filé et non en plastique. Elle traversa lentement la pièce, enjamba les chiens, s'arrêta pour contempler le sapin, et finit par accrocher le fil d'or sur la plus haute branche qu'elle puisse atteindre; puis elle se retourna, anxieuse.

Ellie l'applaudit avec enthousiasme.

— Parfait!

Un sourire éclaira le visage d'Alice qui devint miraculeusement, l'espace d'un instant, une petite fille comme toutes les autres. Elle fonça à nouveau vers la boîte, choisit avec délicatesse une autre décoration, qu'elle tendit à Ellie.

— *Lellie.* Joli…

Ellie se pencha vers l'enfant.

— Qui me donne cette jolie décoration ?

— Fille donne...

Ellie effleura les cheveux d'Alice et glissa une mèche derrière la petite oreille rose comme un coquillage.

— Peux-tu dire « A-lice » ?

— Mettre ! ordonna Alice en désignant le sapin d'un grand geste.

— C'est un petit dictateur que tu nous prépares là, dit Ellie en s'approchant de l'arbre.

— Un petit dictateur sans nom, constata Julia.

La fillette courut vers la boîte et choisit une autre décoration rouge. Après avoir approuvé en battant des mains et en bondissant de joie l'emplacement choisi par Ellie, elle se rua sur Julia.

— *Jou-lie*. Joli...

Alice rayonnait littéralement. Éblouie par son sourire, Julia l'attira vers elle et la serra dans ses bras.

— *Apin* de Noël. Joli... pouffa Alice.

Elles s'étreignirent jusqu'à en perdre le souffle, puis achevèrent la décoration de l'arbre.

— Le plus beau de nos sapins de Noël, dit Ellie, assise sur le canapé avec un verre de Baileys à la main et un tapis en faux vison sous les pieds.

— C'est parce que papa achetait le plus grand arbre du lot, puis coupait la cime pour le faire entrer dans la pièce.

Ellie rit malgré elle au souvenir de ce détail qu'elle avait oublié : le grand sapin, au faîte scié, occupant à lui tout seul un coin de la pièce. Sa mère, déçue, tapotait le bras de son père : « Tu ne m'écoutes jamais, Tom ! Il ne faut pas couper la cime d'un sapin. Je devrais t'envoyer en chercher un autre. » Mais elle ne tardait pas à retrouver son sourire. « Voyons, Bren, lui répondait-il de sa voix râpeuse, pourquoi ferions-nous comme tout le monde ? Ça a de la classe, n'est-ce pas, les filles ? »

À l'époque, elle fonçait dans les bras de son père en l'approuvant. Pour la première fois, elle envisagea ce souvenir sous un jour nouveau : l'autre petite fille présente dans la pièce n'approuvait jamais son père, et ne semblait même pas s'intéresser à son point de vue.

— Bizarre qu'il ait recommencé tous les ans. À scier le faîte du sapin, je veux dire, fit Ellie, observant sa sœur par-dessus ses lunettes.

— Certaines choses l'intéressaient, mais il se fichait pas mal du sapin de Noël.

— C'était important pour maman et toi.

— Il était comme ça.

— Et moi, je suis comme lui, déclara Ellie qui s'était toujours glorifiée de cette ressemblance.

— Effectivement, les gens t'adorent comme ils l'adoraient.

Ellie avala une gorgée d'alcool.

— Cal m'a accusée d'être égoïste.

— Sans blague ?

— J'aurais dû monter sur mes grands chevaux et m'offusquer d'une telle accusation, n'est-ce pas ?

— Oh !

— Dis-moi ce que tu penses vraiment, Julia.

— Quand j'étais petite, j'avais un terrible béguin pour Cal. À onze ans, je le trouvais génial, mais il n'avait d'yeux que pour toi. Il te suivait partout, et j'étais jalouse chaque fois que tu t'enfuyais pour le rejoindre.

—Tu savais ?

—Nous partagions la même chambre, et je ne suis pas sourde. Ce n'est pas parce que je me taisais que je n'avais pas compris. Je me souviens même du moment où tu l'as laissé tomber. Jusqu'à la fin de l'été, il a jeté des cailloux contre la fenêtre, mais tu ne lui as plus jamais répondu.

—Nous nous sommes éloignés en grandissant.

Julia prit un air entendu.

—Allons donc ! Quand les footballeurs ont remarqué ta poitrine naissante, tu es allée de succès en succès. Le pauvre Cal n'avait plus qu'à se traîner dans la poussière… Ensuite tu es devenue *cheerleader* et tu t'es prise pour une reine. Mais après avoir quitté Cal, tu l'as gardé dans ton orbite. Il continuait à tourner autour de toi. Oui, tu te comportais comme papa. Les gens ne peuvent pas s'empêcher de t'aimer, même si tu ne t'intéresses pas à eux.

—Je suis donc une égoïste. C'est la raison pour laquelle mes mariages ont échoué ?

—Crois-tu ?

—Tu as appris à poser ce genre de questions au cours de tes longues études ?

Julia éclata de rire.

—Exactement ! En voici une autre : comment te sens-tu après cette découverte ?

Ellie hésita un moment, car elle s'était toujours considérée comme une personne généreuse et dévouée à autrui. Devait-elle admettre cette nouvelle image d'elle-même ou bien la contester ?

—Je suis désolée, souffla-t-elle.

— De quoi, Ellie ?

— Je t'ai jetée aux médias comme à des loups. Je me préoccupais surtout…

« De connaître le nom d'Alice », allait-elle dire, mais elle renonça à cette demi-vérité.

— Je craignais d'échouer, reprit-elle, et j'ai à peine tenu compte de ton problème.

— Ne t'inquiète pas pour moi, fit Julia en souriant.

— Peut-être que si j'avais pensé au mal que j'allais te faire… En fait, je crois que je n'aurais pas agi autrement. Mais je suis vraiment désolée !

— Il n'y a pas de quoi ! Alice est ma seconde chance. Je me demande ce que je serais devenue sans elle.

Un long silence plana.

— Je désire l'adopter, dit enfin Julia. Elle a besoin de se fixer et de se sentir aimée, même si ce n'est pas encore très clair dans son esprit. Et moi, j'ai besoin d'elle.

— Suppose que quelqu'un vienne la réclamer.

— Dans ce cas, murmura Julia, je compterai sur l'aide de ma sœur.

La gorge d'Ellie se serra. Elle venait de comprendre à quel point Julia lui avait manqué pendant leur longue période de séparation, et à quel point leurs retrouvailles avaient changé sa vie.

— Tu peux compter sur moi, répliqua-t-elle.

— Attention, Alice ! Nous jouons maintenant avec les cubes.

La fillette secoua la tête et dressa le menton d'un air de défi.

— Pas jolis !

Elle bondit de son siège et courut autour du sapin de Noël. Chaque ornement la fascinait, les rouges par-dessus tout. Il en était ainsi depuis que le sapin avait été dressé, et elles avaient dû travailler à la table de la salle à manger pour qu'Alice ne le perde pas de vue.

— Encore cinq minutes avec les cubes, insista Julia. Ensuite, j'ai une surprise pour toi.

Alice se tourna vers elle.

— *Supise ?*

— Oui, après les cubes.

Alice soupira, traîna les pieds jusqu'à la table et s'effondra sur sa chaise, les bras croisés. Julia réprima non sans peine un sourire : Alice apprenait manifestement à exprimer ses émotions.

— Montre-moi sept cubes.

Alice écarquilla les yeux sans un mot, et sélectionna sept cubes dans la pile posée près de son coude.

— Sept.

— Et maintenant, quatre.

Alice retira trois cubes de l'alignement qu'elle venait de réaliser et les remit dans la pile.

— Ma parole, tu viens de soustraire trois cubes ! s'exclama Julia, intriguée.

Était-ce possible ? Cette enfant ne comptait que jusqu'à vingt pour l'instant ; l'addition et la soustraction étaient trop complexes pour elle.

Quand elle manipulait les cubes, Alice s'était contentée jusque-là de les remettre dans la pile et de faire une nouvelle sélection, correspondant au nombre demandé.

— Tu as hâte d'avoir ta surprise ou est-ce une coïncidence ? reprit Julia.

— *Supise !*

— Montre-moi un cube.

Le sourire d'Alice se dissipa, et elle retira soigneusement trois cubes pour n'en garder qu'un seul.

— Combien faut-il en ajouter pour avoir six cubes ?

Alice leva cinq doigts.

— Et si j'en enlève deux de cinq, combien reste-t-il ?

Alice plia deux doigts.

— Trois.

— Tu es donc capable d'additionner et de soustraire… Bravo !

— Fini ?

Combien de tours Alice cachait-elle dans son sac ? se demanda Julia. Le moment était peut-être venu de lui faire passer un test pour connaître son quotient intellectuel. Elle allait lui poser une autre question quand le téléphone sonna. Julia se dirigea vers la cuisine pour répondre.

— Joyeux Noël ! lança Julia. Vous venez ?

— J'espère que nous allons partir d'ici une ou deux minutes.

— Elle va faire une scène ?

— C'est possible.

— Nous vous attendons.

Julia dit au revoir à sa sœur, raccrocha, et rejoignit Alice.

— Tu sais que je ne te ferai jamais de mal, n'est-ce pas ?

Le visage d'Alice se rembrunit.

— J'aimerais t'emmener dans un endroit que tu ne connais pas. Veux-tu venir ?

Julia lui tendit la main. L'enfant la prit, mais paraissait troublée.

— D'abord, tu mets tes bottes et ton manteau. Il fait froid dehors.
— Non.
Julia soupira : le combat pour les bottes risquait de s'éterniser.
— Il fait froid dehors.
Elle prit les bottes en caoutchouc doublées de fourrure synthétique et le manteau de laine sombre qu'elle avait posés près de la porte.
— Viens ! Je te donnerai une surprise si tu les mets.
— Non.
— Tu ne veux pas de surprise ? Dans ce cas…
— Arrête ! s'écria Alice tandis que Julia s'éloignait.
Les sourcils froncés, elle glissa ses pieds nus dans les bottes, enfila son manteau et marcha d'un pas lourd sur le plancher.
— Souliers puants.
«Puants» était le mot par lequel Alice désignait tout ce qu'elle n'aimait pas.
— Quelle gentille fille ! déclara Julia en prenant Alice par la main. Et maintenant, veux-tu me suivre ?
Alice inclina posément la tête. Julia sortit avec elle de la maison, mais, à peine arrivée devant la camionnette de Peanut, la fillette émit les grognements gutturaux qui avaient longtemps été son seul langage.
— Exprime-toi avec des mots, Alice.
— Reste ! cria l'enfant, terrifiée.
Julia s'attendait à une telle réaction car, à un certain stade de son existence, Alice avait sans doute été enlevée par quelqu'un en voiture.
— Tu n'as rien à craindre, Alice, murmura-t-elle. Je ne laisserai personne te faire du mal.

Ses yeux bleu-vert paraissaient immenses dans la pâleur de son petit visage ovale. Elle se donnait tant de mal pour être courageuse.

— Pas quitter fille ?

— Jamais !

Julia serra la main d'Alice dans la sienne.

— Nous allons voir Ellie.

— *Lellie ?*

Julia acquiesça d'un signe de tête et entraîna l'enfant par la main.

— Viens, je t'en prie.

— D'accord, fit Alice en déglutissant avec peine.

Elle grimpa très lentement à la place du passager. Julia l'aida à s'installer sur le rehausseur qu'elle avait acheté en prévision de cette sortie. Au moment où elle ajustait la ceinture, Alice émit un gémissement, qui se mua en un hurlement désespéré quand elle claqua la portière.

Julia courut se glisser derrière le volant. Alice, haletante, essayait déjà de dégrafer les courroies.

— Voyons, Alice, ne t'affole pas, répéta plusieurs fois Julia jusqu'à ce que l'enfant soit assez calme pour l'entendre. Tu vois, j'attache ma ceinture moi aussi, lui expliqua-t-elle ensuite.

Alice gémit et tira sur la courroie.

— Parle, Alice !

— Détachée, *siteplaît*. Fille détachée.

Julia se sentit brusquement stupide. Elle aurait dû se souvenir des fines cicatrices qui marquaient les chevilles d'Alice. Cette petite avait été ligotée.

— Oh, Alice ! soupira-t-elle, les larmes aux yeux.

Allait-elle renoncer à son projet ?

Sûrement pas.

Alice devait, coûte que coûte, découvrir le monde. Un monde où l'on utilise des rehausseurs dans les voitures. Mais une concession était envisageable. Elle poussa donc le rehausseur d'Alice au milieu de la banquette arrière, tout en lui tenant la main.

—C'est mieux comme ça ?

—Peur. Fille peur...

—Je sais, ma chérie ; mais je ne te quitterai pas. Tu ne risques rien. D'accord ?

—D'accord, fit Alice, confiante et grave.

Quand Julia démarra, elle laissa échapper un cri en s'agrippant à sa main.

—Tout va bien, répéta Julia plusieurs fois d'une voix apaisante.

Il leur fallut près de dix minutes pour descendre l'allée. En atteignant la route, Julia avait la paume complètement engourdie, mais elle poursuivit son dialogue avec Alice, sans flancher.

À un endroit précis, l'attitude d'Alice changea : c'était à l'angle d'Azalea Street et de West End Avenue. En fait, au niveau de la maison d'Earl et Myra, que le couple avait merveilleusement décorée, comme toujours. Des ampoules clignotaient de tous côtés, et un père Noël géant, sur son traîneau, décrivait un arc au-dessus du toit, dans un éblouissement de lumières rouges et vertes. Sur la porte d'entrée scintillait une guirlande verte, et de petits sapins lumineux bordaient l'allée entre la rue et la maison.

Alice poussa un cri d'admiration. Après avoir enfin lâché la main de Julia, elle lui montra la maison du doigt.

—Regarde !

Pourquoi ne pas s'arrêter là? Ils n'étaient qu'à une rue du poste de police de police. Julia se gara et alla ouvrir la portière d'Alice. Avant même qu'elle ait fini de la détacher, la fillette se libérait et sautait à terre. Elle s'immobilisa au bord du trottoir, les yeux rivés sur la maison.

— Joli, dit-elle en prenant la main de Julia qui l'avait rejointe.

Connaissant Alice, Julia attendit patiemment: elles allaient peut-être passer une heure ainsi. La porte d'entrée finit par s'ouvrir et Myra apparut. Elle leur apportait solennellement un plateau de biscuits.

— N'aie pas peur, dit Julia, sentant la tension d'Alice. Myra est gentille.

Alice se glissa derrière elle, sans lui lâcher la main.

— Tu aimes les biscuits? demanda Myra en s'approchant. À ton âge, ma Margery avait une préférence pour les *spritz*.

— Des biscuits pour toi, expliqua Julia à Alice.

— *Biscuits?*

— Je les ai faits moi-même, dit Myra en adressant un clin d'œil à Julia.

Alice, aux aguets, promena son regard autour de Julia; puis elle saisit précipitamment un biscuit torsadé rouge, qu'elle engouffra dans sa bouche. Au troisième, elle n'était plus derrière Julia mais blottie contre son flanc.

— Je t'ai apporté ceci, ajouta Myra en tendant à Alice un sac de plastique rouge brillant. Margery l'aimait bien; en le voyant, j'ai pensé à toi.

Alice, bouche bée, écarquilla les yeux.

— Rouge, souffla-t-elle en serrant le sac contre sa joue.

— Comment savais-tu qu'elle adore le rouge ? s'étonna Julia.

— Je ne le savais pas.

— Eh bien, souhaite un joyeux Noël à Earl de ma part.

— Il n'est pas encore revenu de la chorale, mais je n'y manquerai pas. Joyeux Noël à vous deux aussi !

Main dans la main, Julia et Alice longèrent Main Street et tournèrent à gauche. Les rues, encombrées de voitures garées, étaient désertes en cette nuit de fête familiale. Il n'y avait que trois véhicules sur le parking derrière l'hôtel de ville.

Julia et Alice gravirent les marches.

— Nous allons chercher Ellie, puis nous irons faire un tour en ville, annonça Julia. Je te montrerai de jolies illuminations.

Alice, trop occupée à tripoter son sac à main, ne se donna pas la peine de répondre.

Julia ouvrit la porte. À l'intérieur du commissariat, Cal et ses trois filles, Peanut, Benji et leurs enfants, ainsi qu'Ellie dansaient au son d'un « Jingle Bell Rock » tonitruant. Mel et sa famille disposaient les plats sur la table.

Alice cria, puis se mit à hurler.

Ellie se précipita sur la stéréo et l'éteignit. Tout le monde se regardait en silence. Cal réagit le premier. Après avoir rassemblé ses filles, il les entraîna vers Julia. Alice se serra contre elle dans l'espoir de devenir invisible et se remit à geindre, le pouce dans sa bouche.

Sans trop s'approcher, Cal posa un genou à terre.

— Bonjour, Alice. Nous sommes la famille Wallace. Nous reconnais-tu ? Je suis Cal, et voici mes filles : Amanda, Emily et Sarah.

Alice, tremblante, broya la main de Julia dans la sienne.

Peanut fit avancer sa famille. Benji, son mari, était un grand gaillard aux yeux pétillants et au sourire avenant. Pendant toute la soirée, il n'avait pas lâché une seule fois la main de sa femme. Leurs deux ados se donnaient un air désinvolte, mais piquaient par moments des fous rires enfantins.

Les présentations se firent paisiblement. Benji, agenouillé, souhaita un très joyeux Noël à Alice et emmena ses enfants au pied du sapin.

Peanut resta en retrait.

— J'ai bu du lait de poule. Il y a des gens qui supportent. Pas moi ! s'esclaffa-t-elle.

Alice leva les yeux en souriant.

— Julia, tu as vraiment fait des miracles avec elle ! ajouta Peanut en montrant à la fillette ses longs ongles rouges décorés de petits rubans scintillants.

— Merci, marmonna Julia.

— Bon, je vais aller rejoindre ma famille, mais avant de partir…

Penchée vers Julia, Peanut chuchota :

— J'ai quelques ragots pour toi.

— Pour moi ?

— Oui, surtout pour toi ! Mes sources – authentifiées par le FBI – m'informent qu'un médecin de la ville a emmené une femme au cinéma. Ça paraît invraisemblable, et pourtant…

— Ce n'était qu'un film.

— Vraiment ?

Peanut adressa un clin d'œil à son amie et partit après lui avoir tapoté le bras.

Pendant les quinze minutes suivantes, la célébration de Noël se poursuivit, mais en sourdine. Les rires et les bavardages étaient plus calmes, sur le fond sonore d'un CD de chants de Noël du trio Vince Garibaldi. Julia et Ellie reconnurent «A Charlie Brown Christmas», l'un des airs favoris de leur mère. Puis Earl et Myra apportèrent un supplément de victuailles.

Fascinée par l'ouverture des cadeaux, Alice osa s'éloigner de Julia pour mieux voir. Elle ne parlait à personne sauf Ellie, mais semblait comblée par le spectacle. Elle se risqua même à jouer près de Sarah, de quelques années son aînée. Les deux fillettes ne jouaient pas ensemble, mais côte à côte : Alice observait chacun des gestes de sa compagne et l'imitait. Quand vint l'heure du départ, elle était capable d'habiller et de déshabiller une poupée Barbie sans aucune aide.

Julia, Ellie et Alice prolongèrent la soirée en marchant jusqu'au centre-ville. Alice ne cessait de montrer du doigt les illuminations, en tirant Julia par la main.

— Elle me fait penser à toi, confia celle-ci à sa sœur. Tu avais un tel enthousiasme au moment des fêtes !

— Toi aussi.

— J'étais plus calme, dans tous les domaines.

— Tu penses que je suis une grande gueule ?

— Oui, et moi une «grande dame».

Elles poursuivirent leur chemin.

— Eh bien ! reprit Julia avec une apparente désinvolture. J'ai cru comprendre que les ragots vont bon train à propos de Max et moi.

— J'attendais que tu m'en parles. Qu'y a-t-il entre vous ?

— Quelque chose, mais je ne sais pas quoi, répondit Julia sans hésiter.
— J'espère que tu ne risques rien.
— Et moi donc !

Alice s'arrêta net devant l'église catholique, en désignant une crèche illuminée sur le parvis.
— Joli !

Les cloches de l'église se mirent à carillonner.
Ellie regarda Julia.
— L'office aurait dû s'achever il y a une heure. J'ai appelé moi-même le père James…

Elle n'eut pas le temps de terminer sa phrase : les portes à double battant de St Marks s'ouvraient avec fracas et les paroissiens se déversaient comme un torrent. Ils semblaient foncer sur eux depuis les marches de l'église.

Alice cria et dégagea sa main pour se boucher les oreilles. Julia, entendant son cri, suivi d'un hurlement désespéré, se tourna pour la rassurer.
— Ma chérie, tout va bien…

Mais Alice avait disparu dans la foule.

20

Il n'y a que des étrangers autour de la Fille. Des gens qui rient, parlent, chantent.

Elle trébuche, tombe presque.

Joulie m'avait promis, pense-t-elle.

Mais rien ne l'étonne, bien qu'elle ait le cœur meurtri et la gorge serrée.

Quelque chose ne tourne pas rond avec la Fille. Elle est mauvaise. Ça a toujours été comme ça. Il le disait souvent. Comment a-t-elle pu oublier ? Pire encore, la Fille finissait par croire en Joulie, et maintenant elle a de nouveau peur. Cette fois, il y a des gens partout au lieu de nulle part, mais ça ne fait aucune différence. Elle connaît quelques mots. «Perdue», c'est quand on voudrait que quelqu'un vous prenne dans ses bras, et qu'il n'y a personne. «Perdue», c'est être seule même avec des gens tout autour.

Elle s'insinue dans la foule d'étrangers. N'importe qui pourrait lui faire du mal. Son cœur bat si fort et si vite qu'elle a le vertige. Ils veulent l'attraper et l'emmener.

Elle court jusqu'à ce que le son des voix lui paraisse flou et lointain, comme le grondement de l'eau de sa rivière bien-aimée, quand la neige commence à fondre.

Elle regarde au-delà de ce lieu qu'on appelle une ville. Ses arbres se dressent là-bas, sombres et immenses contre le ciel. Ils l'accueilleront sûrement; elle le sait. Elle pourrait suivre la rivière jusqu'à sa caverne et retourner y vivre.

Le froid. La faim. La solitude.

Même son loup n'est plus là.

Elle serait trop seule là-bas.

Maintenant qu'elle connaît Joulie et Lellie, comment pourrait-elle retourner au rien du tout? Elle a besoin d'être câlinée et d'entendre la belle histoire du lapin qui veut devenir Vrai. Devenir Vrai, la Fille sait ce que c'est.

Sa poitrine se gonfle comme si ses os allaient éclater et sa gorge se serre bizarrement. Elle se demande si ses yeux vont finir par couler. Ce serait une bonne chose, car sa poitrine lui ferait moins mal.

Alors, elle aperçoit l'arbre. Celui où elle s'est cachée la première fois. Les arbres l'ont toujours protégée. Elle court vers l'arbre et grimpe de plus en plus haut, puis se niche au creux d'une grosse branche nue.

Elle essaie de ne plus penser aux bras de Joulie, dans lesquels elle se sentait si bien.

«Pas quitter Fille.»

Elle n'aurait jamais dû croire en cette promesse.

Julia pivota sur elle-même, scrutant les visages. Partout, des gens en mouvement, des rires, des conversations bruyantes, des chants de Noël. Elle voudrait crier à ces inconnus de se taire et les supplier de l'aider à retrouver l'enfant. Leurs voix grondent dans sa tête.

— Qu'y a-t-il ? fait Ellie, qui lui secoue les épaules pour attirer son attention.

Julia sent qu'elle va fondre en larmes.

— Elle a disparu ! Elle me donnait la main… Quand la foule est sortie de l'église, elle a eu si peur qu'elle s'est sauvée.

— Bon, ne bouge pas ! Tu m'entends ?

Julia a du mal à entendre. Son cœur bat la chamade. Elle se souvient du début de la soirée… Alice redoutait de monter en voiture, et surtout d'être attachée à son siège, mais cette courageuse fillette l'a laissée faire et l'a regardée tristement en disant : « Pas quitter Fille ».

Elle avait promis, et même juré, de ne pas l'abandonner.

Julia fendit la foule en criant le nom d'Alice et en dévorant des yeux tous les visages. Elle devait passer pour une folle, mais tant pis !

Une brise soudaine, imprégnée d'une vague odeur marine, charria des feuilles le long de la rue et à travers la pelouse. Si elle l'inspirait à pleins poumons, elle lui trouverait certainement un goût de larmes. Elle s'arrêta, dans l'espoir d'étouffer sa panique croissante. Ellie aussi appelait Alice, et des faisceaux lumineux traversaient le parc.

Comment faire revenir l'enfant ?

Julia eut soudain une idée. Alice passait des heures près des baffles, à écouter de la musique. Elle adorait les bandes sonores de Disney, mais parmi tous les airs, elle avait un favori.

Après avoir pris une profonde inspiration, Julia se mit à chantonner « Twinkle, Twinkle, Little Star » en déambulant dans le parc désert. Un oiseau gazouilla. Julia remarqua au bout d'un moment que son chant s'accordait avec le sien.

— Alice ? souffla-t-elle.
— *Joulie ?*
Julia, figée sur place, leva les yeux.

Dans les branches dénudées de l'érable, Alice penchait son visage livide et épouvanté vers elle.

— Pas quitter ?
— Non, ma chérie, pas quitter…

Alice sauta de son perchoir ; Julia la reçut dans ses bras et serra contre elle son corps menu, encore agité de tremblements.

— Je regrette, Alice.
— Rester ?
— Oui, ma chérie, je reste.

Alice ébaucha un timide sourire et essuya les larmes sur le visage de Julia.

— Pas d'eau, dit-elle, inquiète.
— Ce ne sont que des larmes, Alice. Des larmes qui veulent dire que je t'aime.

Ellie arriva à cet instant et s'accroupit à côté d'elles.

— Notre fille ! soupira-t-elle.

Julia tourna vers sa sœur ses yeux voilés de larmes.

— Comment s'appelle l'avocat d'ici ?
— John McDonald. Pourquoi ?
— Je voudrais commencer la procédure d'adoption dès le lendemain de Noël.
— Sûre ?

Julia serra Alice de toutes ses forces.

— Je n'ai jamais été aussi sûre de quoi que ce soit !

À midi, le jour de Noël, Max avait déjà rendu visite à ses patients de l'hôpital et aux quelques enfants du service ; il avait aussi parcouru une soixantaine de kilomètres sur sa moto, fait un don à l'église catholique et appelé tous les membres de sa famille.

Dans son séjour silencieux, il contemplait maintenant la grisaille du lac. La pluie tombait si dru que tout le jardin, arbres compris, semblait décoloré.

Il aurait pu s'offrir un sapin de Noël. Cela lui aurait peut-être remonté le moral, mais rien n'était moins sûr : il n'avait pas acheté de sapin depuis sept ans.

À peine assis sur son canapé, il se sentit mal. Les fantômes du passé se jetaient tous ensemble sur lui. Sa mère, assise dans son siège favori, observait des insectes à la loupe. Son père sommeillait sur sa chaise longue, une main sur sa joue ridée… et Susan tricotait une couverture bleu pâle.

Il prit son téléphone et appela l'hôpital. « C'est calme, lui dit-on. Inutile de venir. »

Après avoir raccroché, il se releva. Pas question de ressasser plus longtemps les Noëls du passé. Il devait agir, bouger, escalader un pic montagneux, ou bien…

Voir Julia.

À cette pensée, un déclic se produisit. Il s'habilla, sauta dans sa voiture et se mit en route. Même s'il se comportait comme un imbécile, c'était plus fort que lui : il devait la voir.

Il frappa à la porte. Julia riait en venant ouvrir, mais son sourire s'évanouit à sa vue.

— Oh ! Je te croyais à Los Angeles pour les fêtes.
— Finalement, je suis resté. Si je te dérange…

— Bien sûr que non ! Entre. Notre rhum au beurre est loin d'être mauvais. En veux-tu ?

— Excellente idée !

Elle le fit entrer dans le séjour avant de se diriger vers la cuisine. La fillette la suivait comme son ombre. Un sapin magnifiquement décoré trônait dans un coin de la pièce.

Ses souvenirs affluèrent.

Allons mettre l'étoile pour maman, monsieur Dan !

Il s'assit sur le foyer, le dos tourné au sapin. Le feu crépitait derrière lui et la chaleur l'empêcherait de rester là bien longtemps, mais au moins il ne voyait plus cet arbre. Les deux chiens s'allongèrent à ses pieds.

— Bien, bien, bien…

La voix d'Ellie le rappela à l'ordre. Elle était debout derrière le canapé, les mains sur les hanches.

— Ravie de te revoir, Max.

— Moi aussi, El.

Elle contourna le canapé pour s'asseoir à côté de lui.

— Sais-tu ce que j'ai entendu dire ?

— Trevor McAulley s'est remis à boire ?

— Tout le monde le sait depuis longtemps !

Ellie arborait maintenant son expression sérieuse de flic.

— J'ai appris que tu avais emmené ma sœur au cinéma.

— Rien n'échappe à la vigilance de la police.

— J'ai préféré me taire le jour de Thanksgiving, pour ne pas jouer les trouble-fêtes.

Elle se pencha vers Max, si près qu'il sentit son haleine sur son cou.

—Si tu lui fais du mal, je te coupe les...

—Je n'y tiens pas, protesta Max.

—Dans ce cas, nous sommes d'accord. Je suis enchantée d'avoir eu ce petit entretien avec toi.

—Et si...

Ellie fronça les sourcils.

—Si quoi?

—Rien.

Julia et Alice réapparurent; Ellie se leva aussitôt.

—Je vais voir Cal. Vous deux, soyez sages.

Elle prit un carton rempli de paquets et sortit.

Julia tendit une tasse à Max, puis ils s'assirent sans un mot sur le canapé, Alice aux pieds de Julia. La fillette grogna et plaqua le livre contre ses genoux.

—Exprime-toi avec des mots, Alice, fit calmement Julia.

—Lis. Fille.

—Pas maintenant. Je parle au docteur Max.

—Main-te-nant, articula Alice en tapant sur le livre.

—Non, plus tard.

—*Siteplaît.*

Julia effleura la tête d'Alice en souriant.

—Attends un peu. D'accord?

Dans sa déception, tout le corps d'Alice sembla s'affaisser et, son pouce dans sa bouche, elle se mit à feuilleter le livre.

Julia se tourna vers Max.

—Tu es formidable, souffla-t-il.

—Merci.

La voix étouffée de Julia trahissait son émotion. Max était si près d'elle qu'il aurait pu l'embrasser, mais il jugea plus sage de prendre ses distances. Ce réflexe ne pouvait échapper à Julia.

— Que se passe-t-il, Max ?
— Ça n'a pas d'importance.
— Mais si !

Max vit la gorge de Julia palpiter, et son haleine aux effluves de cannelle effleura son menton.

— L'amour…, dit-il simplement.

Un long silence plana.

— Oui, murmura-t-elle enfin. On en bave toujours. Pourquoi ne passes-tu pas Noël en famille ?
— À cause de toi.

Son regard le sonda, comme si elle était à l'affût, puis elle esquissa un pâle sourire complice. Que croyait-elle savoir à son sujet ?

— Une partie de cartes, Max ? proposa-t-elle.

Il rit à contrecœur.

— Tu veux jouer aux cartes ?
— C'est une des choses qu'un homme et une femme peuvent faire ensemble.
— Je n'y aurais pas pensé.

Julia demanda à Alice d'aller chercher les cartes.

— *Joulie* gagne ? fit celle-ci.
— Oui, ma chérie. Julie va battre le docteur Max à plates coutures.

Pour la première fois depuis fort longtemps, la maison était redevenue un havre familial. Rien de tel qu'un enfant pour donner tout leur sens aux fêtes de Noël.

Ellie et Julia, réveillées aux aurores, avaient incité la fillette somnolente à descendre au rez-de-chaussée.

Déballés un à un, selon l'usage, les cadeaux avaient été soigneusement remis sous le sapin. Sauf ceux d'Alice : fascinée par les emballages, elle avait gardé ses paquets serrés contre son cœur toute la journée. La moindre tentative pour les déballer aurait provoqué une crise d'hystérie.

Les jouets restèrent donc invisibles, les papiers d'emballage faisant office de cadeaux.

Ellie n'avait aucune envie de s'absenter. Mais aller voir Cal le jour de Noël était un rite incontournable, car les habitants de Rain Valley avaient coutume de se rendre visite à l'occasion des fêtes et de prendre ensemble un verre de vin ou une tasse de chocolat chaud. Durant toute son enfance, Cal était venu chez les Cates à Noël ; il y trouvait une chaussette à son nom suspendue au manteau de la cheminée, et une pile de cadeaux sous le sapin. C'était ainsi par un accord tacite et Cal, qui vivait seul avec son père, devenu une véritable épave, ne pouvait fêter Noël nulle part ailleurs.

Une fois marié, Cal avait emmené chaque année sa femme et ses filles fêter Noël de l'autre côté de la rivière. Quand cette tradition avait commencé à se perdre, après la mort de la mère d'Ellie, Noël et la famille Cates étaient restés associés dans l'esprit de Cal.

Après la mort du Grand Tom, un subtil changement s'était produit. Pendant quelques années, Cal et Lisa avaient invité Ellie à dîner chez eux, comme pour créer de nouveaux rites. Mais la sauce n'avait jamais pris. Lisa ne cuisinait pas les «bons» plats, et la musique n'était jamais la «bonne» ; l'ambiance de ces soirées de Noël mettait Ellie vaguement mal à l'aise.

Cette année-là, elle n'avait reçu aucune invitation de la part de Cal. Il estimait sans doute que la présence de Julia et d'Alice avait créé une nouvelle famille Cates, qui souhaiterait fêter Noël dans l'intimité.

Mais, sans Lisa, Cal risquait de passer un sale moment. Après avoir déposé tous ses cadeaux dans un joli sac argenté, Ellie descendit l'allée. De chaque côté s'élançaient en flèche des sapins et des cèdres magnifiques, dont la cime se perdait dans le gris du ciel. Bien que la pluie eût cessé, des gouttes ruisselaient encore des feuilles, des branches et des avant-toits, avec un clapotis accordé au rythme de ses pas. D'autres bruissements s'élevaient de la forêt : eaux courantes, aiguilles de pin crissantes, écureuils sautant de branche en branche, souris détalant à toute vitesse. Par instants, une corneille croassait, ou une chouette hululait.

Tous ces sons étaient aussi familiers à Ellie que le crépitement du feu dans la cheminée. Sans la moindre appréhension, elle s'engagea dans le chemin à travers bois.

Combien de fois avait-elle traversé le pont et marché d'une maison à l'autre ? Assez souvent pour qu'aucun obstacle ne l'arrête. Bien que l'usage des voitures et des téléphones se fût généralisé depuis un certain nombre d'années, rien ne pouvait la détourner de son chemin.

Elle foula l'herbe rase autour du verger et à travers le potager, dépassa l'étang où ils allaient pêcher, enfants. Puis elle s'aventura à travers les roseaux, sur le sol détrempé, et entendit l'écho depuis longtemps oublié de leurs rires enfantins.

« *Y a un serpent dans l'eau, Cal. Sors vite !*

— C'est juste une brindille ! T'as besoin de lunettes.

— *Non, c'est toi !* »

Que de fous rires en ce temps-là ! Elle se revoyait avec Cal, assise sur le sol boueux, à parler pendant des heures de tout et de rien.

Elle suivit la courbure du chemin et parvint à la maison. Une seconde, elle s'attendit à voir la masure de jadis, avec ses murs fissurés, ses volets de guingois et ses fenêtres sales, aux carreaux brisés. Elle crut presque entendre les rugissements hargneux des pit-bulls enchaînés dans le jardin.

Un battement de cils la ramena à la réalité. Elle avait sous les yeux la maison que Cal avait construite lui-même, après ses études, mais avant d'épouser Lisa. Il travaillait alors dans le bâtiment. Quand il avait terminé ses quarante-cinq heures de travail hebdomadaire, il consacrait tout son temps à bâtir sa propre demeure – littéralement autour de son ivrogne de père.

C'était une maisonnette qui semblait surgie de terre, avec une multitude d'angles aigus et de formes bizarres. Les pièces s'étaient ajoutées les unes aux autres, sans rime ni raison, à mesure qu'il disposait de l'argent nécessaire. Le résultat était un étrange pavillon à bardeaux, sur une pelouse pareille à du velours vert, entourée de conifères bicentenaires.

Les illuminations et les décorations de Noël étaient comme toujours grandioses. Cal cherchait à compenser de son mieux toutes ces années où il n'y avait pas eu le moindre sapin sous ce toit, songea Ellie.

La véranda était constellée d'ampoules scintillantes, les balustrades festonnées de rameaux, et une guirlande qu'il avait dû tresser de ses propres mains décorait la porte d'entrée.

On n'entendait aucune musique à travers les murs. Tout était si calme qu'Ellie se demanda un instant s'il y avait du monde à la maison; mais un coup d'œil à l'arrière lui permit d'apercevoir le «bébé» de Cal: la GTO de 1969 qu'il avait retapée à la perfection.

Elle frappa à la porte deux fois, car personne ne répondait.

Des pas résonnèrent enfin et le battant s'ouvrit. Les filles de Cal, blotties l'une contre l'autre, souriaient de toutes leurs dents. Amanda, onze ans et demi, paraissait étonnamment adulte avec son jean taille basse, sa ceinture cloutée d'argent et son tee-shirt rose. Ses longs cheveux noirs étaient relevés en un chignon hasardeux, vraisemblablement l'œuvre de son père. Emily, neuf ans, portait une robe de velours vert beaucoup trop grande pour elle. La petite Sarah, huit ans, la seule des trois filles à avoir hérité des cheveux blond vénitien de sa mère et de ses taches de rousseur, s'était contentée de garder son pyjama.

Les trois sourires s'évanouirent à la vue d'Ellie.

— Ce n'est que tante Ellie, dit Amanda.

— Joyeux Noël, marmonna le trio.

Emily appela ensuite son père tandis qu'Ellie murmurait un merci en regardant les fillettes s'éloigner.

Cal descendit l'escalier d'un pas traînant, comme s'il venait de se réveiller. Ses cheveux noirs étaient enchevêtrés; de petites rides froissaient sa joue gauche. Il portait un jean aux genoux usés jusqu'à la corde et aux ourlets effilochés. Son tee-shirt Metallica avait connu des jours meilleurs.

— Ellie, articula-t-il avec un sourire forcé après avoir embrassé chacune de ses filles au passage.

— Tu fais peur à voir, observa Ellie dès qu'ils furent seuls.

— Moi qui allais te dire que je te trouve plus belle que jamais.

Ellie referma la porte derrière elle et suivit Cal dans le séjour, dont un immense sapin rutilant occupait un coin entier.

Il s'effondra sur le canapé, les deux pieds sur la table basse en cuivre martelé, avec un soupir qui fit tinter l'une des minuscules décorations de Noël.

Quand elle eut déposé son sac de cadeaux auprès de l'arbre, Ellie le rejoignit, navrée de le voir dans cet état, lui qui avait gardé le moral en tant de circonstances pénibles.

— Qu'est-ce qui ne va pas ? murmura-t-elle.

Il s'assura qu'aucune oreille indiscrète ne traînait dans les parages.

— Lisa n'est pas venue le matin de Noël, ni au dîner. Elle n'a envoyé aucun cadeau. J'ai dit aux filles qu'elle allait passer, mais je commence à douter.

— Elle va bien, au moins ?

— Oui, je pense. J'ai appelé ses parents. Elle est sortie, paraît-il, avec son nouveau copain.

— Ce n'est pas son genre.

— Au contraire.

Ces deux mots trahissaient un immense chagrin ; mais Cal ne lui ferait pas d'autres aveux sur ses déboires conjugaux, comprit Ellie.

— Je suis désolée.

— Tu connais, n'est-ce pas ? Un divorce est comme une blessure qui finit par cicatriser. Je t'ai souvent entendue dire cela.

Que répondre ? Ellie n'avait jamais été à la place de Cal... Ses mariages n'avaient guère duré plus de deux ans, et ses partenaires ne lui avaient sans doute pas inspiré une passion éternelle. Elle n'avait jamais eu non plus de cœurs d'enfants à sa merci.

— Mes mariages n'étaient pas comparables au tien, Cal... Tu risques de souffrir longtemps.

— Je ne peux pas souffrir plus maintenant qu'à l'époque où je l'aimais.

Les yeux fixés sur les flammes, Cal fit silence. Ellie se garda d'intervenir. En un sens, c'était comme autrefois, quand ils passaient la journée assis sur le pont à ne rien dire de plus que : « As-tu encore du chewing-gum Bazooka ? »

— Comment s'est passé votre Noël ? dit-il enfin.

— Très bien. Nous avons préparé le ragoût de papa et le pain de maïs de grand-mère Dotty. Alice n'a pas vraiment compris le scénario du père Noël descendant dans la cheminée. Au lieu de déballer ses cadeaux, elle a préféré les trimballer avec elle dans toute la maison.

— L'année prochaine, elle sera championne. Les enfants apprennent vite à recevoir des cadeaux ! Je me souviens encore du premier Halloween d'Amanda.

— Tu l'avais amenée chez moi.

— Oui, elle s'étonnait d'être déguisée en citrouille, mais ça ne lui a plus posé de problème dès que tu lui as donné des bonbons.

— Te souviens-tu qu'elle portait le chapeau en feutre vert de ma mère ?

Ellie lut un tel désespoir dans le regard de Cal qu'elle voulut le réconforter.

— Je croyais que tu avais oublié tout cela, murmura-t-elle.

— Comment pourrais-je l'oublier ? Nous sommes amis depuis si longtemps.

Elle l'avait déçu une fois encore, mais pourquoi ? Sans doute était-elle aussi maladroite en matière de cœurs brisés qu'ignorante dans le domaine des enfants. Par conséquent, il valait mieux changer de sujet, et distraire Cal de ses déboires conjugaux.

— Julia a l'intention d'adopter Alice, pour lui donner une certaine stabilité, annonça-t-elle.

— Bonne idée. Comment allez-vous vous y prendre ?

— Nous commençons par une motion de déchéance des droits parentaux. Si quelqu'un vient la réclamer pendant la période de publication, Julia doit renoncer.

— Et si ses parents se présentaient plus tard, après avoir appris qu'on l'a retrouvée ?

Julia et elle avaient systématiquement évité de se poser cette question délicate, qui risquait de mettre tous leurs projets en échec.

— Ce serait terrible.

— D'autant plus que le gouvernement fédéral tend à donner la préférence aux parents biologiques, dans tous les cas.

— Oui, admit Ellie, je sais.

— Après avoir souhaité qu'ils se manifestent, il faut maintenant souhaiter l'inverse.

— Exactement.

Ellie s'interrompit et ils gardèrent à nouveau le silence.

— Sans toi, ce n'était pas un vrai Noël, souffla-t-elle.

Un pâle sourire éclaira le visage de Cal.
— Oui, tout change.
Ellie redoutait de s'engager sur cette voie, qui la conduirait à s'interroger sur sa propre solitude. En présence de Cal, elle n'avait que trop tendance à se remémorer tout ce qu'elle avait raté dans sa vie.
Ses pas la menèrent dans la cuisine. Elle emplit deux verres de tequila et prit une salière. Elle posa ensuite le plateau sur la table basse du séjour, en repoussant les pieds de Cal.
— Une tequila le jour de Noël ?
Ellie haussa les épaules et s'affala à côté de lui.
— On a parfois besoin d'un petit coup de pouce pour se remonter le moral. Haut les cœurs !
— Pourquoi du sel ?
— Pour décorer.
Ils trinquèrent.
— Que cette nouvelle année soit meilleure ! lança Ellie.
— Amen.
Cal avala l'alcool et reposa son verre, puis il scruta Ellie d'un air inquisiteur, comme s'il cherchait à percer son mystère.
— Tu as souvent été amoureuse.
— Et très souvent déçue.
— Comment fais-tu pour continuer à y croire ? Et pour dire à un homme que tu l'aimes ?
— C'est facile à dire, Cal ; le penser sincèrement est presque impossible. Je plains le pauvre type qui s'éprendra de moi.
Cette conversation et l'expression de Cal déprimaient Ellie.

—Assez de mélancolie ! s'écria-t-elle. N'oublions pas que c'est jour de fête.

Elle débarrassa les verres, s'approcha de la stéréo et mit un CD assez fort pour attirer l'attention des filles, probablement hypnotisées par quelque film avec Hilary Duff.

—Qu'est-ce qui se passe ? demanda Amanda en retenant son chignon sur le point de s'effondrer.

Ses sœurs faisaient grise mine autour d'elle.

—D'abord, dit Cal, vous avez des cadeaux à ouvrir.

Les trois sœurs ébauchèrent un timide sourire.

—Et ensuite, je vous emmène au bowling.

Amanda prit un air pincé.

—Nous n'allons pas au bowling. Maman dit qu'on y fait de mauvaises rencontres.

Ellie interrogea Cal du regard.

—Tes filles ne connaissent pas le «bowling secret» ?

Sarah s'avança d'un pas.

—C'est quoi, le bowling secret ?

—C'est le bowling après les heures de fermeture, quand il n'y a plus personne et qu'on fait marcher la musique à tue-tête en mangeant n'importe quoi.

—Ça ne plairait pas du tout à maman, déclara Amanda.

—Je vous signale que votre papa et moi, nous avons travaillé au Big Bowl. Vous êtes donc les seuls enfants de Rain Valley à entendre parler du bowling secret. Et maintenant, habillez-vous vite !

Sarah tira sur la manche d'Ellie.

—J'peux y aller en pyjama ?

—Absolument ! On s'habille comme on veut au bowling secret.

— J'ai le droit de me maquiller ? demanda Amanda.

— Bien sûr, fit Ellie sans laisser à Cal le temps de réagir.

Les filles se ruèrent dans l'escalier en pouffant de rire.

Cal se tourna vers Ellie.

— Nous n'avons pas mis les pieds au Big Bowl depuis vingt-cinq ans !

— Je vais appeler Wayne pour le prévenir. Il laisse toujours les clés dans le chapeau du gnome. Nous déposerons cinquante dollars à la caisse.

— Merci, El.

Ellie finit par sourire.

— La prochaine fois que je divorce, souviens-toi de la recette : tequila et bowling à minuit.

— C'est ta potion magique ?

Le sourire d'Ellie s'évanouit.

— Non, mais ça vaut mieux que rien.

21

La fin du mois de janvier approchait : le ciel était bleu acier et les gens perdaient leur calme aussi facilement que leurs clés. Dans toute la ville, les enfants, le nez collé aux fenêtres, contemplaient les jardins pluvieux, tandis que leurs mères passaient des heures à effacer les traces laissées sur les vitres.

Chez les Cates, toute la lumière provenait des ampoules électriques de Noël, et la pluie tombait des avant-toits à un rythme accéléré, pareil à celui d'un cœur palpitant.

Ellie se sentait mal à l'aise. Le temps y était pour quelque chose, mais surtout la personne qui lui rendait visite.

L'assistante sociale de la DSHS était crispée sur le canapé, comme si l'idée qu'un poil de chien souille son pantalon de laine grise la terrifiait.

Julia, apparemment calme, avait pris place à côté d'elle.

— Avez-vous d'autres questions, madame Wharton ?

L'assistante sociale lui adressa un sourire glacial, qui permit à Ellie d'apercevoir une rangée de dents gâtées.

— Appelez-moi Helen. J'en ai encore quelques-unes.

— Je vous écoute.

Helen posa son stylo et chercha des yeux Alice, qui jouait à l'autre bout de la pièce. La fillette n'avait pas croisé son regard une seule fois. Elle s'était enfuie en hurlant dès qu'elle lui avait été présentée ; puis, après s'être dissimulée pendant près d'une heure derrière un ficus, elle était sortie de sa cachette pour se mettre à grignoter le bouquet de fleurs.

— Il est clair que votre environnement est tout à fait satisfaisant, et le cadre de vie a été approuvé pour le placement provisoire de… l'enfant mineur. Je ne constate aucune détérioration pouvant entraîner une mise en cause de notre approbation. Comme vous nous l'avez affirmé à plusieurs reprises, l'enfant s'épanouit auprès de vous. Mais c'est justement à votre sujet que je m'inquiète, docteur Cates. Puis-je vous parler franchement ?

— Je ne demande qu'à entendre vos observations.

— Effectivement, cette fillette n'est peut-être ni autiste, ni handicapée mentale ; elle a pourtant de graves problèmes, et je doute qu'elle soit normale un jour. Bien souvent, des parents adoptent de bon cœur et avec beaucoup d'espoir des enfants en difficulté… mais leur tâche se révèle ensuite au-dessus de leurs forces. L'État dispose d'excellents établissements pour les enfants comme elle.

— Il n'y a pas d'enfants comme elle ! protesta Julia. C'est une victime unique en son genre, et nous ne pouvons en aucun cas préjuger de son avenir. Comme vous le savez, je suis parfaitement qualifiée pour la traiter en tant que patiente, et je ne demande qu'à l'aimer en tant que mère. Que peut-on souhaiter de mieux, à votre avis ?

Helen laissa filtrer un vague sourire.

—Elle a beaucoup de chance d'être tombée sur vous.

Du coin de l'œil, elle scruta Alice qui, debout près de la fenêtre, « parlait » à un écureuil, puis elle se leva et tendit la main à Julia.

—Je n'ai aucune raison de demander un réexamen du dossier. En fonction de ma visite à domicile, je recommanderai certainement que l'enfant vous soit confiée.

—Merci.

Après le départ de l'assistante sociale, Alice se jeta dans les bras de Julia.

—Peur.

Julia lui caressa les cheveux.

—Je sais, ma chérie. Tu n'aimes pas les gens qui portent des lunettes et des tas de bijoux clinquants. Mais tu aurais tout de même dû lui sourire.

—Vilaine dame.

—Je ne dirai pas le contraire ! s'exclama Ellie.

Elle prit sa veste, sur le portemanteau près de la porte.

—J'appelle John pour lui dire que l'enquête à domicile est terminée. Il peut fixer la date de l'audience et commencer les avis de déchéance des droits parentaux.

Julia s'approcha de sa sœur sans lâcher la main d'Alice.

—Une fois par semaine pendant trois semaines, dans tous les journaux de la région, je suppose. C'est comme ça que nous annonçons publiquement la nouvelle.

—Ils ont soixante jours pour se faire connaître après la première publication. Ensuite, il n'y a plus d'obstacle pour toi.

Ils... c'est-à-dire les parents biologiques d'Alice.

Même si elles n'abordaient jamais ce sujet, Julia et Ellie savaient que le cas d'Alice n'était pas comparable à celui d'autres enfants perdus ou abandonnés. Quelque part, quelqu'un pouvait rêver de cette petite fille, s'en souvenir, tout en ayant renoncé à la rechercher. Des parents risquaient de se présenter à tout moment – même des années plus tard – et de faire valoir leurs droits légitimes.

Ellie avait compris que, malgré ce problème angoissant, sa sœur avait décidé de se lancer. Il valait mieux, selon Julia, donner dès maintenant un foyer à Alice en s'interrogeant sur son avenir plutôt que la laisser toute sa vie dans les limbes, sous prétexte que des parents biologiques pouvaient se présenter.

—Eh bien! je pars au travail, lança Ellie. Au revoir, Alice.

—Au revoir, répondit l'enfant en la serrant dans ses bras.

—Cal m'a prévenu que ses filles n'ont qu'une demi-journée d'école aujourd'hui, annonça Ellie. Il déposera Sarah après le déjeuner.

—Remercie-le de ma part.

Julia fit pleuvoir quelques baisers sur la nuque d'Alice.

— Alice va peut-être parler à Sarah cette fois-ci. N'est-ce pas ?

Pour toute réponse, la fillette pouffa de rire.

Ellie démarra avec un léger coup de klaxon à l'intention d'Alice, qui adorait ce bruit.

Depuis les fêtes, Rain Valley avait repris sa routine hivernale. Les rues du centre-ville étaient pour la plupart désertées par les voitures et les humains. Les bars s'emplissaient plus tôt et restaient ouverts plus tard. Ellie, Earl et Mel étaient en faction à tour de rôle au niveau de la grande route pour coincer les automobilistes qui n'hésitaient pas à prendre le volant après avoir ingurgité plusieurs bières. Les films projetés en matinée au cinéma faisaient salle comble, et il ne restait plus une seule place de parking devant le bowling.

Les nouvelles de l'« enfant-loup volant » avaient disparu des journaux. Mort Elzik lui-même avait des informations plus croustillantes à publier, qu'il s'agisse des grondements entendus à Mount St Helens ou de la chasse à la baleine de la tribu Makah, sanctionnée par les tribunaux.

Au commissariat, les jours s'écoulaient selon la routine. Le calme était revenu à Rain Valley et les responsables de l'ordre s'en félicitaient. Cal avait retrouvé le temps de lire ses bandes dessinées et de griffonner ses croquis, car le téléphone sonnait rarement. Peanut avait organisé les emplois du temps en fonction des exigences familiales de chacun, et payait les salaires ponctuellement.

Bref, la vie avait du bon.

Ellie passa en voiture au comptoir à café d'Ancient Grounds, prit un grand *moccha latte* et poursuivit son chemin jusqu'au commissariat. Une fois garée sur sa place de parking, elle entra par la porte de derrière. Elle était dans la cantine, en train de vérifier le contenu du réfrigérateur, quand Peanut surgit en claquant la porte.

— Ellen! dit-elle du ton théâtral qu'elle réservait aux ragots de première importance.

Ellie avala une gorgée de café et jeta un coup d'œil à la pendule. 11 h 30 : un peu tôt pour les grandes nouvelles.

— Je vais deviner, Pea. La personne éliminée à «Survivor» a été mal choisie.

— «Survivor» ne passe plus à la télé depuis longtemps!

Ellie referma le réfrigérateur.

— Je donne ma langue au chat.

— Il faut absolument que tu gardes la tête froide. Nous sommes inquiets, Cal et moi.

— Ma parole, vous ne me faites plus confiance!

— Tu sais bien que tu perds la tête en présence de certains hommes.

— C'est faux. D'autre part, le seul bel homme de la ville a le béguin pour ma sœur.

— Plus maintenant.

— Max ne s'intéresse plus à Julia?

Peanut tapota l'épaule d'Ellie.

— Écoute-moi!

— Qu'est-ce que tu racontes, bon Dieu?

— Un type t'attend au bureau.

— Et alors? Pas de panique.

— Il est superbe, et il tient à te parler personnellement.

— Sans blague?

— Si tu voyais ton sourire ! C'est exactement ce que je craignais.

Ellie sortit de la cantine et jeta un coup d'œil au bout du couloir. Un homme, assis sur la chaise en face de son bureau, lui tournait le dos. Il était entièrement vêtu de noir.

— Qui est-ce ?

— Il refuse de donner son nom, et il n'a pas retiré ses lunettes de soleil. Je parie qu'il vient de Californie, ricana Peanut.

Ellie se hâta de récupérer son sac et disparut cinq minutes aux toilettes, histoire de rectifier son maquillage et de se brosser les dents.

À peine revenue dans le réfectoire, elle interrogea Peanut.

— De quoi ai-je l'air ?

— Pas géniale… Tu vas finir par ressembler à une vraie catin.

— Je peux t'assurer que je ne suis pas sortie une seule fois depuis des mois.

Ellie lissa les plis de son uniforme, ajusta les trois étoiles dorées de son col et se dirigea vers la salle principale du commissariat. Peanut lui emboîta le pas.

Cal leva les yeux à leur approche et remarqua immédiatement le maquillage d'Ellie, puis il scruta l'homme assis dans la pièce. Ellie s'avança et fit le tour de son bureau.

— Bonjour. Je suis le chef Barton. Si je comprends bien…

L'homme pivota. Devant ses pommettes ciselées, ses lèvres charnues, sa chevelure noire et rebelle, elle oublia instantanément ce qu'elle allait dire. Il retira ses lunettes de soleil et découvrit des yeux d'un bleu électrique.

Dieu du ciel!

Ellie s'assit sans lui serrer la main.

—J'arrive de loin, lui annonça-t-il d'un ton rocailleux et las.

Quel était cet accent indéfinissable? Peut-être australien, ou cajun.

—Je m'appelle George Azelle.

Il tira de sa poche un papier plié qu'il posa sur le bureau. Son nom avait fait tilt dans l'esprit d'Ellie.

—Je vois que vous vous souvenez, reprit-il. Regardez-moi comme vous voudrez! Ça ne me dérange pas; j'ai l'habitude. Je suis venu au sujet de l'enfant.

—L'enfant?

Il déplia le papier posé sur le bureau. C'était une photo d'Alice.

—Je suis son père, dit-il.

—Alice, combien de fois allons-nous reprendre cette discussion?

Julia rit spontanément de sa remarque : Alice et elle avaient beaucoup d'activités communes depuis quelque temps, mais aucune ne pouvait être qualifiée de discussion.

—Non!

Julia s'approcha de la fenêtre et tendit un doigt vers l'extérieur.

—Il pleut.

Alice s'assit par terre.

—Non!

— Nous allons au restaurant. Tu t'en souviens? Nous y étions la semaine dernière. Tu as mangé une tarte délicieuse… Allez, mets tes chaussures.
— Non. Chaussures puantes!
Julia leva les bras au ciel, d'un geste désespéré.
— Très bien! Tu restes ici avec Jake et Elwood, et je te rapporterai une part de tarte.
Julia alla dans la cuisine, prit ostensiblement ses clés et son sac, enfila son manteau. Elle était à quelques pas de la porte quand elle entendit Alice se lever.
— Fille vient?
Julia se retourna en se gardant bien de sourire devant le petit visage d'Alice, grimaçant à la fois d'inquiétude et de colère. Son tablier était éclaboussé de peinture depuis leur dernière réalisation artistique.
Comment réagir? Déclarer fermement «Je regrette, tu ne peux pas aller au restaurant sans chaussures» et faire mine de poursuivre son chemin, tandis qu'Alice se hâterait de mettre ses chaussures? Julia aurait eu ce réflexe avec n'importe quel autre enfant têtu, mais elle préféra s'agenouiller, de manière à regarder Alice dans les yeux.
— Tu te souviens que nous avons parlé des règles de conduite?
— Gentille fille. Méchante fille.
Julia tressaillit: les règles de conduite étaient un phénomène complexe, dont l'apprentissage pouvait exiger de nombreuses années, mais la société ne pouvait fonctionner sans elles.
— Il y a des endroits où les petites filles doivent porter des chaussures.
— Fille pas aimer.

— Je sais, ma chérie. Voici ce que je te propose : pas de chaussures dans la voiture, tu les mettras en ville et tu les retireras en partant. D'accord ?

Alice, songeuse, fronça les sourcils.

— Pas de chaussettes.

— Si tu veux !

Alice traversa docilement la pièce, prit ses chaussures dans un carton près de la porte d'entrée et sortit sans manteau. Elle arrivait sur la véranda quand un nuage passa au-dessus de sa tête, plongeant le jardin dans l'ombre. L'ondée se transforma en minuscules flocons de neige, qui effleurèrent sa chevelure brune et son visage tourné vers le ciel avant de fondre en gouttelettes d'eau glacée.

— Regarde, *Joulie* ! Joli.

Il neigeait, et Alice était pieds nus. Parfait. Julia attrapa le manteau de la fillette, la souleva dans ses bras et la porta jusqu'à la voiture. À mi-chemin, elle entendit le téléphone sonner.

— C'est probablement tante Ellie qui nous conseille de regarder la neige.

Elle attacha Alice sur son siège.

— Dégoûtant… serré… mauvais…, balbutia Alice, furieuse.

— Mais non, c'est pour que tu sois en sécurité.

Alice se tut. Julia mit un CD et démarra.

Sept fois de suite, Alice écouta la bande sonore de *Peter et Elliott le Dragon* sans se lasser. Son air favori était « Un petit point de lumière » ; à la dernière note, elle criait « encore » jusqu'à ce que Julia cède.

Julia se gara devant le Rain Drop ; la musique s'interrompit au même instant.

— Encore ?

— Non, Alice. Plus maintenant.

Julia se pencha pour glisser les pieds moites d'Alice dans ses bottes. Enfiler des gants chirurgicaux sur des mains humides n'aurait pas été plus difficile.

— La prochaine fois, tu mettras des chaussettes…

Elle alla ensuite ouvrir la portière.

— Prête ?

Un éclair de frayeur traversa les yeux de l'enfant, mais elle acquiesça d'un signe de tête.

— Tu es une petite fille très courageuse, murmura Julia en la détachant du siège.

Alice marcha lentement vers le restaurant, son regard rivé sur ses pieds.

— N'aie pas peur, murmura Julia. Je suis avec toi et je ne te quitterai pas.

Sans un mot, Alice s'agrippa à elle de toutes ses forces.

Une clochette tinta au-dessus de leurs têtes quand la porte du restaurant s'ouvrit. En l'entendant, Alice émit un cri strident et se jeta sur Julia, qui se baissa pour la serrer tendrement. Les sœurs Grimm étaient à la caisse, épaule contre épaule. Comme de juste, elles se retournèrent en même temps et dévisagèrent Alice. Rosie Chicowski, derrière elles, planta un crayon dans son chignon. À gauche, un vieux bûcheron solitaire était assis dans un box.

Tous les regards étaient braqués sur Julia et Alice. Elles auraient dû venir une heure plus tôt, entre l'heure d'affluence du petit déjeuner et midi, comme la semaine précédente. En l'occurrence, elles auraient eu la salle pour elles seules.

Julia recula d'un pas. Les trois sœurs Grimm s'avançaient de front, tels les chevaliers de l'Apocalypse. La mort rôdait dans l'urne vétuste de Daisy. Elles échangèrent des regards avec Julia et Alice, qui renifla nerveusement en tirant Julia par la main. Violet tira de son sac une bourse pourpre, en plastique étincelant.

— Un cadeau pour toi ! Ma petite-fille adore ce genre de chose.

Les yeux d'Alice s'illuminèrent. Elle prit respectueusement l'objet dans sa main et effleura sa joue.

— *Meci*, dit-elle au bout d'un moment en clignant des yeux à l'intention de Violet.

Le souffle coupé, les trois femmes gardèrent le silence ; puis Daisy prit la parole d'une voix vibrante d'émotion :

— Tu lui as sauvé la vie.

— Ta maman serait si fière ! déclara Violet en guettant du coin de l'œil l'approbation de ses sœurs, qui s'inclinèrent d'un commun accord.

— Merci, murmura Julia. C'est grâce à vous tous… La ville nous a prises sous sa protection.

— Tu es des nôtres, dit simplement Daisy.

Comme un seul homme, le trio pivota sur lui-même et sortit. La main d'Alice dans la sienne, Julia la mena vers un box en angle ; puis elle commanda à Rosie des croque-monsieur, des frites et des milk-shakes. Le repas n'était pas encore servi que la clochette au-dessus de la porte tinta à nouveau.

— Max, dit tout naturellement Alice.

Il l'aperçut, ainsi que Julia, quand il se dirigea vers la porte, après avoir commandé son déjeuner.

— Salut, fit-il.

Le cœur de Julia palpita, mais elle parvint à ébaucher un sourire.

— Personne ne déjeune avec toi, docteur ?

— Non, pas pour l'instant.
— Tu pourrais peut-être te joindre à nous.
Max s'adressa à Alice.
— Je peux m'asseoir à côté de toi ?
Le petit visage de la petite fille se concentra.
— Pas faire mal à *Joulie* ?
— C'est incroyable ! murmura Max, stupéfait.
Puis il ajouta, voyant le trouble d'Alice :
— Ne crains rien pour Julia.

Alice se glissa sur le côté et lui fit une place face à Julia. Rosie, hilare, s'approcha avant même qu'il s'installe sur le siège de vinyle.
— Et voilà ! Je savais bien que c'était vrai ce qu'on raconte à propos de vous deux.
— Alice est ma patiente, fit posément Max.

Rosie lui adressa un clin d'œil lourdement maquillé et orné de faux cils en mettant son couvert.
— Bien sûr !
— Le temps que je termine mon sandwich, toute la ville sera au courant, marmonna Max dès qu'elle eut tourné le dos.

Rosie revint quelques minutes après avec les repas.
— *Meci*, fit Alice en souriant à la serveuse, qui repartit en direction de la cuisine.

Julia se préparait à lui conseiller de manger ses frites une à une quand elle sentit peser sur elle le regard angoissé de Max. Il avait peur pour eux deux. Elle comprenait cette appréhension qui avait marqué une bonne partie de sa vie. La passion est dangereuse, et l'amour — son excès ou son manque — avait détruit bon nombre de ses patients ; mais elle avait beaucoup appris à ce sujet grâce à Alice, et elle était devenue plus courageuse.

—Qu'y a-t-il ? souffla Max, le visage fermé.

Elle éprouvait le sentiment prodigieux de ne plus avoir peur.

—Approche-toi.

Il se pencha vers elle, le front soucieux. Elle l'embrassa, et il se détendit après une infime résistance.

Alice pouffa de rire.

—Baisers.

Quand Max se dégagea, son visage était blême.

—Voilà au moins de quoi alimenter les ragots ! plaisanta Julia.

Ils poursuivirent leur repas comme si de rien n'était. Tandis qu'ils enfilaient leur manteau devant la porte du restaurant, Julia se permit de frôler le bras de Max. Pourquoi hésiter, alors qu'elle venait de l'embrasser en public ?

—J'emmène Alice au parc animalier de Sequim. Tu viens avec nous ?

Max jeta un coup d'œil à sa montre.

—Oui, je vous accompagne.

Julia fonça avec Alice jusqu'à sa voiture. À leur arrivée au parc, la neige tombait à gros flocons. Certains formaient déjà une mince couche blanche sur la haie et sur l'herbe. Quand Julia se gara devant la maisonnette en bois où vivait le propriétaire des lieux, deux oursons noirs mâchaient d'énormes brindilles sur la véranda.

—Tu vas mettre tes bottes, tes gants et ton manteau, Alice ! lança-t-elle.

—Non.

—Alors, tu restes dans la voiture.

Julia sortit et alla rejoindre Max, qui l'attendait. La neige saupoudrait leur nez et leurs joues comme une morsure de feu.

—Qu'attendons-nous ? fit-il.
—Tu verras.

La portière s'ouvrit et Alice apparut, habillée de la tête aux pieds, bien qu'elle eût inversé ses bottes. Au même instant, Floyd sortit de la maison, emmitouflé dans une énorme parka. Il passa à côté des oursons en train de jouer, descendit les marches de la véranda et traversa le jardin.

—Bonjour, docteur Cates ! Bonjour, docteur Cerrasin.

Il s'inclina devant Alice.

—Alice, je suppose. Je connais un de tes amis.

Alice se cacha derrière Julia.

—Tout va bien, ma chérie. C'est ta surprise.
—Prise ?
—Suis-moi, Alice, dit Floyd.

Ils firent à peine trois pas, et les hurlements se déchaînèrent.

Alice interrogea Julia du regard. Dès qu'elle eut acquiescé d'un signe de tête, la fillette courut vers l'endroit d'où provenait ce cri déchirant. Elle lui répondit à sa manière, dans l'air glacial. Arrivèrent simultanément à la grille la petite fille vêtue d'un manteau sombre et de bottes trop grandes (inversées) et le louveteau qui atteignait maintenant la moitié de la taille d'un loup adulte.

Floyd s'approcha de la clôture ; Alice se mit à trépigner à côté de lui.

—Ouvrir ! Jouer. Fille.

Il tourna la clé dans la serrure, puis s'adressa à Julia :

—Vous êtes sûre qu'il n'y a pas de danger ?
—Sûre.

Dès que Floyd ouvrit la porte, Alice se glissa dans l'enclos. Le louveteau et elle se mirent à faire des pirouettes dans la neige, comme deux bons copains. Chaque fois que l'animal lui léchait la joue, la fillette éclatait de rire.

Floyd referma la grille et observa leurs ébats.

— C'est la première fois qu'il se calme depuis son arrivée.

— Il lui manquait aussi, fit Julia.

— Pensez-vous que…

— Aucune idée, Floyd.

Ils regardèrent en silence la fillette et le loup se rouler dans la neige.

Max s'adressa à Julia.

— Tu as obtenu des résultats fabuleux avec elle !

— Les enfants sont résilients.

— Pas toujours.

Julia allait demander à Max de préciser sa pensée quand les sirènes retentirent.

— Tu as entendu ?

Le son, d'abord lointain, se rapprocha ; puis les premiers signaux lumineux traversèrent la masse ouatée des flocons de neige. Floyd empoigna le manteau d'Alice et entraîna la fillette hors de l'enclos avant de claquer la porte. La fillette s'effondra à genoux en hurlant. Le véhicule de police vint se garer dans le jardin, mais les signaux lumineux poursuivirent leur staccato coloré. Ellie s'approcha dans un halo surréaliste.

— Il est venu la chercher, lança-t-elle sans préambule, en regardant l'enfant.

— Qui ? fit Julia, bien qu'elle eût compris.

— Le père d'Alice.

Max porta Alice à la maison dans ses bras. Elle était légère comme une plume.

Pourquoi trouvait-il si naturel de la porter ainsi ? Certains souvenirs étaient sans doute trop profondément ancrés en lui pour s'effacer, et certains gestes lui semblaient l'évidence même. Il tenta de la déposer sur le canapé, mais elle refusa de desserrer ses bras, noués autour de son cou. Il la porta donc à travers toute la maison et alluma le feu, tandis qu'elle émettait un petit grondement pitoyable. Dès qu'il s'assit sur le canapé, elle se blottit sur ses genoux, les yeux fermés et les joues encore rosies par le froid. Son hurlement s'était mué en une sorte de plainte, véritable symbole de sa détresse. Trop de sentiments et une telle insuffisance de mots.

Réagis, pensait-il. *Regarde un film, ou écoute de la musique.*

Calé dans le canapé, il laissa tomber ses paupières. Quelle erreur ! Il croyait entendre un enfant verser des larmes déchirantes.

Mon poisson ne nage plus, papa. Guéris-le !

Il serra tendrement Alice contre lui.

— Oui, mon petit, tu as du chagrin. Laisse-toi aller, ça te fera du bien…

Au son de sa propre voix, il s'aperçut qu'il n'avait pas prononcé un seul mot depuis leur départ du parc animalier.

— Julia a dû accompagner Ellie au commissariat, expliqua-t-il. Elles ne tarderont pas à revenir.

Alice le fixa de ses yeux étonnamment secs. Si secs qu'il se demanda si elle savait pleurer. L'idée qu'elle n'était peut-être pas capable de donner libre cours à ses larmes le troubla.

— *Joulie* pas quitter fille ?
— Non, elle va revenir.
— Fille à la maison ?
— Oui, dit Max en glissant une mèche rebelle, encore humide de neige, derrière l'oreille de l'enfant.
— Loup ?

La bouche d'Alice tremblait, tandis qu'elle formulait en un seul mot cette question si complexe.

— Le petit loup va bien aussi.

Alice hocha la tête, et son visage prit une expression beaucoup trop adulte pour son âge.

— Pas enfermé. Mauvais.
— Il a besoin de vivre en liberté, approuva Max.
— Comme les oiseaux !
— La captivité, tu connais, n'est-ce pas ?

Il fixa le petit visage en forme de cœur d'Alice, sans parvenir à détourner son regard. Elle lui rappelait une époque révolue et, bizarrement, de doux souvenirs. En ce temps-là, il était capable de rester paisible et porter un enfant le réjouissait, au lieu de déclencher ses larmes.

— Lire Fille ?

Alice désignait un livre, déjà ouvert sur la table basse. Il le saisit. Elle lui indiqua le haut d'une page, avec la certitude d'en être restée là. Max se mit à lire :

— « On n'est pas Vrai tout de suite, dit le cheval qui n'avait que la peau sur les os. C'est une chose qui peut nous arriver un jour… Mais à condition qu'un enfant nous aime pendant très, très longtemps. Quand il nous aime *vraiment*, et pas seulement pour jouer, alors on devient Vrai. »

Lis-moi un livre, papa.

Max sentit qu'Alice lui tapotait la joue pour le réconforter. En effet, il pleurait.

— Oh ! dit-elle.

Quand avait-il pleuré pour la dernière fois ? Impossible de s'en souvenir.

— Mieux, Max ?

— Oui, beaucoup mieux.

Alice se blottit plus étroitement dans ses bras. Après avoir refermé le livre, il se mit à lui raconter une autre histoire. Une histoire qu'il essayait d'oublier depuis bien longtemps, mais dont certains mots semblaient indélébiles. Comme c'était bon de se confier enfin à quelqu'un, même si Alice dormait quand il parvint à des événements si tristes qu'il en pleurait encore.

22

— Le test d'ADN est concluant ? demanda Julia.

Dans le silence de la voiture, sa voix résonnait plus fort qu'elle n'eût souhaité. Sous la neige, et à la tombée de la nuit, elle avait l'impression de s'être réfugiée, avec sa sœur, dans un étrange vaisseau spatial.

— Je ne suis pas experte en la matière, répliqua Ellie, mais le rapport du laboratoire est formel. Et cet homme est au courant de la marque de naissance. Je vais appeler le FBI. Nous en saurons plus dans la matinée, mais…

— Quel est son vrai prénom ?

— Brittany.

Julia chercha à jauger ce nouveau prénom. Si elle se concentrait sur des détails, elle ne penserait pas à l'essentiel. Alice – Brittany – n'était pas sa fille et ne l'avait jamais été. Depuis le début, seul comptait le moment où Alice serait rendue à sa véritable famille. Tant pis si elle avait commis l'erreur fatale de donner tout son amour à cette petite fille. L'avenir d'Alice passait avant le reste. Mais Julia avait beau s'accrocher à cette certitude, une question se posait : « Pourquoi a-t-il mis si longtemps à se manifester ? »

Ellie se gara sur la place de parking réservée au chef de police. Julia observa le panneau, qui semblait étinceler sous le faisceau lumineux des phares, malgré l'ombre portée par la neige. Que de contrastes en cette nuit singulière.

— Tu as du pain sur la planche, El, marmonna-t-elle. Moi aussi, d'ailleurs. Je me rends compte que nous nous sommes beaucoup trop investies. Mais je suis une professionnelle, et je t'assure que je n'ai jamais perdu de vue le risque que je courais. Le bien d'Alice me préoccupe avant tout.

— Oui, mais nous sommes dans le pétrin.

Ellie se tourna vers sa sœur : dans la pénombre, son visage semblait prématurément vieilli.

— Il y a un problème, reprit-elle.
— Explique-toi, Ellie.
— As-tu entendu parler de George Azelle ?
— Bien sûr ! dit Julia après un moment de réflexion. Je me souviens de ce type qui a tué sa femme et son bébé. Serait-il...
— C'est le père d'Alice.
— Non !

Julia hocha la tête, interloquée.

L'affaire Azelle avait défrayé la chronique, quelques années plus tôt. On l'appelait le « meurtrier millionnaire », en raison de l'empire financier qu'il avait bâti. Le cirque des médias avait suivi son procès mouvementé, dont avait émergé une seule certitude : sa culpabilité.

— Mais il a été condamné. Il est en prison. Comment se fait-il que...

— Je n'en sais rien. C'est lui qui nous donnera la réponse.

Julia restait figée.

— Je peux y aller seule et lui dire que je ne t'ai pas trouvée, murmura Ellie.

— Non, je viens.

Julia plongea dans la nuit glaciale avec la ferme intention de ne pas céder à la panique. Elle aurait pu se résoudre à perdre Alice au profit d'une famille aimante ; en revanche, George Azelle lui faisait horreur.

— Un assassin ! murmura-t-elle plusieurs fois entre ses dents en traversant le jardin, puis en gravissant les marches.

En route, elle avait cherché à se remémorer des faits précis au sujet de ce procès, mais elle se souvenait surtout que le jury avait déclaré Azelle coupable.

Des flocons cotonneux tombaient paresseusement du ciel sombre, et luisaient dans les cônes de lumière projetés par les réverbères ou les fenêtres.

Le silence régnait au commissariat. Julia cligna des yeux pour accommoder sa vue à la lumière. La salle principale lui sembla plus vaste que d'habitude, car elle s'y était surtout trouvée à l'occasion de conférences de presse. Cal était assis à son bureau, écouteurs aux oreilles ; Peanut se tenait à côté de lui. Tous deux lui jetèrent un regard sombre.

La table d'Ellie était inoccupée, ainsi que le siège qui lui faisait face.

— Il est dans mon bureau, déclara-t-elle.

Puis elle s'adressa à Peanut et à Cal :

— Vous deux, restez ici.

— Nous n'avons aucune envie de vous écouter, fit Peanut, les larmes aux yeux.

Cal hocha la tête et lui prit la main, tandis qu'Ellie entraînait sa sœur. Elles passèrent devant les deux cellules jumelles, avec leur porte ouverte et leurs couchettes vides. Lorsqu'elles arrivèrent devant une autre porte ouverte, ornée d'une plaque de cuivre gravée du mot CHEF, Ellie entra la première.

Des voix retentirent : celle d'Ellie à un rythme légèrement accéléré, et une voix masculine, grave et rocailleuse.

Julia prit une profonde inspiration avant de suivre sa sœur. Ni les étagères chargées de livres, ni le bureau, ni les photos de famille n'attirèrent son attention ; elle n'avait d'yeux que pour George Azelle. Elle ne l'aurait sans doute pas reconnu en pleine rue ou au milieu d'une foule, mais ses souvenirs lui revinrent. Un homme de grande taille, d'aspect sinistre, ainsi que la presse le présentait à l'époque. Certainement plus d'un mètre quatre-vingt-dix, une carrure imposante et des hanches étroites. Son beau visage, marqué de traits aigus et d'ombres bleuies, semblait prompt à la colère ; ses cheveux noirs, grisonnants par endroits, lui tombaient presque jusqu'aux épaules. Malgré sa lassitude, un tel visage pouvait faire rêver une femme.

— Vous êtes le médecin, dit-il.

Il avait un accent particulier. Une prononciation traînante, qui rappela à Julia les bayous de Louisiane ; des lieux où régnait une chaleur torride et où les conversations se poursuivaient tard dans la nuit.

— Je voudrais vous remercier pour tout ce que vous avez fait pour ma petite fille. Comment va-t-elle ?

Julia s'avança d'un pas précipité. Il lui serra la main plus que fermement.

— Je suis le médecin. Et vous, l'assassin ? dit-elle en retirant sa main précipitamment. Si j'ai bonne mémoire, il s'agissait d'un homicide volontaire.

Le sourire de George Azelle s'évanouit. Il sortit de sa poche une enveloppe qu'il jeta sur le bureau d'Ellie.

— Je serai bref, bien que mon histoire soit complexe. La cour d'appel a rejeté la décision du tribunal. Preuves insuffisantes... La Cour suprême a confirmé ; je suis donc libre depuis une semaine.

— On vous a acquitté à cause d'un point de détail.

— Si vous considérez l'innocence comme un point de détail... Un jour, je suis rentré chez moi, et ma famille avait disparu.

La voix d'Azelle se brisa.

— Je n'ai jamais compris ce qui s'était passé. Les flics ont décidé une fois pour toutes que j'étais un assassin, sans tenir compte des autres indices.

Julia ne sut que répondre. Elle avait beau chercher à se blinder, la panique la guettait.

— Votre fille a besoin de moi, dit-elle enfin.

— Écoutez, docteur, je viens de passer des années en prison. Je possède une grande maison sur le lac Washington et assez d'argent pour lui offrir les meilleurs soins, alors inutile de tourner autour du pot ! Je tiens à faire savoir qu'elle est vivante, donc je la veux *immédiatement*.

Julia, éberluée, transperça Azelle du regard.

— Êtes-vous assez fou pour supposer que je vais confier Alice à un assassin ?

— Qui est Alice ?

— Nous l'avions prénommée Alice, car nous ignorions tout à son sujet.

— Maintenant, vous savez. C'est ma fille, et je viens la chercher.

— Vous plaisantez ? Autant que je sache, vous n'avez rien d'un innocent. Vous ne seriez pas le premier à avoir sacrifié un enfant pour vous débarrasser d'une épouse !

Un éclair brilla dans les yeux de l'étrange individu, qui s'était approché d'un pas.

— Je sais moi aussi qui vous êtes, docteur. Je ne suis pas le seul ici à avoir un passé douteux. Souhaitez-vous vraiment un affrontement public entre nous ?

— À votre disposition ! Vous ne me faites pas peur.

Il la toisa en murmurant :

— Prévenez Brit que j'arrive.

— Je ne vous laisserai pas l'emmener !

L'haleine de l'homme était douce et chaude sur la tempe de Julia.

— Vous savez bien que vous n'aurez pas gain de cause, reprit-il. Les tribunaux fédéraux sont favorables à la réunification des familles. Rendez-vous au tribunal !

Dès qu'Azelle fut parti, Julia s'effondra sur une chaise inconfortable. Elle tremblait de tout son corps, car il disait vrai : les tribunaux fédéraux favorisaient systématiquement la réunification des familles.

— Tu veux qu'on en parle ? fit Ellie.

— À quoi bon ?

Il ne s'agissait pas de parler, mais de réfléchir.

— J'ai besoin d'informations complémentaires sur cette affaire, déclara Julia après avoir pris une profonde inspiration.

Ellie poussa une pile de papiers sur le bureau.

— Il m'a donné ceci.

Julia tenta de lire les documents, mais ses mains tremblaient si fort que les lettres semblaient vibrer sur les pages blanches.

— Jules…

— Une minute, je t'en prie ! marmonna Julia, troublée par l'intonation navrée et le regard attristé de sa sœur.

Pour un peu, elle se serait mise à crier ou à pleurer de désespoir en écoutant ses paroles de réconfort.

Elle se concentra sur les documents, qui évoquaient les principales étapes de la procédure. La demande de non-lieu – faute de preuves – déposée par l'avocat d'Azelle, le rejet du non-lieu par le tribunal, puis l'annulation du jugement par la cour d'appel et sa confirmation par la Cour suprême. Aux yeux de Julia, le document essentiel était la mise en accusation initiale.

Elle lut ceci :

Le 3 avril 2002, à 9 h 30 du matin environ, George Azelle a appelé le commissariat de police de King County pour déclarer la disparition – depuis plus de vingt-quatre heures – de sa femme, Zoë Azelle, et de sa petite fille de deux ans et demi, Brittany. Le service de la police de Seattle a immédiatement envoyé des policiers au lieu de résidence des Azelle, 16042, Lakeside Drive, sur Mercer Island. Des recherches ont été entreprises au niveau du comté, puis au niveau national. Des communautés locales ont répondu à l'appel en organisant des battues approfondies, y compris de nuit.

L'enquête menée pendant cette période a révélé que Mme Azelle avait une liaison, au moment de sa disparition, et avait demandé le divorce. George

Azelle avait, pour sa part, une liaison avec son assistante personnelle, Corinn Johns.

L'enquête de la police a révélé, par la suite, les faits suivants :

Le 21 novembre 2001, la police s'est rendue chez les Azelle après qu'un tapage nocturne lui a été signalé. Les policiers ont constaté des contusions sur Mme Azelle et arrêté M. Azelle. La plainte a été levée quand Mme Azelle a refusé de témoigner contre son mari.

Le soir du 11 avril 2002, Stanley Seaman, un voisin, a constaté un nouveau tapage nocturne chez les Azelle, sans appeler la police. Il a déclaré à sa femme que les Azelle « remettaient ça »... Seaman a noté l'heure de la bagarre : 23 h 15.

Vers midi, le dimanche 12 avril 2002, Seaman a vu Azelle charger une grosse malle et une sorte de sac de marin, plus petit, sur son hydravion.

Azelle affirme qu'il a décollé du lac Washington, sans passagers à bord, vers 13 heures, le 12 avril. Selon le témoignage de sa famille, il est arrivé chez sa sœur, à Shaw Island, environ deux heures après. Des experts ont confirmé à la police que le temps normal de vol correspondant à cette distance est d'un peu moins d'une heure. Azelle a regagné sa résidence du lac Washington à 19 heures, le soir même.

Un livreur de fleurs local, Mark Ulio, est arrivé chez les Azelle dimanche, à 16 h 45, pour une livraison commandée par téléphone ce jour-là à 13 heures, par Azelle. Personne n'est venu ouvrir à Ulio. Il dit avoir vu un homme de race blanche, portant un ciré jaune et une casquette de base-ball

Batman, monter dans une camionnette blanche garée de l'autre côté de la rue.

Lundi matin, Azelle a appelé plusieurs amis et des membres de sa famille pour leur demander s'ils savaient où étaient sa femme et sa fille. Il a dit à plusieurs témoins que Zoë Azelle «s'était tirée une fois de plus». À 10 h 30, constatant l'absence de Brittany à la crèche et le fait que Zoë avait manqué son rendez-vous chez son thérapeute, Azelle a informé la police de leur disparition.

Considérant Azelle comme suspect, la police s'est présentée chez lui avec un mandat de perquisition. Les agents ont noté des traces de sang sur un tapis du séjour. Par ailleurs, des cheveux de Mme Azelle, trouvés dans la chambre du couple, étaient pourvus de leur racine, donc arrachés au cours d'une bagarre. Une lampe, posée sur la commode, était fêlée à la base.

Durant la période des recherches, les policiers ont noté à plusieurs reprises l'absence inexpliquée de George Azelle, ou son apparente indifférence à la disparition de sa famille. Une telle attitude a confirmé les soupçons de la police.

Sur la base des informations obtenues, le sergent Gerald Reeves a arrêté Azelle pour le meurtre de sa femme et de sa fille, en l'informant de ses droits. La mise en liberté sous caution n'est pas accordée dans un tel cas ; il s'agit, en effet, d'un crime soigneusement planifié et exécuté. La fortune considérable d'Azelle et sa licence de pilote font craindre sérieusement une tentative de fuite.

Sous peine d'être poursuivi pour faux serment, et conformément aux lois de l'État de Washington, je déclare avoir dit toute la vérité.

Cette déposition était signée par l'inspecteur de police et datée.

Après avoir terminé sa lecture, Julia reposa ses papiers sur le bureau en soupirant.

Des pas résonnèrent dans le couloir. Peanut et Cal se bousculèrent pour franchir le seuil ; Peanut entra la première.

— Alors ?

— C'est un salaud. Un mari adultère, qui battait probablement sa femme. Mais, d'après les tribunaux, ce n'est pas un assassin, et il ne peut pas non plus être remis en jugement. Double problème !

Julia avait, sous les yeux, deux visages consternés.

— En outre, reprit-elle, il est son père. Le test d'ADN est concluant : il s'agit bien de Brittany Azelle. Les tribunaux fédéraux…

— Je me fous des tribunaux fédéraux, grogna Peanut. Comment protéger Alice ?

— Il faut trouver une solution, intervint Cal.

— Je ferais barrage à un bus pour elle.

Sur ces mots, Julia sentit son calme revenir. Ses mains ne tremblaient plus. Elle était réellement prête à se battre.

— Lançons-nous, déclara-t-elle.

Incapable de sourire et même d'imaginer qu'elle retrouverait un jour son sourire, elle prit une décision : renoncer aux « et si… » qui la détruiraient pour ne penser qu'à la manière de protéger Alice.

— Engage un détective, Ellie ! Qu'il passe en revue le passé d'Azelle depuis le jardin d'enfants. À un moment ou un autre, cette ordure a sûrement frappé quelqu'un, vendu de la drogue ou conduit en état d'ivresse ! Il suffit de trouver la faille. Même s'il n'est pas un assassin, nous devons apporter la preuve qu'il est un père indigne.

Il était à peine plus de 17 heures quand elles rentrèrent à la maison, mais elles auraient pu se croire en pleine nuit. Des nuages assombrissaient le ciel ; plusieurs centimètres de neige givraient la pelouse, le toit et la balustrade de la véranda. La maison était d'une blancheur iridescente.

Quand Ellie se fut garée, ni sa sœur ni elle ne bougèrent.

—Je ne lui dirai rien, murmura Julia, les yeux dans le vague.

—Évidemment, soupira Ellie. Elle supporte à peine que tu t'éloignes pour préparer le petit déjeuner.

«Pas quitter Fille, *Joulie*...»

Julia ouvrit la portière et sortit sous la neige. Le froid la laissa presque insensible.

Elle gravit les marches humides et poussa la porte. Une bouffée de lumière et de chaleur l'accueillit. Alice était blottie sur les genoux de Max ; à son entrée, la petite fille courut la rejoindre.

—*Joulie !*

Elle la souleva de terre, puis la serra dans ses bras.

—Bonjour, ma chérie, souffla-t-elle sans parvenir à lui rendre son sourire.

Alice se rembrunit.

—Triste ?

—Je suis contente d'être là...

Rassurée, Alice étreignit Julia et l'embrassa dans le cou. Ellie, qui venait d'arriver, caressa les cheveux de la fillette.

—Bonjour, petite.

— Bonjour, *Lellie*, répondit doucement Alice.

Debout maintenant, Max tournait le dos au feu ; son visage paraissait d'autant plus sombre.

— Julia ? fit-il d'une voix anxieuse.

Allait-elle craquer ?

Elle fit, mine de rien, un pas de côté pour éviter son contact, mais il n'était pas dupe. Un homme comme Max, capable de reconnaître la souffrance au premier regard, avait immédiatement lu sa détresse sur ses traits. Avec Alice dans ses bras et l'enveloppe de George Azelle dans sa poche, elle ne pouvait rien lui cacher.

Au moindre geste de Max dans sa direction, elle allait fondre en larmes, et ce n'était pas le moment. Elle devait être en possession de tous ses moyens pour affronter la suite des événements.

— Il veut la récupérer, souffla-t-elle.

Max lui adressa un regard navré, en s'avançant lentement vers elle. Allait-il l'embrasser ? Il se contenta de murmurer :

— Je t'attendrai.

— Mais...

— Viens quand tu pourras. Tu auras besoin de moi.

Elle n'en doutait pas.

Après avoir répété qu'il l'attendrait, il lui dit au revoir, ainsi qu'à Alice, et partit sans attendre sa réponse.

Un silence plana ensuite.

— Max, au revoir, dit Alice. *Joulie* pas me quitter ?

Julia, au bord des larmes, s'agrippa de toutes ses forces à Alice.

— Je ne te quitterai pas, Alice, fit-elle en priant le ciel de l'aider à tenir sa promesse.

Pendant toute la soirée, Julia se sentit dans le brouillard. Comme si elle avait deviné que quelque chose la perturbait, l'enfant restait, plus que jamais, pendue à ses basques.

À 21 heures, Julia, épuisée, donna un bain à Alice, tressa ses cheveux et la mit au lit. Elle voulut lire une histoire pour endormir la fillette blottie contre elle, mais les mots se brouillaient devant ses yeux.

—*Joulie* triste? lui demanda plusieurs fois Alice, les sourcils froncés.

Après avoir refermé le livre, elle l'embrassa sur la joue en lui souhaitant une bonne nuit.

—Reste, chuchota l'enfant, les paupières lourdes de sommeil.

—Non, c'est la nuit. Alice va dormir maintenant.

La fillette acquiesça d'un signe de tête et enfouit son pouce dans sa bouche.

Ma petite fille, pensa Julia en la contemplant. Un tel chagrin gonfla sa poitrine qu'elle s'éloigna du lit et descendit rejoindre sa sœur. Assise devant la table de la cuisine, Ellie parcourait une liasse de papiers. Allongés à ses pieds, les chiens étaient d'un calme inhabituel.

—Le tribunal a estimé que…

Julia l'interrompit d'un geste.

—Je ne peux pas te parler maintenant. J'ai besoin d'un moment de répit. Tu acceptes de la garder?

—Bien sûr.

Julia alla prendre son sac et les clés de la voiture dans la cuisine. Elle avait l'impression d'entendre cliqueter ses os à chaque pas, comme s'ils étaient maintenus ensemble par du ruban adhésif.

—Au revoir, je ne serai pas longue, lança-t-elle.

Dehors, elle prit une profonde inspiration. La nuit embaumait le bois humide et la neige fraîche. Presque arrivée à sa voiture, elle s'aperçut qu'elle avait oublié son manteau. Elle conduisit en claquant des dents ; la chaleur ne se fit sentir qu'au moment où elle s'engagea dans l'allée de Max.

Quand elle eut traversé la blancheur immaculée du jardin et atteint les marches de la véranda, elle vit qu'il l'attendait sur la terrasse. Une pâle lumière se déversait par une fenêtre ouverte et nimbait son hôte d'un halo doré.

Elle sentit une secousse venue d'un lieu normalement paisible, au tréfonds d'elle-même. Une secousse étrange et pourtant familière.

Quand elle gravit les marches, il articula quelques mots, mais elle ne voulait entendre ni sa voix ni ses questions. Elles seraient trop précises, et elle n'aurait sans doute pas la force d'y répondre.

Elle effleura d'un doigt les lèvres de Max.

— Emmène-moi dans ton lit, s'il te plaît.

L'espace d'un instant, elle discerna, derrière son sourire, un homme qui en savait long sur la misère humaine.

— En es-tu sûre ?

— Ne perdons pas de temps. Alice risque de faire un cauchemar... Je ne peux pas m'absenter longtemps.

Il la souleva de terre pour gravir les marches. Elle s'agrippa à lui, le visage enfoui au creux de son cou. Dans sa chambre, quelques secondes plus tard, elle se glissa hors de ses bras et recula d'un pas. Ce n'était pas le moment de prendre ses distances, mais elle se sentait plus que mal à l'aise.

Après avoir déboutonné son chemisier, elle le laissa tomber à terre ; son soutien-gorge suivit. Ils se déshabillèrent, debout à quelques centimètres l'un de l'autre, mais un univers les séparait.

Enfin nus, ils se regardèrent.

Quand elle vit sa main s'avancer, elle resta muette, suffoquant presque. Sa paume enserra sa nuque et il l'attira vers lui. Perdant l'équilibre, elle trébucha et tomba dans ses bras. Il l'embrassa avec une lenteur et une douceur infinies ; elle l'enlaça, avec une envie folle d'être encore plus proche de lui.

Elle faillit pourtant changer d'avis brusquement et crier : « Assez ! J'ai eu tort ; tu vas me briser le cœur. » Son angoisse fut de courte durée, car elle n'écoutait plus que son désir.

Ils s'approchèrent du lit. Il sembla à Julia que Max déplaçait ses vêtements afin de dégager un nid pour leurs corps dans la blancheur des draps, et elle se retrouva sous lui, en train d'explorer sa peau nue. Pantelante et soudain prise de vertige, elle laissa échapper son prénom, bouche contre bouche, mais ni l'un ni l'autre ne l'entendit. Les mains de Max surmontèrent ses défenses et elle se sentit entraînée, au-delà de la volupté, jusqu'à un état douloureux qui la ramena à son plaisir. Il déchira l'étui d'un préservatif et elle le guida d'une main caressante.

À cet instant, elle cessa de penser pour n'écouter que ses sens. Il la pénétra avec une force qui lui arracha un cri de terreur, à l'idée que son désir allait la perdre.

Après l'amour, il la serra longuement dans ses bras, avec une telle douceur qu'elle eut du mal à refouler ses larmes. Elle prit assez de recul pour l'observer. À la lueur d'une seule lampe, elle comprenait maintenant ce qu'elle n'avait pas encore voulu admettre : tout s'était joué dès leur première rencontre, ou du moins leur premier baiser. Elle avait non seulement rencontré l'amour, mais elle y était tombée la tête la première, comme l'héroïne d'*Alice au pays des merveilles* dans le terrier du lapin. Peu lui importait maintenant qu'il l'aimât en retour, seul comptait l'Amour avec un A majuscule.

D'ailleurs, lui aussi semblait anxieux. Ils étaient parvenus à un point qui les surprenait l'un comme l'autre, et ils n'auraient su dire où cela les mènerait. En d'autres temps, elle aurait eu peur, mais elle avait beaucoup appris.

— Hier, j'avais de nombreuses inquiétudes, dit-elle ; maintenant, je sais ce qui compte.

— Alice ?

— Oui, souffla Julia. Alice… et toi.

Allongé à côté de Julia, Max tenait son corps nu contre le sien, les yeux fixés au plafond. Il ne s'était pas senti dans cet état depuis fort longtemps. Il aurait voulu passer la nuit avec elle, se réveiller à ses côtés le matin, l'embrasser pour lui dire bonjour, et prendre le temps de discuter paisiblement.

Rien d'impossible en principe, mais les circonstances ne s'y prêtaient guère. Julia lui donnait l'impression d'être en partie brisée, et de résister uniquement grâce à sa volonté.

Il roula sur le côté pour l'admirer.

— Tu es si belle, murmura-t-il en promenant un doigt sur sa lèvre inférieure pulpeuse.

— Toi aussi, tu es beau.

Elle frôla son menton du bout de son nez. Quand elle sourit, ses yeux vert pâle lui firent penser à des matins brumeux en forêt, féeriques malgré la fraîcheur.

— Sous ton influence, je deviens romantique, dit-il.
— C'est que tu l'étais déjà.
— Vous autres psys, vous avez réponse à tout.

Elle le fixa un moment avant de répondre :

— Ne me mens pas, Max ; c'est tout ce que je te demande. Ne me joue pas la comédie des sentiments.
— Je n'ai jamais joué la comédie avec toi, Julia.
— Alors, dis-moi quelque chose de vrai.
— Que veux-tu que je te dise ?

Sur le bureau, le long du mur, plusieurs photos encadrées étaient exposées.

— Si tu me parlais de ton mariage ?
— Elle s'appelait Susan O'Connell. Nous nous sommes connus à la fac et je l'ai aimée dès le premier instant.
— Et jusqu'à… ?

Max détourna les yeux avant de comprendre que cette réaction ne le mènerait nulle part, car rien n'échappait au regard perçant de Julia. Impossible de lui cacher son chagrin.

— Je t'assure que ce n'est pas le moment d'avoir ce genre de conversation, marmonna-t-il.
— Le moment viendra ?
— Oui.

Julia l'embrassa du bout des lèvres.

— Il faut que je parte. Alice dort mal… Si elle se réveille en mon absence, elle va paniquer.
— Le tribunal comprendra que tu es la meilleure solution pour elle.
— Le tribunal…, soupira Julia.

— Tu ne crois pas qu'il fera le bon choix ?
— À vrai dire, je n'arrive pas à y penser pour le moment. Quand j'essaie, je perds la tête. Je vais au moins tenter de prouver qu'il est un père indigne. Un pas après l'autre.
— Tu auras besoin de moi.
— Je n'en doute pas.

Devant le sourire de Julia, Max sentit qu'il respirait plus librement, comme si l'étau, autour de sa poitrine, s'était enfin desserré.

Ellie navigua toute la nuit entre des rêves sombres et des images effrayantes. À l'aube, elle se réveilla crispée et nerveuse. Sans attendre une seconde, elle alla chercher le dossier qu'elle aurait pu réciter par cœur, à force de le lire. Au cours des dernières vingt-quatre heures, elle avait parlé personnellement à tous les policiers ayant travaillé sur l'affaire Azelle, et elle avait discuté près d'une heure au téléphone avec le meilleur détective privé de King County.

Tous les gens à qui elle s'adressait et tous les rapports qu'elle lisait partageaient le même point de vue : il était coupable.

Mais les pouvoirs publics ne l'avaient pas prouvé.

Elle se mit à faire les cent pas dans le séjour ; les chiens la suivaient de près et tournaient systématiquement en même temps qu'elle, perturbés par son énergie. Il lui incombait de prouver qu'Azelle était un triste personnage et un père indigne mais, jusque-là, elle devait se contenter d'un brouillard d'accusations.

Il était, sans nul doute, un mari adultère. Ses voisins pensaient qu'il battait sa femme, et les jurés avaient conclu qu'il l'avait assassinée, sans pourtant se fonder sur des indices concrets. Quant aux médias... Tous les journalistes auxquels elle avait parlé le croyaient coupable. Ce « salaud », voilà l'étiquette qui lui collait à la peau, mais personne n'avait pu découvrir le moindre délit commis antérieurement. Ni trafic de drogue, ni conduite en état d'ébriété, ni ivresse sur la voie publique.

Munie de ses dossiers, Ellie sortit de chez elle et roula en direction du Rain Drop. Seul endroit ouvert à cette heure matinale, la cafétéria était pleine de bûcherons, de pêcheurs et d'ouvriers prenant leur petit déjeuner avant d'aller au travail. En se dirigeant vers la caisse, elle s'arrêta à chaque box pour discuter avec des clients.

Derrière le comptoir, Rosie Chicowski fumait une cigarette, dont la spirale bleue allait rejoindre l'air nébuleux de la salle.

— Salut, Ellie, lança-t-elle. Tu es en avance.

Elle écrasa sa cigarette dans un cendrier. Depuis cinquante ans, le Rain Drop avait une clientèle de fumeurs ; aucune loi ne pourrait remédier à cela.

— J'ai besoin de caféine.

— D'accord ! Et que dirais-tu d'un muffin aux myrtilles ?

— Merci, mais un seul. Tue-moi si je fais mine d'en commander un second.

— Comme tu voudras.

Ellie pivota sur elle-même et alla s'asseoir dans un box vide de l'espace non-fumeurs.

Au bout d'un moment, elle l'aperçut, affalé dans le box de vinyle bordeaux, une tasse de café devant lui. Il lui adressa un signe de tête dès qu'il la vit à son tour.

— Monsieur Azelle..., dit-elle en s'approchant.

Il jeta un regard sombre sur le lourd dossier qu'elle avait en main.

— Bonjour, chef Barton.

— J'ai des questions à vous poser. Puis-je m'asseoir ?

— Bien sûr, soupira-t-il.

Ellie se glissa dans le box, avec l'intention de l'observer de près. La lassitude de son regard et son front barré de rides la frappèrent. Elle se préparait à le questionner quand il murmura :

— Trois ans...

— Trois ans de quoi ?

Penché vers elle, il plongea son regard dans ses yeux.

— J'ai passé trois ans en prison pour un crime que je n'ai pas commis. Je n'avais pas la moindre idée de ce qui s'était passé en réalité. Je pensais que Zoë m'avait quitté pour un de ses amants, emmenant notre fille avec elle.

Le regard d'Azelle avait une intensité insoutenable.

— Imaginez qu'on vous accuse d'un crime horrible et qu'on vous laisse pourrir dans une cage. Pourquoi ? Simplement parce que vous avez fait des choix déraisonnables dans votre vie ! C'est vrai que j'ai eu des liaisons, que j'ai menti à ma femme et que je lui ai fait livrer des fleurs après une violente dispute. Je ne suis pas un assassin pour autant !

— Le jury...

— Le jury, répéta Azelle d'un air méprisant, n'a rien compris à mon passé. Tous les journaux et toutes les chaînes de télévision ont décidé en cinq minutes que j'étais coupable. Personne n'a cherché Zoë et Brit. Deux témoins ont aperçu une étrange camionnette dans ma rue, le jour de la disparition de ma famille, et personne ne s'en est soucié! La police ne s'est pas donné la peine de traquer ce type avec un ciré jaune, une casquette de base-ball Batman et une camionnette Chevrolet blanche. Quand j'ai proposé de l'argent pour obtenir des informations, on m'a insulté. J'attends depuis un mois le résultat du test d'ADN qui me rendra ma fille. Il m'a fallu une autorisation judiciaire pour comparer son ADN et celui du sang trouvé sur les lieux. Aussitôt que je l'ai obtenue, j'ai foncé ici... et je me trouve confronté à votre sœur au sujet du droit de garde!

Rosie s'approcha de la table.

— Ton café et ton muffin, Ellie. Merci d'avance pour le pourboire.

Dès qu'elle s'éloigna, Azelle se pencha à travers la table.

— Vous me croyez?

Une fêlure dans sa voix inquiéta Ellie.

— Vous voudriez que je croie à votre innocence? souffla-t-elle en le dévisageant.

— Je *suis* innocent. Vous faciliteriez les choses à tout le monde si vous me faisiez confiance.

— Ce serait, sans aucun doute, plus facile pour vous.

— Si vous me disiez au moins comment elle va? Elle suce encore son pouce?

Ellie s'empressa de se lever afin de prendre ses distances: elle n'avait aucune envie de l'entendre parler de «leur» fille.

— Alice a besoin de Julia, comprenez-vous?

— Il n'y a pas d'Alice, martela Azelle.

Ellie s'éloigna sans se retourner. Au moment où elle arrivait à la porte, elle l'entendit vociférer :

— Dites à votre sœur que je vais venir, chef Barton. Je n'ai pas l'intention de perdre ma fille une seconde fois !

Les quarante-huit heures suivantes s'écoulèrent dans une étrange torpeur. Quand la neige cessa de tomber, le monde était d'une blancheur éblouissante.

Julia travaillait d'arrache-pied. Elle passait ses journées avec Alice, à qui elle apprenait de nouveaux mots, et qu'elle emmenait faire des bonshommes de neige dans le jardin. La fillette lui demandait souvent des nouvelles de son louveteau et montrait du doigt la voiture ; elle ramenait alors son attention, le plus doucement possible, sur l'occupation en cours.

Alice ne semblait pas s'étonner que Julia l'embrasse sur la joue ou lui tienne la main sans cesse.

C'étaient surtout les nuits qui comptaient maintenant. Julia, Ellie, Peanut et Cal, ainsi que le détective privé, les passaient à analyser les rapports de police, les articles de journaux, ainsi que les bandes vidéo archivées. Après une longue garde à l'hôpital, Max vint leur prêter main-forte. Ils lurent ou regardèrent tout ce qu'ils purent trouver au sujet de George Azelle. Quand vint le lundi matin, ils connaissaient sa vie dans les moindres détails.

Mais rien de tout cela ne pouvait leur être utile.

— Lire Fille ?

Julia rassembla ses pensées et jeta un coup d'œil à la pendule. Il était près de 14 heures.

— On ne lit pas maintenant, Alice. Cal va amener Sarah pour qu'elle joue avec toi. Te souviens-tu de Sarah ?

—*Joulie* reste ?
—Non, pas pour l'instant, mais je reviens.
Le visage d'Alice s'illumina.
—*Joulie* revenir.
Julia se demandait quoi répondre quand la porte de la maison s'ouvrit. Ellie, Cal et Sarah entrèrent. Dans un profond silence, la petite fille s'approcha d'Alice avec ses deux poupées Barbie.

Alice resta d'abord bouche bée devant les poupées. Au bout d'un moment, les fillettes allèrent jouer séparément, mais côte à côte, dans le séjour. Le fait qu'Alice ne sache pas encore communiquer avec d'autres enfants ne semblait guère perturber Sarah.

—Prête ? souffla Ellie à sa sœur.

Julia prit son porte-documents sans enthousiasme. Elle voulut glisser à l'oreille de Cal qu'Alice parlerait à Sarah dès qu'elle se sentirait en confiance, mais aucun son ne sortit de sa bouche.

—Bonne chance, murmura Cal en lui serrant chaleureusement le bras.

Après lui avoir répondu d'un signe de tête, elle suivit sa sœur jusqu'à la voiture.

Elles roulèrent en direction du tribunal du comté dans un silence rythmé par le bruit sourd des essuie-glaces. La haute bâtisse en pierre de taille s'élevait sur une colline au-dessus du port. En arrière-plan, le Pacifique était d'un bleu extraordinaire, sous un ciel d'un gris vaporeux, noyant toutes choses dans un flou humide.

Le tribunal familial était au rez-de-chaussée, à l'extrémité d'un couloir. Parmi tous les tribunaux que Julia avait jadis fréquentés, ce dernier était tout sauf son préféré : en ce lieu, des cœurs se brisaient chaque jour.

Elle fit une pause, rajusta son tailleur bleu marine, poussa la porte et entra. Ses hauts talons résonnèrent sur le sol de marbre. Ellie, sûre d'elle dans son uniforme à étoiles dorées, la suivait. Elles passèrent à côté de Max et Peanut, au dernier rang de la salle.

George Azelle était déjà assis avec son avocat, face au tribunal.

Il se leva en les apercevant et esquissa un pas vers elles. Il portait un costume gris anthracite et une chemise blanche impeccable ; ses cheveux étaient sagement tirés en queue-de-cheval.

— Docteur Cates, Chef Barton.
— Monsieur Azelle, articula Ellie.

Derrière le tribunal, des portes s'ouvrirent brusquement et John McDonald, muni d'un porte-documents de similicuir usé, fit irruption dans la salle. Son air las n'avait rien de surprenant, car ils avaient veillé jusqu'à 4 heures dans l'espoir de trouver des arguments utilisables contre Azelle.

— Désolé d'être en retard.

George Azelle jaugea l'avocat de la partie adverse, non sans remarquer son pantalon de velours côtelé et sa chemise vert muraille.

— Je suis George Azelle, annonça-t-il, une main tendue.

— Bonjour, fit John en escortant Julia et Ellie jusqu'à leur table.

La juge entra et prit place. Après avoir promené son regard autour de la salle, elle se lança sans préambule.

— J'ai lu votre requête, monsieur Azelle. Comme vous le savez, le Dr Cates s'est temporairement chargée d'accueillir votre fille ; au bout de quatre mois environ, elle a entrepris des démarches en vue de l'adopter.

— Votre Honneur, l'identité de l'enfant n'était pas encore connue, objecta l'avocat du plaignant.

Réplique immédiate de la juge :

— J'ai la chronologie parfaitement en tête, ainsi que la procédure suivie dans cette affaire. Le problème posé à ce tribunal est le placement d'un enfant mineur. Bien évidemment, le ministère public est favorable à la réunification des familles biologiques dans la mesure du possible, mais il s'agit d'un cas très particulier.

Intervention de John :

— M. Azelle a commis des violences conjugales, Votre Honneur.

L'avocat d'Azelle bondit sur place.

— Objection !

— Asseyez-vous, ordonna la juge. Je sais qu'il ne s'agit pas d'une accusation en bonne et due forme.

Elle retira ses lunettes de lecture, qu'elle posa sur son bureau avant de fixer son regard sur Julia.

— Docteur Cates, vous faites figure d'exception devant ce tribunal, car vous ne correspondez pas à la plupart des femmes désirant adopter un enfant. Vous êtes l'une de nos plus éminentes pédopsychiatres…

— Je ne suis pas ici en tant que psychiatre, Votre Honneur, protesta Julia.

— J'en suis consciente, docteur. Il s'agirait alors d'un conflit d'intérêts. Vous êtes présente ici parce que vous maintenez votre demande d'adoption.

John allait se lever, mais Julia le retint d'un geste : personne ne pouvait plaider mieux qu'elle la cause d'Alice.

— Votre Honneur, déclara-t-elle, les yeux tournés vers la juge. En toute autre circonstance, j'aurais retiré ma demande si un membre de la famille biologique s'était présenté. Mais, après avoir étudié ce dossier, je m'inquiète vivement au sujet de la sécurité de l'enfant. Le corps de sa mère n'a jamais été retrouvé, et rien ne prouve l'innocence de M. Azelle. Il se prétend innocent, mais, autant que je sache, la plupart des coupables ont la même réaction. Je souhaite tout le bien possible à cette malheureuse enfant, qui a déjà tant souffert. Comme vous avez pu le constater dans mon rapport, elle est extrêmement traumatisée. Il y a peu de temps, elle était muette ! La progression observée est due à la confiance qu'elle m'accorde. En me l'arrachant, on lui causerait un tort irréparable.

— Votre Honneur, s'indigna l'avocat d'Azelle, cette femme est psychiatre ! Mon client a les moyens de la remplacer par une autre spécialiste. À vrai dire, sa patience a des limites. Justice sera faite quand il obtiendra la garde immédiate de sa fille.

La juge remit ses lunettes et promena à nouveau son regard alentour.

— Je vais prendre tout cela en considération. Je compte désigner un tuteur *ad litem*, qui évaluera les besoins spécifiques de l'enfant et son état actuel ; je vous ferai ensuite part de ma décision. L'enfant restera jusque-là avec le Dr Cates, et M. Azelle bénéficiera d'un droit de visite, sous surveillance.

L'avocat d'Azelle bondit à nouveau sur place.

— Mais, Votre Honneur...

— Tel est mon jugement ! Nous allons prendre toutes les précautions possibles. Cette petite a suffisamment souffert, et je suis certaine que votre client se soucie avant tout du bien de sa fille.

La juge fit résonner son marteau.

— Affaire suivante !

Julia finit par comprendre qu'elle conservait, en tout cas pour l'instant, la garde d'Alice ; puis elle entendit John discuter avec Ellie de l'organisation des visites. Elle connaissait la procédure, car on l'avait maintes fois nommée tuteur *ad litem* pour veiller sur les intérêts d'un enfant.

Elle allait sortir de la salle quand elle aperçut Max qui l'attendait près des portes du fond.

Au même instant, quelqu'un l'empoigna par le bras un peu trop énergiquement et l'entraîna à l'écart. Le sourire hollywoodien de George Azelle avait fondu sous l'impact de l'échec. Une tristesse inattendue se lisait dans ses yeux.

— Il faut absolument que je la voie !

Que faire, sinon accepter ?

— Eh bien, demain, mais je ne lui dirai pas qui vous êtes. D'ailleurs, elle ne comprendrait pas. Nous habitons au 1617, River Road. Venez à une heure.

Julia se dégagea, mais il la rattrapa.

Ses longs doigts hâlés retenaient son avant-bras d'un geste possessif. Cet homme ne supportait pas qu'on lui résiste et n'avait aucun sens des limites à respecter entre individus.

— Lâchez-moi, monsieur Azelle !

Il obtempéra aussitôt.

Elle s'attendait à le voir battre en retraite comme le font les lâches quand on les rappelle à l'ordre – et les hommes qui battent leur femme sont d'ordinaire aussi lâches que brutaux – mais elle se trompait.

Immobile, il la toisa de toute sa hauteur, les épaules légèrement voûtées pourtant.

— Comment va-t-elle ? demanda-t-il enfin.

Julia surprit une fêlure dans sa voix. Il paraissait souffrir en prononçant ces mots, mais les criminels et les psychopathes sont souvent d'excellents comédiens.

— Il était temps que vous me posiez cette question, remarqua-t-elle.

— Vous aussi, vous croyez me connaître, docteur Cates !

Azelle recula en soupirant. Il passa ensuite une main dans ses cheveux pour dénouer sa queue-de-cheval.

— Je n'en peux plus de mener un combat impossible à gagner. Alors, donnez-moi au moins des nouvelles de ma fille. En quoi consiste son retard ?

— Elle a vécu un véritable enfer, mais elle va s'en tirer. C'est une petite fille courageuse et aimante, qui a grand besoin d'une thérapie et de stabilité.

— Et vous me jugez instable ?

— Vous venez de le dire : je ne vous connais pas.

Julia sortit de son porte-documents une série de vidéocassettes qu'elle lui tendit.

— Je vous les destinais : ce sont des enregistrements de nos séances. Elles répondront à certaines de vos questions.

Azelle les prit avec précaution, comme s'il avait peur de se brûler les doigts sur le plastique noir.

— Où était ma fille ? murmura-t-il d'une voix veloutée, qui rappela à Julia ses origines cajuns.

D'après les dossiers qu'elle avait consultés, il était issu d'une famille pauvre du bayou.

— On n'en sait rien. Sans doute quelque part dans la forêt.

Julia refusait de se laisser impressionner par l'inquiétude qui vibrait dans sa voix. Il la manipulait certainement, dans l'espoir de passer pour une victime lui aussi.

—Je suppose que *vous* le savez, reprit-elle.

—Ça va ? fit Ellie en rejoignant sa sœur.

—M. Azelle me demandait enfin des nouvelles d'Alice.

—Appelez-moi George. Quant à elle, son prénom est Brittany !

Julia tressaillit.

—Nous l'appelons Alice depuis si longtemps.

Azelle observa un moment les deux sœurs.

—Je voudrais vous remercier l'une et l'autre du mal que vous vous êtes donné pour ma fille. Vous lui avez quasiment sauvé la vie.

—Sans doute... marmonna Julia. À demain, monsieur Azelle.

Après s'être éloignée, il lui fallut un moment pour s'apercevoir qu'Ellie ne l'avait pas suivie. Elle tourna la tête et surprit sa sœur en grande conversation avec le père d'Alice.

Peanut, qui s'approchait, lui désigna Ellie et George d'un hochement de tête.

—Tout le problème est là ! Ta sœur ne peut pas résister au charme d'un bel homme.

—J'espère que si, soupira Julia, soudain à bout de forces. Mais tu ferais peut-être bien de tendre l'oreille.

—Volontiers.

Peanut fila sans un mot de plus, et Julia rejoignit Max qui l'attendait à la porte.

23

Un soleil incertain de mi-journée traversait la petite fenêtre à barreaux et venait s'écraser en flaque sur le plancher. La fillette, allongée sur l'un des étroits lits jumeaux, geignit comme n'importe quel enfant à l'heure de la sieste.

—Pas dormir. Lire !

Debout derrière la porte, Max entendit Julia répondre :

—Pas maintenant, ma chérie. Dors !

D'une voix très douce, elle se mit à fredonner une chanson que Max n'entendait pas distinctement.

Le souvenir lui revint soudain d'une vie antérieure : la femme, assise sur le lit, avait des cheveux châtain foncé, et l'enfant s'appelait Danny. « Encore une histoire », disait ce petit garçon qu'ils surnommaient « Dan-Encore », ou « monsieur Dan ».

Max descendit l'escalier. Après avoir fouillé dans le placard, il se prépara un café et regagna le séjour où il fit du feu dans la cheminée. Il en était à sa deuxième tasse quand Julia descendit le rejoindre. Elle paraissait exténuée, et ses joues étaient zébrées de larmes. Il faillit se précipiter pour l'enlacer en lui promettant – comme elle le promettait à Alice – que tout irait bien, mais elle paraissait si fragile qu'il eut peur de la briser.

— Veux-tu une tasse de café ? lui proposa-t-il simplement.

— Volontiers. Avec beaucoup de lait et de sucre.

Quand il revint de la cuisine, elle était assise sur l'âtre, le dos au feu. De pâles mèches blondes échappées de sa tresse auréolaient son visage. Elle avait les yeux cernés et les lèvres livides.

— Merci, lui dit-elle avec un sourire furtif en prenant sa tasse.

Il s'assit sur le sol face à elle.

— J'espère qu'il est coupable, Julia.

— Vraiment ? s'étonna-t-elle, le visage défait. Pour ma part, comment pourrais-je souhaiter que le père d'Alice soit un monstre ? Aucun enfant ne mérite cela. En tant que psychiatre, je lui souhaite d'avoir un père aimant, condamné à tort. Mais en tant que mère…

Max ne sut que répondre : dans tous les cas, Alice – Brittany ! – serait blessée. Soit elle perdrait la femme qui était devenue sa mère, soit elle serait privée de son père biologique. Peut-être n'en souffrirait-elle pas immédiatement mais, un jour ou l'autre, elle aurait conscience d'un manque. Elle pourrait même en faire reproche à Julia.

— Elle a besoin de toi, murmura-t-il, et tu as besoin d'elle. Je ne peux rien dire de plus.

Julia se laissa glisser de l'âtre et s'agenouilla devant lui.

— J'aimerais me réveiller et m'apercevoir qu'il s'agit d'un cauchemar.

— Je sais.

Elle se pencha vers lui pour l'embrasser. Ce baiser le bouleversa : maintenant qu'il avait retrouvé la faculté de s'émouvoir, plus rien ne pouvait l'arrêter.

Il prit un peu de recul pour mieux la voir, avant de chuchoter :

— Tu m'as dit un jour que ce serait « tout ou rien ». Je veux *tout*, Julia.

— Tu en as mis, du temps, souffla-t-elle en s'efforçant de sourire.

Quand la Fille se réveille, elle va devant la fenêtre et elle regarde le *jardin*. Elle aime ces nouveaux mots, surtout quand elle ajoute *mon* ou *ma* devant. Ça veut dire que quelque chose lui appartient.

Pour l'instant, il y a des centaines d'oiseaux dans son jardin, mais pas autant que lorsque la neige sera partie et que le soleil sera de nouveau chaud. En bas, sur la neige en train de fondre, une fleur rose… Elle devrait peut-être la rapporter à la maison. Ça ferait sourire Joulie. Peut-être… Et Joulie devrait sourire plus souvent. Trop tard. Elle ne peut plus s'empêcher d'y penser. Hier soir, Joulie a serré la Fille si fort dans ses bras qu'elle a dû la repousser ; et les yeux de Joulie sont devenus tout humides.

Ces temps-ci, Joulie a trop souvent les yeux humides. C'est une Mauvaise Chose. La Fille le sait. Elle a l'impression d'être partie depuis très longtemps de la forêt, mais elle se souvient de Lui et d'Elle aussi. Elle avait les yeux de plus en plus souvent humides, et, un jour, Elle est *morte*.

Ce souvenir la terrifie. Autrefois, elle aurait hurlé pour appeler ses amis, au fond des bois.

« Exprime-toi avec des mots ! » C'est ce qu'elle doit faire maintenant. C'est une Bonne Chose, qui rend Joulie heureuse. Mais quels mots ? Comment les rassembler ? Comment dire à Joulie qu'elle aime avoir chaud et ne plus avoir peur ? Ce sont des mots trop grands et il en faut un trop grand nombre. Il lui suffira peut-être de serrer Joulie très, très fort dans ses bras, ce soir, et de l'embrasser sur la joue. Elle aime que Julie fasse cela quand c'est l'heure de se coucher. On dirait un tour de magie, qui permet à la Fille de rêver des jolies choses de son jardin, à la place de la caverne glaciale où elle dormait toute seule.

La porte de la chambre s'ouvre et se referme, puis elle entend un bruit de pas.

— Tu es devant cette fenêtre depuis longtemps, Alice. Que vois-tu ?

C'est *mal* de regarder par la fenêtre ? Il y a tant de règles dans cette maison. Parfois, la Fille ne peut pas tout se rappeler.

Elle se tourne vers Joulie, qui ressemble à une princesse sortie de l'un de ses livres. Pourtant, il y a encore des traces humides sur ses joues, et la Fille se sent triste... comme le lapin oublié par le petit garçon dans l'histoire.

— Mal ? demande-t-elle. Pas rester devant la fenêtre ?

Joulie sourit, et la Fille n'est plus du tout triste.

— Tu peux rester là toute la journée si ça te fait plaisir.

Joulie va s'asseoir sur son lit, les jambes sur les couvertures. La Fille attrape le livre d'hier, puis court vers le lit.

— L'heure de lire ?

Et elle ajoute, toute fière d'y avoir pensé toute seule :

— Les dents d'abord ?
— Et le pyjama.

La fille hoche la tête. Elle sait faire tout cela : aller aux toilettes, se brosser les dents, mettre le pyjama. Elle s'assied ensuite sur le lit, blottie contre Joulie. Mais celle-ci la prend sur ses genoux, nez contre nez. La Fille pouffe de rire et s'attend à recevoir des baisers.

Au lieu de l'embrasser ou de lui sourire, Joulie parle très doucement :

— Brittany…

Ce mot la frappe. C'était Lui qui l'employait quand il était méchant et tenait à peine en équilibre sur ses jambes, à cause de tout ce qu'il buvait. Que veut dire Joulie ? La Fille, paniquée, se gratte la joue et hoche la tête.

Joulie garde la main de la Fille dans la sienne, et répète :

— Brittany…

La Fille devine qu'une question se cache derrière ce mot.

— Es-tu Brittany ?

Elle n'est pas sûre de bien entendre, son cœur tambourine si fort.

Es-tu Brittany ?

Cette question lui rappelle un poisson descendant un courant. Elle l'attrape par la queue et nage derrière lui. Elle a une vision d'une petite fille – toute petite, avec des cheveux noirs, courts et bouclés, et une sorte d'énorme sous-vêtement en plastique blanc. Ce bébé vit dans un monde tout blanc, plein de lumières. Le sol est très doux, et elle joue avec une balle en plastique rouge vif. Quelqu'un la lui rapporte chaque fois qu'elle la laisse tomber.

Où est la balle de Brittany? Où est-elle?

Joulie a maintenant l'air si triste que la Fille a beaucoup de peine. Comment lui dire qu'elle se sent tellement heureuse ici, que c'est tout son univers, et que rien d'autre ne compte pour elle?

— Es-tu Brittany?

Elle finit par comprendre. «Es-tu Brittany?» Très lentement, elle se penche vers Joulie et l'embrasse. Puis elle prend du recul, et murmure:

— Moi, Alice.

— Oh, ma chérie!

Les yeux de Joulie se sont remis à couler. Joulie serre *Alice* si fort dans ses bras qu'elle peut à peine respirer, mais elle se met tout de même à rire.

— Je t'aime, Alice.

Elle se sent si légère qu'elle pourrait voler. Et elle répète: «Moi, Alice» car, maintenant, elle n'est plus seulement la Fille.

Assise à son bureau du commissariat, Ellie contemplait la masse de papiers étalés devant elle. Les petites lettres noires fourmillaient sous ses yeux et devenaient troubles.

Après avoir poussé les documents sur le côté, elle éprouva un étrange sentiment de satisfaction lorsqu'ils voltigèrent jusqu'au sol. Elle se leva et sortit de la pièce. Seule, elle marcha de long en large parmi les bureaux vides et les téléphones muets.

Et maintenant?

Leurs investigations ne les avaient menées nulle part. Elles ne disposaient d'aucun indice permettant de prouver que George Azelle était un père indigne. Julia et Alice allaient donc perdre la partie.

Ellie alla chercher, dans le placard secret de la pièce du fond, une vieille bouteille de scotch qui avait appartenu jadis à son oncle.

— Merci, Joe, souffla-t-elle en se versant à boire.

Elle décida finalement d'emporter sa bouteille et d'aller boire dans la salle principale, assise devant son bureau.

Et maintenant? Cette question lui revenait sans cesse, comme des débris tourbillonnant dans un tuyau.

Elle se versait un autre verre de scotch quand George Azelle apparut à la porte. Il était vêtu d'un élégant jean délavé et d'une chemise noire en daim dont l'échancrure révélait la toison sombre de son torse.

— Chef Barton, dit-il en s'avançant d'un pas. J'ai aperçu de la lumière aux fenêtres.

— Rien d'anormal dans un commissariat de police.

— Vous êtes toujours là, à minuit, en train de boire?

— Dans certaines circonstances...

Azelle hocha la tête en direction de la bouteille.

— Auriez-vous un second verre?

— Certainement.

Sa réaction n'était pas tout à fait réglementaire, mais Ellie n'en avait cure. Quand elle revint de la cuisine, il avait traîné une chaise face à la sienne. Elle luit tendit un verre; les glaçons cliquetèrent contre sa paroi.

Les yeux cernés d'Azelle trahissaient de longues nuits d'insomnie. De fines cicatrices marquaient la face interne de son poignet gauche: en d'autres temps, cet homme avait cherché à se suicider.

— Je l'aime, vous savez... malgré ce que vous avez lu dans ces dossiers qui jonchent le sol.

Cette remarque toucha Ellie plus qu'elle ne l'eût souhaité.

—Parlez-moi de votre vie de couple, fit-elle en prenant un léger recul.

Il agita le poignet avec une désinvolture qui ne manquait pas de charme.

—C'était effroyable. Elle me trompait ; je la trompais. Nous nous disputions comme des fous. Elle voulait divorcer. Mon troisième divorce, vous vous rendez compte ?

Azelle sourit d'un air désarmant.

—Je suis un romantique, à ma manière.

Un naïf comme moi, se dit Ellie, mais cette comparaison lui déplut.

—Où est votre femme, maintenant ? demanda-t-elle.

—Aucune idée. Si vous vous étonnez que je manifeste un certain détachement, je tiens à vous rappeler qu'on me pose cette question depuis des années. On ne semble pas faire grand cas de ma réponse ; pourtant, j'ai cru qu'elle avait emmené Brittany et fait une fugue avec un nouvel amant.

Ellie suivait attentivement les paroles d'Azelle. Une indéniable séduction émanait de sa personne. À cause de son intonation, à la fois douce et énergique ? Ou bien parce que le rythme de ses phrases donnait l'impression qu'il avait mûrement pesé chacun des mots qu'il prononçait ?

—Avez-vous assuré vous-même votre défense ?

—Absolument pas. Mes avocats ont estimé qu'il y aurait trop de contre-interrogatoires. Pourtant, je le souhaitais. J'aurais pu convaincre les jurés. J'ai beaucoup réfléchi à tout cela en prison : c'est un endroit où l'on vit en compagnie de ses regrets. J'ai dépensé une fortune en détectives privés. En fait, le meilleur indice venait de ce livreur de fleurs qui avait aperçu un homme portant un ciré jaune et une casquette de base-ball, assis dans une camionnette de l'autre côté de la rue.

— Et puis ?

— On n'a jamais retrouvé cet homme.

— Vous regrettez de ne pas avoir assuré votre défense ?

— Je ne sais pas ce que ça aurait donné... Les gens me prennent pour un monstre.

— Est-ce la raison de votre présence ici ? Vous vous servez d'Alice – pardon, de Brittany – pour prouver votre innocence ?

Il la fixa d'un air grave, avec toute l'honnêteté dont était capable un homme au passé douteux.

— Quand les gens sauront qu'elle est vivante, ils seront bien obligés de se poser des questions.

— Elle a tellement souffert.

— J'ai souffert, moi aussi.

— Mais il s'agit d'une enfant.

— De *mon* enfant !

Au-delà de ses regrets et de sa tristesse, Azelle s'exprimait comme un homme blessé, prêt à tout pour atteindre son objectif.

— Vous ne semblez pas mesurer la gravité de son traumatisme, protesta Ellie. Quand nous l'avons retrouvée, elle était pratiquement sauvage. Elle ne savait même pas parler.

— J'ai lu la presse et j'ai regardé vos cassettes. Pourquoi suis-je en train de vous parler ? Parce que votre sœur a sauvé Brittany. Mais elle est ma fille, et vous devriez comprendre ce que cela signifie. Je me ferai aider par les spécialistes les plus compétents, c'est promis.

— Je peux vous assurer que ma sœur est la meilleure. Si vous aimez Alice…

Azelle se leva.

— Il est temps que je vous laisse. J'espérais qu'un flic digne de ce nom pourrait comprendre à quel point j'aime ma fille. Mais vous êtes, avant tout, la sœur de Julia. Ce n'est pas ici que justice me sera rendue.

— Vous allez détruire votre enfant, déclara posément Ellie au risque de choquer Azelle.

— Je suis navré que vous ayez cette certitude, Chef Barton.

Sur ces mots, il alla entrouvrir la porte, puis se retourna avant de franchir le seuil.

— Je vous vois demain, ainsi que Brittany.

Ellie soupira. « Un flic digne de ce nom… » Cette remarque d'Azelle l'affectait profondément.

Chamboulée par tant d'événements et d'émotions, elle se focalisait sur Alice et Julia depuis quelques jours, au point d'oublier qu'elle avait une fonction à remplir. Elle était chef de police, et la justice était son métier.

Cette nuit-là parut interminable à Julia. Vers 3 heures, elle renonça à chercher le sommeil pour se mettre au travail. Assise devant la table de la cuisine, elle se mit à lire ses rapports concernant George Azelle, à la lueur d'une seule lampe. Son histoire était un tissu de questions et de spéculations, sans aucune preuve.

Après avoir repoussé ses documents avec lassitude, elle enfila ses vêtements de jogging et sortit : la fraîcheur de l'air l'aiderait peut-être à mettre de l'ordre dans ses idées. Elle en avait bien besoin. Après avoir parcouru des kilomètres, montant une route, en descendant une autre jusqu'à en perdre le souffle, elle prit le chemin du retour aux premières lueurs de l'aube.

Haletante, elle resta un moment à l'endroit où son père aimait pêcher et contempla le lever du soleil au-dessus des arbres. Malgré la nuit noire et le froid glacial, elle se souvenait de tous ces étés où elle s'était sentie en sécurité, sa petite main nichée dans sa paume calleuse.

Elle entendit des pas derrière son dos.

— Salut ! fit Ellie en la rejoignant. Tu es bien matinale.

Julia prit la tasse de café que lui tendait sa sœur, entourant de ses doigts la porcelaine chaude.

Elles laissèrent planer silencieusement leur regard sur la prairie argentée et, au-delà, sur l'étendue sombre de la forêt. La maison de Cal scintillait comme de l'or dans la brume du petit matin.

— Azelle va obtenir le droit de garde, Jules.

Julia contempla la surface de la rivière, rose sous les lueurs de l'aube.

— Je sais.

— Nous devons prouver qu'il est coupable.

Ellie s'interrompit.

— Ou innocent.

— Tu regardes trop de feuilletons policiers. Les pouvoirs publics ont dépensé des millions de dollars sans rien pouvoir prouver.

— Nous avons Alice.

Julia se retourna en frissonnant.

— Elle ne se souvient de rien. Du moins, elle ne peut rien formuler.

— Et si elle nous ramenait à l'endroit où... elle était peut-être captive ?

— Mon Dieu, Ellie, as-tu pensé au choc qu'elle risque de ressentir ?

— Oui, mais nous pourrions trouver les éléments qui nous manquent.

— Voyons, Ellie... Elle risque de craquer et de se replier à nouveau sur elle-même. Je ne peux pas lui faire vivre ça.

— Imagine son traumatisme si Azelle l'emmène ! Parviendra-t-elle à comprendre un jour que tu ne l'as pas abandonnée ?

Julia baissa les paupières. C'était précisément la crainte qui la hantait : si Alice se sentait une fois de plus abandonnée, elle risquait de replonger dans un silence peut-être définitif.

— J'ai réfléchi à ce problème toute la nuit, reprit Ellie. C'est mon métier, Jules. Il n'y a aucun espoir de connaître la vérité si je ne tiens pas compte des faits.

Julia croisa les bras comme si ce simple geste pouvait la réchauffer, et s'éloigna de sa sœur. Le projet d'Ellie lui semblait insensé. Avait-elle conscience de la fragilité d'un esprit d'enfant et de la rapidité avec laquelle les événements peuvent tourner au tragique ?

Pour sa part, elle *savait* – elle avait vu ce qui s'était passé à Silverwood.

Ellie la rattrapa.

— Jules ?

— J'aurais du mal à survivre si Alice craquait à nouveau.

— Tous les chemins mènent à Rome...

Julia se retourna vers sa sœur.

— Que tu veux dire ?

— Quoi que nous fassions – et quelle que soit la manière dont nous nous y prendrons – Alice va souffrir. Un enfant se passe difficilement de son père, mais te perdre serait encore pire pour elle. Fie-toi à mon intuition sur ce point ! Il faut absolument en avoir le cœur net.

Julia garda le silence. Ellie passa un bras autour de ses épaules.

— Allez, dit-elle enfin. C'est l'heure de préparer le petit déjeuner de notre fille.

Max sortait de sa douche quand il entendit sonner. Il se débarrassa de sa serviette, enfila un vieux jean et descendit l'escalier.

— J'arrive !

Quand il ouvrit la porte, Julia apparut sur le seuil.

— Ellie a décidé d'emmener Alice dans la forêt pour voir si… pour voir si elle peut retrouver…

La voix de Julia se brisa. Max l'attira dans ses bras et la garda enlacée jusqu'au moment où ses tremblements cessèrent, puis il l'escorta dans le séjour. Sur le canapé, il la reprit dans ses bras.

— Que faire ? souffla-t-elle.

Il effleura son visage du bout des doigts.

— Tu connais déjà la réponse. C'est pour cela que tu as pleuré.

Il essuya doucement ses larmes sur ses joues.

— Elle pourrait régresser, ou pire encore.

— Mais comment réagira-t-elle si Azelle obtient le droit de garde ?

Julia se contenta de soupirer.

— C'est le moment d'être sa mère et non son psy, reprit Max dans un profond silence.

Elle leva les yeux vers lui.

—Comment fais-tu pour toujours trouver le mot juste ?

Incapable de répondre, Max se leva posément et monta au premier étage. Sur son bureau se trouvait ce qu'il était venu chercher : la photo encadrée d'un petit garçon en tenue de base-ball, souriant à l'objectif. Deux incisives lui manquaient.

Il redescendit avec la photo, qu'il posa sur le canapé du séjour.

—Max, que se passe-t-il ? fit Julia, alarmée. Tu as l'air…

Il lui tendit la photo.

—Voici Danny.

Le front barré d'un pli, elle examina le petit visage épanoui, et interrogea Max du regard.

—C'était mon fils.

—C'était ?

—Tu as sous les yeux sa dernière photo. Une semaine plus tard, un chauffard ivre nous percutait, au retour d'un match.

Les yeux de Julia s'embuèrent de larmes. Au lieu de raviver son chagrin, cette réaction rendit des forces à Max. C'était la première fois depuis des années qu'il prononçait le nom de Danny à haute voix, et il éprouvait une sorte de soulagement.

—Je ferais n'importe quoi… oui, n'importe quoi, dit-il, les larmes aux yeux, pour passer encore une journée avec lui.

Julia, pensive, contempla longtemps la photo avant de murmurer :

—Je t'aime, Max.

Il la serra passionnément dans les bras.

— Moi aussi, je t'aime.

Sa voix était si basse qu'il douta un instant qu'elle l'ait entendu ; mais quand il plongea son regard dans ses yeux, il eut la certitude de s'être fait comprendre.

— Un jour, tu me parleras de lui... de Danny, souffla-t-elle.

Max se pencha pour l'embrasser.

— Oui, Julia, un jour.

24

— Alice, ma chérie, tu m'écoutes ?
— Lire Alice.
— Ce n'est pas le moment de lire. Souviens-toi de ce que je t'ai dit ce matin, et au déjeuner aussi. Un monsieur va venir voir Alice.
— Non. Jouer *Joulie* !
Julia se leva.
— Eh bien, je descends. Si tu veux, tu peux rester seule ici.
Alice geignit aussitôt.
— Pas t'en aller !
Elle repoussa sa chaise, courut auprès de Julia et fourra sa main dans la poche de sa jupe.
— Viens ! dit posément Julia, émue.
Elles descendirent côte à côte, la main d'Alice toujours ancrée dans la poche de Julia.
Ellie, debout devant la cheminée, faisait mine de lire un journal, qu'elle tenait à l'envers.
— Salut !

Bien qu'elle se fût maquillée comme dans les grands jours et qu'elle eût frisé ses cheveux, elle paraissait lasse et inquiète.

—Salut, *Lellie*, fit Alice en entraînant Julia vers sa sœur. Lire Alice?

—Cette enfant a de la suite dans les idées, dit Ellie. Elle caressa les cheveux noirs d'Alice.

—Plus tard, ma chérie.

Julia s'agenouilla et fixa Alice, qui lui sourit d'un air engageant.

—Lire maintenant?

—Quand le monsieur viendra, tu ne dois pas avoir peur. Je suis ici; Ellie aussi. Tu ne risques rien.

Alice fronça les sourcils.

En entendant sonner à la porte, Julia bondit littéralement sur place tandis que les chiens – barricadés dans la chambre d'Ellie – aboyaient comme des fous. Ellie se dirigea vers la porte et ouvrit, après une courte pause pour redresser ses épaules.

Debout sur le seuil, George Azelle tenait dans ses bras un énorme ours en peluche.

—Bonjour, Chef Barton, lança-t-il, fuyant son regard.

Elle fit un pas de côté.

Julia assistait à cette scène comme un fantôme voyant sa famille réunie juste après son enterrement. Tout se passait lentement et avec un calme apparent; personne ne savait que dire ni que faire.

Azelle entra dans le séjour.

Vus dans la même pièce, l'homme aux cheveux sombres et bouclés et aux traits finement ciselés et la petite fille se ressemblaient comme deux gouttes d'eau. Qui aurait pu douter du lien qui les unissait?

Il s'avança d'un pas et rattrapa nonchalamment par un bras l'ours qui avait glissé sur sa hanche.

— Brittany, souffla-t-il d'une voix vibrante.

Alice s'abrita derrière Julia.

— Tout va bien, Alice, dit celle-ci.

Elle tenta de se dégager, mais Alice la retint.

— Elle a une volonté de fer, expliqua Julia au visiteur, et elle n'aime pas s'éloigner de moi.

— Obstinée comme son père, remarqua Azelle.

Pendant l'heure suivante, George chercha vainement à communiquer avec sa fille, lui parla à bâtons rompus et évita les gestes brusques. Même la lecture d'un livre à haute voix laissa Alice indifférente. Elle finit par foncer derrière les plantes ; puis elle s'accroupit dans son refuge pour observer l'inconnu à travers les feuilles vertes et lisses.

— Elle ne me reconnaît absolument pas, dit Azelle en reposant le livre.

— Un temps si long s'est écoulé depuis que...

Azelle se mit à faire les cent pas dans la pièce. Après s'être arrêté net, il se tourna vers Julia.

— Elle ne parle pas du tout ?

— Elle apprend.

— Alors, comment pourra-t-elle raconter ce qui lui est arrivé ?

— C'est votre souci majeur ?

— Foutez-moi la paix !

L'intonation d'Azelle était plus désespérée qu'agressive. Il fit le tour du canapé et s'approcha des plantes. Il avançait avec précaution, comme s'il avait affaire à un fauve redoutable.

Un grondement sourd s'échappa des feuilles.

— Manifestement, elle a peur, lança Ellie de la cuisine.

À l'étage au-dessus, les chiens se mirent à gronder à leur tour.

George s'arrêta à moins d'un mètre des plantes. Accroupi, il était à peu près au même niveau que sa fille, debout. Il garda le silence un long moment, puis il tendit la main pour effleurer Alice, qui grognait toujours.

Elle se jeta en arrière si brutalement qu'elle aurait pu se blesser. Une plante se renversa et s'écrasa sur le sol.

— Désolé, dit Azelle en retirant aussitôt sa main. Je ne voulais pas t'effrayer.

À quatre pattes, Alice, essoufflée, l'observait à travers les feuilles.

Il inspira profondément. Julia crut comprendre qu'il n'en ferait pas plus, du moins ce jour-là. Quelle ne fut pas sa surprise quand il se mit à chanter «Twinkle, Twinkle, Little Star»! Il avait une belle voix qui sonnait juste. Alice s'immobilisa puis s'assit sur ses talons tandis que son père chantait. Elle s'approcha enfin à petits pas, et se mit à fredonner avec lui.

— Tu me reconnais, n'est-ce pas, Brittany?

Brittany.

Alice fonça dans l'escalier, et la porte de la chambre claqua au premier étage.

George s'était relevé. Les mains dans les poches, il fixa Julia.

— Je lui chantais cette chanson quand elle était bébé.

La jeune femme se préparait à répondre quand elle entendit une voiture approcher.

— Qui est-ce, El?

Ellie alla ouvrir et referma aussitôt la porte, en tournant les talons.

— Merde ! C'est KIRO TV, CNN, et la *Gazette*...

Julia se tourna vers Azelle.

— Vous avez convoqué la presse ?

— Passez trois ans en prison, docteur, avant de me juger. Je suis une victime autant que Brittany.

— Ne comptez pas sur moi pour vous croire, sale égoïste.

Ce n'était pas le moment de céder à sa colère, alors que les médias étaient à leur porte, songea Julia.

— Vous l'avez vue, reprit-elle. Les médias risquent de la détruire ! Nous savons, vous et moi, ce qui se passe quand on devient leur proie. On n'est plus à l'abri nulle part. Ne faites pas cela à Alice !

— Brittany, rectifia Azelle.

Son regard s'était adouci. Julia crut – ou du moins espéra – y déceler une réelle inquiétude, car c'était son unique planche de salut.

— Vous ne m'avez pas laissé le choix, docteur !

On sonna à la porte.

— Vous voulez vraiment prouver votre innocence ?

Tout en s'adressant à Azelle d'une voix brisée, elle interrogeait sa sœur du regard. Celle-ci acquiesça d'un signe de tête.

— J'ai dépensé une fortune pour en donner la preuve, rétorqua Azelle.

Ellie s'approcha.

— Vous disposez d'un atout que vous n'aviez pas auparavant.

— Le chef de police d'une petite ville ? Ça ne changera rien.

— Ce n'est pas de moi qu'il s'agit.

On sonna à nouveau à la porte.

— Brittany, articula Julia.

Ce prénom lui laissait un goût amer, à moins que ce fût le goût de la peur, dont elle n'avait pas eu conscience jusque-là.

— Je pense, reprit-elle, que Brittany a longtemps vécu dans la forêt. Des années, peut-être. Dans ce cas, votre femme pourrait avoir été captive elle aussi. La personne qui les a kidnappées a sans doute laissé des traces là-bas.

Azelle sembla retrouver son calme.

— Croyez-vous que Brittany pourrait nous y conduire ?

— Peut-être, fit Ellie que Julia approuva d'un infime signe de tête.

— N'est-ce pas… dangereux ? Je veux dire, pour Brittany.

« Ce n'est pas une chose à faire, même si nous avons de bonnes raisons », faillit répondre Julia ; mais Ellie la devança.

— Julia ne lui montrera pas l'endroit exact où elle était détenue… si par hasard nous le retrouvons. Vous m'avez demandé de remplir ma mission, George. Était-ce encore un mensonge ?

Que de sous-entendus et de craintes inavouées ! « Non », aurait répondu un homme coupable.

— Très bien, dit finalement Azelle. Allons-y demain, sans perdre de temps.

— D'accord, souffla Julia du bout des lèvres.

— Et surtout pas de médias, déclara Ellie.

— Oui, pour l'instant, fit Azelle, en les observant l'une après l'autre comme s'il cherchait à évaluer leur sincérité.

La sonnerie retentit une troisième fois, et l'on frappa plusieurs coups à la porte.

— Cachez-vous ! ordonna Ellie à Azelle, qui alla s'accroupir derrière les placards de la cuisine. Et toi, Julia, tu m'accompagnes.

Quand elles ouvrirent la porte, plusieurs journalistes – dont Mort Elzik de la *Gazette* – se tenaient sur les marches, devant la maison.

Des voix fusèrent aussitôt.

— Nous venons interviewer George Azelle !

— Nous savons que c'est sa voiture...

— Pouvez-vous nous confirmer que l'« enfant-loup » est bien sa fille ?

— Docteur Cates, avez-vous sauvé cette fillette ? Peut-elle parler maintenant ?

Julia fixa un moment ces visages pour la plupart inconnus. Quelques mois plus tôt, que n'aurait-elle donné pour pouvoir répondre à leur dernière question par l'affirmative ! Elle n'avait alors qu'une idée en tête, redorer son blason. Le monde lui apparaissait maintenant sous un jour tout à fait différent.

Le regard d'Ellie se posa sur elle : sa sœur partageait évidemment son point de vue.

Julia observa les journalistes qui la dévisageaient, micro en main, prêts à la croire. Elle pourrait redevenir le médecin à qui tout le monde se fiait. Alice serait la preuve vivante de ses capacités ; il lui suffirait de montrer ses vidéocassettes et de présenter l'enfant, qui avait progressé d'une manière quasi miraculeuse. La presse ne tarderait pas à lui demander des articles sur ses méthodes thérapeutiques.

Et pourtant, après avoir rêvé depuis longtemps d'un retour triomphal, elle n'eut aucune peine à murmurer avec un sourire indifférent :

— Je n'ai aucun commentaire à vous faire.

Ellie, Cal, Earl, Julia et Alice étaient dans le parc, afin de se mettre en route avant l'aube. Aucun témoin ne devait assister à leur expédition, et une escorte de médias aurait voué leur tentative à l'échec. George, en retrait, les bras croisés, parlait à son avocat.

— En est-elle capable ? demanda Cal, exprimant à haute voix la préoccupation de tous.

— Je ne sais même pas ce que nous pouvons espérer, répliqua Ellie.

La main de Cal dans la sienne, elle se sentit moins oppressée. Elle avait passé la nuit à parcourir des manuels de droit et à adresser, dans tout le pays, des e-mails à des collègues de la police. Après avoir préparé un kit pour la collecte des indices, elle avait proposé à Cal de les accompagner en tant que photographe officiel. Rien ne devait être laissé au hasard. S'ils découvraient quoi que ce soit, il fallait préserver le site pour la brigade criminelle du comté, et peut-être même pour les agents fédéraux.

Le froid glacial de janvier râpait leur peau et gerçait leurs lèvres. Pendant l'heure qu'ils avaient passée sous l'érable, personne n'avait prononcé un seul mot, à part Julia, qui s'était agenouillée devant Alice. Dans les ténèbres, ils avaient l'air de spectres ; surtout Alice, avec ses cheveux noirs, son manteau sombre et ses bottes rouges.

Elle émit un grognement sans conviction.

— Peur.

— Je sais, ma chérie. Nous avons peur aussi, tante Ellie et moi ; mais nous avons besoin de voir l'endroit où tu vivais avant. Tu te rappelles que nous en avons parlé... Cet endroit dans la forêt.

— Noir, souffla Alice.

Émue par la voix tremblante de la fillette, Ellie eut envie de mettre immédiatement un terme à cette tentative.

— Pas laisser Alice ?

— Non, fit Julia, je te donnerai la main tout le temps.

Alice émit un soupir déchirant.

— Voiture.

Une auto se gara derrière elles. Ellie rejoignit Peanut, qui se tenait en compagnie de Floyd, le dernier arrivant, près d'une camionnette du parc animalier. À côté d'eux se trouvait le louveteau, muselé et en laisse.

— Vous êtes sûre ? s'enquit Floyd.

Ellie lui prit la laisse.

— Sûre !

— Loup ! s'écria Alice, en se ruant vers eux.

Le louveteau sauta sur elle et la renversa à terre. Floyd les regarda jouer sur l'herbe glacée et questionna Ellie :

— Vous allez me le ramener ?

— Je ne pense pas… Il a besoin de vivre dans la nature.

Le regard de Floyd se posa sur Alice.

— Il n'est peut-être pas le seul, marmonna-t-il avant de repartir au volant de sa camionnette.

Ellie regarda sa montre et s'approcha de sa sœur, plongée dans une contemplation solitaire de la forêt.

— Allons-y !

Julia ferma les yeux un instant et alla s'agenouiller devant Alice, après avoir inspiré profondément.

— Il faut partir, mon petit.

Alice montra du doigt la muselière et la laisse.

— Mauvais. Piège.

Les deux sœurs échangèrent un regard anxieux : elles avaient décidé d'utiliser le louveteau pour aider Alice à retrouver son chemin, mais ce projet leur avait semblé moins dangereux avant de se concrétiser.

— Elle a besoin de lui, marmonna Julia.

— À condition qu'il garde sa muselière, dit Ellie en se penchant pour détacher la laisse.

Le louveteau alla immédiatement se fourrer contre Alice.

— La caverne, chuchota celle-ci.

Ils prirent la direction de la forêt.

— Ce n'est tout de même pas un loup ! fit George Azelle en rejoignant Ellie.

— Partons, lui répondit-elle simplement.

Quand le soleil apparut au-dessus des arbres, ils étaient déjà si loin de la ville que l'on n'entendait plus que le bruit de leurs pas, crissant dans les broussailles, et le tintement argentin de la rivière dont ils suivaient le cours.

Depuis plus d'une heure, personne n'avait dit mot. En ordre dispersé, avec Julia, Alice et le louveteau ouvrant la marche, ils s'enfonçaient progressivement dans la forêt.

Les arbres étaient devenus plus massifs et plus hauts, et leurs lourdes branches masquaient presque toute la lumière. De temps à autre, la lumière filtrait jusqu'au sol, une lumière si dense qu'il semblait presque impossible de la traverser. Ils continuaient pourtant à cheminer vers le cœur de cette profonde forêt au sol spongieux, où les mousses pendaient des branches dénudées comme des manches de fantômes. Une brume gris perle, au ras du sol, les engloutissait à partir des genoux.

Ils s'arrêtèrent vers midi pour déjeuner dans une minuscule clairière.

Ellie se sentait mal à l'aise, car il suffisait d'une simple erreur d'orientation pour que leur petit groupe disparaisse dans la nature. Une brise ininterrompue traversait les milliers d'aiguilles de pin, au-dessus de leur tête ; ils entendirent son bruissement bien avant de sentir son souffle sur leurs joues.

Ils s'étaient assis en rond à la base d'un cèdre si énorme qu'ils ne parvenaient pas à l'encercler en se tenant tous par la main.

— Où est-on ? demanda George.

Cal déplia sa carte.

— Bien au-delà du Hall of Mosses, et plus très loin des Wonderland Falls, je suppose. Mais je ne peux rien affirmer : une bonne partie de cette zone n'est pas cartographiée.

— On est perdus ? reprit George, inquiet.

Ellie se releva.

— En tout cas, pas elle. Allons-y.

Ils marchèrent encore quelques heures, mais d'épaisses broussailles et des rideaux de mousses leur barraient la voie. Dans une clairière, sous quatre arbres géants, ils montèrent leurs tentes orange pour la nuit, autour du feu.

À la tombée de la nuit, ils réchauffèrent leurs boîtes de conserve dans un silence presque total tandis que les bruits de la forêt – chuintements, courses effrénées, croassements – se multipliaient. Seuls Alice et son louveteau semblaient parfaitement à l'aise. Dans cet espace vert et glauque, elle marchait la tête haute, avec une démarche plus assurée. On pouvait presque deviner ce qu'elle deviendrait le jour où elle se sentirait en confiance parmi les humains.

Ellie veilla longtemps après que tous les autres se furent couchés. Assise au bord de la rivière, elle contemplait la sombre forêt, en se demandant comment Alice avait pu parcourir ce chemin toute seule.

Une brindille craqua derrière elle.

—C'est le rendez-vous des insomniaques? lui demanda Julia, les traits tirés.

Ellie lui fit une place près d'elle, sur un rondin recouvert de mousse. De fragiles fougères vibraient à chacun de leurs gestes. Assises côte à côte, elles apercevaient à peine la rivière coulant à leurs pieds dans les ténèbres. L'air de la nuit embaumait et, au-dessus de leur tête, la Voie lactée apparaissait par endroits entre les arbres et les nuages.

—Comment va Alice? demanda Ellie.

Elle pensa tout à coup qu'il faudrait bientôt l'appeler Brittany : une autre évidence à laquelle sa sœur et elle refusaient de faire face.

—Elle dort en paix, murmura Julia. Apparemment, elle se sent bien.

—Oui, elle est dans son élément.

—Crois-tu qu'elle nous mène quelque part ou qu'elle se promène?

—Je n'en sais rien.

—J'espère que nous avons choisi la bonne solution, conclut Julia d'une voix étouffée.

Perplexes, elles gardèrent le silence un moment. Ellie voulait éviter toute allusion à George mais, seule avec sa sœur, elle se sentait plus lucide.

—Tu as vu comment George la regarde?

Ellie chuchotait au cas où, réveillé lui aussi, il aurait tendu l'oreille ; heureusement, le bruissement de la rivière devait, en principe, couvrir leurs voix.

— Oui, il a l'air de souffrir. Il sursaute chaque fois qu'elle l'ignore ou qu'elle se détourne de lui.

— C'est troublant. Si nous découvrons que…

— Je sais, fit Julia. Mais quoi qu'il arrive, El, je n'aurais obtenu aucun résultat sans toi.

Ellie enlaça affectueusement sa petite sœur.

— Moi non plus.

Une brindille crissa derrière elles. Julia tressaillit tandis que George approchait, les mains dans les poches.

— Impossible de dormir, grommela-t-il.

Ellie le scruta un moment.

— Personne n'y parvient, à part Alice.

— Je redoute ce que nous allons découvrir, murmura George, le regard plongé dans la forêt.

S'il jouait la comédie, il méritait un Oscar, se dit Ellie en remarquant du coin de l'œil l'air inquiet de sa sœur.

— Tout le monde a peur, déclara-t-elle finalement, serrant Julia dans ses bras.

Ellie se réveilla à l'aube et alluma le feu. Après avoir pris leur petit déjeuner dans un profond silence, ils durent se frayer un chemin à travers des broussailles de plus en plus denses, et des toiles d'araignée aussi épaisses que des filets de pêche.

Peu après midi, Alice s'arrêta soudain. Dans ce monde ténébreux d'arbres séculaires et de brumes envahissantes, la petite fille paraissait terriblement frêle et craintive. Elle fixa Julia, le doigt pointé vers l'amont.

— Alice pas aller.

Julia la souleva dans ses bras et la serra tendrement contre elle.

— Tu es très courageuse, lui dit-elle.

Puis elle s'adressa à Ellie :

— Note soigneusement et prends des photos ! J'ai besoin de tout savoir. Et puis, sois prudente !

Julia alla ensuite déposer Alice à la base d'un cèdre séculaire et s'assit à ses côtés, sur un doux tapis de mousse. Le louveteau vint s'allonger près d'elles.

Ellie laissa planer son regard sur les ombres vertes et noires qui s'étendaient au-delà. Carl, Earl, George et son avocat la rejoignirent sans un mot. Il lui fallut tout son courage pour avancer et les entraîner plus loin, mais elle ne flancha pas.

Ils suivirent le cours de la rivière le long d'une boucle, franchirent une colline et atteignirent une clairière. Des rondins en marquaient les confins, et des centaines de boîtes de conserve vides, en partie recouvertes de mousse ou de boue, en jonchaient le sol. La consommation de plusieurs années. De vieux magazines, des livres et toutes sortes d'ordures étaient accumulés à côté de la caverne. Non loin de là, à l'abri d'un bouquet de cèdres rouges, se dressait une petite cabane sans porte.

À leur gauche s'ouvrait la gueule béante de la caverne, chargée d'un enchevêtrement de fougères dont les frondes dentelées voltigeaient dans la brise. Face à la caverne, un poteau brillant comme de l'argent s'élevait du sol ; une corde en nylon – dont une extrémité y était fixée par une boucle métallique – était enroulée tout autour.

Ellie s'agenouilla devant et découvrit, à l'autre extrémité de la corde, une entrave en cuir abondamment mâchée. Cette entrave était à peine assez grande pour encercler la cheville d'un enfant. Des taches sombres marquaient le cuir. Du sang.

L'espace d'une seconde, Ellie commit l'erreur de fermer les yeux. Une vision sinistre d'Alice, séquestrée là, la submergea. Les petits pieds nus de l'enfant avaient creusé une empreinte circulaire dans la boue. Combien de temps avait-elle passé à tourner en rond autour du poteau ?

Cal se baissa vers Ellie en silence et lui serra l'épaule.

— Tout le monde met des gants ! lança-t-elle après s'être relevée lentement.

Puis elle regarda George – une autre erreur de sa part.

— Mon Dieu, dit-il, livide, quelqu'un l'avait attachée comme un chien.

En larmes – ce qui était fort peu professionnel, mais inévitable –, elle le fit taire.

— Allons-y ! lança-t-elle à Cal.

Dans un silence oppressant, elle mena sa première enquête sur les lieux d'un crime. Ils trouvèrent une pile de vêtements féminins, une unique chaussure en cuir verni rouge à talon haut, un couteau éclaboussé de sang, une boîte d'attrape-rêves en cours de fabrication, et une petite couverture de bébé râpée, si sale que sa couleur d'origine était indécelable. Des incrustations de pâquerettes pendaient de sa garniture.

En l'apercevant, George faillit s'étrangler d'horreur. Ellie renonça à le regarder car, si son expression correspondait au timbre de sa voix, la partie était perdue.

— Note les moindres détails, Earl, dit-elle.

Derrière la cabane, un autre poteau était pourvu d'une corde, avec une autre entrave en cuir, de plus grande taille, recouverte d'une croûte de sang. Quelqu'un avait été attaché là par la cheville : un adulte.

Zoë.

— Elle ne pouvait même pas voir sa fille, souffla Ellie.

La corde de Zoë, plus longue, lui permettait d'atteindre le matelas, dans la cabane.

Cal effleura à nouveau le bras d'Ellie.

— Ne reste pas là, fit-il.

Les larmes aux yeux, elle avança lentement en observant le moindre détail, depuis la pile de détritus près d'une souche moussue jusqu'au matelas taché, entre deux pins Douglas. Des animaux avaient laissé leur trace partout : ce campement était abandonné depuis longtemps, et les charognards avaient pris possession des lieux.

Parmi les arbres et à proximité du matelas sale, Ellie trouva une malle rouillée qu'elle ouvrit avec peine. La malle contenait des piles de vieilles coupures de presse. La plupart concernaient des prostituées ayant mystérieusement disparu de la ville de Spokane, et la dernière datait du 7 novembre 1999. Il y avait aussi plusieurs fusils et une courroie ensanglantée pour tenir un bras en écharpe.

Tout au fond, sous les bandages, les journaux et les couverts sales, Ellie découvrit un ciré jaune et une casquette de base-ball râpée.

Derrière elle, George poussa un cri déchirant.

— Il l'avait vu ! Ce livreur de fleurs avait vu le ravisseur, garé devant chez moi.

Sur ces mots, George tomba à genoux dans la boue.
— S'ils l'avaient écouté, ils auraient peut-être pu les retrouver à temps !

Tandis qu'il sanglotait, Ellie ferma les yeux : elle avait accompli sa mission et découvert la vérité. Mais ce n'était pas celle qu'elle souhaitait.

Le cœur d'Alice bat précipitamment dans sa poitrine. Elle devrait s'enfuir, mais elle ne peut pas quitter Joulie.

Elle entend des voix. Le bruissement des feuilles, des arbres, de la rivière. Il y a des sons dont elle se souvient, et bien que la peur l'oppresse, quelque chose la pousse à se lever. Son louveteau se frotte contre elle affectueusement. Non loin de là, sa meute attend son retour ; elle le sait. Elle entend les pas feutrés des loups et leurs grondements ; ce sont des bruits beaucoup plus doux que celui des feuilles ou du cours d'eau.

Penchée vers l'animal, elle parvient, en prenant son temps, à le libérer de cet horrible piège qui couvre sa tête et son cou. Il l'observe comme s'il avait tout compris. Elle est triste à l'idée de le perdre une fois encore, mais un loup a besoin de sa famille.

— Libre, chuchote-t-elle.

Il lui lèche le visage en grondant.

— Au revoir…

Il s'éloigne aussitôt.

Alice relève la tête et regarde Joulie, avec l'impression que son cœur va éclater. Elle sait ce qu'elle veut lui dire, mais les mots lui manquent. Alors, elle la prend par la main pour faire le tour de la clairière : pas question de revoir la caverne. Elles marchent sur un arbre qu'Il a abattu et pénètrent dans un carré d'orties piquantes.

On y est!

Un monticule de terre recouvert de pierres.

— Maman, dit Alice en montrant les pierres du doigt.

C'est un mot qu'elle croyait avoir oublié. Il y a très longtemps, sa maman l'embrassait comme Julia maintenant, et la couchait dans un lit qui avait l'odeur des fleurs.

À moins qu'elle ait rêvé cela... Tout à coup, un instant précis lui revient en mémoire. Elle se penche vers Alice, l'embrasse et lui chuchote : « Sois une bonne petite fille et souviens-toi de ta maman. »

— Oh, mon bébé! murmure Julia en l'attirant dans ses bras, où elle la berce tendrement.

Alice souhaiterait que ses yeux se mouillent comme ceux d'une vraie petite fille, mais il n'y a pas moyen. Son cœur lui fait si mal qu'elle n'en peut plus.

— Aime *Joulie*, dit-elle.

Joulie l'embrasse exactement comme le faisait sa maman.

— Je t'aime, moi aussi!

Alice sourit, car elle n'a plus rien à craindre maintenant. Elle ferme les yeux et s'endort. Dans ses rêves, elle est deux filles à la fois. D'abord, la grande Alice qui sait compter avec ses doigts et s'exprimer avec des mots. Mais de l'autre côté de la rivière, il y a aussi le bébé Brittany, qui porte une culotte qu'on appelle une couche, et joue avec un ballon rouge. L'ancienne maman est avec elle et lui dit au revoir de la main.

Alice sait qu'elle dort. Elle sait aussi que, dans le monde où elle est simplement Alice, elle n'a rien à craindre dans les bras de Joulie.

Sous un érable de Sealth Park, Julia tenait Alice, endormie, dans ses bras. Personne ne lui avait dit où aller une fois que l'équipe de sauvetage avait déposé tout le monde à la caserne des pompiers. Comme deux coquillages sur le rivage, George et elle avaient pourtant échoué là où leur expédition avait pris son départ. Le ronronnement des hélicoptères et le hurlement des sirènes avaient fini par se perdre au loin.

— Et maintenant ? demanda George, si éberlué qu'il ne semblait même pas s'attendre à une réponse.

— Je ne sais pas... Ellie retourne demain sur le lieu du crime avec de nombreux experts.

— Vous vous rendez compte de tout ce qu'ils ont fait à mon bébé ? Ils l'ont attachée comme un chien, et...

— Assez !

Julia lui fit face ; elle lut son chagrin dans ses yeux emplis de larmes. Ils ne disposent pas encore de tous les éléments – il y avait des analyses à effectuer et des résultats à attendre – mais aucun d'eux n'ignorait la vérité : George n'était coupable d'aucune violence envers sa famille.

— Pardon, George.

Julia ne put pas en dire plus. Elle eut l'impression de s'effriter comme de la craie.

— Je suppose que nous parlerons plus tard, quand... nous serons moins secoués.

— Oui, George, plus tard. Pour l'instant, je dois ramener *ma* fille à la maison. Ou plutôt, notre fille...

George tendit un bras ; sa grande main bronzée vint se poser délicatement entre les omoplates d'Alice.

— Je n'ai jamais cessé de l'aimer !

Julia ferma les yeux, incapable de penser. En marmonnant de nouvelles excuses, elle s'éloigna à grands pas vers sa voiture. Elle arrive presque au trottoir quand elle aperçoit Max. À la lumière d'un réverbère, ses cheveux brillaient comme de l'argent, alors que son visage était dans l'ombre.

Il traversa lentement la rue pour la rejoindre. Les talons de ses bottes résonnaient sur l'asphalte, et elle sentit son cœur vibrer au rythme de ses pas. Tout près d'elle, il murmura amoureusement :

— Ça va, Julia ?
— Non, répondit-elle, en larmes.

Il saisit Alice, toujours endormie, et l'installa sur son siège enfant. Puis il fit la seule chose qui lui parut convenable à cet instant : après avoir pris Julia dans ses bras, il la laissa pleurer.

Quand Ellie eut rédigé son rapport et envoyé des fax et des e-mails aux différents organismes concernés, elle se sentit épuisée. Il n'était que 22 heures, mais elle avait l'impression qu'il était beaucoup plus tard. Ne pouvant rien faire de plus ce soir-là, elle se leva et traversa le commissariat en éteignant les lampes sur son passage. Le 911 était probablement saturé d'appels, mais elle réglerait cela le lendemain.

Dans la nuit sereine, une légère brise tirait ses cheveux et faisait danser les feuilles le long du trottoir. Elle approchait de sa voiture quand elle remarqua George, adossé à un réverbère. Sans manteau, il devait se geler les sangs.

Que lui dire ? Aucune inspiration ne lui vint, mais il se décida enfin à lever les yeux vers elle.

— Tous les flics des grandes villes m'ont traqué, mais c'est vous qui avez trouvé la vérité.
— J'avais Alice avec moi. Enfin, Brittany.

Il se pencha alors pour l'embrasser. Sans être romantique, ce baiser la troubla. En d'autres temps, elle lui aurait ouvert les bras et généreusement offert ses lèvres. En l'occurrence, quelque chose la retint.

— Merci, souffla-t-il.
— Ça ne change rien, reprend-elle d'une voix mal assurée. Alice a besoin de ma sœur; elle ne peut pas s'en passer.
— Elle est ma fille. Vous ne pouvez pas le comprendre?
— Si, je le sais, répondit Ellie d'une voix mourante.

Voilà où les avait menés la vérité.

25

Le lendemain après-midi, dès 15 heures, les principales chaînes de télévision nationales et câblées interrompirent régulièrement leurs programmes pour annoncer la découverte du corps de Zoë Azelle au fond des forêts de l'État de Washington.

Les analyses de laboratoire avaient confirmé son identité, ainsi que celle de l'homme qui était avec elle : un certain Terence Spec, qui avait longtemps vécu en marge de la loi. Deux fois jugé coupable de viol avec circonstances aggravantes, il avait figuré parmi les suspects à l'occasion de nombreuses disparitions de prostituées à Spokane, quelques années plus tôt, mais aucune preuve tangible n'avait été retenue contre lui. Il avait finalement été tué, en septembre, dans un accident de voiture.

Toute la presse et toutes les stations de radio proclamaient l'innocence de George Azelle.

La justice a failli, disait-on. Un homme que tout le monde – des serveuses de café aux sénateurs – considérait comme «une véritable ordure» était en réalité innocent. Les vedettes de CNN et de Court TV – surtout Nancy Grace, qui l'avait traité de «psychopathe au sourire meurtrier» – n'avaient plus qu'à faire leur mea culpa.

Au commissariat de police, George se tenait sur l'estrade avec son avocat. Ils avaient répondu aux mêmes questions tout l'après-midi. La nouvelle que l'«enfant-loup» – dont l'apparition avait été si promptement taxée de «sensationnaliste» quelques semaines auparavant – était sa fille ne manquait pas de sel. «Preuve vivante» était maintenant imprimé en titre à la une de millions de journaux.

Adossée au mur du fond, entre Cal et Peanut, Ellie assistait au spectacle.

Depuis le début de la journée, elle avait senti le regard de Cal peser lourdement sur elle. Toujours silencieux, il la suivait comme un toutou.

— Qu'y a-t-il? lança-t-elle.
— De quoi tu parles?

Peanut éclata de rire.

— Allez-vous arrêter, tous les deux, vos discussions philosophiques? Je n'arrive plus à vous suivre.

Ellie ignora sa remarque.

— Qu'y a-t-il, Cal?
— Rien.

Ellie, irritée :

— Si tu as quelque chose à dire, tu ferais bien de cracher le morceau. Depuis le temps que nous sommes amis, j'ai appris à te connaître… Dis-moi ce que j'ai fait de mal!

Ellie s'attendait à un sourire ou à quelque plaisanterie douteuse, mais il se contenta de la dévisager, avant d'ébaucher une vague grimace.

— Tu te trompes, El, déclara-t-il enfin. À vrai dire, tu me connais à peine.

Sur ces mots, il regagna son bureau et s'assit. Après avoir placé ses écouteurs sur ses oreilles, il sortit un carnet de croquis et se mit à dessiner.

Ellie écarquilla les yeux. Peanut resta de marbre.

— On dirait qu'il se prend de nouveau pour Napoléon, maugréa Ellie.

— Un bruit court en ville, lui confia Peanut. J'en ai entendu parler ce matin par Rosie, à la cafétéria. Elle-même a été informée par Ed, qui aurait appris la nouvelle à la Pour House.

— C'est de moi qu'il s'agit?

— Une femme, chef de police, aurait été surprise, hier soir, en train d'embrasser un homme étranger à notre ville, et fort célèbre… La scène se passait en public, sur le parking. J'oubliais de signaler que cet individu a très mauvaise réputation auprès des femmes.

Ellie tressaillit.

— En réalité, c'est lui qui m'a embrassée.

— Quelle différence?

Peanut soupira en secouant la tête : sa réaction habituelle quand l'un de ses enfants l'exaspérait.

— Tu es ridicule, Ellie, maugréa-t-elle. J'espérais – ou plutôt nous espérions – que tu allais finir par ouvrir les yeux et réfléchir à tes problèmes, mais il n'en est rien! Un séducteur louche arrive dans notre ville, et tu tombes sur lui comme le brouillard sur Seattle. Il serait même question d'un mariage. Tant pis s'il arrache Alice à Julia et s'il brise nos cœurs! L'essentiel est qu'il a un sourire aguichant, et que tu es incapable de résister à…

— Ce n'était qu'un baiser!

Peanut s'éloigna, mais Ellie la rejoignit en courant.

— Reviens tout de suite ! Tu ne peux pas t'en aller après m'avoir dit une chose pareille.

Elle empoigna Peanut par le bras et la fit pivoter.

— Je ne me suis pas jetée dans ses bras, reprit-elle sans se laisser impressionner par la présence des journalistes.

— D'après ce que j'ai entendu dire…

— Je te répète que je ne me suis pas jetée dans ses bras ! Non, non, et non ! Effectivement, il m'a embrassée, et j'aurais pu en profiter, mais je ne l'ai pas fait. Il va nous prendre Alice, bon Dieu ! Comment peux-tu supposer que j'aie couché avec lui ?

Peanut fronça les sourcils.

— Tu dis la vérité ?

— J'a gardé la fermeture Éclair de mon jean remontée, selon l'expression de mon père.

— Pourquoi ?

Ellie fronça les sourcils à son tour.

— Alice a la priorité.

— Jusqu'à maintenant, un bel homme avait toujours la priorité à tes yeux.

— Les choses ont changé…

Les deux amies échangèrent un sourire, et Peanut passa un bras autour des épaules d'Ellie.

— À propos, Pea, reprit celle-ci, que voulais-tu dire par « *nous espérions* que tu allais finir par ouvrir les yeux » ?

— Auras-tu un jour une pensée pour les gens qui t'aiment ?

Peanut regarda sa montre.

— Tu n'es pas censée aller au tribunal ?

— Mince, George est déjà parti! grommela Ellie après avoir jeté un coup d'œil à la pendule.

Quand elle arriva à destination, des gouttes de pluie glacées tombaient d'un ciel gris et lugubre. Elle se gara devant le palais de justice, gravit les marches, puis alla frapper à la porte close du bureau de la juge.

Elle pénétra ensuite dans une vaste pièce au décor austère. Des murs tapissés de livres et, au centre, un imposant bureau derrière lequel siégeait la juge.

Julia se tenait dans un coin, près d'une énorme plante. Les deux avocats avaient pris place devant le bureau; George était seul, du côté gauche de la pièce.

— Tout le monde est présent, dit la juge en mettant ses lunettes. Les circonstances ont changé depuis la dernière fois…

— Oui, Votre Honneur, fit l'avocat de George.

La juge fixa Julia.

— Je sais à quel point vous êtes attachée à Brittany, docteur Cates. Vous savez, bien sûr, comment fonctionne le système…

— Oui, fit Julia d'une voix éteinte. J'ai compris que M. Azelle est une victime autant qu'Alice, et je ne voudrais surtout pas contribuer à sa souffrance…

Elle s'interrompit comme si elle cherchait à rassembler ses forces, et regarda la juge.

— Mais ses exigences doivent passer après celles d'Alice…

— Qu'entendez-vous par là?

— Elle a encore besoin de rester avec moi. Elle m'aime et me fait confiance. Je peux… la sauver, conclut Julia d'une voix brisée.

Ellie se rapprocha de sa sœur.

— Sera-t-elle toujours un enfant en difficulté ? demanda doucement la juge.

— Je n'en sais rien, admit Julia. Elle a fait de tels progrès... Elle est très intelligente. Je suppose qu'elle peut surmonter son handicap, mais, pendant de nombreuses années, il lui faudra un traitement particulier.

— Il existe certainement des écoles adaptées à ses problèmes, fit George.

— Certainement ! martela son avocat, et d'autres médecins pourront prendre soin d'elle. Votre Honneur, M. Azelle est une victime. Après la tragédie qu'il a vécue, nous ne pouvons pas le priver à nouveau de sa fille.

— Je suis persuadée que le Dr Cates a bien conscience de cela, approuva la juge.

Julia se tourna vers George.

— Alice n'a pas la moindre idée de ce que vous représentez pour elle. Je suis de tout cœur avec vous, et j'ai pensé toute la nuit à ce que vous avez enduré ; mais votre fille doit avoir la priorité. Pour l'instant, le concept de paternité lui est inconnu... Si on m'enlève Alice maintenant, elle risque de se sentir abandonnée à nouveau et de régresser. Son seul refuge sera probablement le silence, parfois les hurlements, ou l'automutilation. Désolée, elle n'est pas prête.

Le regard rivé sur George, Julia précisa sa pensée :

— Vous pourriez venir vous installer ici pendant quelques années. Je continuerais à travailler avec elle et, progressivement, nous...

Éberlué par cette suggestion, George l'interrompit.

— Quelques années ? Vous me proposez de passer des années ici, alors que ma fille vit avec vous ? Alors qu'elle apprend à vous appeler « maman » ? Et moi, qui serai-je ? Un simple voisin ? L'oncle George ?

Julia se troubla à son tour.

— Je pourrais m'installer à Seattle.

— Vous n'avez rien compris, docteur Cates !

La voix de George se fit plus douce.

— J'aime ma fille. Pendant ces longues journées derrière les barreaux, j'ai rêvé de la retrouver, de l'emmener en promenade au parc, de lui apprendre à jouer de la guitare.

— L'idée d'avoir une fille vous plaît. Je connais votre dossier par cœur, George. Quand Alice était sous votre toit, vous étiez toujours absent. Elle passait cinq jours de la semaine sur sept au jardin d'enfants. Zoë affirmait que vous ne rentriez jamais pour le dîner ni pendant les week-ends. Vous ne connaissez pas votre fille, et elle ne vous connaît pas.

— Ce n'est pas ma faute.

— Je l'aime, murmura Julia, les larmes aux yeux.

— Je sais, et tout le problème est là. C'est pour cela qu'elle ne peut pas continuer à vivre avec vous et rester votre patiente, ici ou à Seattle.

— Mais si je peux l'aider…

— Jamais elle ne m'aimera, tant que vous serez dans les parages !

Julia inspira profondément, les yeux fermés, avant de fixer George. Que répondre à cela ?

— Je ferai mon possible pour elle, promit ce dernier. Je lui trouverai les meilleurs médecins et les meilleurs psychiatres. Je veillerai à ce qu'elle reçoive les meilleurs soins. Et, plus tard, quand elle m'aimera et qu'elle saura qui je suis, je l'emmènerai vous voir. Je m'arrangerai pour qu'elle ne vous oublie jamais, Julia.

Dans une petite bourgade comme Rain Valley, rien ne compte plus que les ragots, à part les opinions individuelles. Tout le monde avait la sienne et ne demandait qu'à la partager. À peine la séance terminée, les gens s'étaient mis à causer, songeait Max.

Il avait appelé Julia toutes les dix minutes sans obtenir de réponse. Pendant près d'une heure, il attendit son coup de fil, mais son téléphone resta silencieux. Si elle s'imaginait qu'elle avait besoin de solitude pour apaiser son chagrin, elle se trompait. Il avait commis trop longtemps cette erreur pour la laisser tomber dans le même piège.

N'y tenant plus, il prit sa voiture pour aller la rejoindre. À chaque tournant de la route, il l'imaginait assise sur le canapé ou allongée sur son lit, s'interdisant de pleurer ; mais à la pensée d'Alice en train de rire... de grignoter des fleurs... ou de lui donner des baisers de papillon... elle éclaterait en sanglots.

Il le savait.

Elle tenterait peut-être d'oublier et de se surpasser, comme il l'avait tenté lui-même ; et elle mettrait peut-être des années à comprendre qu'il faut s'accrocher à ses souvenirs, car ils sont tout ce qui nous reste.

Il se gara devant chez elle. De l'extérieur, tout semblait normal. Les rhododendrons qui bordaient la véranda luisaient en cette saison humide. Une mousse vert pâle recouvrait le toit, et des jardinières vides pendaient des avant-toits. Derrière et autour de la maison, des arbres à feuilles persistantes bruissaient doucement. Après avoir traversé le jardin, il alla frapper à la porte.

Ellie vint lui ouvrir, deux tasses de thé à la main.
—Salut, Max.

— Comment va-t-elle ?
— Pas bien.
Ellie recula d'un pas pour le laisser entrer.
— Elle est dans ma chambre. Première porte à gauche... Ne fais pas de bruit : Alice dort.
— Merci, dit-il en prenant les tasses qu'elle lui tendait.
— Je vais au commissariat ; je serai de retour dans une heure. Ne la laisse pas seule.
— Bien sûr.
Ellie se retourna en partant.
— Je te remercie de l'avoir aidée.
— C'est elle qui m'a aidé, répondit simplement Max.

Quand la voiture d'Ellie eut démarré, il posa les deux tasses – le moment viendrait plus tard de boire du thé – et il monta au premier étage.

Avant d'entrer dans la chambre, il fit une pause. Dans l'obscurité, il distingua Julia, allongée sur le grand lit à baldaquin, les yeux fermés et les mains jointes sur son cœur.

— Bonjour, murmura-t-il en s'approchant.

Elle ouvrit les yeux. Son visage était rouge et bouffi ; des traces de larmes marquaient ses joues.

— Tu sais... à propos d'Alice ? souffla-t-elle.

Installé sur le lit, il la serra dans ses bras sans un mot, tandis qu'elle pleurait en égrenant ses souvenirs. Depuis longtemps, il aurait dû rassembler lui aussi les siens comme un petit trésor qui durerait éternellement.

Elle s'interrompit, les yeux scintillants de larmes.

— Je devrais arrêter de ressasser.

Il l'embrassa avec une immense tendresse.

— Continue à parler, fit-il après avoir relâché son étreinte. Je ne te quitte pas.

Les rues du centre-ville étaient vides. De tous les magasins sur son passage, Ellie avait reçu un salut mélancolique. Quatre personnes l'avaient embrassée sans un mot pendant qu'elle attendait son moka à la cafétéria. Que dire, en effet ? Tout le monde savait que, dès le lendemain, Alice serait partie.

Elle quitta le commissariat à une heure tardive et prit la direction de la rivière. Un lourd fardeau pesait sur ses épaules quand elle gravit les marches menant à sa porte. Jamais elle ne s'était sentie aussi mal, bien qu'elle fût une femme deux fois divorcée qui avait pleuré la mort de ses deux parents.

À l'intérieur, rien n'avait changé. Le canapé et les sièges créaient un espace intime devant l'âtre ; les bibelots étaient rares, espacés, et généralement d'origine artisanale. Une seule différence notoire : la collection de ficus, dans un coin.

La cachette d'Alice.

Quelques semaines plus tôt, la fillette courait s'y blottir à la moindre émotion violente. Depuis peu, elle se réfugiait de moins en moins dans son sanctuaire.

Cette pensée parut presque insoutenable à Ellie. Si sa sensibilité était à ce point à vif, qu'en était-il pour Julia ? Le tic-tac de la pendule devait lui donner des coups au cœur.

Elle mit le CD du *Retour du roi* sur la chaîne stéréo. Un tel jour convenait à une musique aux accents mélancoliques et sentimentaux.

Son sac alla atterrir sur la table de la salle à manger avec un bruit de ferraille. Elle venait de se faire une tasse de thé quand elle aperçut, sur la véranda glaciale, sa sœur drapée dans la vieille veste de chasse de son père.

Elle prépara aussitôt une seconde tasse de thé.

— Prends un siège, fit posément Julia après l'avoir remerciée.

Ellie attrapa un vieux plaid dans la malle de la véranda. Après l'avoir drapé autour de ses épaules, elle s'assit sur la balancelle, les pieds sur la malle.

— Où est Max ?

— Une urgence à l'hôpital. Il voulait me tenir compagnie, mais… j'ai besoin de solitude. Alice dort.

Ellie fit mine de se lever.

— Non, reste, s'il te plaît ! lança Julia avec un sourire mélancolique. Tu vois, je me mets à parler comme Alice… non, comme Brittany.

— On aura beaucoup de mal à l'appeler Brittany.

— Sans doute, soupira Julia en avalant une gorgée de thé.

— Comment feras-tu pour te passer d'elle ?

Julia laissa planer son regard sur le jardin derrière la maison. Dans les ténèbres, on ne voyait pas grand-chose au-delà de la rivière, mais le clair de lune semblait éclairer l'eau.

— J'ai beaucoup réfléchi à cela. Malheureusement, je n'ai trouvé aucune réponse. C'est comme si maman mourait une deuxième fois, conclut Julia avec un tremblement dans la voix.

Sur le point d'en dire plus, elle se leva et pivota sur elle-même en silence.

— Désolée, mais… Il est temps que j'aille rejoindre Alice.

Ellie, craignant de fondre en larmes, repoussa la couverture et se leva à son tour. À quoi bon rester seule à pleurer dans son coin ?

Après avoir foulé l'herbe humide en direction de la rivière, elle aperçut, au-delà de la prairie obscure, les lumières clignotantes de la maison de Cal. « Auras-tu un jour une pensée pour les gens qui t'aiment ? » lui avait demandé Peanut. Cal avait toujours figuré sur la liste de ceux-ci. Deux mariages, des histoires d'amour désastreuses, la mort de ses parents... À travers toutes ces épreuves, Cal était demeuré le seul pivot de sa vie. Bien qu'il eût une bonne raison de lui en vouloir, il était le seul homme de la planète capable de la juger lucidement et de l'aimer néanmoins. Il était l'ami dont elle avait besoin maintenant.

En un rien de temps, elle atteignit sa porte et frappa. Personne ne vint l'accueillir. Intriguée, elle regarda derrière elle. La GTO de Cal était là, cachée sous une toile brune et un manteau de feuilles mortes. Elle ouvrit la porte et passa la tête à l'intérieur.

— Bonjour !

Toujours pas de réponse, mais elle aperçut une lumière au bout du couloir. derrière la porte fermée du bureau de Lisa. La femme de Cal était-elle de retour ? À cette idée, Ellie se rembrunit. L'estomac noué, stupidement au bord de la panique, elle frappa malgré tout.

— Bonjour !
— Ellie ?

Elle poussa la porte. Cal était assis, tout seul, devant une sorte de table à rallonges, des papiers éparpillés autour de lui. Pour une raison qui lui échappa en partie, Ellie éprouva un soulagement immédiat.

—Où sont tes filles ? demanda-t-elle.

—Peanut les a emmenées dîner et voir un film pour me permettre de travailler.

—Travailler ?

—Je pensais que tu sortais avec George ce soir.

—J'ai besoin de nouveaux amis, soupira Ellie, mais il ne me convient pas. Que dois-je faire ? Une proclamation officielle ?

Intrigué, Cal se pencha sur son bureau.

—Il ne te convient pas ? En général, tu te rends compte de cela une fois mariée.

—Très drôle ! Et maintenant, si tu m'expliquais ce que tu es en train de fabriquer ?

En traversant la pièce, Ellie remarqua les traces de peinture sur les joues et les mains de Cal ; puis elle se faufila derrière lui. Au contact de son bras, elle se sentit immédiatement moins seule et moins perturbée.

Elle observa la pile de papiers posée sous ses yeux. La première feuille, pâlie, était un croquis de travail représentant un garçon et une fille en train de courir, et se tenant par la main. Au-dessus de leur tête, une sorte d'oiseau ptérodactyle cachait le soleil de son aile géante.

Il mit ce croquis de côté ; un dessin coloré – presque une peinture – apparut au-dessous. Les deux mêmes enfants étaient blottis autour d'une sphère luisant faiblement... Dans la bulle, elle lut : « Comment nous cacher s'ils voient le moindre de nos mouvements ? »

La qualité artistique de cette œuvre, la luminosité des couleurs et la force du trait étaient frappantes. Les personnages semblaient à la fois stylisés et réalistes ; une angoisse palpable se lisait dans leurs yeux.

— Tu es un véritable artiste ! s'écria-t-elle, abasourdie.

Des années durant, alors qu'elle était assise à son bureau, plongée dans ses papiers, lisant des magazines ou bavardant avec Peanut, Cal réalisait des œuvres d'art. Elle avait supposé naïvement qu'il n'avait jamais fait que griffonner depuis les cours de chimie de M. Chee. Comment avait-elle pu passer ses journées auprès de lui sans se douter de son talent ?

— Je comprends maintenant pourquoi tu me trouves égoïste, Cal. Pardon !

Un sourire, qui rappela bien des souvenirs à Ellie, illumina le visage de Cal.

— C'est une bande dessinée qui raconte une grande amitié entre deux enfants. Un pauvre gosse, dont le père est un ivrogne ; une fillette qui le cache dans sa grange. Leur amitié apparaît comme le dernier symbole de l'innocence, et il leur incombe de détruire la sphère magique de l'enchanteur avant la tombée du jour. Mais s'ils s'embrassent – ou plus – ils perdront leurs pouvoirs et provoqueront leur propre perte. Je viens de la présenter à des éditeurs.

— Il s'agit de nous ! constata Ellie avec l'impression d'entrevoir un monde qu'elle avait ignoré jusqu'alors. Pourquoi ne m'as-tu jamais montré tout cela ?

Cal glissa une mèche de cheveux derrière son oreille et se leva pour lui faire face.

— Il y a si longtemps que tu ne me vois plus, El... Tu te souviens du garçon godiche et paumé que j'étais et du brave type, toujours à ton service, que je suis devenu ; mais tu ne m'as pas regardé depuis une éternité.

— Maintenant, je te vois, Cal.

— Tant mieux. Parce qu'il y a longtemps que j'ai quelque chose à te dire.

Il la saisit fermement par les épaules, puis l'embrassa. Un vrai baiser brûlant. Rien à voir avec une petite bise amicale, ou un simple effleurement des lèvres. Ellie, prise de court, commença par résister, mais Cal ne se laissa pas impressionner. Il continua à la plaquer contre le mur jusqu'à ce qu'elle en perde le souffle. Un baiser plus que prometteur...

Quand il prit du recul, lui arrachant un gémissement de frustration, il ne souriait pas.

— Comprends-tu? marmonna-t-il.
— Oh, mon Dieu!
— Toute la ville connaît mes sentiments pour toi.

Il l'embrassa à nouveau, avant de murmurer :

— Je commençais à te prendre pour une idiote...

Comment une femme proche de la quarantaine et deux fois divorcée pouvait-elle se sentir à nouveau pareille à une adolescente éperdue d'amour? Ellie était pourtant dans cet état. En un instant, toute sa vie s'était recentrée... autour de Cal.

La porte s'ouvrit derrière eux; Ellie se retourna doucement, encore abasourdie.

Peanut se tenait sur le seuil. Semblables à trois fleurs sur une même tige, trois petits visages voltigeaient autour d'elle.

— Allez mettre votre pyjama, dit-elle. Papa viendra vous dire bonsoir dans une minute.

Dès qu'il n'y eut plus un bruissement de pas dans l'escalier, Peanut dévisagea tour à tour Cal et Ellie.

— Tu l'embrassais, Cal?

Était-ce un complot? se demanda soudain Ellie; mais Cal l'attirait vers lui, et elle pensa à tout autre chose. Dans ces yeux qu'elle avait toujours connus, elle découvrait un véritable amour. Un amour né entre deux gosses par un beau jour d'hiver, et destiné à durer une vie entière.

— Oui, je l'embrassais, fit-il en serrant sa main.

Peanut rit de bon cœur.

— Il était temps !

Ellie embrassa Cal après l'avoir enlacé. Et tant pis si Peanut les observait ! Eût-elle été sur Main Street, en uniforme à un feu rouge, qu'elle ne s'en serait guère plus souciée. Toute sa vie, elle avait été en quête d'un amour qui l'attendait de l'autre côté du pré.

Bouche contre bouche, elle se contenta de murmurer :

— Oh ! oui, il était temps !

Julia serrait Alice trop étroitement, mais elle ne pouvait se résoudre à la lâcher, ni à la prénommer Brittany dans ses pensées. Depuis une heure, quoi qu'elle fît – ou prétendît faire –, elle avait les yeux rivés sur elle, en se répétant : Pas encore. Mais le temps s'écoulait, inexorable, et chaque seconde la rapprochait du moment où George viendrait frapper à la porte pour exiger sa fille.

— Lire Alice !

La fillette martela la page de son doigt ; elle savait exactement où elles en étaient restées.

Julia aurait dû fermer sereinement le livre et annoncer à Alice qu'il était temps de parler d'autre chose : de familles éclatées et de pères soudain de retour, mais elle ne pouvait s'y résoudre. Elle gardait sa petite Alice dans ses bras, comme par n'importe quel jour pluvieux de janvier.

— « Des semaines s'écoulèrent, lut-elle, et le petit lapin devint très vieux et très usé, mais le petit garçon l'aimait toujours autant. Il l'aimait sans ses moustaches, avec ses oreilles doublées de rose virant au gris, et avec ses taches brunes qui pâlissaient. Le lapin commençait même à se déformer et, pour tout le monde à part le petit garçon, il n'avait presque plus l'air d'un lapin. »

Sur ces mots, la voix de Julia se fêla : les yeux rivés sur la page, elle voyait les mots danser et devenir troubles.

— Je veux Alice vraie.

Julia effleura la joue duveteuse de la fillette. Celle-ci faisait la même remarque chaque fois qu'elle lui lisait ce livre. La pauvre petite n'avait pas conscience d'être « vraie », et elle n'aurait pas le temps de lui prouver le contraire.

— Tu es vraie, Alice, souffla-t-elle. Et tant de gens t'aiment…

— Aiment, chuchota Alice avec une sorte de fascination.

Julia ferma le livre, le posa, puis installa Alice sur ses genoux de manière à la regarder dans les yeux. Les bras autour de son cou, l'enfant lui donna un baiser de papillon avant de pouffer de rire.

Sois forte ! se dit Julia.

— Te souviens-tu de Mary et du jardin secret, et de cet homme qui l'aimait tant ? Cet homme était son père. Tu te souviens qu'il était parti ?

Hésitant devant le visage inquiet d'Alice, Julia s'immergea dans les profondeurs bleu turquoise de ses yeux.

— Un homme qui s'appelle George est *ton* père, reprit-elle. Il voudrait t'aimer…

— Alice aime *Joulie*.

— J'essaie de te parler de ton père, Alice… Brittany. De te préparer… Il va bientôt arriver, et tu dois comprendre.

— Maman aussi?

Julia faillit craquer, mais, voyant à la pendule le peu de temps qui lui restait, elle décida de faire une nouvelle tentative.

Alice devait comprendre qu'elle ne l'abandonnait pas et qu'elle n'avait pas le choix. Son regard se posa sur la valise qu'elle avait préparée la veille avec le plus grand soin. Celle-ci contenait des vêtements et des jouets offerts par les habitants de la ville. Elle y avait ajouté tous les livres favoris d'Alice et certains des ouvrages qu'elle-même avait chéris pendant son enfance, mais qu'elle n'avait pas encore eu le temps de lui faire découvrir.

Comment allait-elle boutonner le manteau d'Alice – de Brittany –, l'embrasser sur la joue et lui dire au revoir? Quelles paroles conviendraient?

«Tout ira bien. Pars avec cet homme que tu ne connais pas et qui ne te connaît pas. Tu vas vivre dans une grande maison, dans une rue que tu ne pourras pas traverser sans aide, et dans une ville où tu ne te sentiras jamais tout à fait à l'aise.»

Que faire?

Elle n'avait pas le choix. George Azelle était indubitablement une victime. Il avait perdu sa fille, puis il l'avait retrouvée contre toute attente. Comme de juste, il voulait la ramener chez lui. Il allait consulter les meilleurs spécialistes, mais l'idée que cela ne suffirait pas la terrifiait.

Avec un soupir déchirant, elle pressa Alice contre sa poitrine. Elle entendit une voiture se garer dehors.

— Maman ? répéta Alice d'une petite voix craintive.

— Oh, Alice, souffla Julia. Si seulement je pouvais être cela pour toi !

Alice se sent très mal. C'est comme le jour où Il est parti pour la première fois. Elle avait si faim qu'elle a mangé toutes les baies rouges au bord de la rivière. Ensuite, elle a vomi.

Joulie lui dit des choses qu'elle n'arrive pas à comprendre. Pourtant elle fait de gros efforts, car elle sait que ce sont des mots importants. *Papa. Aimer. Fille.* Joulie les prononce lentement, comme s'ils pesaient sur sa langue.

Elle ne comprend toujours pas, et ses efforts deviennent si pénibles.

Joulie a les yeux de plus en plus humides, ce qui veut dire qu'elle est triste. Mais pourquoi ? Alice a-t-elle fait des bêtises ?

Alice s'est efforcée d'être une bonne fille. Elle a montré aux adultes le Mauvais Endroit dans la forêt ; elle est même allée jusqu'aux pierres qui La recouvrent, et ça l'a rendue si triste… Elle s'est forcée à se souvenir de choses qu'elle cherchait à oublier. Elle a appris à utiliser des fourchettes et des cuillères, et à aller aux toilettes. Elle les a laissés l'appeler Alice, elle a même fini par aimer ce nom, et à sourire intérieurement quand quelqu'un le prononce pour l'appeler.

Alors, qu'est-ce qu'elle n'a *pas* fait ?

Elle a l'expérience de la séparation. Les mamans qui vont bientôt mourir ont les joues pâles, une voix tremblante et les yeux qui coulent. Elles essaient de vous dire de choses impossibles à comprendre et elles vous serrent si fort qu'on ne peut plus respirer.

Et puis, un jour, elles disparaissent. Vous voudriez que vos yeux coulent et que quelqu'un vous tienne encore dans ses bras, mais vous êtes seul et vous ne savez même pas ce que vous avez fait de mal.

Alice sent revenir ses douleurs au ventre et cette panique qui rend la respiration pénible. Elle n'arrête pas de se demander ce qu'elle a fait de mal.

— Les chaussures! s'écrie-t-elle.

C'est peut-être ça. Elle ne veut jamais porter ses chaussures. Elles lui pincent les orteils et écrasent ses pieds; mais elle est prête à dormir avec, si Joulie continue à l'aimer.

Elle répète:

— Les chaussures!

Joulie lui adresse un sourire navré. De l'extérieur parvient un bruit de moteur: une voiture a pénétré dans le jardin.

— Tu n'as pas besoin de chaussures à la maison, ma chérie.

Comment dire à Joulie qu'elle sera une bonne fille, toujours, toujours? Et qu'elle fera tout pour lui faire plaisir!

— Bonne fille, souffle-t-elle avec une conviction venue du fond du cœur.

Joulie lui sourit encore.

— Oui, tu es une très bonne fille, ma chérie. C'est pour cette raison que tout cela est si pénible.

Être une bonne fille ne suffit pas, comprend Alice. D'un ton désespéré, elle murmure :
— Pas quitter Alice !

Joulie regarde vers la boîte en verre qui contient tout ce qui est dehors, la *fenêtre*...

Elle attend, se dit Alice. Elle attend *quelque chose de mauvais*.

Joulie va bientôt partir, et Alice sera de nouveau la Fille toute seule.

— Bonne fille...

Sa voix se brise, et elle n'a plus qu'à traverser la pièce en courant pour prendre ses chaussures. Elle essaie de les mettre au bon pied.

— Chaussures. Promis.

Mais Joulie continue à regarder dehors, en silence.

26

Ellie vit les camions de presse agglutinés de chaque côté de la vieille route. Une barrière de police blanche était dressée en travers de l'allée pour en fermer l'accès. Peanut montait la garde devant, un sifflet aux lèvres et les bras croisés.

Quand Ellie actionna les gyrophares et la sirène, la voie se dégagea immédiatement. Les journalistes se scindèrent en deux groupes, qui se dirigèrent de chaque côté de la route. Elle se gara près de la barricade et baissa sa vitre pour parler à Peanut.

— Ils bloquent la circulation. Demande à Earl et à Mel de disperser la foule. Un jour pareil, on n'a pas besoin d'avoir les médias sur le dos!

Une Ferrari rouge vif se gara derrière sa voiture. Un coup d'œil dans le rétroviseur permit à Ellie de voir que George lui souriait. Mais son sourire lui parut las et hésitant; une profonde tristesse se lisait dans ses yeux.

Des journalistes se rassemblèrent autour de sa voiture.

— Qu'allez-vous faire maintenant ?
— Y aura-t-il des obsèques ?
— À qui avez-vous vendu votre histoire ?
— Sors-les de là, Peanut, déclara Ellie avant de démarrer en trombe.

La Ferrari la suivit le long de la route de gravier cabossée. Elle garda les yeux rivés sur son rétroviseur, en espérant que George allait tourner ou disparaître.

Quand elle se gara devant la véranda, elle avait l'estomac noué. Après avoir arrêté le moteur, elle sortit de sa voiture.

George la rejoignit.

— De quoi ai-je l'air ? demanda-t-il nerveusement en glissant une mèche de cheveux ondulés derrière son oreille.

Elle s'éclaircit la voix.

— Vous avez bonne mine.

Un sourire furtif détendit le visage de George et illumina ses yeux si bleus, puis il se tourna vers la maison.

— C'est le moment, dit-il d'une voix veloutée qui avait dû prendre au piège bien des femmes. J'ai prévenu votre sœur que je viendrais chercher Brittany à 15 heures.

Brittany...

Elle lui fit traverser le jardin. Ils allaient atteindre les marches quand une Mercedes grise se gara derrière eux.

— Qui est-ce ? s'étonna-t-elle.
— Le Dr Correll. Il va travailler avec Brit.

Un homme svelte et élégant s'approcha. Son visage émacié, creusé de plis profonds, manquait pourtant de personnalité.

Il salua George, puis serra la main d'Ellie.
— Tad Correll.
Il avait une poignée de main aussi molle que celle d'un enfant en bas âge.
— Ravi de vous rencontrer, marmonna-t-elle en refoulant une méfiance instinctive.

Au moment de lui tourner le dos, elle remarqua une seringue hypodermique sortant de sa poche de poitrine.
— Qu'est-ce que c'est ? Vous vous shootez à l'héroïne ?
— Nous aurons besoin d'un sédatif si la petite est trop perturbée.
— Vous croyez ?

Ellie se tourna vers George sans un mot, mais en le suppliant du regard de ne pas en arriver là.
— Elle est ma fille, déclara-t-il posément.

Que lui répondre ? Ellie savait qu'à sa place rien au monde n'aurait pu la séparer de son enfant. Elle se contenta de hocher la tête et ils se dirigèrent tous les trois vers la maison. Prête à tout pour retarder l'inévitable, elle frappa à la porte avant d'ouvrir.

Julia était assise sur le canapé, Alice blottie contre elle. Une petite valise rouge était posée par terre. La jeune femme leva vers eux son beau visage luisant de larmes ; les yeux bouffis et injectés de sang, elle restait figée. Max, debout derrière elle, laissait reposer ses mains sur ses épaules.

— Monsieur Azelle, dit-elle d'une voix tremblante, je vois que vous êtes venu avec le Dr Correll.

En se levant, elle adressa un signe de tête au médecin.

— Votre réputation vous précède, docteur.

— La vôtre aussi, répliqua celui-ci sans l'ombre d'un sarcasme dans la voix. J'ai regardé les cassettes... Vous avez réalisé un travail phénoménal ; vous devriez publier un article dans la presse médicale.

Julia posa son regard sur Alice, qui semblait terrorisée.

— *Joulie ?* cria l'enfant d'une voix suraiguë.

— Il est temps d'y aller maintenant.

Tout le monde s'était rapproché pour entendre la voix presque inaudible de Julia.

La fillette secoua la tête.

— Non ! Alice rester.

— J'aimerais tant que tu restes, ma chérie, mais ton papa voudrait t'aimer lui aussi.

Julia effleura le petit visage d'Alice.

— Tu te souviens de ta maman ? Elle aurait souhaité cela pour toi.

— Maman *Joulie !*

Alice, paniquée, s'accrochait désespérément à Julia. Celle-ci parvint à dénouer ses bras grêles.

— J'aurais voulu devenir ta maman, mais je n'ai pas pu. Pas de maman *Joulie*. Tu dois aller avec ton père.

Folle de rage, Alice se mit à hurler, tout en griffant le visage de Julia et le sien.

— Ma chérie, arrête ! fit Julia dans l'espoir de la calmer, mais les hurlements de l'enfant couvrirent sa voix.

Le Dr Correll fondit sur elle avec sa seringue. Un long gémissement, issu du fond d'elle-même, lui échappa. Tandis qu'Ellie sentait ses yeux s'embuer de larmes, Julia serrait dans ses bras Alice, qui s'apaisait lentement sous l'effet du sédatif.

— J'aime *Joulie*, murmura-t-elle tout à coup en battant des paupières.

— Et moi, j'aime Alice.

Sur ce, la petite se mit à pleurer. Ses larmes silencieuses et poignantes – sans aucun rapport avec les sanglots hystériques d'un enfant – ruisselaient sur ses joues roses. Elle les effleura du doigt avant de s'endormir.

— Être vraie, ça fait mal.

En l'entendant, Julia prononça quelques mots totalement inaudibles. Elle semblait brisée par l'émotion.

Ils se regardèrent tous en silence pendant un moment, puis le Dr Correll prit la parole.

— Maintenant, dépêchons-nous.

Julia acquiesça sèchement d'un signe de tête et porta Alice jusqu'à la Ferrari. Après avoir observé la place du passager, elle se tourna vers George :

— Où est son rehausseur ?

— Ce n'est plus un bébé !

— Je vais le chercher, proposa Ellie.

N'y tenant plus après avoir assisté à une telle scène, elle fondit en larmes tout en allant chercher le siège d'Alice. Tandis qu'elle l'amarrait dans la Ferrari, elle s'efforça de dissimuler son visage.

Julia se pencha très doucement pour installer la fillette endormie dans la voiture ; puis elle lui souffla à l'oreille quelque chose que personne n'entendit. Après l'avoir embrassée sur la joue, elle ferma la porte avec précaution et tendit à George une épaisse enveloppe en papier kraft.

— Voici tout ce que vous devez savoir. L'heure des siestes et du coucher, ses allergies. Elle aime la gelée à l'ananas et la crème à la vanille. Elle joue volontiers avec les pâtes ; si vous voulez éviter les dégâts, vous n'avez pas intérêt à lui en donner. Les images de lapins avec de grandes oreilles la font pouffer de rire. Elle rit aussi quand on lui caresse la plante des pieds.

— Assez ! dit George d'une voix rauque.

Il prit l'enveloppe.

— Merci. Merci pour tout.

— Si vous avez des problèmes, n'hésitez pas à m'appeler. J'arriverai sur-le-champ !

— C'est promis.

— Pour un peu, je me jetterais sous les roues de votre voiture.

— Je sais.

— Si vous…

Julia s'interrompit pour essuyer ses larmes.

— Prenez bien soin de ma – *notre* – petite fille.

— Comptez sur moi.

Une brise froide fit bruisser les feuilles au-dessus de leurs têtes. Au loin, un corbeau croassa. Ellie s'attendait presque à entendre un loup hurler.

— Eh bien ! dit George. Allons-y !

Julia recula d'un pas ; elle se sentait affaiblie comme si elle sortait de l'hôpital après un long séjour. Ellie passa un bras autour de ses épaules, et Max s'approcha à son tour pour la soutenir. Sans leur aide, elle se serait probablement *effondrée*.

George démarra le premier, suivi par le Dr Correll. Leurs pneus crissèrent un moment sur le gravier de l'allée, puis le silence revint. Seul le vent continuait à souffler.

— Elle a pleuré, chuchota Julia, en frémissant. Je lui ai donné tout mon amour et, finalement, je lui ai surtout appris à pleurer.

Max l'attira contre lui sans un mot. Alice était partie. Que dire de plus ?

Elle est dans la voiture, mais ce n'est pas le genre de voiture qu'elle connaît. Celle-ci est basse – presque au niveau du sol – et ondule comme un serpent. La musique est si forte qu'elle lui fait mal aux oreilles.

Lentement, elle ouvre les yeux. Elle se sent bizarre, la tête lui tourne, et elle a la nausée. Si elle ne réussit pas à se retenir, elle va vomir. Passant sa langue sur ses lèvres sèches, elle essaye d'apercevoir Joulie ou Lellie, mais elles ne sont pas là.

Un sentiment de panique la saisit. Si elle était moins fatiguée, elle se mettrait à hurler. Son cœur bat si fort qu'elle y plaque sa main, de peur qu'il ne l'entende et se mette à crier.

— *Joulie ?* fait-elle.

— Elle est restée à Rain Valley, dit l'homme. Nous sommes partis depuis longtemps ; mais tu es avec moi maintenant, Brittany, et tout ira bien.

Elle ne connaît pas tous ces mots, mais elle comprend *nous sommes partis*. Ses yeux se mouillent. Ça fait mal de pleurer. Elle essuie ses larmes du revers de sa main, en s'étonnant de leur clarté. Elles devraient être rouge sang, comme si on lui avait donné à nouveau des coups de couteau. Elle a souvent saigné.

Maman Joulie partie ; Alice vilaine fille.

L'homme la regarde, les sourcils froncés. Il va la frapper, mais elle s'en fiche. Joulie ne peut plus rien pour elle. À cette idée, ses yeux s'inondent de plus en plus. Elle se met à crier, bien que Joulie soit trop loin pour l'entendre. Petit à petit, ses hurlements s'amplifient.

— Brittany ?

Elle se tait. Seul le silence peut la sauver. Comme plus personne ne la protège, elle doit se faire toute petite et surtout ne pas bouger.

Elle ferme les yeux et se laisse à nouveau sombrer dans le sommeil. Mieux vaut rêver de Joulie, faire semblant. Dans ses rêves, elle est une bonne fille et elle a une maman Joulie qui l'aime.

Un peu plus tard – elle n'aurait su dire quand car elle avait perdu la notion du temps –, Julia renvoya Max au rez-de-chaussée et Ellie à son travail. Ils avaient passé la journée à la dorloter, en espérant lui procurer un réconfort impossible. Plusieurs fois, elle avait failli hurler à en perdre haleine, car elle ne supportait plus de voir tous ces gens qu'elle aimait et qui l'aimaient. Leur présence lui rappelait sans cesse Alice.

Elle contempla le jardin vide, par la fenêtre de la chambre.

Des oiseaux. Au printemps, ils chercheraient Alice.

Les chiens avaient passé près d'une heure à chercher *leur* petite fille. Plus calmes maintenant, ils étaient allongés à côté du lit d'Alice, mais ils se mettaient à japper par moments.

Julia regarda sa montre en se demandant depuis combien de temps ils étaient partis. Quelques heures, qui lui semblaient déjà une éternité.

17 h 30. Ils ne devaient plus être loin de la ville. La forêt bien-aimée d'Alice avait cédé la place à la grisaille du béton. Cette pauvre petite devait se sentir aussi étrangère là-bas qu'un cosmonaute perdu dans l'espace. Sans son soutien, elle allait régresser et se murer

à nouveau dans le silence. Sa terreur serait insurmontable.

Dans son désarroi, Julia eut la surprise de s'entendre prier :

— Mon Dieu, prenez soin de ma petite fille, et faites en sorte qu'elle ne souffre pas.

Après avoir tourné le dos à la fenêtre, elle aperçut les plantes. Dispersées aux quatre coins de la maison avant l'arrivée d'Alice, elles formaient maintenant une forêt qui lui avait tenu lieu de cachette.

Incapable de rester en place, elle alla caresser leurs feuilles vertes et luisantes.

— Elle vous manque à vous aussi, souffla-t-elle d'une voix rauque.

N'était-elle pas stupide de parler à des plantes ? Peut-être, mais elle pouvait se laisser aller maintenant. Le Dr Cates n'était plus qu'une femme pleurant le départ d'une petite fille extraordinaire.

Bientôt 18 heures. Ils étaient probablement sur le pont suspendu traversant le lac Washington, près de Mercer Island. Alice apercevait au loin les montagnes couronnées de neige de son lieu de naissance. L'air avait une odeur différente – celle du smog, des voitures, et du détroit aux eaux bleues.

Julia sortit finalement de la pièce. Au rez-de-chaussée, seuls des bruits de casserole troublaient le silence. Elle s'approcha de la table en feignant de ne pas voir l'espace vide, à la place du troisième napperon.

— Que nous prépares-tu ? demanda-t-elle à Max qui hachait des légumes dans la cuisine.

— Une petite friture.

Après avoir posé son couteau, il s'approcha d'elle.

— Le téléphone n'arrête pas de sonner, fit Julia.

— C'est Ellie, elle s'inquiète à ton sujet.

Max passa un bras autour des épaules de Julia, qu'il entraîna vers la fenêtre en silence.

La première étoile de la nuit se mit à scintiller au-dessus du jardin tandis qu'elle se réchauffait au contact de son corps. Il posa simplement sa main sur sa nuque. Au lieu de se laisser dériver dans un vide insondable, elle se souvint alors qu'elle n'avait pas tout perdu et qu'elle n'était pas seule.

— Je me demande comment elle réagit, murmura-t-elle.

— À quoi bon ? Contente-toi d'attendre.

— Attendre quoi ?

— Un jour ou l'autre, tu te souviendras d'elle en train de hurler, de grignoter des fleurs ou de chercher à jouer avec des araignées, et tu riras au lieu de pleurer.

Julia ne demandait qu'à le croire : en tant que psychiatre, elle savait qu'il avait raison, mais la mère en elle avait des doutes.

Soudain, on sonna à la porte. Elle accueillit cette diversion avec un certain soulagement et ébaucha un sourire.

— Max, aurais-tu enfermé Ellie dehors ? Je n'aurais pas dû l'envoyer au travail, mais je pensais que la présence de Cal lui remonterait le moral.

— La présence d'un être aimé, ça aide vraiment ?

— Plus que tout.

Julia se dégagea pour aller ouvrir. Alice se tenait sur le seuil. Minuscule et terrorisée, elle se tordait les mains, selon son habitude dans les moments de panique, et avait mis ses chaussures au mauvais pied. Un gémissement étouffé s'échappait de ses lèvres ; des égratignures ensanglantées marquaient ses joues.

Debout derrière elle, George avait le visage blême et barré de rides habituellement invisibles.

—Elle pense que vous l'avez abandonnée parce qu'elle est méchante.

Julia, bouleversée, se mit à genoux et regarda Alice dans les yeux.

—Oh, ma chérie, tu es une *bonne* fille. La meilleure des petites filles !

Alice fondit en larmes à sa manière, le corps secoué de sanglots silencieux.

Julia l'effleura à peine.

—Parle, ma toute petite, je t'en supplie !

L'enfant se contenta de hocher la tête en gémissant.

C'en était trop pour Julia. Elle ne pourrait pas supporter cette nouvelle épreuve ; aucun d'eux n'en aurait la force. Elle savait qu'Alice mourait d'envie de se jeter dans ses bras mais n'osait pas bouger. Cette pauvre enfant croyait avoir été abandonnée une seconde fois parce qu'elle était méchante, et replongeait dans son mutisme.

George gravit les marches crissantes de la véranda. D'un bond, Alice alla plaquer son corps contre le bord de la maison. Elle heurta au passage les écuelles métalliques des chiens ; un fracas retentissant déchira la nuit glaciale, puis un profond silence plana à nouveau.

—J'ai voulu la faire dîner à Olympia, expliqua George, après avoir regardé Alice et Julia tour à tour. Elle a piqué une crise terrible. Des cris, des hurlements. Elle se griffait le visage… Le Dr Correll n'a pas trouvé le moyen de la calmer.

— Ce n'est pas votre faute, murmura Julia.

— Pendant toutes ces années où j'ai croupi en prison, je rêvais qu'elle était toujours en vie.

Émue, Julia se leva lentement.

— Je sais.

— J'imaginais que, si je la retrouvais par miracle, elle se jetterait dans mes bras pour m'embrasser et me dire combien je lui avais manqué. Pouvais-je supposer qu'elle ne me reconnaîtrait même pas ?

— Il faut lui laisser le temps.

— Non, ce n'est plus mon enfant. Vous aviez sans doute raison d'affirmer qu'elle ne l'a jamais été. Quand elle était bébé, je n'étais jamais à la maison. Maintenant, elle est devenue Alice.

Tandis que Max s'approchait d'elle, Julia vit briller une timide lueur d'espoir dans les ténèbres.

— Que voulez-vous dire, George ?

Un homme accablé par les épreuves de la vie et par des choix difficiles observait pensivement sa fille.

— Je ne suis pas le père qu'il lui faut, articula-t-il avec un filet de voix que Julia entendit à peine. Cette tâche est au-dessus de mes forces. Aimer un enfant et l'élever sont deux choses différentes. Sa place est ici, auprès de vous.

Julia s'agrippa à la main de Max tout en interrogeant George du regard.

— En êtes-vous sûr ?

— Vous lui direz un jour que je lui ai donné la meilleure preuve de mon amour en renonçant à elle. Vous lui direz que je l'attends et qu'elle peut m'appeler quand elle voudra.

— Vous serez toujours son père, George.

Il descendit à reculons les marches de la véranda.

— On prétendra que je l'ai abandonnée, souffla-t-il.

Julia aurait souhaité le contredire ; mais à quoi bon se leurrer ? Les médias jugeraient sévèrement son acte.

— Votre fille connaîtra la vérité, George. Elle saura que vous l'aimez, je vous le jure !

— Je ne peux même pas l'embrasser pour lui dire adieu.

— Un jour vous pourrez l'embrasser, George. Je vous en donne ma parole.

— Veillez sur elle comme je n'ai pas su le faire.

La gorge nouée, Julia parvint à peine à hocher la tête. Dans un film de Disney, Alice aurait sur-le-champ donné un baiser d'adieu à son père. La réalité était tout autre : le visage souillé par le sang et les larmes, elle se blottissait contre la maison en essayant de se fondre dans le mur.

George s'éloigna, puis il leur adressa un dernier signe d'adieu avant de démarrer.

Julia s'agenouilla aux pieds d'Alice, qui semblait figée sur place, les bras raides et les poings serrés. Ses lèvres tremblaient, et des larmes ruisselaient de ses yeux apeurés.

Submergée par ses émotions, Julia tremblait elle aussi et souriait à travers ses larmes.

— Alice à la maison ? demanda la fillette quand la voiture de George eut disparu.

— Oui, Alice est à la maison.

— Maman *Joulie* ! souffla-t-elle en se jetant dans les bras de Julia.

Elles tombèrent en arrière sur le plancher, agrippées l'une à l'autre, tandis que Julia dévorait Alice de baisers.

—Alice aime maman *Joulie*; Alice rester, murmura l'enfant, le visage enfoui dans le cou de Julia.

—Oui, Alice rester, lui répondit celle-ci en riant et pleurant à la fois.

Épilogue

Septembre était, comme toujours, le meilleur mois de l'année. De longues journées ensoleillées se fondaient en des nuits fraîches; dans toute la ville, l'herbe d'un vert éblouissant avait l'épaisseur du velours. Éparpillés parmi les immenses arbres à feuilles persistantes, les érables et les aulnes se paraient de rouges et d'ors automnaux. Les cygnes avaient déserté Spirit Lake jusqu'au printemps suivant, mais les corbeaux, toujours présents, restaient perchés sur les lignes téléphoniques et croassaient au passage des piétons dans les rues.

Julia s'arrêta à l'angle d'Olympic et de Rainview.

Alice la rejoignit immédiatement et fourra une main dans sa poche. C'était la première fois depuis des semaines qu'elle faisait ce geste.

— Écoute, Alice, dit gravement Julia, nous en avons déjà parlé. Tu n'as rien à craindre.

Alice la regarda en battant des paupières. Bien qu'elle eût pris du poids depuis neuf mois et grandi d'au moins trois centimètres, son charmant visage en forme de cœur semblait parfois trop menu pour contenir ses yeux immenses et expressifs. Elle portait ce jour-là une jupe en velours côtelé rose, assortie à ses collants de coton, et un pull blanc. Rien ne la distinguait d'une autre petite fille, le jour de la rentrée des classes. Seul un observateur avisé aurait remarqué qu'il lui manquait trop de dents pour une fillette de maternelle, et qu'il lui arrivait encore d'appeler Julia «maman *Joulie*».

— Alice pas peur.

Julia l'emmena sous l'ombrelle protectrice d'un énorme érable. Ses feuilles couleur citron voltigeaient par moments jusqu'au sol. Elle s'assit, puis l'installa sur ses genoux.

— Moi, j'ai l'impression que tu as peur!

Alice mit un pouce dans sa bouche, histoire de se rassurer, et le retira lentement. Elle se donnait tant de mal pour être une grande fille. Son sac à dos rose, un cadeau de George, glissa par terre à côté d'elle.

— Ils vont appeler Alice «enfant-loup».

Julia caressa sa joue rebondie. À quoi bon la tromper par des mensonges illusoires?

— Oui, admit-elle, c'est possible... surtout parce qu'ils aimeraient bien connaître un loup.

— Peut-être aller à l'école l'année prochaine?

— Tu es déjà prête, Alice.

Julia se leva après l'avoir reposée à terre et la prit par la main. Une voiture se gara à côté d'elles et les quatre portes s'ouvrirent. Trois fillettes sortirent en pouffant de rire, et se mirent à courir. Ellie, en uniforme, le visage las mais toujours aussi belle, prit Sarah par la main et s'approcha de Julia.

— Facile pour toi d'être à l'heure! Tu n'as qu'un enfant à préparer. Avec ces trois-là, j'ai l'impression de m'occuper d'une fourmilière. Quant à Cal, il est trop débordé pour m'entendre. À moins que ce ne soit moi qui exagère.

Sarah, vêtue d'un jean et d'un tee-shirt rose, questionna Alice.

— Tu es prête à aller à l'école?
— Peur, dit Alice.

Elle leva les yeux vers Julia et répéta :

— J'ai peur.
— Moi aussi, j'ai eu peur, le premier jour, mais c'était bien, fit Sarah. On nous a donné des gâteaux.
— Oh!
— Tu veux venir avec moi? proposa Sarah.

Alice interrogea Julia du regard; celle-ci lui adressa un signe d'encouragement.

— Toi rester, articula Alice du bout des lèvres.

Quand Julia l'eut rassurée d'un sourire, les deux fillettes se dirigèrent vers l'école.

Ellie accorda son pas à celui de sa sœur.

— Qui aurait cru que nous conduirions ensemble nos filles en classe?
— C'est le début d'une nouvelle tradition familiale. À propos, que devient votre salle de bains?
— Cal a commandé un jacuzzi assez grand pour deux personnes. Au printemps prochain, il va commencer à agrandir la maison. Les trois filles dans notre ancienne chambre, c'est un cauchemar! Elles passent leur temps à se chamailler.
— Avez-vous rencontré les nouveaux voisins?
— Oui, c'est un couple de Californie. Ils ont deux fils qui suivent déjà nos filles comme de jeunes chiens.

Je trouve cela très drôle ; Cal ne partage pas du tout mon point de vue. Mais il est content que Lisa l'ait obligé à vendre leur maison. Elle regorgeait de souvenirs.

— En tout cas, il s'est toujours senti à l'aise chez nous.

— Oui, dit Ellie comme une femme follement amoureuse.

Après deux mariages en grande cérémonie, elle avait finalement trouvé le bonheur dans une minuscule chapelle de Las Vegas.

Elles traversèrent la rue et gravirent les marches de l'école. Tout autour, des femmes tenaient leur enfant par la main. Julia remarqua près d'elle une jolie rousse aux yeux luisants de larmes.

— C'est la première fois que je conduis mon Bobby à l'école, murmura-t-elle. J'espère ne pas l'embarrasser si je fonds en larmes.

— Je vous comprends, fit Julia.

Elle avait du mal à lâcher Alice dans le vaste monde, mais il le fallait. Quand la cloche sonna, parents et enfants s'éparpillèrent, et tous les petits disparurent dans les classes. Alice jeta un regard anxieux à Julia.

— Maman ?

— Je resterai assise toute la journée en face de l'école. Si tu t'inquiètes, tu n'auras qu'à me regarder par la fenêtre. D'accord ?

— D'accord, fit Alice sans conviction.

— Tu préfères que j'entre avec toi ?

Alice observa Sarah, qui lui faisait signe de se dépêcher, puis Julia.

— Non, je suis une grande fille.

— Viens, Alice ! lança Sarah. Je vais te montrer la classe de Mme Schmidt.

Alice la suivit jusqu'au bout du couloir et adressa un dernier signe à Julia avant d'entrer dans la salle 114.

Quand la porte se referma derrière elle, Julia soupira de soulagement.

— La tienne a du mal à te quitter, et la mienne piaffe d'impatience, plaisanta Ellie.

— La tienne n'a pas connu les mêmes épreuves qu'Alice. C'est peut-être trop tôt.

Ellie attira sa sœur vers elle.

— Ne t'inquiète pas, tout ira bien.

Bras dessus, bras dessous, elles sortirent de l'école et allèrent s'asseoir de l'autre côté de la rue, dans le parc. Sur le banc froid, elles contemplèrent la ville où elles avaient grandi. L'érable sur lequel Alice était apparue étincelait.

— Que vas-tu faire maintenant qu'elle va en classe ? demanda Ellie, penchée en arrière. L'année prochaine, elle y sera toute la journée.

Julia s'était récemment interrogée sur son avenir. Qui était-elle maintenant ? Que souhaitait-elle ? Les réponses à ces questions l'avaient surprise. Après avoir tout sacrifié à sa carrière pendant une bonne moitié de sa vie, elle avait tout perdu du jour au lendemain. Devait-elle se reprocher de n'avoir pu sauver Amber ? Jamais elle ne le saurait, mais l'essentiel n'était pas là. De son expérience, elle avait tiré une leçon. Elle savait maintenant que la vie est terriblement précaire et que, si on a la chance d'avoir une famille aimante, il faut s'y accrocher de toutes ses forces. Plus jamais elle n'aurait peur de l'amour.

— Max m'a demandée en mariage, souffla-t-elle en se tournant vers sa sœur.

Ellie la pressa contre son cœur en hurlant de joie.

— Et puis, ajouta Julia, j'ai l'intention d'ouvrir un cabinet ici. Je travaillerai à mi-temps. Des enfants ont besoin de mon aide.

— Papa et maman seraient si fiers de toi, Jules, murmura Ellie.

Julia ferma les yeux et tout lui revint brusquement en mémoire. La femme qu'elle était, à peine un an plus tôt... une femme craintive, redoutant les émotions trop fortes... la petite Alice à qui elle avait donné son cœur... et l'homme qui avait su émerger de ses propres ténèbres et trouver la lumière au sein de cette forêt profonde. Des années durant, les habitants de Rain Valley parleraient d'un enfant à nul autre pareil, qui avait fait irruption dans leur vie et les avait changés du tout au tout. Cela avait commencé à la mi-octobre, alors que les arbres se parent de feuilles orange, dansant dans une brise humide et glacée, et qu'un soleil doré illumine la nature entière.

L'instant magique.

Toute sa vie, elle se souviendrait que c'était le moment où elle était rentrée chez elle.

Remerciements

Plusieurs personnes ont contribué à l'écriture de ce roman.

Tous mes remerciements à Lindsey Brooks, directrice d'enquêtes à Child Quest International ; Luana S. Burnett, agent de police de la ville de Newport, Washington ; Kany Levine, avocate pénaliste, et mon amie ; Kim Fisk et Megan Chance, qui m'ont toutes deux aidée plus qu'elles n'auraient cru.

Achevé d'imprimer par GGP Media GmbH, Pößneck
en Janvier 2008
pour le compte de France Loisirs,
Paris

N° d'éditeur : 50544
Dépôt légal : Février 2008

Imprimé en Allemagne